KB074851

벤자민 버튼의 시간은
거꾸로 간다

세계교양전집 24

벤자민 버튼의 시간은 거꾸로 간다

F. 스콧 피츠제럴드 지음

이민정 옮김

올리버

F. 스콧 피츠제럴드Francis Scott Key Fitzgerald

• 차례 •

내가 아는
마지막 신여성들

젤리빈

1

짐 파월Jim Powell은 젤리빈*이었다. 나로서는 그를 매력적인 인물로 묘사하고 싶지만, 그런 걸 속여 말한다면 염치없는 일이 될 것만 같다. 그는 어찌할 도리 없는 순도 99퍼센트의 타고난 젤리빈으로, 메이슨·딕슨-선** 훨씬 아래쪽에 자리한 젤리빈의 땅에서 젤리빈의 계절, 그러니까 모든 계절 내내 빈둥대며 게으르게 자랐다.

만에 하나 멤피스 출신 남자를 젤리빈이라고 불렀다면 그는 곧장 뒷주머니에서 기다랗고 튼튼한 밧줄을 꺼내 눈에 띄는 전봇대에 당신의 목을 매달고 말 것이다. 반면 뉴올리언스 출신 남자에게

* 무기력하고 게으른 사람을 일컫는 속어.
** 메릴랜드주와 펜실베이니아주를 구분하는 경계선. 남부와 북부의 경계이기도 함.

젤리빈이라고 하면 그는 아마 웃으며 다가와 누가 당신의 여자 친구를 마르디그라* 무도회에 데려가는지 물어 올 것이다.

이 이야기의 주인공이 태어난 젤리빈이라는 지역은 두 도시 사이 어딘가에 자리한 인구 4만의 소도시로, 조지아 남부에서 4만 년을 나른하게 졸며 때때로 잠꼬대하듯 꿈틀대거나 언젠가 어디선가 벌어졌지만 모두들 오랫동안 잊고 있던 전쟁에 관해 중얼대는 곳이다.

짐은 젤리빈이었다. 내가 거듭 이렇게 쓰는 건 이런 표현이 옛 이야기의 도입부라도 된 양 아주 기분 좋게 들려서 마치 짐이 아주 착한 사람이라고 하는 것 같기 때문이다. 그럴 때 짐의 이미지를 떠올려 보면 동글동글하게 탐스러운 얼굴을 한 그와 그런 그가 쓴 모자를 뚫고 온갖 나뭇잎과 채소류가 자라는 모습이 연상되곤 한다. 하지만 실제로 짐은 키가 크고 말랐으며 당구대에 엎드린 자세를 자주 취해서인지 허리가 굽어 있었다. 아마도 무분별한 북부에선 그를 그저 놀고먹는 놈이라 일컬을 터였다. "젤리빈"은 남부에서 통용되는 명칭으로 "나는 게으름을 피우고 있다, 나는 게을러졌다, 나는 게을러질 것이다."와 같은 동사를 일인칭시점에서 다양하게 변화시키며 살아가는 사람을 가리킨다. 짐은 나무가 우거진 모퉁이의 하얀 집에서 태어났다. 집 앞쪽으로는 세월을 견뎌 낸 네 개의 낡은 기둥이 보였고, 집 뒤편에는 격자 모양의 구조물이 많아서 햇볕 내리쬐는 날이면 꽃이 잔뜩 핀 잔디밭에 기분 좋은 십자 무늬가 드리워졌다. 본래 이 하얀 집에 살던 사람들은 옆집

* 사육제 마지막 날. 파리나 뉴올리언스 등에서 축하 행사가 진행된다.

과 그 옆집, 또 그 옆집 땅까지 소유했었지만, 그건 너무 오래전 일이어서 짐의 아버지조차 잘 기억하지 못했다. 사실 그는 그 문제를 별로 중요하게 여기지 않아서 싸움 끝에 총상을 입고 죽어 가던 순간에도 겁에 질려 가련하게 떨고 있던 다섯 살 짐에게 굳이 이야기해 주지 않았다. 하얀 집은 메이컨 출신의 말 없는 여자가 운영하는 하숙집이 되었고, 짐은 그녀를 메이미 아줌마라고 불렀다. 그는 진심으로 그녀를 싫어했다.

열다섯 살이 된 짐은 고등학교에 진학했고, 검은 머리칼을 헝클어뜨리고 다녔으며, 여자애들을 무서워했다. 그는 자기 집을 끔찍이도 싫어했는데, 집에선 여자 넷과 영감 하나가 1년 내내 끝없이 수다를 늘어놓고 있었다. 그들은 주로 원래 파월의 집이 소유했던 땅의 범위와 다음번에 피어날 꽃의 종류에 대해 논하곤 했다. 이따금 마을 여자아이들의 부모가 짐의 어머니를 떠올리며 그녀를 닮은 그의 짙은 색 눈동자와 머리칼을 칭찬했다. 그러고는 그를 파티에 초대하곤 했는데, 파티라는 자리는 그를 수줍게 만들 뿐이었다. 짐은 오히려 틸리네 정비소에 처박힌 끊어진 차축에 앉아 주사위를 굴리거나 기다란 지푸라기를 씹어 대는 편이 더 좋았다. 어쨌거나 용돈을 마련하기 위해선 이런저런 일들을 해야 했기에 그는 더 이상 파티에 나가지 않았다. 더욱이 세 번째로 파티에 참석했을 땐 마저리 헤이트라는 아이가 다 들릴 만한 거리에서 짐이 때때로 식료품을 배달한 소년이라고 일행에게 아무렇게나 속삭였다. 결국 짐은 투스텝과 폴카를 배우는 대신 원하는 숫자가 나오도록 주사위 던지는 법을 익혔고, 지난 50년간 주변 지역에서 벌어진 총격 사건들에 관한 맛깔난 이야기를 즐겨 들었다.

어느덧 짐은 열여덟이 되었다. 전쟁이 터지자, 그는 입대하여 찰스턴 해군기지에서 1년간 놋쇠를 닦았다. 그다음엔 근무 환경을 바꿔 보고자 북부로 옮겨 브루클린 해군기지에서도 1년 동안 놋쇠 닦는 일을 맡았다.

전쟁이 끝나고 짐은 집으로 돌아왔다. 그는 스물한 살이었고, 바지는 너무 짧고 꽉 끼었다. 단추 달린 신발은 기다랗고 좁아 보였다. 보라색과 분홍색이 기막힌 소용돌이무늬를 이룬 넥타이는 금방 눈에 띄었으며, 그의 푸른 눈동자는 오랫동안 햇빛에 방치된 고급 양복처럼 색이 바랬다.

4월의 어느 저녁 해 질 무렵 목화밭과 무덥게 달궈진 마을에 땅거미가 부드럽게 내려앉았고, 판자로 된 울타리에 기대 서 있는 짐의 모습이 희미하게 보였다. 그는 잭슨가를 비추는 불빛 위로 멀리 달의 가장자리를 응시하며 휘파람을 불어 댔다. 사실 그는 1시간 내내 자꾸만 신경 쓰이는 문제를 곱씹는 중이었다. 젤리빈이 파티에 초대된 것이었다.

남자아이라면 하나같이 여자아이들을 혐오스럽게 생각하던 그 시절, 클라크 대로우와 짐은 학교에서 나란히 함께 앉는 짝이었다. 하지만 사회생활에 대한 짐의 열망이 기름 냄새 가득한 정비소에서 사그라져 가는 동안, 클라크는 사랑에 빠지고 헤어지기를 반복하다 대학에 진학해 술에 취해도 보고, 또 그러다 아예 술을 끊어 보기도 하면서 어느새 마을에서 제일 잘나가는 남자가 되어 있었다. 그런데도 클라크와 짐의 우정은 그런대로 건성이긴 하지만, 꽤 굳건히 유지되었다. 맑게 갠 그날 오후, 클라크는 자신의 오래된 포드를 보도 위에 서 있는 짐 옆에 대고는 컨트리클럽에서 열리는 파티에 그를 초대했다. 사실 그렇게 한 클라크나 그의 제안을 받아들인 짐이나 둘 다 충동적이고 뜻밖이기는 마찬가지였다. 아마도 짐의 경우에는 따분했던 터라 자기도 모르게 파티에 참석하겠다고 했을 것이며, 그 자리야말로 반쯤 겁에 질린 채 떠나는 모험과도 같은 것이었다. 그러고 나서 짐은 이제야 제정신으로 진지하게 그 문제에 대해 고심해 보는 것이었다.

그는 노래를 시작했다. 긴 발로 보도블록 하나를 한가로이 두드리자 보도블록이 아래위로 흔들리며 낮고 잠긴 듯한 그의 목소리에 박자를 맞췄다.

젤리빈 마을의 집에서 1마일 떨어진 곳에
젤리빈의 여왕 진이 살고 있지.
그녀는 주사위를 좋아해 소중히 여긴다네.
그러니 주사위도 그녀 앞에선 고분고분할 수밖에.

노래를 멈춘 짐은 인도에서 마구 발길질을 해 댔다.

"에잇, 이런!" 그는 크게 소리 내어 중얼거렸다. 그들도 죄다 그 자리에 참석할 것이다. 팔린 지 오래인 하얀 집과 벽난로 선반 위로 걸린 회색 제복 차림의 장교 초상화를 생각한다면 짐 역시 어울릴 자격이 있는 예전의 그 무리 말이다. 하지만 여자아이들의 치맛단이 길어지고 남자아이들의 바지도 발목까지 불쑥 길어지는 동안 그 무리는 결속력 강한 작은 집단으로서 함께 커 나갔다. 또 격식을 차리지 않고 서로 이름만 불러 대며 쉽게 사그라지는 풋사랑을 함께한 그 무리에서 짐은 아웃사이더였다. 그는 백인 빈곤층과 주로 어울렸다. 어쨌건 그 작은 집단에 속한 남자들 대부분이 짐을 알고 있었지만, 거들먹거리는 태도로 그를 대했다. 짐은 무리의 여자들 서너 명을 향해 모자를 살짝 기울여 보이며 인사하곤 했다. 짐과 그들은 딱 그만큼의 관계일 뿐이었다.

땅거미가 짙어져 푸른빛을 띠고 달이 뜰 무렵이 되자, 짐은 무덥고 자극적인 냄새가 기분 좋게 풍기는 마을을 지나 잭슨가로 향했다. 하나둘씩 문을 닫는 상점들과 한가로이 집으로 향하는 마지막 손님들을 바라보고 있노라니, 그 모습이 마치 천천히 돌아가는 회전목마를 타고 꿈꾸듯 빙빙 돌며 주변을 구경하는 것만 같았다. 훨씬 아래쪽 거리에서는 시장이 열리고 있어 울긋불긋한 색깔의 노점상들이 골목을 화려하게 수놓았다. 또 증기 오르간으로 연주하는 동양풍의 댄스곡과 괴물 쇼 무대 앞에서 울려 퍼지는 구슬픈 나팔 소리, 〈테네시 집으로〉가 풍금 선율을 타고 명랑하게 들려오는 소리 등 온갖 음악이 어우러져 밤 풍경 속으로 녹아들었다.

젤리빈은 한 상점에 들러 칼라 하나를 산 다음 샘네 소다 가게 쪽으로 느릿느릿 걸음을 옮겼다. 여느 때처럼 가게 앞에는 여름 저녁답게 자동차 서너 대가 서 있었고, 조그만 검둥이 아이들이 선데 아이스크림과 레모네이드를 손에 든 채 정신없이 뛰어다녔다.

"오랜만이야, 짐."

바로 옆에서 귀에 익은 목소리가 들려왔다. 조 유잉이 메릴린 웨이드와 차 안에 앉아 있는 게 보였다. 낸시 라마도 어느 낯선 남자와 뒷좌석에 함께 타고 있었다.

젤리빈은 얼른 모자를 살짝 기울여 보이며 응답했다.

"안녕, 조……." 그러고는 거의 알아챌 수 없을 만큼 잠깐 말을 멈춘 후 이렇게 안부를 물었다. "다들 잘 지내지?"

그들을 지나친 짐은 위층에 자기 방이 있는 정비소를 향해 느릿느릿 움직였다. "다들 잘 지내지?"라고 건넨 인사는 사실 지난 15년간 한마디도 건네 보지 못한 낸시 라마를 향한 것이었다.

낸시는 인상 깊은 입맞춤을 연상시키는 입술과 어두운 눈동자, 그리고 부다페스트 태생인 그녀의 어머니로부터 물려받은 진한 남빛 머리칼을 지녔다. 짐은 종종 거리에서 낸시를 목격했는데, 그녀는 매번 어린 소년처럼 양손을 주머니에 꽂고 걸어 다녔다. 그가 알기로 그녀와 붙어 다니는 단짝 샐리 캐롤 하퍼와 더불어 그녀가 상처 준 남자들을 꼽자면 애틀랜타에서 뉴올리언스까지 늘어세울 수 있을 정도였다.

아주 잠깐이지만 짐은 자신이 춤을 잘 추는 사람이기를 바랐다. 그러고는 문 쪽으로 다가서며 나지막이 노래를 시작했다.

그녀의 젤리롤이 네 영혼을 휘어잡아 비틀어 버릴 수 있어.
그녀의 커다란 갈색 눈동자,
그녀는 젤리빈들의 여왕 중의 여왕,
젤리빈 마을에 사는 나만의 진.

2

저녁 9시 30분, 짐과 클라크는 샘네 소다 가게 앞에서 만나 클라크의 포드를 타고 컨트리클럽으로 향했다. "이봐, 짐." 재스민 향으로 가득한 밤길을 덜커덕대며 달리다 클라크가 무심히 물었다.

"요샌 어떻게 먹고사는 거야?"

젤리빈은 잠시 조용히 생각에 잠기더니 입을 열었다.

"뭐, 틸리네 정비소에 방을 하나 얻었어. 오후에 일을 좀 봐주고 공짜로 지내기로 했지. 그러다 가끔 그 집 택시도 몰고. 그렇게 조금씩 벌어서 먹고살아. 시간을 정해 두고 규칙적으로 그렇게 하라면 못 할 텐데 말이야."

"그게 다라고?"

"뭐, 일이 몰릴 땐 하루씩 도와주고 일당을 받기도 하지. 주로 토요일이 그런 것 같아. 그거 말고도 내가 잘 얘기 안 하는 주 수입원이 있긴 한데…… 너는 기억 못 하겠지만, 난 이 마을에서 주사위 도박 선수로 통한다고. 이젠 다들 나한테 주사위를 컵에 넣어 던지게 하더라고. 일단 내가 주사위를 손에 쥐고 감을 잡으면 주사위들이 알아서 나한테 유리하게 굴러가니까."

클라크가 그의 말에 호응하듯 웃으며 말했다.

"난 그렇게 마음먹은 대로 주사위를 굴리지 못하겠던데…… 언제 한번 네가 낸시 라마와 대결해서 돈을 다 따면 좋겠구나. 그 앤 남자들하고 도박해서 자기 아빠가 대 줄 수 있는 돈보다 더 많은 돈을 잃고 다니지. 우연히 알게 된 거지만 지난달엔 빚을 갚으려고 비싼 반지까지 팔았다고 하더군."

젤리빈은 이렇다 저렇다 말이 없었다.

"엘름가에 있는 하얀 집은 아직 네 앞으로 돼 있는 거야?"

짐은 고개를 가로저었다.

"벌써 팔아 치웠어. 이젠 목이 좋은 동네도 아니고, 그 정도면 값을 잘 쳐서 받은 거지. 변호사는 그 돈을 자유공채*에 넣어 두라더군. 그런데 메이미 아줌마가 정신을 잃는 바람에 이자라고 나오는 건 죄다 아줌마를 모신 그레이트팜 요양원에 들어간단 말이지."

"흠, 그렇군."

"저기 위쪽 북부에 나이 든 삼촌이 한 분 계시는데, 내가 완전히 빈털터리가 된다면 거기로 갈 수도 있겠지. 농장은 괜찮은데, 일할 검둥이가 부족하대. 일을 좀 거들어 달라고 하는데, 내가 그럴 것 같진 않아. 거긴 너무 적적할……." 그는 문득 말을 멈추더니 이렇게 말했다. "클라크, 파티에 초대해 줘서 정말 고마워. 그런데 그냥 여기서 차를 세워 주면 훨씬 더 고맙겠다. 난 마을까지 걸어가면 돼."

"나 원 참!" 클라크가 앓듯이 투덜댔다. "좀 나와서 돌아다녀 봐. 제대로 춤추지 않아도 된다고. 그냥 나가서 맘대로 흔들어."

"잠깐만." 짐이 석연치 않다는 듯 외쳤다. "너 혹시 여자애들한테 나를 데려다 놓고선 네 맘대로 가 버리는 건 아니겠지. 난 꼼짝없이 개들하고 춤을 춰야 하고 말이야."

클라크는 그만 웃음을 터뜨리고 말았다.

"그러지 않겠다고 약속해. 안 그러면……." 짐이 다급하게 말을 이었다. "여기서 곧장 내려서 잭슨가로 돌아가 버릴 테니까."

약간의 언쟁 끝에 둘은 합의를 보았다. 그러니까 짐은 여자들이 방해하지 않는다는 전제하에 구석 자리 소파에 앉아 파티를 지켜보고, 클라크는 춤추지 않고 쉴 때마다 그가 있는 쪽으로 와 함께

---

* 1차 세계대전 중 모집한 전시 공채.

있기로 한 것이다.

그리하여 밤 10시경, 젤리빈은 다리를 꼬고 잔뜩 방어적인 자세로 팔짱을 낀 채 편안하고 점잖은 척하는 한편, 춤추는 이들에게는 조금도 관심이 없다는 듯 행동했다. 하지만 마음속으로 그는 남을 잔뜩 의식하면서도 동시에 주변에서 벌어지는 모든 일에 대단한 관심을 보이고 있었다. 탈의실에서 여자들이 한 명씩 모습을 드러냈다. 그들은 하나같이 눈부시게 아름다운 새처럼 잔뜩 몸을 뻗으며 맵시를 자랑했고, 파우더를 바른 어깨 너머로 여성 보호자들을 향해 미소 지어 보였다. 그러고는 재빨리 주변을 한번 휙 둘러보며 전체적인 방 분위기를 파악하는 동시에 자신들이 입장할 때 사람들의 반응이 어땠는지 살피는 것이었다. 그런 다음에야 다들 또다시 한 마리의 우아한 새가 되어 대기하고 있던 각자의 에스코트의 팔에 사뿐히 손을 내려놓았다. 금발에 나른한 눈을 한 샐리 캐롤 하퍼는 자신이 제일 아끼는 분홍색 드레스를 입고 나타나 막 피어난 장미라도 된 양 두 눈을 깜빡였다. 마저리 헤이트와 메릴린 웨이드, 해리엇 케리는 전부 정오 무렵만 해도 잭슨가를 어슬렁댔지만, 지금은 머리를 말아 올린 데다 머릿기름까지 바르고서 위에서 내리비치는 조명을 받아 정교한 색상으로 물들어 있었다. 마치 방금 사서 들고 와 아직 채 마르지도 않은 드레스덴 도자기처럼 분홍, 파랑, 빨강, 금색 빛이 내려앉은 그 모습은 놀랍도록 낯설었다.

짐은 30분째 그 자리에 앉아 있었다. 클라크가 매번 다가와 "이봐, 자네, 잘 있는 거야?"라고 명랑하게 말을 건네며 무릎을 치기도 했지만, 그의 기분은 전혀 나아지지 않았다. 또 그에게 말을 걸

거나 옆에 와서 잠시 머물다 간 남자들도 여럿 있었다. 하지만 짐은 알고 있었다. 그들은 하나같이 그가 그곳에 있는 걸 알아차리고는 놀라워했음을 말이다. 그리고 그중 한둘은 자신을 발견하고는 약간 언짢아했을 거란 생각도 했다. 하지만 10시 30분이 되자 불현듯 어색한 기분은 온데간데없이 사라지고 숨이 멎을 듯 흥미로운 관심사가 그를 사로잡았다. 바로 낸시 라마가 탈의실에서 나온 것이다.

그녀는 삼단 주름과 커다란 검은색 나비 리본을 비롯해 구석구석 멋진 디테일이 돋보이는 노란색 오건디* 드레스를 차려입고, 반짝이는 빛을 받으며 검은색과 노란색을 주변에 흩뿌리고 다니는 것처럼 보였다. 불현듯 젤리빈의 두 눈이 커지더니 목에 뭔가 턱 하고 걸린 듯한 느낌이 들었다. 출입문 옆에 서 있는 그녀를 향해 헐레벌떡 뛰어오는 그녀의 파트너가 보였기 때문이다. 그는 다름 아닌 그날 오후 조 유잉의 차에 그녀와 함께 타고 있던 낯선 남자였다. 낸시는 양손을 허리에 대고 팔꿈치를 옆으로 편 채 낮은 음성으로 뭔가 이야기하더니 웃기 시작했다. 남자가 그녀를 따라 웃음을 터뜨리자 신기하고도 낯선 고통이 짐을 덮쳐 왔다. 빛줄기 하나가 두 남녀 사이를 비집고 들어갔고, 그건 잠시나마 짐을 따뜻하게 비추던 태양의 한 줄기 아름다움이었다. 젤리빈은 문득 자신이 그늘진 곳에 자리한 잡초 같다고 느꼈다.

얼마 후 한껏 눈을 빛내며 클라크가 다가왔다.

"이봐, 자네." 창의력이라곤 전혀 없어 보이는 그가 외쳐 댔다.

---

* 빳빳하고 얇은 면. 모슬린.

"잘 있는 거야?"

짐은 생각했던 것처럼 잘 적응하는 중이라고 대답했다.

"이리 좀 와 봐." 클라크가 다짜고짜 말했다. "오늘 밤 흥을 돋울 만한 물건을 손에 넣었다고."

짐은 어색해하면서도 그를 따라 플로어를 가로질러 계단을 오른 끝에 라커룸에 다다랐고, 클라크는 뭔지 모를 노란 액체가 든 술병 같은 걸 꺼내 들었다.

"그리운 맛, 옥수수 위스키야."

진저에일이 쟁반에 담겨 나왔다. '그리운 맛, 옥수수 위스키'처럼 독한 술을 마시려면 탄산수보다 센 속임수가 필요한 법이었다.

"이봐, 친구." 클라크가 숨죽여 가며 말했다. "낸시 라마는 참 근사해 보이지?"

짐은 고개를 끄덕여 보였다.

"엄청나게 근사하지." 그 역시 클라크 말에 동의했다.

"저렇게 예쁘게 차려입고 오늘 밤 네게 작별을 고하고 있지." 클라크가 말을 이었다. "같이 있는 놈 봤냐?"

"덩치 큰 놈? 흰색 바지 입은 자 말이야?"

"그래, 맞아. 서배너* 출신의 오그던 메릿이래. 그 부친인 메릿 씨가 메릿 안전면도기를 만든다더군. 여하튼 저놈이 낸시한테 미쳐서 일 년 내내 쫓아다니는 중이라나."

"낸시는 다루기 어려운 아가씨지." 클라크가 말을 이었다. "그래도 난 개가 좋아. 나 말고 다른 사람들도 마찬가지겠지만 말이야."

* 조지아주에 있는 항만 도시.

20

하지만 걘 이상한 짓을 벌이곤 하지. 그렇다고 무슨 큰일이 생기는 건 아니지만, 이런저런 일들 때문에 평판이 엉망이야."

"그래?" 짐은 들고 있던 술잔을 건넸다. "좋은 옥수수 위스키네."

"괜찮은 편이지. 정말이지 낸시는 막 나간다니까. 글쎄, 주사위 도박까지 한다고! 하이볼도 즐기고 말이야. 내가 나중에 한잔 사기로 했지."

"그래서 낸시가 이 메릿이라는 자와 사랑에라도 빠졌다는 거야?"

"나도 좀 알았으면 좋겠어. 어쨌건 이 일대에서 괜찮다고 소문난 애들은 죄다 결혼해서 어딘가로 가 버리는 것 같구나."

그는 술을 한 잔 더 따르더니 조심스레 병 입구를 코르크 마개로 막았다.

"잘 들어, 짐. 난 이제 춤을 추러 가 볼 테니 너도 춤추러 나갈 게 아니라면 이 술 좀 잘 지켜 주면 고맙겠어. 다른 놈들이 내가 술 마신 걸 알면 죄다 몰려와서 한 잔씩 내놓으라 할 테고, 그럼 이 술은 순식간에 증발해 버리겠지. 내 달콤한 시간을 뺏기는 거라고."

그렇다. 낸시 라마는 결혼하고 말 것이다. 온 마을이 추앙하는 이 여인은 흰색 바지를 입은 자의 사적 소유물이 될 것이며, 그건 전부 그자의 아버지가 주변 사람들보다 더 나은 면도기를 만들기 때문이었다. 생각이 거기에 미치자, 계단을 내려가던 짐은 이루 말할 수 없이 우울해졌다. 그는 난생처음 희미하게나마 낭만적인 갈망에 사로잡혔다. 그만의 상상 속에서 그녀의 모습이 형태를 갖추어 갔다. 소년과 같은 걸음걸이로 거리를 활보하던 낸시는 자신을 흠모하는 과일 장수가 십일조 헌금인 양 건넨 오렌지 하나를 받아 들었고, 샘네 소다 가게에서는 의문의 계좌 앞으로 음료 한 잔을 달아 두었다. 그러고는 미남 호위대에 둘러싸여 당당한 모습으로 차에 올라 술과 노래로 장식될 오후를 맞이하러 떠나는 것이었다.

건물 현관 쪽으로 걸어 나온 젤리빈은 잔디밭 위에 내린 달빛과 무도회장의 외등 달린 출입문 사이의 어둡고 한적한 구석으로 향했다. 그곳 의자에 앉은 그는 담배에 불을 붙이고 평소처럼 무심하게 공상에 빠져들었다. 그런데 이제 그의 공상은 밤의 기운과 깊이 파인 드레스 앞쪽에 찔러 넣은 축축한 파우더 퍼프의 관능적 향기, 그리고 열린 문틈으로 새어 나온 온갖 강렬한 냄새들이 어우러져 감각적 색채를 띠게 되었다. 우렁찬 트롬본 소리에 가려 흐릿해진 음악도 어느덧 후덥지근하고 어슴푸레해지더니 수많은 신발과 슬리퍼 들이 끌리는 소리에 나른하게 스며들었다.

갑자기 어두운 형상 하나가 나타나더니 문틈으로 새어 나오던 네모난 노란 불빛을 가렸다. 탈의실에서 나온 한 여자가 3미터도 떨어지지 않은 현관으로 가 선 것이다. "이런."이라고 나직이 내뱉는 소리가 들리더니, 별안간 그녀가 뒤돌아서서 그를 쳐다봤다. 그녀는 낸시 라마였다.

짐이 벌떡 일어섰다.

"안녕?"

"그래, 안녕……." 그녀는 잠시 말을 멈추고 주저하더니 그에게 다가와 이렇게 말했다. "아, 너 짐 파월이구나."

그는 살짝 고개를 숙여 보이며 무심한 척 내뱉을 말을 생각해 내려고 했다.

"있잖아." 그녀가 재빨리 말을 이었다. "그러니까…… 너 껌에 대해서 좀 아니?"

"뭐라고?"

"내 신발에 껌이 붙었거든. 어떤 멍청한 인간이 뱉은 껌을 밟아 버렸지 뭐야."

때아니게 짐의 얼굴이 붉어졌다.

"넌 껌 떼는 법 아니?" 그녀가 안달하며 물었다. "칼로도 해 봤고, 탈의실에 있는 건 죄다 시도해 봤거든. 비누랑 물, 그리고 향수까지도 말이야. 혹시나 껌이 붙어 나오지 않을까 해서 파우더 퍼프로도 해 봤는데, 결국 퍼프만 못 쓰게 돼 버렸어."

약간 혼란스러워진 짐은 그녀의 질문을 곱씹다가 이렇게 말했다.

"아, 내 생각엔 휘발유라면……."

짐이 그렇게 내뱉자마자 그녀는 그의 손을 그러잡은 채 낮은 베란다에서 뛰어내렸고, 그대로 내달려 꽃밭을 지나 골프 코스의 첫 번째 홀 옆쪽에 달빛을 받으며 늘어선 자동차들 쪽으로 향했다.

"자, 이제 휘발유를 좀 빼내 봐." 그녀가 다급하게 일렀다.

"뭐라고?"

"껌을 떼 내야지. 껌을 붙이고 춤출 순 없잖아!"

짐은 순순히 차들이 서 있는 쪽으로 몸을 돌려 휘발유를 얻어 낼 만한 차가 있는지 살피기 시작했다. 만일 그녀에게 실린더가 필요하다 해도 그는 기꺼이 그걸 뜯어냈을 터였다.

"자, 여기." 잠시 차들을 둘러보던 짐이 입을 열었다. "여기 이 차가 좋겠어. 혹시 손수건 있니?"

"젖어서 위층에 두고 왔어. 거기다 비누랑 물을 묻혀서 비벼 봤 거든."

짐은 부지런히 자신의 주머니를 뒤져 봤다.

"나도 없는데."

"젠장! 그럼 그냥 땅으로 흘러나오게 하자."

그가 뚜껑을 돌리자, 휘발유가 뚝뚝 떨어지기 시작했다.

"조금 더!"

짐은 뚜껑을 한껏 돌려 열었다. 그러자 한 방울씩 떨어지던 휘 발유가 아예 흘러내려 기름 웅덩이를 만들었다. 번질대는 웅덩이 위로 떨리는 달들이 여럿 비쳤다.

"아!" 낸시가 흐뭇한 한숨을 내쉬며 말했다. "전부 흘려보내 봐. 그럼 그 웅덩이를 헤치면서 걷기만 하면 될 테니까."

자포자기한 짐이 뚜껑을 완전히 꺾어 돌리자 잠깐 사이에 웅덩 이가 확 넓어지면서 기름이 가느다란 강줄기처럼 사방으로 퍼져 나갔다.

"좋아, 굉장해."

낸시는 치마를 들어 올리며 웅덩이 안으로 우아하게 걸어 들어 갔다.

"이젠 분명 떨어질 거야." 그녀가 중얼댔다.

짐의 얼굴에 미소가 번졌다.

"차는 얼마든지 있어."

낸시는 휘발유 웅덩이에서 조심스레 걸어 나오더니 신발의 옆 쪽과 바닥을 자동차 발판에 대고 마구 문질러대기 시작했다. 젤리 빈은 더는 참을 수 없었다. 그는 몸을 숙이며 크게 웃어 댔고, 곧 그녀도 따라 웃었다.

"너 클라크 대로우랑 같이 온 거지?" 함께 베란다로 되돌아가던 중 그녀가 대뜸 물었다.

"그래, 맞아."

"그 애가 지금 어디 있는지 알아?"

"나가서 춤추고 있겠지, 뭐."

"이런, 하이볼을 사 준다고 약속하더니."

"뭐, 그거라면 괜찮을 것 같은데. 여기 내 주머니에 개가 맡긴 술병이 있거든." 짐이 거들었다.

그녀는 짐을 향해 눈부신 미소를 지어 보였다.

"그런데 진저에일 정도는 있어야 할 거야." 그가 덧붙였다.

"아니, 난 괜찮아. 그냥 그 술병만 있으면 되는걸."

"정말이야?"

낸시는 그를 깔보기라도 하듯 웃었다.

"줘 봐. 그게 뭐든 난 남자들 못지않게 마실 수 있으니까. 여기 앉자."

그녀가 테이블 옆에 앉자, 짐은 그녀 곁에 있던 고리버들 의자 하나를 끌어당겨 털썩 주저앉았다. 코르크 마개를 연 그녀는 술병을 입으로 가져가더니 길게 한 모금 마셨다. 짐은 얼이 빠져 그녀를 쳐다봤다.

"마음에 들어?"

그녀는 헐떡이며 고개를 저었다.

"아니. 그런데 마실 때 기분은 좋아. 뭐, 사람들 대부분이 그렇겠지만 말이야."

짐도 그런 그녀의 말에 동의했다.

"아빠도 술을 너무 좋아했어. 술에 먹혀 버린 셈이지."

"미국 사내들이란……." 낸시가 심각하다는 듯 말했다. "죄다 술 마시는 법을 모른다니까."

"뭐?" 짐이 깜짝 놀라며 물었다.

"사실," 그녀는 무심하게 말을 이었다. "미국 남자들은 뭐든 제대로 할 줄을 몰라. 내가 인생에서 딱 하나 후회스러운 게 있다면 그건 바로 영국에서 태어나지 못했다는 거야."

"영국이라고?"

"그래. 영국 태생이 아닌 것, 그거 하나가 너무 안타까워."

"영국이 마음에 들어?"

"응, 난 영국이 너무 좋아. 직접 가 보진 않았어도 여기 온 영국 남자들은 많이 만나 봤어. 옥스퍼드나 케임브리지에 다니는 군인들 말이야. 여기로 치면 스와니 대학이나 조지아 대학 같은 곳이지. 아, 물론 영국 소설도 엄청 많이 읽었지."

짐은 흥미롭기도 하고 놀랍기도 했다.

"다이애나 매너스 부인 이야기 들어 봤니?" 그녀는 진지한 말투로 물었다.

짐은 그런 이야기를 들은 적이 없었다.

"난 말이야, 그 부인처럼 되고 싶어. 그녀도 나처럼 어두운 분위기인 데다 아주 무모하지. 그녀는 말이야, 성당인지 교회인지 거기 있는 계단을 말을 타고 뛰어 올라간 여자라고. 그래서 그때부터 소설가들도 작품 속 여주인공이 그렇게 하는 장면을 집어넣게 되었다지 뭐야."

짐은 그저 예의상 고개를 끄덕여 보였다. 그로서는 전혀 이해가 가지 않는 논리였다.

"그 술병 좀 줘 봐." 낸시가 말했다. "좀 더 마실 테야. 좀 마신다고 어떻게 되진 않을 테니 말이야."

"있잖아," 그녀는 술을 한 모금 넘긴 뒤 숨 가쁘게 말을 이었다. "그쪽 사람들은 왠지 스타일이 있는 거 같아. 하지만 여기 사내들은 스타일이라곤 없지. 그러니까 이곳 남자들은 우리가 멋지게 차려입거나 인상 깊은 행동을 해 줄 가치조차 없다고, 알겠니?"

"그래, 그런 것 같아. 아, 그러니까 그게 아닌 것 같다고." 짐이 중얼거렸다.

"그리고 난 그걸 다 해 보고 싶어. 나야말로 이 마을에서 유일하게 스타일이 있는 여자니까."

그녀는 두 팔을 벌리고 기분 좋게 하품하며 말했다.

"멋진 밤이구나."

"응, 정말 그래." 짐 역시 같은 마음이었다.

"보트가 있었으면⋯⋯." 낸시는 꿈꾸듯 나른하게 말을 이었다. "템스강 같은 은빛 호수로 나가 보고 싶어. 샴페인이랑 캐비아 샌드위치도 챙겨서 말이지. 여덟 명 정도 보트에 타고 가면 좋을 거 같아. 그리고 일행 중 한 남자가 파티의 흥을 돋우려고 별안간 물속으로 뛰어들었다가 익사하는 거지. 그 언젠가 다이애나 매너스 부인과 같이 있던 사내가 그랬던 것처럼 말이야."

"그 사내도 부인을 즐겁게 해 주려고 물에 뛰어든 거야?"

"단지 그녀를 기쁘게 하려고 빠져 죽을 생각까지 한 건 아니었을 거야. 그저 물에 뛰어들어서 사람들을 웃게 하고 싶었던 거지."

"내가 보기엔 그가 익사했을 때 사람들은 죽도록 웃고 있었을 것 같은데."

"아, 그래 조금은 웃었겠지." 그녀도 인정하듯 말했다. "왠지 부인은 그랬을 거 같고. 부인은 꽤 강한 사람이었을 거 같아, 나처럼 말이지."

"네가 강해?"

"그래, 손톱처럼 강하지." 그녀는 한 번 더 하품을 하더니 이렇게 덧붙였다. "그 술병에 있는 술 좀 더 줘 보라고."

짐이 주저하자 그녀는 약간 도전적으로 손을 뻗으며 말했다. "나를 여자애 취급하지 마." 그녀가 경고하듯 일렀다. "난 네가 여태 봐 온 그런 여자애들이랑은 다르니까 말이야." 낸시는 잠시 생각에 잠기는 듯하다가 말을 이었다. "그래도 어쩌면 네가 옳을 수도 있겠지. 넌 말이야, 넌 왠지 좀 어른 같은 구석이 있으니까."

그녀는 벌떡 일어나 문 쪽을 향했다. 젤리빈도 덩달아 몸을 일으켰다.

"그럼, 안녕." 그녀가 얌전히 말했다. "잘 가. 고마웠어, 젤리빈."

3

12시가 되자 여자 탈의실에서 망토를 두른 행렬이 한 줄로 쏟아져 나왔고, 모두들 코티용cotillion*을 추는 사람들처럼 코트 차림의 남성과 짝을 짓고는 행복에 겨운 나른한 웃음을 뿌리며 문을 나

* 상대를 바꿔 가며 추는 스텝이 복잡한 춤.

섰다. 어느새 어두워진 바깥에서는 자동차들이 후진하며 부릉 소리를 냈고, 사람들은 서로 왁자지껄하게 떠들며 냉수기 주변에 몰려 서 있었다.

줄곧 한쪽 구석에 앉아 있던 짐은 몸을 일으켜 클라크를 찾아보았다. 둘은 11시경에 만났었고, 클라크는 춤을 추려고 자리를 떴다. 클라크를 찾아 헤매던 짐은 음료수 가판대 코너로 들어섰다. 카운터 뒤에서 졸고 있던 검둥이와 테이블에 앉아 주사위를 만지작거리며 빈둥대는 두 사내 말고는 방에 아무도 없었다. 짐이 막 그곳을 나서려는데 클라크가 들어오는 게 보였다. 순간 클라크도 고개를 들어 그를 쳐다봤다.

"이야, 짐!" 그가 청했다. "이리 와서 이 술병 비우는 거 좀 거들어 줘. 많이 남은 건 아닌데, 한 잔씩 돌아갈 정도는 되니까."

낸시와 서배너 출신의 사내, 메릴린 웨이드, 조 유잉이 문간에 기대선 채 웃고 있었다. 짐과 눈이 마주친 낸시가 익살스레 윙크해 보였다.

그들은 테이블로 자리를 옮겨 빙 둘러앉아 웨이터가 진저에일을 가져올 때까지 기다렸다. 조금 불편해진 짐은 낸시 쪽으로 눈을 돌렸다. 그녀는 옆 테이블 사내 둘과 5센트짜리 주사위 게임을 하느라 정신이 없었다.

"이리 좀 가져와 보라고 해." 클라크가 말했다.

조는 주변을 살폈다.

"사람들이 몰려들면 난처해져. 그렇게 되면 클럽 규칙도 어기는 게 되고 말이야."

"지금은 아무도 없잖아." 클라크가 고집을 부렸다. "테일러 씨만 빼고 말이지. 테일러 씨는 지금 자기 차 휘발유를 죄다 빼놓은 자를 찾으려고 정신 나간 사람처럼 돌아다니는 중이야."

다들 한바탕 웃음을 터뜨렸다.

"낸시 신발에 또 뭐가 묻었다는 데 백만 달러 걸게. 개가 돌아다닐 땐 주차하면 안 된다고."

"이봐, 낸시. 테일러 씨가 널 찾는데!"

게임에 빠져 한창 신이 난 낸시의 뺨이 발갛게 달아올랐다. "난 이 주 넘게 그자의 바보 같은 똥차를 본 적이 없다고."

짐은 주변이 갑자기 잠잠해지는 걸 느꼈다. 뒤를 돌아보니 언뜻 나이를 가늠할 수 없는 누군가가 문간에 서 있는 게 보였다.

클라크가 당혹스러움을 뒤로한 채 입을 열었다.

"같이 앉으시겠어요, 테일러 씨?"

"고맙네."

비록 환영받지는 못했지만, 테일러 씨는 의자에 앉아 몸을 죽 폈다. "기다려야겠지, 아마도. 휘발유 빼낸 놈을 알아보고 있어. 누가 내 차를 갖고 놀았더군."

그는 눈을 가늘게 뜨고 거기 모인 사람들을 하나씩 재빨리 훑어봤다. 짐은 문간에서 들었던 말을 떠올려 보려 애썼다.

"오늘 밤엔 운이 좋은걸." 낸시가 외쳤다. "벌써 오십 센트쯤 땄어."

"나도 끼지!" 테일러가 갑작스럽게 낚아채듯 말했다.

"아, 테일러 씨, 주사위 도박도 하시는지 몰랐어요!" 테일러가 본격적으로 자리를 잡고 앉아 곧장 돈을 걸자 낸시는 더없이 기뻐했다. 사실 그가 집요하게 그녀에게 접근했던 어느 날 밤 그녀가 확실히 거절하고 나서부터 둘은 공공연하게 서로에 대한 반감을 드러내 온 터였다.

"좋아, 얘들아. 엄마를 위해 잘 좀 굴러 보렴. 칠만 나오면 된단다." 낸시가 주사위한테 달콤한 말을 건넸다. 그러고는 과장되게 주사위를 흔들어 댄 후 손을 펼쳐 테이블 위로 주사위를 굴렸다.

"아! 그럴 것 같았어. 자, 그럼 다시 일 달러 더 걸고."

낸시가 다섯 번을 이기자 테일러는 초라한 패배자로 전락했다. 낸시는 개인적 감정을 실어 내기에 임했고, 이길 때마다 승리의 희열이 그녀의 표정에 떠오르는 걸 짐은 알아차렸다. 이제 그녀는 주사위를 던질 때마다 돈을 두 배로 걸었지만, 그런 운은 내내 이어지지 않는 법이었다. "무리하지 않는 게 좋아." 짐이 소심하게 주의를 줬다.

"아, 그래. 그런데 이것 좀 봐." 그녀가 속삭였다. 주사위는 8을 보였고 낸시는 자신의 숫자를 불렀다.

"에이다, 이번엔 남쪽으로 가 보자."

디케이터Decatur의 에이다가 테이블 위를 굴렀다. 얼굴이 상기된 낸시는 히스테리 상태에 가까웠지만, 그래도 아직 운은 버텨 주는 듯했다.

그녀는 돈을 점점 더 올려 걸면서 기세를 늦출 줄 몰랐다. 테일러는 테이블에 연신 손가락을 두드려 댔지만, 어쨌건 계속 게임에 참가했다.

낸시는 10을 얻으려 했지만 결국 패하고 말았다. 테일러가 흩어진 주사위를 단번에 그러쥐고는 잠자코 그걸 던졌다. 흥분을 억누른 침묵 속에서 테이블에 주사위 구르는 소리만 연거푸 달그락거리며 날 뿐이었다.

낸시가 다시금 주사위를 쥐었지만, 그녀의 운은 바닥난 상태였다. 어느덧 1시간이 흘렀다. 두 사람은 연신 주사위를 주고받았다. 그러다 테일러가 이기고, 이기고, 또 이겼다. 마침내 동점이 되었다가 결국에는 낸시가 5달러를 잃었다.

"제 수표를 받으시겠어요?" 그녀가 재빨리 말했다. "오십 달러짜리요. 그걸 전부 걸어 볼까요?" 낸시의 음성은 조금 불안정했고 돈을 향해 뻗은 손이 떨렸다.

클라크는 뜻 모를 당황스러운 시선을 조 유잉과 교환했다. 테일러가 다시 한번 주사위를 던졌다. 그는 결국 낸시의 수표를 손에 넣었다.

"한 게임 더 하실래요?" 그녀가 막무가내로 밀어붙였다. "나 원참. 은행은 상관없잖아요. 사실 돈은 어디서든 뽑을 수 있지요."

짐은 상황을 파악했다. 바로 자신이 건넨 '그리운 그 맛, 옥수수 위스키', 그러니까 그녀가 받아 마신 그 술이 문제였다. 그는 이 상황에 끼어들고 싶은 마음이 굴뚝같았다. 그녀의 나이와 사회적 지위를 고려할 때 은행 계좌가 둘이나 될 가능성은 적었다. 시계가 2시임을 알리자 짐은 더 이상 참지 않기로 했다.

"저기 말이야, 내가…… 내가 대신 주사위를 굴려 줄까?" 낮고 나른한 그의 목소리에 긴장감이 깃들어 있었다.

졸리고 무기력해진 낸시가 순간 주사위를 그에게 던져 줬다.

"그러렴, 어른스러운 내 친구! 다이애나 매너스 부인이 말한 것처럼. '던져 봐, 젤리빈.' 내 운은 이제 다 됐으니까."

"테일러 씨," 짐이 무심한 듯 입을 열었다. "거기 있는 수표 대 현금을 걸고 던져 봅시다."

30분쯤 후 낸시는 앞으로 몸을 기울여 짐의 등을 치며 이렇게 말했다. "네가 내 운을 몽땅 가져갔던 거구나." 그녀는 알겠다는 듯 고개를 끄덕였다.

짐은 마지막 수표까지 휩쓴 다음 수표들을 한데 모아 발기발기 찢은 뒤 바닥에 뿌려 버렸다. 누군가 노래를 흥얼거리기 시작했고, 낸시는 의자를 뒤로 차며 일어섰다.

"여러분," 그녀가 사람들을 향해 이야기하기 시작했다. "특히 숙녀 여러분! 그래, 널 말하는 거야, 메릴린. 이 자리를 빌려 새삼 만천하에 알리고 싶군요. 젤리빈으로 익히 알려진 짐 파월 씨야말로 '주사위에 행운을, 사랑엔 불운을!'이란 법칙이 적용되지 않는 예외적인 인물이란 걸요. 그는 주사위 운도 좋은 데다 사실 제가, 제가 말이에요. 그를 많이 좋아한답니다. 여러분, 검은 머리 미인 낸시 라마는 제일 인기 있는 청년 모임 회원이라고 수시로 《헤럴드》지에 기사가 실리곤 하죠. 물론 다른 아가씨들도 종종 그러긴 하지만 말이에요. 어쨌건 이 자리에서 알려 드리고 싶군요. 신사 여러분……." 그녀의 몸이 갑자기 기우뚱거렸다. 클라크가 가까스로 그녀를 붙잡아 바로 세웠다.

"실수가 있었군요." 그녀가 웃으며 말을 이었다. "그녀가…… 휘청거린 건…… 휘청대서…… 아무튼 젤리빈을 위해 건배하기로 해요……. 젤리빈의 왕, 짐 파월 씨를 위해."

조금 뒤 짐은 아까 낸시가 휘발유를 찾아 나오다 잠시 멈춰 섰던 어둑어둑한 현관 한구석에서 모자를 손에 쥔 채 클라크를 기다리고 있었다. 그런데 갑자기 그녀가 나타나 바로 옆에 섰다.

"젤리빈," 그녀가 입을 열었다. "여기 있는 거야, 젤리빈? 내 생각
엔 말이야……." 조금은 불안정한 그녀의 음성마저 황홀한 꿈결의
일부인 듯했다. "내 생각에 넌 최고로 달콤한 키스를 받을 만해, 젤
리빈."

순간 그녀가 그의 목에 팔을 두르고 그에게 입술을 밀어붙였다.
"난 제멋대로야, 젤리빈. 그래도 넌 내게 호의를 베풀었지."

그러더니 그녀는 현관을 내려가 귀뚜라미가 울어 대는 잔디밭
너머로 사라져 버렸다. 짐은 마중 나온 메릿이 화가 나 그녀에게
뭐라고 하는 걸 보았다. 낸시는 깔깔 웃으며 돌아서서는 그의 차에
눈길을 주며 걸었다. 메릴린과 조가 그 뒤를 따라가며 재즈 베이비
에 대한 나른한 노래를 불러 댔다.

클라크가 나와 계단 위에 있던 짐 옆에 섰다. "불빛이 예쁜 것
같네." 그는 하품을 하며 말했다. "메릿이 기분이 안 좋은가 봐. 낸
시가 싫어진 게 틀림없어."

동쪽으로는 골프 코스를 따라 희미한 어스름이 밤의 끝자락을
가로지르며 카펫처럼 펼쳐졌다. 차 안에 있던 사람들은 엔진이 데
워지는 동안 합창을 해 댔다.

"모두들 잘 가." 클라크가 외쳤다.

"잘 가, 클라크."

"그래, 잘 가."

잠시 정적이 흐르더니 누군가 부드럽고 기분 좋은 음성으로 덧
붙여 말했다.

"잘 가, 젤리빈."

차가 출발했고, 흘러나오는 노랫소리는 여전했다. 길 건너 농장

에서는 수탉 한 마리가 홀로 애절하게 울어 댔고, 두 사람 뒤로 마지막으로 남은 검둥이 웨이터가 현관 등을 껐다. 짐과 클라크는 차가 있는 쪽으로 느린 걸음을 옮겼고, 자갈 덮힌 진입로를 지날 땐 둘의 신발이 달각달각 요란한 소리를 냈다.

"오 이런!" 클라크가 나지막이 한숨을 내쉬었다. "주사위를 그렇게 맘대로 주무르다니!"

바깥은 아직 너무 어두웠기에 짐의 깡마른 뺨이 붉어진 것을, 혹은 그것이 낯선 수치심 때문임을 클라크는 알아차리지 못했다.

4

틸리네 정비소 위층에 자리한 어둑어둑한 방은 아래층에서 들려오는 덜커덩대는 잡음과 부릉거리는 소리, 그리고 검둥이 일꾼들이 바깥에서 호스로 차에 물을 뿌리며 불러 젖히는 노랫소리로 온종일 시끄러웠다. 그곳은 생기라고는 없는 네모진 방으로 침대와 낡은 테이블, 그리고 그 위에 놓인 대여섯 권의 책이 있을 뿐이었다. 책 중에는 구식 판본이라 예스러운 글씨체로 주석이 달린 조 밀러의 《아칸소를 지나는 완행열차》와 《루실》, 해롤드 벨 라이트의 《세상의 눈》, 그리고 오래전에 영국 국교회에서 발행한 기도서가 포함되어 있었다. 기도서에는 앨리스 파월이라는 이름과 1831년이라는 연도가 기재되어 있었다.

젤리빈이 정비소로 들어올 때 희미하게 어스름하던 동쪽 하늘은 그가 단 하나 있는 전등을 켜자 짙고 생생한 푸른색으로 탈바꿈했다. 그는 다시 전등을 끄고 창문으로 다가가 창틀에 팔꿈치를 댄 채 짙어 오는 아침 풍경을 바라보았다. 감정이 일며 처음 든 생각은 허무하다는 기분으로, 그건 자기 삶이 회색빛으로 칙칙하다는 자각에서 온 일종의 둔탁한 고통이었다. 불현듯 벽 하나가 획 하고 나타나 울타리처럼 그를 에워쌌고, 그 벽은 별것 없는 그의 방을 이룬 하얀색 벽만큼이나 확실하고 분명하게 여겨졌다. 그리고 바로 이 벽을 인지하고부터 자기 존재의 낭만과 무심함, 가볍게 저지르는 경솔함, 경이로운 관대함 따위는 죄다 희미해져 갔다. 나른한 노래를 흥얼대며 잭슨가를 거닐던 젤리빈, 그를 모르는 이 없던 가게와 노점들, 일상적인 안부와 주민들과 나누던 재치 있는 유머, 단지 속절없이 흐르는 시간 때문에 이따금 밀려오던 슬픔과 함께하던 그런 젤리빈은 갑자기 자취를 감추고 말았다. 이제 젤리빈이라는 이름은 책망의 대상인 동시에 시시해져 버린 것이다. 불현듯 그는 전부 알 수 있을 것 같았다. 메릿은 틀림없이 자신을 경멸하고 있을 것임을. 또 새벽녘 낸시가 자신에게 입맞춤했을 때에는 단순히 질투뿐 아니라 자신의 기준을 그토록 낮추어 버린 낸시에 대한 경멸까지 함께 불러일으켰을 것임을 말이다. 한편 젤리빈으로서는 그녀를 위해 정비소에서 터득한 말도 안 되는 속임수를 써먹은 셈이었다. 그러니까 그는 그녀의 도덕적 세탁을 자처했으며, 남은 오점은 오롯이 그의 몫이었다.

어스름했던 하늘이 푸른빛을 띠게 되자 방은 환해지고 빛으로 채워졌다. 짐은 방을 가로질러 침대로 가 털썩 드러누우며 침대 모서리를 꽉 움켜쥐었다.

"난 그녀를 사랑해." 그가 큰 소리로 외쳤다. "아, 이런!"

짐이 이렇게 말한 순간, 마치 목에 걸린 덩어리가 녹아내리듯 그의 내면에서 무언가 무너져 내렸다. 공기가 맑게 걷히면서 새벽이 밝아 왔고, 그는 엎드려 베개에 얼굴을 묻고 컥컥대며 흐느껴 울기 시작했다.

햇볕이 한창 내리쬐는 오후 3시, 클라크 대로우는 힘겹게 퉁퉁 거리는 차를 몰고 잭슨가를 지나고 있었다. 바로 그때 손가락을 조끼 주머니에 찔러 넣고 거리에 서 있던 젤리빈이 그의 이름을 불렀다.

"안녕!" 클라크는 이렇게 외치며 자신의 포드를 길옆으로 댔다. "방금 일어난 거야?"

젤리빈은 고개를 가로저었다.

"아예 자러 가지 않았어. 잠이 잘 안 와서 말이야. 그래서 그냥 아침에 시골 쪽으로 좀 걷다 왔지. 지금 막 마을로 들어서는 길이야."

"그래, 네가 그럴 것 같더라. 나도 종일 그랬으니까 뭐……."

"나 마을을 떠날까 생각 중이야." 젤리빈은 생각에 잠긴 채 말을 이었다. "북부에 있는 농장으로 가서 던 삼촌 일이나 좀 거들까 봐. 너무 오래 놀고먹은 거 같아서 말이지."

클라크가 잠자코 듣고 있자, 젤리빈은 하던 말을 계속했다.

"메이미 아줌마가 돌아가시면 내 몫으로 남은 돈을 농장에 투자해서 어떻게 좀 해 보려고. 원래 우리 가족은 그쪽 북부 출신이라 땅이 좀 있거든."

클라크는 호기심 가득한 표정으로 그를 쳐다봤다.

"그거 재밌구나." 그는 말을 이었다. "그러니까 이번…… 이번 일은 내게도 그런 식으로 영향을 미친 것 같거든."

젤리빈은 잠시 머뭇거렸다.

"잘 모르겠어." 그가 천천히 입을 열었다. "그러니까 뭔가가……
어젯밤 그 여자애가 다이애나 매너스 부인이라는 영국 여자에 대
해서 이야기할 때 말이야, 그걸 듣고 있자니 생각을 좀 하게 된 거
야!" 그는 자세를 고쳐 세우고는 묘한 표정으로 클라크를 바라
봤다. "나도 한땐 가족이 있었다고." 그가 도전적인 어투로 말했다.

클라크는 고개를 끄덕여 보였다.

"그래, 알지."

"어쨌건 내가 마지막으로 남은 사람이야." 젤리빈은 목소리를
조금 높여 말을 이었다. "그리고 난 그렇게 쓸모없는 인간이 아니
라고. 다들 나를 젤리라고 부르지. 나약해 빠진 데다 아직 자리도
못 잡았다고 말이야. 우리 집안 사람들이 여럿이었을 땐 별거 아
니었던 인간들이 요샌 길에서 나랑 마주치면 콧방귀나 뀌어 댄단
말이지."

이번에도 클라크는 잠자코 있었다.

"이제 할 만큼 한 것 같아. 그래서 오늘 떠나기로 했어. 이 마을
에 다시 돌아올 때쯤엔 나도 신사처럼 등장할 수 있겠지."

클라크는 손수건을 꺼내 젖은 이마를 닦았다.

"너만 그 일 때문에 심란한 건 아니라고." 그가 침울하게 시인
했다. "여자애들은 지금처럼 처신하는 걸 이제는 그만둬야 해. 안
타깝기도 하지만 어쨌든 모두가 별수 없이 그걸 지켜봐야 하니까
말이야."

"그럼 설마," 놀란 짐이 물었다. "그 일이 다 새 나갔다는 거야?"

"새 나가? 대체 그런 일을 어떻게 비밀스럽게 묻어 둘 수 있겠냐? 모르긴 해도 오늘 밤 신문에도 실릴 거야. 라마 박사는 어떻게든 명성을 잃지 않으려 들 거고."

짐은 양손을 차 옆면에 댄 채 금속에 닿은 기다란 손가락에 힘을 주었다.

"테일러가 그 수표들을 조사하기라도 했단 거야?"

이번에는 클라크가 놀랄 차례였다.

"너 정말 무슨 일이 있었는지 못 들은 거냐?"

짐의 놀란 두 눈은 대답이 되기에 충분했다.

"아, 이런." 클라크가 조금은 극적으로 말을 꺼냈다. "그 넷이 옥수수 위스키를 한 병 더 비우고 취해서는 온 마을을 놀라게 해 주기로 했대. 그러고는 낸시랑 메릿이라는 그놈이 오늘 아침 일곱 시에 록빌에서 결혼해 버렸다지 뭐야."

젤리빈이 손가락으로 내리누른 차체 금속에 아주 작은 자국이 남았다.

"결혼했다고?"

"그렇다니까. 술에서 깬 낸시가 마을로 돌아와 울면서 엄청 무서워했대. 죄다 실수로 저지른 짓이라고 하면서 말이야. 처음엔 라마 박사도 있는 대로 화가 나서 메릿의 숨통을 끊어 놓겠다고 날뛰었지만, 결국 어떻게든 진정이 됐다는군. 그러고 나서 낸시랑 메릿은 두 시 삼십 분 기차 편으로 서배너로 떠나 버렸지."

짐은 눈을 질끈 감으며 갑작스레 치밀어 오르는 메스꺼움을 가까스로 참아 냈다.

"너무 안된 일이야." 클라크가 조금은 냉정하게 말을 이었다.

"결혼 자체를 말하는 게 아니야. 그건 다 괜찮다고. 낸시가 그자에게 마음이 있었던 것 같진 않으니까. 그런데 그렇게 괜찮은 여자가 그런 식으로 가족들 마음에 대못을 박았다는 건 범죄라고 할 수 있지."

젤리빈은 차가 출발할 수 있도록 손을 떼고는 돌아섰다. 다시한번 그의 내면에서 무슨 일인가가 벌어지고 있었고, 그건 어떻게 설명할 수 없는 거의 화학적 변화 같은 것이었다.

"이제 어디로 갈 거야?" 클라크가 물었다.

젤리빈은 몸을 돌려 어깨너머로 초점 없는 시선을 던졌다.

"가 봐야겠어." 그가 중얼거렸다. "너무 오래 깨어 있었나 봐. 몸이 별로 좋지 않아."

"아."

3시경에 뜨거웠던 거리는 4시가 되어도 여전히 뜨거웠고, 4월의 먼지는 태양마저 휘감는가 싶더니 다시금 일었다. 영원히 이어질 것 같은 지루한 오후에 아주 오래된 농담이 끊일 줄 모르고 되풀이되는 중이었다. 하지만 시간이 4시 30분에 이르자 첫 고요가 한 겹 내려앉았고, 차양과 나뭇잎 무성한 나무들 아래로 그늘이 더 길게 늘어졌다. 이처럼 무더운 열기 속에서라면 문제 될 것은 아무것도 없었다. 결국 삶이란 날씨 같은 것인지도 모른다. 그러니까 그 무엇도 중요치 않게 여겨질 만큼 무더운 날들을 견디며 지친 이마에 내려앉는 어느 여인의 부드러운 손길과도 같은 시원한 날을 기다리는 것이다. 한마디로 표현하기에는 무리가 있지만, 어쨌건 조지아에는 그런 느낌이 있다. 이것이야말로 남부의 가장 위대한 지혜라는 그런 느낌 말이다. 그리하여 얼마 후 젤리빈은 잭슨 가에 있는 어느 당구장으로 발길을 돌렸다. 그곳에서라면 틀림없이 그 자신도 익히 알고 있는 온갖 오래된 농담을 던져 줄 만한 마음 맞는 이들을 만날 수 있을 테니까.

낙타의 뒷부분

1

눈이 게슴츠레해질 정도로 피곤한 독자라면 위에 적힌 제목을 잠깐 확인하고는 그것이 한낱 은유적 표현일 뿐이라고 간주할 것이다. 사실 컵과 입술, 몹쓸 페니penny, 새 빗자루가 실제로 컵이나 입술, 페니, 혹은 빗자루와 관련이 있는 경우는 거의 없을 테니까. 그런데 이 이야기만큼은 예외이다. 이것은 실질적으로 우리가 볼 수 있는 바로 그 낙타의 뒷부분에 관한 이야기이기 때문이다.

이야기는 낙타의 목에서부터 시작해 점차 꼬리 쪽으로 진행시켜 나갈까 한다. 우선 페리 파크허스트 씨부터 만나 보자. 그는 스물여덟 살의 변호사로, 톨레도Toledo 토박이다. 페리는 이가 가지런하고 하버드를 졸업했으며 머리 가운데 부분에 가르마를 탄다. 아마 당신은 이전에 그를 만나 봤을지도 모르겠다. 클리블랜드나 포틀랜드, 세인트폴, 인디애나폴리스, 캔자스시티 등에서 말이다. 뉴욕의 베이커 브라더스사는 연 2회 시행되는 서부 답사를 중지하면서까지 그에게 의식주를 제공하려 하고, 몽모랑시사에서는 3개월마다 젊은 직원을 급파해 페리의 신발에 뚫린 작은 구멍들의 개수가 정확한지까지 일일이 확인하고는 한다. 현재 페리는 국산 로드스터를 몰지만, 오래 살기만 한다면 프랑스에서 제작한 로드스터도 타 볼 수 있을 것이다. 혹시라도 중국산 탱크가 유행한다면 그는 분명 그것도 타게 되리라. 그는 저녁놀 빛 가슴에 연고를 발라대는 광고 속 젊은이와 같은 외모를 지녔고, 2년에 한 번씩 동창회 참석을 위해 동부로 향한다.

그의 연인에 관해서도 알아보자. 그녀의 이름은 베티 메딜로, 영화에 출연했더라도 무리가 없었을 것이다. 그녀는 옷값으로 매달 300달러씩을 아버지께 받고 황갈색 눈동자와 머리칼을 지녔다. 또 깃털로 만든 오색 부채도 가지고 있다. 이쯤에서 그녀의 아버지 사이러스 메딜도 소개하려 한다. 어떻게 보아도 그는 분명 인간이지만, 이상하게도 톨레도에서 그는 알루미늄 인간으로 통한다. 하지만 그가 무쇠 인간, 나무 인간, 놋쇠 인간 두서넛과 함께 클럽 창가에 앉아 있을 때면 그들은 죄다 당신이나 나와 다를 바 없어 보인다. 단지 좀 더 그렇게 보인다는 것일 뿐. 무슨 뜻인지 다들 알지 모르겠지만 말이다.

1919년 크리스마스 휴가 동안 톨레도에서 치른 저명인사들의 행사만 해도 만찬 마흔한 번, 댄스파티 열여섯 번, 남녀 오찬 여섯 번, 티파티 열두 번, 남성들만 참석하는 만찬이 네 번, 결혼식 두 번, 그리고 브리지 파티는 열세 번에 달했다. 그리고 이 모든 행사의 누적된 결과로 페리 파크허스트는 12월 29일 어떤 결단을 내리기에 이른다.

메딜이라는 이 아가씨는 그와 결혼할 수도, 또 그러지 않을 수도 있다. 그녀는 현재 너무도 충만한 삶을 영위하고 있는 관계로 그처럼 분명한 결심을 하기 싫은 것이다. 그사이 둘의 비밀 약혼은 그 기간이 너무 길어진 나머지 그 무게를 견디지 못하고 언제든 취소될 것만 같았다. 워버튼이라는 이름의 자그마한 사내는 이 모든 사정을 모조리 꿰고 있어서 강력하게 밀어붙여야 한다고 페리를 설득했다. 결혼 허가증을 발급받아 메딜네 집으로 찾아가서 당장 결혼하든 아니면 영영 끝이라고 으름장이라도 놓으라는 것이었다. 결국 페리는 결혼 허가증을 들고 나타나 몸과 마음을 다해 진심으로 최후통첩을 전달했고, 채 5분도 지나지 않아 이 두 연인은 격렬한 언쟁에 휩싸였다. 그건 오랜 전쟁과 약혼의 마지막 단계에서 벌어지게 마련인 우발적 대결이었다. 그리고 그런 대결은 으레 끔찍한 실수를 낳게 마련이다. 즉 서로 사랑하는 두 사람이 서로를 신랄하게 비난하다가 차가운 시선을 머금고 지금까지의 모든 일을 실수로 치부해 버리는 것이다. 물론 그런 다음에는 진중한 입맞춤이 뒤따르고, 전부 서로의 잘못이었다고 말하게 마련이지만 말이다. 그래, 죄다 내 잘못이라고 말해! 제발! 정말이지 그렇게 말하는 걸 듣고 싶어!

하지만 화해는 좀처럼 이루어지지 않았고, 두 사람은 제각기 어느 정도 화해의 제스처를 회피하는 중이었다. 나중에 화해의 순간이 도래했을 때 보다 육감적이고 감상적인 분위기가 연출될 수 있도록 말이다. 그러다 수다스럽기 이를 데 없는 아주머니에게 걸려온 전화 때문에 베티가 20여 분이나 잡혀 있는 바람에 그들의 화해는 기약 없이 미뤄지고 말았다. 통화가 18분째 이어지자 치솟는 자존심과 불신, 손상 입은 품위를 견디지 못한 페리 파크허스트는 그만 긴 모피 코트와 연갈색 중절모를 집어 든 채 문을 박차고 나오기에 이르렀다.

"이제 다 끝이야." 그는 기어를 밀어 넣으며 간간이 끊기듯 중얼거렸다. "다 끝났다고…… 제길, 한 시간을 초크랑 씨름해야 하나!" 마지막에 내뱉은 말은 추위 속에 한동안 세워져 있던 차를 향한 것이었다.

그는 시내 쪽으로 차를 몰았다. 눈길 위에 난 바퀴 자국을 따라가다 보니 시내 쪽으로 방향을 잡게 된 것이다. 운전석에 구부정하게 푹 꺼진 듯 앉은 그는 너무도 의기소침한 나머지 목적지 따위는 안중에도 없었다.

클래런던 호텔 앞에 이르렀을 때 인도 쪽에 있던 베일리라는 악당이 그를 부르며 아는 척을 했다. 그는 큰 이가 두드러진 사내로 그 호텔에 머물렀고, 단 한 번도 사랑에 빠져 본 적이 없었다.

"페리," 로드스터가 바로 옆 커브 지점으로 다가오자, 베일리는 부드러운 목소리로 말을 꺼냈다. "기막힌 샴페인 육 쿼트*가 있는데 말이야. 아마 그런 건 한 번도 맛보지 못했을 거라고. 네가 같이 올라가서 마틴 메이시랑 나를 도와 마셔 준다면 삼분의 일을 나눠 줄게."

"베일리," 페리가 딱딱하게 응답했다. "샴페인 마실게. 마지막 한 방울까지 마셔 주지. 죽어도 좋아."

---

* 영국에서 액체의 양을 재는 단위.

"닥쳐, 이 정신 나간 인간아!" 악당이 점잖게 말했다. "샴페인에는 메틸알코올이 들어가지 않아. 이거야말로 이 세상이 육천 년 이상 되었다는 걸 증명하는 물건이라고. 너무 오래되어서 코르크가 화석처럼 굳었다고. 그걸 따려면 바위 뚫는 기계라도 있어야 할걸."

"자, 그만 올라가 보자고." 페리가 우울한 듯 말했다. "그 코르크도 지금 내 모습을 본다면 너무 당황스러워서 튀어나오고 말걸."

위층 방은 사과를 먹고, 그네 타기를 즐기고, 강아지에게 말을 거는 소녀들을 묘사한 순수한 느낌의 호텔용 그림들로 꾸며져 있었다. 그 외 다른 장식품들로는 넥타이 말고도 분홍색 타이츠를 입은 숙녀들을 다룬 분홍색 신문을 읽고 있는 분홍 옷차림의 사내 한 사람이 있었다.

"고속도로와 샛길로 진입할 때는……." 분홍 옷차림의 사내가 베일리와 페리에게 비난의 눈길을 던졌다.

"잘 지냈나, 마틴 메이시." 페리가 무뚝뚝하게 말했다. "그 구석기 시대 샴페인은 어디 있는 거야?"

"서두를 거 뭐 있어? 이건 무슨 작전이 아니라고. 그냥 파티일 뿐이지."

페리는 멍하니 앉아 못마땅하다는 듯 넥타이들을 훑어봤다.

베일리는 한가로이 벽장 문을 열고 멋들어진 술병 여섯 개를 끄집어냈다.

"오, 제발 그 모피 코트 좀 벗지 그래!" 마틴 메이시가 페리에게 대놓고 말했다. "아니면 우리가 알아서 창문을 전부 열어야 하는 건가?"

"샴페인이나 좀 줘 봐." 페리가 말했다.

"오늘 밤에 타운센드 서커스 파티에 가는 거야?"

"아니, 안 가!"

"초대는 받았나?"

"그래, 초대는 받았지."

"그런데 왜 안 가는 거지?"

"아, 정말이지 이제 파티라면 질려 버렸거든." 페리가 외치듯 말했다. "싫증이 나 죽을 지경이야. 파티에 너무 많이 참석했더니 이젠 넌덜머리가 난다고."

"그래도 하워드 테이트네 파티엔 가겠지?"

"아니, 말했잖아. 파티라면 질렸다고."

"뭐, 어쨌든." 메이시가 다독이듯 말했다. "테이트네 파티는 대학생 애들이나 갈 법하긴 하지."

"있잖아, 난……."

"어찌 되었건 난 자네가 최소한 파티 한 군데는 참석할 줄 알았지. 신문에 난 걸 보니 자네 이번 크리스마스엔 단 하나도 빠뜨린 파티가 없더군."

"흠……." 페리는 시무룩하게 투덜댔다.

그는 더 이상 어떤 파티에도 참석하지 않을 참이었다. 문득 고전적 구절이 그의 마음을 스쳤다. 그러니까 이제 그쪽과 관련된 그의 삶은 끝났다. 그렇다, 끝나 버렸다. 남자가 "끝났다. 그렇다, 끝나 버렸다."라고 말할 때에는 어떤 여자가 그를 배신했음이 틀림없다. 동시에 페리는 또 다른 고전적 생각, 그러니까 자살이란 얼마나 비겁한 행동인지에 관한 생각을 떠올리는 중이었다. 따지고 보면 그런 생각은 따스하고 고무적인 고귀한 생각에 속했다. 만일 자살이 그토록 비겁한 짓으로 간주되지 않았다면 우리는 좋은 인물들을 수도 없이 잃었을 테니 말이다.

1시간 후 6시가 되자 페리는 연고를 바르는 광고 속 젊은이와 같은 이미지를 죄다 잃고 말았다. 그는 그저 정신없는 만화의 초안처럼 보일 따름이었다. 다른 이들은 베일리가 즉석에서 떠올린 즉흥곡을 노래하는 중이었다.

멍청이 페리, 내내 빈둥대지.
그가 차를 마시는 방식은 온 도시가 알 정도로 유명하지.
차를 갖고 놀고 장난도 치지만
소리만큼은 내지 않는다네.
무릎 위 냅킨에 두고 균형도 잡곤 하지…….

"문제는 말이야," 페리가 입을 열었다. 그는 막 베일리의 빗으로 머리칼을 보기 좋게 정리하고 주황색 넥타이를 머리에 둘러 율리우스 카이사르처럼 보이도록 꾸몄다. "자네들은 제대로 노래할 줄 모른다는 거지. 내가 테너로 노래하면 자네들도 그렇게 해 보라고."

"나야말로 타고난 테너지." 메이시가 짐짓 진지한 어투로 말했다. "그저 음성을 제대로 가꾸지 못했을 뿐이라고. 내 아주머니는 늘 그러셨어. 음성부터 타고나야 한다고 말이야. 좋은 가수는 타고나는 거야."

"가수들, 가수들, 대단한 가수들 납셨군." 전화를 붙잡고 있던 베일리가 말했다. "아니, 카바레가 아니고. 야간 음식 서비스를 받고 싶다고. 망할 놈의 먹을 걸 좀 갖다줄 직원 말이야! 그러니까……."

"율리우스 카이사르." 거울을 바라보던 페리가 돌아서며 말했다. "강철 같은 의지와 준엄한 투지를 갖춘 인물이지."

"조용히 좀 해 보라고!" 베일리가 소리쳤다. "그래, 나 베일리야. 저녁 식사 좀 푸짐하게 올려 보내라고. 그건 네가 알아서 하고. 바로 보내."

그는 잠시 수화기를 들고 있다가 제자리에 걸어 두고는 입술을 꽉 다물고 눈을 근엄하게 떴다. 그러고는 곧장 아래쪽 서랍을 열어 보였다.

"이것 좀 보라고!" 그가 외쳤다. 그는 체크무늬가 들어간 분홍색 면으로 된 짤막한 옷을 들어 보였다.

"바지야." 그가 진지하게 말했다. "한번 보라고!"

분홍색 블라우스와 빨간색 넥타이, 그리고 버스터 브라운 칼라가 그들 앞에 모습을 드러냈다.

"이거 봐!" 그가 다시 말했다. "타운센드 서커스 파티에 입고 갈 의상이라고. 난 코끼리 물을 나르는 어린 소년이야."

페리는 자기도 모르게 감명받은 듯했다.

"그럼 난 율리우스 카이사르로 하겠네." 그는 잠시 골똘히 생각하더니 이렇게 말했다.

"자넨 안 간다고 했잖아!" 메이시가 말했다.

"내가? 당연히 가야지. 파티라면 안 빠지지. 신경 안정에 좋다고. 셀러리처럼 말이야."

"카이사르라니!" 베일리가 비웃듯 말했다. "카이사르는 안 되지! 서커스랑은 관련도 없는 인물이잖아. 셰익스피어에나 나오지 말이야. 그러지 말고 광대로 가는 게 어때?"

페리는 고개를 가로저었다.

"아냐, 난 카이사르로 할 거야."

"카이사르?"

"그래. 전차도 포함해서."

순간 베일리의 표정이 환해졌다.

"그렇지. 좋은 생각이야."

페리는 뭔가를 찾는 듯 방 안을 두리번거렸다.

"목욕가운이랑 이 넥타이 좀 빌려줘 봐." 그가 이렇게 말하자 베일리는 생각에 잠기는 듯했다.

"아니야, 그건 별로야."

"아니, 난 이거만 있으면 돼. 카이사르는 야만적이었잖아. 그가 야만적이었단 걸 감안하면 내가 카이사르로 나선들 뭐 어쩌겠냐고."

"그래도 그건 안 돼." 베일리가 천천히 고개를 가로저으며 말했다. "의상 가게에 가서 의상을 구해야지. 놀락네 가게를 찾아가."

"거긴 이미 닫았어."

"그래도 한번 알아봐."

어리둥절한 상태로 5분 동안 전화기 앞에서 씨름한 끝에 자신이 놀락이라고 말하는 작고 지친 목소리를 들을 수 있었다. 그리고 그 가게는 타운센드 서커스 파티 때문에 8시까지 영업을 한다고 했다. 영업 사실을 확인한 페리는 필레미뇽을 잔뜩 먹어 치우고 마지막 남은 샴페인 병에서 약속받은 삼분의 일을 따라 마셨다. 8시 15분경 실크해트를 쓰고 클래런딘 호텔 앞에 서 있던 남자가 로드스터에 타서 시동을 걸고 있던 페리를 알아보았다.

"얼어붙었군." 페리는 다 꿰뚫고 있다는 듯 말했다. "추운 날씨 때문에 얼어 버렸어. 추위 때문에 말이야."

"아, 얼었습니까?"

"그래, 찬 공기 때문에 얼었어."

"영 시동이 안 걸리나요?"

"안 되는군. 그냥 여름까지 여기 놔두지 뭐. 푹푹 찌는 팔월이 오면 저절로 녹을 테니까."

"여기 이렇게 두시게요?"

"맞아. 그냥 그렇게 둬. 도둑놈이 훔쳐 가 버릴 수도 있겠지. 택시나 불러 주게."

실크해트를 쓴 사내는 택시를 불러 세웠다.

"어디로 모실까요, 선생님?"

"놀락네 가게로 가지. 의상 업자 말일세."

2

놀락 부인은 키가 짤막하고 조금 무기력해 보였다. 세계대전이 종식된 후 부인은 한동안 신생국에 속해 있기도 했다. 어쨌든 불안정한 유럽 정세 때문에 이후로 그녀는 자신의 정체성에 대해 확신해 본 적이 없었다. 그녀가 남편과 함께 매일 일하는 가게는 어둑어둑하고 음울했으며, 갑옷과 중국식 관복을 갖추고 있었다. 또 종이 반죽으로 제작한 커다란 새들이 천장에 매달려 있었다. 희끄무레한 벽 쪽으로는 여러 줄로 진열된 마스크들이 손님들을 대담하게 쏘아보고 있었다. 가게 안에는 유리 진열장이 여럿 있었는데,

왕관과 왕이 드는 홀, 각종 보석류, 커다란 삼각형의 여성용 가슴 장식들, 그림들, 인조털, 그리고 각양각색의 가발들이 그 안을 가득 메우고 있었다.

페리가 여유롭게 가게로 들어섰을 때 놀락 부인은 분홍색 실크 스타킹이 잔뜩 들어 있는 서랍을 꺼내 둔 채 고단했던 하루를 마무리하던 중이었다. 적어도 그녀 입장에서는 마지막이라고 여겼을 법했다.

"필요한 게 있으신가요?" 그녀는 조금 비관적인 말투로 물었다.

"전차를 모는 율리우스 허에 맞는 의상을 찾고 있소."

놀락 부인은, 안됐지만 전차 모는 사람에 어울리는 의상은 죄다 한참 전에 대여되었다고 했다. 타운센드 서커스 파티 때문에 그런 건가?

역시나 그랬다.

"죄송해요." 그녀가 말을 이었다. "정말이지 서커스 파티에 어울릴 만한 의상은 남은 게 없네요."

이건 일종의 장애물인 셈이었다.

"흠." 페리가 내뱉었다. 그때 불현듯 어떤 생각이 그의 머리를 스쳤다. "혹시 캔버스 천이 있다면 난 텐트로 꾸미겠소."

"죄송합니다, 손님. 저희 가게엔 그런 게 없답니다. 그거라면 철물점에 가 보셔야 할 것 같아요. 아주 괜찮은 연합군 의상은 좀 있는데요."

"됐소. 군인으로 보이긴 싫거든."

"왕 역할에 어울리는 의상도 괜찮은 게 있습니다만."

그는 고개를 저었다.

"어떤 신사분들은 말입니다……." 그녀는 긍정적인 대답을 기대하며 말을 이었다. "실크해트 모자에 연미복을 입고는 서커스 단장처럼 꾸미고 가셨답니다. 그런데 높은 모자가 다 나가 버렸네요. 콧수염용 인조털은 좀 남았답니다."

"뭔가 좀 특이한 거면 좋겠는데."

"특이한 거요…… 한번 찾아보죠. 음 사자 머리랑 거위도 있고. 낙타……."

"낙타라고 했나요?" 그 생각은 페리가 상상했던 것과 딱 맞물려 좀처럼 뇌리에서 떠날 줄을 몰랐다.

"네, 그렇습니다. 하지만 그 의상을 입으려면 두 사람이 있어야 해요."

"낙타라…… 기막힌 생각이군. 옷을 한번 봅시다."

맨 위쪽 선반에 놓여 있던 낙타 의상이 아래로 내려졌다. 얼핏 보기에는 아주 여윈 데다 죽은 것처럼 보이는 머리에 꽤 큰 혹밖에 안 보였지만, 의상을 다 펼치고 보니 두껍고 부풀부풀한 직물로 만든 암갈색의 연약한 몸통까지 포함되어 있었다.

"보시는 것처럼 두 사람이 들어가야 해요." 놀락 부인은 낙타 의상을 손에 든 채로 스스로 감탄하며 설명했다. "친구분이 있으면 같이 입을 수 있겠네요. 바지도 두 벌 있답니다. 하나는 앞쪽 분이 입고 나머진 뒤쪽 분이 입는 거예요. 앞에 서는 분은 여기 눈을 통해서 바깥을 내다볼 수 있고, 뒤쪽 분은 어쩔 수 없이 허리를 굽히고 앞사람을 따라다녀야겠죠."

"한번 걸쳐 보시오." 페리가 부인에게 일렀다.

놀락 부인은 순순히 얼룩고양이 같은 얼굴을 낙타 머리 안으로 밀어 넣고는 좌우로 머리를 마구 흔들어 댔다.

페리는 그런 낙타의 모습에 한껏 매료되었다.

"낙타는 어떤 소리를 냅니까?"

"네?" 꾀죄죄해진 얼굴을 밀어내던 놀락 부인이 의아해하며 물었다. "아, 울음소리 말씀이시죠? 음, 당나귀 소리 같지 않을까요?"

"거울에 좀 비춰 봅시다."

넓찍한 거울 앞에 선 페리는 낙타 머리를 쓰고는 이쪽저쪽을 살펴보았다. 흐릿한 불빛 아래 서고 보니 그 효과는 특히나 더 만족스러웠다. 낙타의 얼굴은 그야말로 비관적 표정의 전형으로, 여기저기 긁힌 상처가 많았다. 여기서 한 가지 인정하고 넘어가야 할 점은 바로 그의 코트 역시 낙타처럼 손질되지 않아 엉망인 상태였다는 것이다. 실제로 페리의 코트는 세탁과 다림질이 필요한 상태였지만, 그가 남달라 보이는 건 분명했다. 그러니까 그는 위엄이 있었다. 우수에 찬 그의 모습과 그늘진 두 눈에 도사리고 있는 갈구의 기색은 어떤 모임에서건 주의를 끌기에 충분했으니까 말이다.

"말씀드렸다시피 두 사람이 필요한 의상입니다." 놀락 부인이 거듭 말했다.

페리는 낙타의 뒷다리를 거들처럼 허리에 둘러 묶고 몸통과 다리를 한데 모아 시험 삼아 몸을 감싸 보았다. 결과적으로 그러한 시도는 효과가 전혀 없었을 뿐 아니라 불경한 느낌마저 자아냈다. 사탄이 도와 야수로 변해 버린 수도사를 묘사한 중세의 그림들처럼 말이다. 그 모양새는 아무리 잘 봐 준다 해도 등이 불룩 튀어나온 암소가 담요 위에 엉덩이를 들이밀고 앉은 모습에 지나지 않왔다.

"이건 아무것도 아닌 것 같군요." 페리는 우울하게 불만을 표했다.

"아니죠." 놀락 부인이 말했다. "꼭 두 사람이 있어야 한다니까요."

불현듯 페리의 머릿속에 번뜩 해결책이 떠올랐다.

"오늘 밤 동행할 일행이 있나요?"

"아, 전 그렇게 못 해요."

"자, 그러지 마시고요." 페리가 부추기고 나섰다. "당연히 할 수 있다고요! 이리 와 봐요! 어서 이 뒷다리 쪽으로 들어가 보세요."

뒷다리 쪽 입구를 겨우 파악한 페리는 싹싹한 태도로 넓게 난 구멍을 더 벌려 보였다. 하지만 전혀 내키지 않았던 놀락 부인은 뻣뻣하게 뒤로 물러섰다.

"아, 이런……."

"어서 들어가 봐요! 정 원하시면 앞쪽에 서도 됩니다. 동전이라도 던져 보던가요."

"오, 맙소사……."

"재미있는 경험이 될 거예요."

놀락 부인은 입술을 굳게 다물어 보였다.

"이젠 정말이지 그만하시죠!" 그녀는 이제 수줍은 기색이라고는 전혀 없었다. "이런 식으로 행동한 신사분은 없었답니다. 제 남편이……."

"남편이 있었나요?" 페리가 물었다. "지금 어디 계시나요?"

"남편은 집에 있답니다."

"전화번호가 어떻게 되죠?"

한참을 협상한 끝에 페리는 놀락 집안의 전화번호를 손에 넣었고, 그날 일찍이 들은 적이 있는 작고 지친 목소리와 통화하기 시작했다. 놀락 씨는 페리의 언변에 휘말려 잠시 경계를 늦추기도 했지만, 결국 자기 입장을 확고히 지켜 냈다. 그는 낙타의 뒷부분을 맡아 파크허스트 씨를 돕는 건 안 되겠다는 뜻을 강경하지만 품위 있게 전달했다.

전화를 끊고 나서라기보다 전화가 끊긴 후 페리는 다리가 셋인 의자에 앉아 곰곰이 생각해 보았다. 그는 전화를 돌려 볼 만한 친구들의 이름을 꼽아 보다가 슬프게도 베티 메딜의 이름이 아련하게 떠오르자, 그만 거기에서 생각이 멈춰 버렸다. 감상에 젖은 것이었다. 그녀에게 물어볼 수도 있지 않을까? 연인으로서 그들의 사랑은 막을 내렸지만, 이렇게 마지막으로 부탁한다면 거절하지 못할 터였다. 분명 무리한 부탁은 아니었다. 그저 그날 밤 잠시 시간을 내어 그가 맡은 바 사회적 의무를 다할 수 있도록 좀 도와주는 것뿐이니까. 게다가 그녀가 꼭 그렇게 해야겠다면 낙타의 앞쪽에 그녀를 세우고 그는 뒤로 갈 참이었다. 그는 자신의 넓은 아량에 감탄했다. 그러다 심지어 낙타 안쪽에서 그녀와 다정하게 화해하는 장밋빛 꿈까지 품어 보는 것이었다. 저 속세를 피해 감쪽같이 숨어서 말이다……

"이젠 결정해 주셔야겠어요."

놀락 부인의 자본주의적 음성이 그의 달콤한 환상을 불쑥 헤집고 들어와 어서 입장을 정하라고 재촉해 댔다. 그는 하는 수 없이 수화기를 집어 들고 메딜의 집으로 전화를 걸었다. 베티 양은 외출

중으로 저녁 약속이 있어 나갔다고 했다.

이제 모든 게 끝났다고 여긴 순간, 낙타의 뒷부분처럼 보이는 누군가가 잔뜩 궁금한 표정을 지으며 가게 안으로 걸어 들어왔다. 그는 퇴락한 사내로 코감기가 든 상태였으며 전반적으로 아래쪽을 향하는 분위기를 풍겼다. 그러니까 모자를 한껏 눌러쓴 데다 턱은 가슴께까지 내려오고 코트마저 신발까지 늘어뜨리고 있어서, 더없이 지치고 초라할 뿐 아니라 빈털터리처럼 보였다. 그는 자신이 택시 기사이며 클래런던 호텔에서 택시를 탄 신사분이 바깥에서 기다리라고 일렀음을 말했다. 또 한동안 기다려도 신사는 나오지 않았기에 행여 그가 일부러 자신을 속여 돈을 떼먹고 뒷문으로 빠져나가 버린 게 아닌지 의심스러워 한번 들어와 본 것이라고 했다. 실제로 신사들은 종종 그런 식으로 행동할 때가 있었다. 택시 기사는 다리가 셋인 의자에 풀썩 주저앉았다.

"파티에 한번 가 보겠소?" 페리가 진지하게 물었다.

"전 일을 해야 합니다." 택시 기사는 슬픈 표정으로 대답했다. "어쨌든 일자리엔 붙어 있어야지요."

"아주 괜찮은 파티라네."

"이건 아주 괜찮은 일자리니까요."

"그러지 말고!" 페리가 한사코 권했다. "이봐, 좋은 일 하는 셈 치라고. 이것 봐, 멋지지 않나?" 그는 낙타 의상을 들어 보였고 택시 기사는 냉담하게 그걸 쳐다봤다.

"허, 그것참!"

페리는 겹겹이 접힌 의상을 열심히 들춰 보였다.

"이거 보라고!" 그가 열렬히 외치며 접혀 있던 의상을 들어 보였다. "당신은 이걸 입는 거야. 한마디도 할 필요가 없다고. 그냥 걸으면 되고, 가끔 앉을 때도 있을 거야. 어쨌건 앉는 쪽은 당신이라고. 한번 생각해 봐. 난 내내 서 있을 테지만, 당신은 가끔 앉을 수 있다니까. 내가 앉는 건 우리가 누울 때뿐이지. 하지만 당신은 언제든 앉을 수 있는 거야. 알아듣겠소?"

"그나저나 대체 그건 뭐요?" 택시 기사가 수상쩍다는 듯 물었다. "수의라도 되나?"

"아니, 전혀 아니지." 페리가 씩씩대며 말했다. "이건 낙타라고."

"네? 뭐라고요?"

하지만 페리가 어느 정도의 금액을 제시하자 둘의 대화는 투덜거림과 탄식에서 벗어나 현실적 가능성을 따져 보는 분위기로 전환되었다. 그렇게 페리와 택시 기사는 낙타 의상을 걸치고 거울 앞에 섰다.

"안 보이겠지만," 페리가 눈구멍을 통해 초조하게 바깥을 내다보며 설명했다. "솔직히 말하는 건데, 당신 진짜 멋지군! 정말이라니까!"

낙타의 혹 근처에서 끙하는 소리가 나면서 그의 찬사가 약간 의심스럽다는 불만이 표출되었다.

"진심으로 말이야, 당신 정말 멋지다고!" 페리는 아주 열심히 거듭 말했다. "살짝 움직여 보겠나?"

뒷다리가 앞으로 움직이자, 고양이를 닮은 낙타가 뛰어오르려고 등을 잔뜩 구부린 것 같은 모습이 연출되었다.

"아냐, 옆으로 좀 움직여 봐."

이번에는 낙타의 엉덩이 쪽이 완전히 탈골된 꼴이었다. 홀라

댄서가 봤다면 부러움을 이기지 못해 몸부림치며 괴로워할 정도였다.

"이만하면 꽤 괜찮지 않소?" 페리가 놀락 부인 쪽으로 몸을 돌려 동의를 구하듯 물었다.

"멋지군요." 놀락 부인이 동의했다.

"그럼, 이걸로 하겠소." 페리가 말했다.

페리는 옷 보따리를 팔 아래쪽에 끼웠고, 그렇게 둘은 가게를 나섰다.

"파티 장소로 가자고!" 택시 뒷좌석에 오른 페리가 말했다.

"어떤 파티 말인가요?"

"가장무도회 말이야."

"그래서 그 파티 장소가 어디란 말인가요?"

이로써 새로운 문제가 제기되었다. 페리는 애써 기억을 떠올리려 했지만, 휴일 동안 파티를 주최하는 이들의 이름은 그저 혼란스럽게 눈앞을 떠다닐 뿐이었다. 놀락 부인에게 물어볼 수도 있다고 생각했지만, 창밖을 살펴보니 불이 꺼진 가게는 어둡기만 했다. 게다가 놀락 부인은 이미 가게에서 멀어져 눈 내리는 거리를 이동하는 작고 검은 자국처럼 보일 따름이었다.

"일단 주택가로 가지." 페리는 꽤 자신 있게 위치를 지목했다. "파티 장소 같은 게 보이면 거기서 멈춰요. 아니면 근처에 도착해서 내가 일러 주겠소."

그는 곧 희미한 몽상에 빠져들며 다시금 베티를 떠올렸다. 그리고 둘의 다툼은 그녀가 낙타의 뒷부분을 맡아 파티에 참석하는 걸 거절했기 때문에 벌어진 일이라고 어렴풋이 상상해 보았다. 그가 춥다고 느끼며 졸음에 빠진 순간 택시 기사가 문을 열고 그의 팔을 흔들어 댔다.

"다 왔어요. 아마 그런 것 같다고요."

페리는 잔뜩 졸린 눈으로 바깥을 내다보았다. 줄무늬 차양이 도로 쪽에서부터 널찍이 자리한 회색 석조 저택까지 이어졌고, 고급스러운 재즈곡을 연주하는 드럼 소리도 나직이 들려왔다. 그는 그곳이 하워드 테이트의 저택임을 단번에 알아차렸다.

"그래, 여기가 틀림없어." 그는 확실하다는 듯 말했다. "바로 여기야! 오늘 밤 테이트네 파티가 있다고 했지. 맞아, 모두가 참석하는 곳이지."

"그러면 말이죠." 택시 기사는 차양 쪽을 한 번 더 쳐다보더니 초조한 듯 말을 이었다. "제가 여기 와서 사람들에게 웃음거리가 되진 않을까요?"

페리는 품위 있게 자세를 곧추세웠다.

"누가 뭐라고 하면 내 의상의 일부를 맡았다고 하시오."

택시 기사는 일단 자신을 사람이 아닌 사물의 일부라고 상상하고서는 한결 안심하는 눈치였다.

"뭐, 그렇게 해 보죠." 그가 머뭇거리며 대답했다.

페리는 차양 아래쪽에 이르러 차에서 내리더니 낙타 의상을 펼치기 시작했다.

"자, 이제 가 봅시다." 그가 말했다.

몇 분 후 구슬프고 허기져 보이는 낙타 한 마리가 입과 거대한 혹의 끝부분에서 김을 뿜어내며 하워드 테이트의 저택 문턱을 넘고 있었다. 낙타는 한번 쿵쿵대지도 않은 채 뛸 듯이 놀라는 하인을 지나쳐 무도회장으로 이어지는 중앙 계단을 향해 곧바로 전진했다. 이 한 마리 짐승의 걸음걸이는 꽤 특이했는데, 조금은 자신 없이 발을 맞춰 걷다가도 한쪽으로 우르르 쏠리길 반복하는 것이었다. 아마도 그 모양새를 가장 잘 표현한 말은 걸음걸이가 "툭툭 끊긴다." 정도일 것이다. 그렇게 낙타는 툭툭 끊기듯 걸었고, 거대한 콘서티나*라도 되는 양 늘어났다 줄어들기를 반복했다.

3

톨레도 사람이라면 잘 알겠지만, 하워드 테이트 집안은 그 지역에서 위세가 대단했다. 하워드 테이트의 부인은 톨레도에 와서 테이트 집안에 입성하기 전까지는 시카고 토드 가문 사람이었다. 테이트 집안 사람들은 미국 귀족의 특징으로 자리 잡기 시작한 의식적 소박함에 두루 영향을 미쳤다. 그래서 이 집안 사람들이 돼지와 농장에 관해 이야기할 때 당신이 흥미를 보이지 않는다면, 그들이 당신에게 냉랭한 시선을 던진다 해도 무리는 아닐 터였다. 또 그들은 식사 자리에 초대할 손님으로 친구들보다는 차라리 가신家臣을 택하는 편이었고, 소리 소문 없이 엄청난 금액을 소비했으며 경쟁 따위에는 관심 없이 완만한 사업 성장세를 보이는 중이었다.

오늘 저녁 열리는 댄스파티는 어린 밀리센트 테이트가 주인공으로 전 연령이 참석 가능했지만, 춤을 추기로 되어 있는 사람들은 주로 고등학생과 대학생 들이었다. 막 결혼한 젊은 부부들은 탤

* 아코디언처럼 생긴 악기.

리호 클럽에서 개최되는 타운센드 서커스 무도회에 참석하는 분위기였다. 테이트 부인은 무도회장 안쪽에 서서 딸 밀리센트를 눈으로 좇으며 그녀와 눈이 마주칠 때마다 환하게 웃고는 했다. 부인 옆으로는 두 아첨꾼이 꼭 붙어 서서 어린 밀리센트가 얼마나 완벽하게 아름다운지 쉴 새 없이 이야기하는 중이었다. 바로 그 순간 열한 살 먹은 막내딸 에밀리가 테이트 부인의 치마를 꼭 붙들고는 "이잇!" 하고 소리치며 엄마 품으로 파고들었다.

"에밀리, 왜 그러니? 무슨 일이야?"

"엄마……," 에밀리는 완전히 겁에 질려 있었지만, 말을 멈추지는 않았다. "계단에 뭔가 있는 것 같아요."

"뭐라고?"

"계단에 뭐가 있어요, 엄마. 큰 개 같기도 한데, 개처럼 보이진 않아요."

"에밀리, 대체 무슨 소릴 하는 거니?"

아첨꾼들은 공감한다는 듯 머리를 아래위로 흔들어 보였다.

"아, 엄마. 맞아요, 그건 낙타 같아요."

테이트 부인이 웃음을 터뜨렸다.

"짓궂은 그림자를 봤구나, 얘야. 그뿐이란다."

"아뇨, 그림자를 본 게 아니라고요. 그건 분명히 뭔가 커다란 거였어요, 엄마. 아까 제가 아래층에도 사람들이 많은지 보러 가다가 이 개인지 뭔지가 위층으로 올라오는 걸 봤거든요. 차림새가 좀 어설프고 초라해서 우스웠어요, 엄마. 절 보고는 살짝 으르렁거리더니 그만 계단에서 미끄러지더라고요. 그래서 난 이리로 마구 뛰어온 거예요."

테이트 부인이 천천히 웃음을 거뒀다.

"쟤가 뭔가를 본 게 틀림없군요." 그녀가 말했다.

아첨꾼들 역시 아이가 분명 뭔가 봤을 거라고 뜻을 함께했다. 그러다 바깥에서 들려오는 둔탁한 발소리를 듣고서 세 여인은 본능적으로 일제히 문에서 물러섰다.

다음 순간 셋은 너무 놀라 헉하고 크게 소리를 내뱉을 수밖에 없었다. 암갈색 형체가 모퉁이를 돌아 모습을 드러냈고, 그곳에서는 굶주린 듯한 거대한 짐승이 그들을 내려다보고 있었다.

"아앗!" 테이트 부인이 외쳤다.

"으악!" 나머지 부인들도 합창하듯 소리쳤다.

낙타가 갑자기 등을 구부리는 자세를 취하자 헉하던 탄식은 비명으로 바뀌었다.

"와, 저것 봐!"

"뭔데?"

무대에서는 춤이 멈췄고, 앞다퉈 몰려든 춤추는 사람들은 이 침입자에게서 꽤나 다른 인상을 받았다. 사실 젊은이들은 낙타를 목격한 즉시 그가 곡예사, 그러니까 파티의 흥을 돋우기 위해 고용된 연예인이 아닐지 의심했다. 긴 바지 차림의 소년들은 살짝 경멸하듯 낙타를 쳐다보며 주머니에 손을 찔러 넣은 채 낙타 주변을 기웃댔다. 그들은 자신의 지성이 모욕당했다고 여겼다. 반면 소녀들은 신이 나서 나지막이 외쳐 댔다.

"낙타잖아!"

"와, 진짜 우습게 생겼네!"

낙타는 그 자리에 머뭇거리며 선 채 좌우로 조금씩 몸을 흔들더니, 조심스러우면서도 뭔가를 평가하듯 무도회장을 훑어보면서 관찰했다. 그러다 돌연 뭔가를 결심한 듯 낙타는 몸을 돌려 잽싸게 문을 나섰다.

하워드 테이트 씨는 막 아래층 서재에서 나와 복도에 선 채로 어느 젊은이와 이야기를 나누던 중이었다. 그런데 갑자기 위층에서 마구 외쳐 대는 소리가 났고, 거의 동시에 쿵쿵대는 소리가 연달아 들려오더니 계단 아래쪽에서 커다란 갈색 짐승이 갑작스레 모습을 드러냈다. 그는 매우 서둘러 어딘가로 향하는 듯했다.

"대체 저게 뭐야!" 테이트 씨가 깜짝 놀라 말했다.

그 짐승은 품위를 잃지 않고 자세를 바로잡더니 이제 막 중요한 약속이라도 떠올랐다는 듯 아무렇지도 않게 현관문 쪽으로 갈지자걸음을 뗐다. 앞다리 부분은 사실상 마구 달리기 시작한 터였다.

"여기 좀 봐." 테이트 씨가 단호한 어투로 말했다. "이쪽이야! 붙잡아 보게나, 버터필드! 어서 붙잡아!"

젊은이가 탄탄한 두 팔로 낙타의 뒷부분을 감싸안자, 앞부분은 더 이상 움직일 수 없음을 깨달은 듯 순순히 몸을 내어 주고 나서 조금 불안하지만 단념한 채 서 있었다. 젊은이들이 아래층으로 한꺼번에 쏟아져 내려왔고, 기발한 절도범부터 탈출을 감행한 미치광이까지 모든 가능성을 열어 놓고 보던 테이트 씨는 낙타를 붙잡고 있던 젊은이를 향해 짧게 지시했다.

"잘 붙잡고 있으라고! 이쪽으로 데려와. 어떻게 된 건지 보자고."

낙타 역시 서재로 가는 것에 동의했고, 잠시 후 서재 문을 닫아

건 테이트 씨는 서랍에서 권총을 꺼내 들더니 젊은이에게 낙타 머리를 벗기라고 일렀다. 다음 순간 테이트 씨는 헉하고 소리를 내며 놀라더니 권총을 원래 숨겨 뒀던 자리로 돌려놨다.

"이런, 페리 파크허스트 씨!" 놀란 그가 외쳤다.

"파티 장소를 착각했습니다, 테이트 씨." 페리가 겸연스레 입을 열었다. "많이 놀라신 건 아닌지 모르겠습니다."

"뭐, 스릴감 하난 확실히 선사했네, 페리." 그는 점차 상황을 파악했다. "타운센드 서커스 무도회에 가던 중이었군그래."

"네, 뭐 그렇습니다만."

"여기 버터필드 씨를 소개할까 하네, 파크허스트 씨." 페리 쪽으로 돌아선 테이트 씨는 이렇게 말했다. "버터필드는 여기 며칠 머무르기로 했다네."

"잠깐 혼동이 왔습니다." 페리가 중얼거렸다. "죄송하기 이를 데 없군요."

"전혀 아무렇지도 않다네. 흔히들 저지르는 실수가 아니겠나. 난 광대로 꾸밀 참이네. 좀 있다가 나도 거기 가 보려고 해." 그는 버터필드 쪽으로 돌아서며 말했다. "지금이라도 마음을 바꿔서 우리랑 같이 가세."

젊은이는 생각이 다른 듯했다. 사실 그는 잠자리에 들고 싶었다.

"술 생각 있나, 페리?" 테이트 씨는 술을 권했다.

"감사합니다. 그럼 한잔하지요."

"그리고 이보게나." 테이트 씨는 재빨리 말을 이었다. "자네 친구를 까맣게 잊고 있었군그래." 그가 낙타의 뒷부분을 가리키며 말했다. "일부러 무례하게 굴 생각은 아니었다네. 혹시 나도 아는 사람인가? 어서 나오라고 해 보게."

"친구는 아닙니다." 페리가 급히 설명했다. "제가 이 자를 고용했지요."

"이 사람도 술을 마신다던가?"

"술 좀 마시겠나?" 페리가 몸을 뒤로 비틀어 구부리며 물었다.

그러겠다고 말하는 소리가 희미하게 들려왔다.

"그럼, 당연히 마셔야지!" 테이트 씨가 진심을 담아 말했다. "좋은 낙타라면 술도 잘 마셔야 하는 법이지. 그래야 사흘은 버틸 수 있다고."

"저기 말입니다." 페리가 초조한 듯 말을 꺼냈다. "이자는 지금 의상 특성상 바깥으로 나오기가 여의치 않습니다. 술병을 제게 주시면 그에게 전달하지요. 그럼 저 안에서 마실 수 있을 테니까요."

페리의 이런 제안이 마음에 든다는 듯 의상 안쪽에서 크게 입맛 다시는 소리가 들려왔다. 집사가 술병 여러 개와 술잔, 소다수 병을 가져왔고, 페리는 술병 하나를 뒤로 건넸다. 그러자 의상 안쪽의 말 없는 파트너가 한 번에 길게 술을 들이켜는 소리가 간간이 들려왔다.

그렇게 1시간이 평화롭게 흘렀다. 시계가 10시를 가리키자, 테이트 씨는 슬슬 출발하는 게 좋겠다고 마음먹었다. 그는 광대 옷을 입었고 페리는 낙타 머리를 다시 뒤집어썼다. 그러고 나서 그들은 테이트 저택에서 탤리호 클럽까지 한 블록 거리를 나란히 걸었다.

서커스 무도회는 그야말로 한창이었다. 무도회장 안에는 커다란 천막 덮개들이 설치되어 있었다. 또 벽을 빙 둘러 가며 줄지어 세워진 부스들은 서커스의 여흥을 북돋울 다양한 볼거리들을 제공했을 법했지만, 이젠 전부 텅 비어 있는 상태였다. 플로어는 소리 지르고 웃어 대는 젊은이들의 소리와 광대, 수염을 단 여인, 곡예사, 안장을 깔지 않고 말을 타는 사람, 단장, 문신한 사내, 마부 차림의 사람들이 빚어내는 색채로 가득 채워졌다. 성공적으로 파티를 열고야 말겠다는 타운센드 집안 사람들의 뜻에 따라 엄청난 양의 술이 집에서 조달되었기에, 술은 그야말로 부족함 없이 넘쳐났다. 무도회장 벽에는 초록색 리본을 빠짐없이 둘렀고, 그 옆으로 표시된 화살표와 "초록색 선을 따라가세요!"라고 적힌 안내 표시가 파티 참석자들을 안내했다. 초록색 선은 바로 이어졌고, 바에는 순한 펀치와 독한 펀치, 그리고 일반적인 진녹색 술병들이 갖춰져 있었다.

바 위쪽 벽에는 빨간색의 아주 구불구불한 또 다른 화살표가 그려져 있었고, 그 아래쪽으로 이런 구호가 보였다. "이제 이쪽으로!"

하지만 무도회장의 화려한 의상들과 고조된 분위기 속에서도 낙타의 등장은 일종의 동요를 일으켰고, 곧 호기심에 가득 차고 웃음을 터뜨리기 바쁜 사람들이 페리를 에워쌌다. 그들은 하나같이 허기지고 구슬픈 눈초리로 널찍한 문간에 서서 춤추는 이들을 지켜보던 이 짐승의 정체를 알고 싶어 했다.

그러다 페리는 어느 부스 앞에 서서 우스꽝스러운 경찰 복장을 한 사내에게 이야기하고 있는 베티를 발견했다. 그녀는 이집트의 뱀 부리는 사람을 연상케 하는 차림새를 하고 황갈색 머리칼을 땋아 황동 링을 끼웠는데, 반짝이는 동양풍의 티아라가 그녀를 더욱 돋보이게 했다. 그녀의 아름다운 얼굴은 따스한 올리브빛으로 물들었고, 팔과 등의 절반에는 잔뜩 몸을 비튼 독기 어린 초록색 외눈박이 뱀이 그려져 있었다. 베티는 샌들에다 무릎까지 트인 스커트를 입고 있어서 걸을 때마다 발목 바로 위에 그려진 실뱀들이 보였다. 목 주변에 난 상처는 사실 반짝이는 코브라였다. 이처럼 그녀의 의상은 전반적으로 꽤나 매력적이었지만, 더 나이 든 여성들 중 신경이 예민한 이들은 그녀가 지나갈 때마다 움찔했고, 그보다 더 까다로운 사람들은 "저런 복장은 착용이 금지되어야 한다."거나 "아주 망신스럽다."라는 식으로 말하며 요란을 떨었다.

하지만 낙타의 눈으로 겨우 바깥을 내다보는 페리로서는 오로지 반짝이고 활기찬, 그리고 흥분으로 발갛게 달아오른 그녀의 얼굴과 팔다리만 눈에 들어올 따름이었다. 자유롭고 표현력이 풍부한 그녀의 몸짓은 어느 무리에서건 늘 그녀를 돋보이게 했다. 그는 단박에 그녀에게 매료되었고 그런 강한 끌림은 일종의 각성 효과를 불러일으켰다. 차츰 정신이 맑아지면서 그날 있었던 일들이 떠오르자 그의 마음속에 분노가 솟구쳐 올랐다. 그녀를 저 무리에서 빼내 와야 할 것 같다는 불명확한 의도를 지닌 채 그는 그녀를 향해 발걸음을 뗐다. 아니, 그것보다는 차라리 몸을 약간 길게 늘였다는 표현이 맞을지도 모르겠다. 낙타를 움직이려면 뒤쪽에 미리 일러 줘야 하는데, 페리가 그걸 잊었기 때문에 벌어진 결과였다.

그런데 그날 하루 종일 매섭고 냉소적으로 페리를 가지고 놀았던 변덕스러운 운명은 바로 그 시점에서 그가 가져다준 즐거움에 대한 보상을 제대로 해 주기로 마음먹은 듯했다. 운명은 뱀을 부리는 여자가 황갈색 눈을 낙타 쪽으로 돌리게 하고, 또 옆자리 사내에게 몸을 기울여 이렇게 말하도록 한 것이다. "저건 누구죠? 저기 저 낙타 말이에요."

"저도 전혀 못 알아보겠는데요."

하지만 이 모든 사정을 꿰뚫고 있던 워버튼이라는 자그마한 사내는 어찌 되었든 가능성은 제시해 봐야겠다고 생각했다.

"그 낙타는 테이트 씨와 같이 왔어요. 아마 테이트 씨를 만나러 뉴욕에서 온 건축가 워런 버터필드도 그 안에 있을 것 같군요."

베티 메딜은 어쩐지 동요되는 기분이었다. 지방에서 생활하는 아가씨라면 그곳에 들른 타 지역 사내에게 관심이 가게 마련이니 말이다.

"아, 그런가요." 그녀는 잠시 말을 멈추는가 싶더니 아무렇지 않다는 듯 말을 내뱉었다.

다음번 춤곡이 끝났을 때 베티와 그녀의 파트너는 낙타와 얼마 떨어지지 않은 지점에서 마무리 자세를 취했다. '형식에 얽매이지 않는 대담함'이라는 그날 저녁의 기조에 따라 베티는 손을 뻗어 낙타의 코를 부드럽게 쓰다듬었다.

"안녕, 늙다리 낙타 씨."

낙타는 불안한 것처럼 몸을 흔들었다.

"내가 두려운가요?" 베티가 질책하듯 눈썹을 치켜올렸다. "두려워하지 않아도 된답니다. 전 뱀을 다루지만, 낙타도 꽤 잘 다룰 수 있는걸요."

낙타는 절이라도 하듯 몸을 아래로 낮췄고, 누군가 미녀와 야

수 같다고 하는 말이 똑똑히 들려왔다.

타운센드 부인이 다가왔다.

"아, 버터필드 씨." 고맙게도 부인은 그렇게 말해 줬다. "하마터면 못 알아볼 뻔했군요."

페리는 다시금 몸을 낮춰 인사하며 낙타 머리 안에서 유쾌한 미소를 지었다.

"그런데 여기 같이 계신 분은 누구신가요?" 그녀가 물었다.

"아, 그게." 페리의 음성은 두꺼운 옷감에 뒤덮인 까닭에 누구인지 제대로 분간하기 힘들었다. "그는 제 동료가 아닙니다, 타운센드 부인. 그저 제 의상의 일부일 뿐이죠."

타운센드 부인은 깔깔 웃으며 자리를 옮겼다. 페리는 베티 쪽으로 몸을 돌렸다.

"그렇군." 그는 생각했다. '그녀의 마음은 고작 이 정도였던 거야! 우리가 파국을 맞은 바로 그날 다른 사내에게 추파를 던지다니. 그것도 아예 처음 보는 낯선 놈에게 말이야.'

다음 순간 충동에 휩싸인 페리는 어깨로 그녀를 쿡 한 번 찌르고는 뭔가를 암시하듯 무대 쪽을 향해 머리를 흔들어 보였다. 그건 그녀가 파트너를 두고 자신과 함께 가길 바란다는 뜻을 내비친 행동임이 틀림없었다.

"안녕, 러스." 그녀가 파트너를 향해 말했다. "그만 이 늙다리 낙타에게 가 봐야겠어요. 어디로 갈까요, 야수들의 왕자님?"

이 고결한 동물은 어떤 대답도 하지 않았지만, 옆 계단 쪽 구석진 곳을 향해 성큼성큼 진지하게 걸음을 옮겼다.

먼저 베티가 앉았고, 곧이어 의상 안쪽에서 무뚝뚝한 명령과 열떤 논쟁이 벌어지는가 싶더니 마침내 낙타가 그녀 옆에 자리를 잡고 앉았다. 뒷다리들은 계단 두 칸을 차지한 채 불편하게 뻗어 있었다.

"음, 늙다리 씨." 베티가 명랑하게 말했다. "즐거운 파티가 마음에 드나요?"

늙다리는 도취된 듯 머리를 마구 돌려 대고 발굽을 신나게 차 보이면서 파티가 마음에 든다는 의사를 표시했다.

"하인을 대동한 남자분이랑 같이 시간을 보내는 건 이번이 처음인 것 같아요." 그녀가 뒷다리 쪽을 가리키며 말을 이었다. "하인인지 뭔지는 잘 모르겠지만 말이죠."

"아," 페리는 중얼거리듯 말했다. "그자는 귀도 먹고 앞도 보지 못해요."

"그렇담 장애인이 된 기분이겠네요. 그리고 싶어도 잘 걸을 수 없을 테니 말이죠."

낙타는 슬픈 듯 머리를 축 늘어뜨렸다.

"당신도 말을 좀 했으면 좋겠네요." 베티가 다정하게 말을 이었다. "낙타 씨, 절 좋아한다고 한번 말해 보세요. 아니면 제가 아름답다거나 뱀을 부리는 예쁜 여자의 것이 되고 싶다고요."

물론 낙타는 기꺼이 그렇게 하고 싶었다.

"그럼 저랑 춤추실래요, 낙타 씨?"

낙타로서는 흔쾌히 그럴 터였다.

베티는 30여 분을 낙타와 함께 보냈다. 그녀는 자신을 찾아오는 모든 사내와 적어도 30분씩은 함께했다. 대개는 그 정도면 충분했다. 그녀가 처음 보는 사내에게 다가갈 때면 사교계에 첫발을 디던 여성들은 으레 기관총 앞에 빽빽하게 늘어선 종대처럼 좌우로 갈라지곤 했다. 어쨌건 페리 파크허스트로서는 다른 사람들의 눈높이에서 사랑하는 사람을 볼 수 있는 흔치 않은 특권을 부여받은 셈이었다. 그는 한껏 어깨가 으쓱해졌다.

4

연약한 토대 위에 솟은 이 낙원에 참석자들이 무도회장으로 입장하는 소리가 불쑥 끼어들었다. 코티용이 막 시작된 참이었다. 베티와 낙타도 무리에 합류했고, 그녀는 이내 자신의 갈색 손을 낙타의 어깨에 살짝 얹었다. 이는 그녀가 낙타를 선택했음을 도전적으로 상징하는 행위였다.

그들이 입장했을 때 이미 다른 커플들은 벽을 빙 둘러 가며 놓인 테이블에 앉아 있었다. 조금은 과하게 통통한 종아리를 드러낸 채 말안장을 깔지 않은 기수로 화려하게 분장한 타운센드 부인은 무도회를 총괄하는 단장과 함께 무대 중앙에 서 있었다. 악대에 신호가 가자, 모두가 자리에서 일어나 춤을 추기 시작했다.

"정말이지 멋들어지지 않나요!" 베티가 한숨을 내쉬었다. "춤출 수 있겠어요?"

페리는 열심히 고개를 끄덕여 보였다. 갑작스레 활력을 얻은 느낌이었다. 그는 지금 신분을 숨긴 채 사랑하는 사람과 이야기하고 있는 것이다. 잔뜩 뻐기며 세상을 향해 윙크라도 할 수 있을 것 같은 기분이었다.

그렇게 페리는 코티용을 추었다. 춤이라고 표현했지만, 사실 그

건 요란하기 이를 데 없는 테르프시코레*의 가장 터무니없는 꿈에
도 나오지 않을 법한 움직임을 애써 부풀려 말한 것이다. 그의 파
트너는 그의 무력한 어깨에 손을 얹고 플로어 여기저기로 그를 이
끌었으며, 그러는 동안 페리는 자신의 거대한 머리를 그녀의 어깨
에 얌전히 떨어뜨려 놓은 채 양발을 아무렇게나 우스꽝스럽게 움
직여 댔다. 한편 낙타의 뒷다리는 완전히 자기만의 방식으로 춤을
췄는데, 주로 한 발로 깡충깡충 뛰다가 발을 바꿔 뛰기를 반복하
는 식이었다. 사실 뒷다리의 입장에선 사람들이 춤을 추고 있는지
아닌지 알 길이 없었기에, 그저 음악 소리가 들리기 시작하면 스텝
을 밟았고 그편이 안전한 방식이라 여겼다. 그러다 보니 낙타의 앞
쪽이 편안히 서 있을 때에도 뒤쪽은 줄곧 열심히 움직여 대는 광
경이 빈번히 연출되었고, 이러한 모습은 인정 많은 사람들의 동정
심을 불러일으켰다.

　낙타는 빈번히 호감을 샀다. 그는 우선 온몸을 짚으로 덮은 어
느 키 큰 여인과 춤을 췄는데, 그녀는 자신을 건초 꾸러미라고 유
쾌하게 말하며 자기를 먹진 말아 달라고 수줍은 말투로 간청했다.

　"그러고 싶은데요. 아주 다정하시군요." 낙타가 씩씩하게 말
했다.

　매번 단장이 "신사분들 앞으로!"라고 외칠 때마다 그는 느리지
만 맹렬한 기세로 베티를 향해 돌진했다. 그럴 때면 그녀는 판지로
된 소시지나 수염 기른 여인의 사진, 혹은 누구든 기회가 닿은 대
상과 함께 있었다. 이따금 그는 제일 먼저 그녀에게 다가가려 시도

* 그리스신화에 나오는 춤과 노래의 여신.

했지만, 예기치 않은 그의 돌진은 대부분 성공적이지 못했고, 그때마다 낙타 의상 안쪽에선 심한 언쟁이 벌어지곤 했다.

"제발 좀 잘해 봅시다." 페리는 이를 악물고 사납게 으르렁댔다. "힘 좀 내쇼! 그때 당신이 발만 제대로 움직였더라도 내가 그녀를 차지했을 거라고."

"그럼, 미리 언질이라도 좀 주던지!"

"줬다고, 나 원 참."

"빌어먹을. 이쪽에선 아무것도 안 보인단 말이오."

"당신은 그냥 나만 따라다니면 된다고. 지금 같아선 자네랑 걸을 때마다 모래주머니를 끌고 다니는 것 같단 말이지."

"정 그렇담 여기 뒤쪽을 맡아 보시던가."

"오, 그 입 다무는 게 좋을 거요! 당신이 여기 있는 걸 사람들이 알게 되면 죽기 직전까지 얻어맞게 될 테니까. 아마 택시 면허까지 뺏기고 말걸!"

페리는 자신이 아무렇지도 않게 이런 끔찍한 위협을 가했다는 데 놀랐지만, 그런 그의 협박이 그자에겐 일종의 최면과 같은 영향을 미친 듯했다. 그가 "에잇, 참."이라고 내뱉더니 돌연 겸연쩍어하며 조용해져 버렸기 때문이다.

불현듯 단장이 피아노 위로 올라가더니 손짓으로 소란을 잠재웠다.

"시상식이요!" 그가 크게 소리 질렀다. "다들 이리로 모이세요!"

"와, 시상식이다!"

사람들은 서로를 의식하며 조금씩 앞으로 몰려들었다. 과감하게 수염 단 여인으로 분장했던 어여쁜 소녀는 저녁 내내 흉측한 몰골로 돌아다닌 걸 보상받는다는 생각에 흥분된 나머지 몸이 떨릴 지경이었다. 오후 내내 몸에 문신 자국을 그려 넣던 한 사내는 가장자리에 몸을 숨기고 있다가 누군가 당신이 수상자일 것 같다고 말하자 얼굴을 붉히며 화를 냈다.

"이번 서커스 무도회를 빛내 주신 신사 숙녀 여러분." 단장이 명랑한 어투로 말했다. "모두 좋은 시간 보내고 계실 거라 생각합니다. 이제 시상을 통해 존경받아 마땅한 분께 영광을 돌리고자 합니다. 타운센드 부인께서 요청하신 대로 제가 시상을 진행하려 합니다. 자, 참석자 여러분, 첫 번째 상은 오늘 저녁 제일 파격적이면서도……." 이 대목에서 수염 단 여인은 체념한 듯 한숨을 내쉬었다. "……독창적인 의상을 선보인 분께 돌아가겠습니다." 이 부분에선 건초 꾸러미로 꾸민 여인이 잔뜩 귀를 기울였다. "자, 그럼 심사위원들의 결정에 모두 이의가 없으시리라 믿고, 첫 번째 상은 이집트의 매력적인 뱀 부리는 여인 베티 메딜 양에게 수여하도록 하겠습니다." 주로 신사들이 모인 쪽에서 박수가 터져 나왔고, 그녀는 올리브색으로 칠한 얼굴을 어여쁘게 붉히며 수상을 위해 앞으로 나아갔다. 단장은 그녀를 상냥하게 바라보며 난초로 꾸민 거대한 꽃다발을 건넸다.

"자, 그럼." 단장은 주변을 둘러보며 진행을 계속했다. "또 다른 상은 가장 흥미롭고 독창적인 의상을 선보인 신사분께 돌리고자 합니다. 이 상은 논란의 여지 없이 이 가운데 계신 손님 한 분께 수여하겠습니다. 오늘 저녁 이곳을 방문하신 이 신사분께서 오래도록 즐겁게 지내며 더 머물길 우리 모두가 바라는 바입니다. 더는 길게 끌지 않겠습니다. 저녁 내내 저 허기진 모양새와 기발한 춤으로 우리 모두에게 웃음을 선사한 고결한 낙타에게 이 상을 드릴까 합니다."

단장이 잠시 말을 멈추자, 모두가 한마음이라는 듯 우레와 같은 박수와 환호성이 터져 나왔다. 상으로 제공된 건 커다란 시가 상자로, 낙타의 의상 구조상 당장은 직접 수령할 수 없었기에 일단 한쪽에 따로 보관해 두기로 했다.

"자, 여러분." 단장이 말을 이었다. "그럼 이제 즐거움과 어리석음의 혼인으로 코티용을 마무리 짓겠습니다!"

"모두 웨딩 마치 대열로 서 주세요. 아름다운 뱀 부리는 여인과 고결한 낙타께선 맨 앞으로 나와 주시고요."

베티는 깡충깡충 기분 좋게 앞으로 뛰어나가 올리브빛 팔을 낙타의 목에 둘렀다. 어린 소년 소녀들, 시골뜨기들, 뚱뚱한 여인들, 깡마른 사내들, 칼 삼키는 곡예사들, 보르네오섬의 야만인들, 팔 없는 방랑자들로 이루어진 행렬이 두 사람의 뒤로 늘어섰다. 그들 중 여럿은 술에 취해 있었지만 거의 모든 이들이 주변을 넘실대는 빛과 색채는 물론 낯선 가발과 야만적 페인트로 분장한 익숙한 얼굴들에 매료된 채 신나고 즐거운 시간을 보냈다. 불경스러운 싱커페이션*이 가미된 웨딩 마치의 관능적 화음이 트롬본과 색소폰의 현란한 조합을 통해 흘러나오는 가운데 드디어 행진이 시작되었다.

"낙타 씨도 기쁜 거죠?" 앞으로 나아가며 베티가 다정하게 물었다. "이제 우리가 결혼식을 올리고, 그럼 멋진 뱀 부리는 여자와

* 한 마디 안에서 센박과 여린박의 규칙성이 뒤바뀌는 현상.

영원히 행복할 수 있다니 너무 기쁘죠?"

낙타는 앞다리를 날뛰듯 허우적대며 차오르는 기쁨을 표현했다.

"목사님, 목사님! 목사는 대체 어디 있죠?" 모두 왁자지껄하게 떠드는 가운데 누군가 이렇게 외치고 나섰다. "누가 목사 역할을 맡을 겁니까?"

그때 펜트리 문이 반쯤 열리며 점보의 머리가 쑥 나왔다. 점보는 여러 해 동안 탤리호 클럽에서 웨이터로 일해 온 뚱뚱한 검둥이였다.

"오, 점보가 있었군!"

"그럼 늙다리 점보로 하지. 이자가 목사다!"

"이리 오게, 점보. 이 커플의 식을 진행해 주겠나?"

"그래, 그렇게 해!"

코미디언 넷이 그를 붙잡고 앞치마를 벗긴 후 무도회장 앞쪽에 자리한 높은 연단으로 이끌었다. 그들이 점보의 칼라를 떼 내어 칼라 뒤쪽이 앞으로 오게 했더니 성직자 같은 분위기가 연출되었다. 군중은 두 줄로 갈라져 신랑 신부가 지나갈 통로를 마련했다.

"준비는 다 됐나요, 여러분?" 점보가 쩌렁쩌렁한 목소리로 외쳤다. "제게 성경도 있으니 이만하면 충분하죠."

그는 안주머니에서 닳아 빠진 성경 하나를 꺼내 들었다.

"이야, 점보에게 성경이 있어!"

"면도칼도 있을걸. 내 장담하지!"

뱀 부리는 여인과 낙타는 나란히 환호성 가득한 통로를 따라 점보 앞에 섰다.

"결혼 허가증은 어디 있는 거요, 낙타 씨?"

바로 근처에 있던 한 사내가 페리를 쿡 찌르며 재촉했다.

"저자에게 종이 한 장만 내밀면 된다고, 뭐든 좋아."

당황한 페리는 주머니를 더듬었고, 접힌 종이 한 장을 발견하고는 그걸 낙타의 입을 통해 바깥으로 내밀었다. 종이를 거꾸로 받아 든 점보는 자못 진지하게 내용을 훑어보는 척했다.

"이게 바로 낙타 씨의 특별한 허가증이로군요." 그가 말했다. "이제 반지도 준비해 주세요, 낙타 씨."

낙타 의상 안쪽에서 페리는 몸을 돌려 자신의 형편없는 반쪽에게 일렀다.

"어서 반지를 내놔, 제발!"

"반지 따위 없소." 지친 음성이 항의하듯 대답했다.

"갖고 있잖소. 다 봤다니까."

"절대 내 손에서 못 빼 갈 거요."

"내놓지 않으면 끝장내 버릴 거야."

헉하는 소리와 함께 페리는 라인석과 놋쇠로 이루어진 커다란 그 무엇이 손아귀에 들어오는 걸 느꼈다.

이번에도 바깥에서 누군가 그를 찔러 댔다.

"큰 소리로 대답하세요!"

"네!" 페리가 얼른 외쳤다.

베티가 사근사근하게 대답하는 소리가 들려왔고, 비록 익살맞은 연극에 불과했지만 그녀의 목소리는 그를 황홀하게 했다.

곧이어 그는 낙타 의상의 찢긴 부분을 통해 라인석 반지를 내밀었고, 점보의 안내에 따라 전통식 표현을 웅얼거리며 반지를 그녀의 손가락에 끼웠다. 페리는 이 일에 관해서는 그 누구도 모르기를 바랐다. 사실 여태까지는 테이트 씨도 비밀을 발설하지 않은 터라, 그는 신분을 감춘 채 빠져나갈 작정이었다. 기품 있는 청년 페리. 이 일로 인해 새내기 변호사의 이력에 금이 갈 수도 있는 노릇이었다.

"신부를 껴안아 줘야지!"

"이제 가면을 벗으라고, 낙타. 신부한테 키스해!"

베티가 웃으며 그를 향해 돌아서서 판지로 된 코와 주둥이를 쓰다듬자, 페리의 심장은 본능적으로 쿵쾅대며 뛰었다. 그는 자제력이 무너져 내리는 걸 느끼며, 당장이라도 그녀를 두 팔로 껴안고 정체를 밝힌 후 지척에서 미소 짓는 저 입술에 입맞추고 싶어졌다. 바로 그 순간 불현듯 주변의 웃음과 박수 소리가 차츰 멀어지더니 수상쩍은 침묵이 무도회장을 덮쳤다. 페리와 베티는 어리둥절해하며 위를 올려다봤다. 점보가 엄청나게 큰 목소리로 놀란 듯 "여러분!"이라고 외치는 바람에 모두의 시선이 그에게 내리꽂히던 참이었다.

"여러분!" 그가 또다시 소리쳤다. 그는 여태 거꾸로 들고 있던 낙타의 결혼 허가증을 고쳐 잡더니 안경을 꺼내 필요 이상으로 꼼꼼히 살피기 시작했다.

"이런." 그가 이렇게 외치자, 방 안은 쥐 죽은 듯 조용해지면서 모든 이들에게 그의 말이 똑똑히 전달되었다. "이건 진짜 결혼 허가증이잖아."

"뭐라고요?"

"뭐?"

"다시 말해 봐, 점보!"

"당신 제대로 읽을 줄 아는 거 맞아?"

점보는 손짓으로 사람들을 조용히 시켰고, 자신의 실수를 깨달은 페리는 혈관 속에서 피가 타오르는 것 같은 기분이었다.

"당연하죠!" 점보가 말했다. "이건 분명히 결혼 허가증이라고요. 그리고 그 당사자는 여기 있는 이 베티 메딜 양과 페리 파크허스트 씨로군요."

사방에서 헉하는 소리와 낮은 웅성거림이 들려왔고 모두의 시선이 낙타에게 집중되었다. 베티는 단번에 그에게서 떨어졌고, 그녀의 황갈색 눈동자는 분노로 이글거렸다.

"그럼 당신이 파크허스트 씨인가요, 낙타 씨?"

페리는 대답이 없었다. 사람들은 더 가까이 바싹 다가오며 그를 빤히 쳐다봤다. 그는 당황한 나머지 뻣뻣하게 얼어붙어 버렸고, 판지로 된 그의 얼굴은 불길한 표정의 점보를 바라보던 순간에도 여전히 허기지고 냉소적인 표정을 띠었다.

"모두들 뭐라고 좀 해 봐요!" 점보가 느릿느릿 입을 열었다. "왜냐하면 이건 아주 심각한 문제니까요. 난 이 클럽에서 일하지만, 바깥에선 침례교 목사로 활동 중이란 말이오. 그러니까 내가 보기에 지금 당신 둘은 정식으로 결혼식을 치른 거요."

5

이후 연출된 장면은 탤리호 클럽과 관련한 역사적 사건으로 영원히 기록에 남을 만한 것이었다. 통통한 몸매의 나이 지긋한 부인들은 실신했고, 미국인들은 욕설을 내뱉었으며, 사교계에 첫발을 내디딘 아가씨들은 잔뜩 놀란 눈으로 순식간에 몰려들었다 흩어지길 반복하며 와자지껄 떠들어 댔다. 사람들이 수다 떠는 소리가 만들어 낸 커다란 웅성거림은 맹렬하지만 기묘하게 가라앉아 혼란스러운 무도회장을 윙윙거리며 훑고 다녔다. 흥분한 젊은이들은 페리나 점보 혹은 자신들을 포함한 누구든 끝장내 버리겠다고 욕설을 퍼부었으며, 침례교 목사는 시끄럽게 떠들어 대는 아마추어 변호사들로 이루어진 떠들썩한 무리에 포위되고 말았다. 그들은 질문을 쏟아 내고 협박을 일삼고 선례를 요구하고 혼인 무효를 주문하는 것도 모자라, 방금 일어난 장면이 사전에 계획된 것인지 아닌지를 캐내려 무던히도 애를 썼다.

한쪽 구석에서는 타운센드 부인이 하워드 테이트 씨의 어깨에 조심스럽게 기댄 채 흐느끼고 있었다. 테이트 씨가 부인을 위로해 보려 했지만 허사였고, 두 사람은 "전부 내 잘못"이라고 주거니 받거니 하며 언제까지고 같은 말을 되풀이했다. 건물 바깥의 눈 쌓인 보도에서는 알루미늄 인간으로 통하는 사이러스 메딜 씨가 우람한 두 마부 사이를 느릿느릿 오가며 차마 입에 담기 어려운 말들을 마구 쏟아 내다가, 점보에게 했던 식으로 그들에게도 되는대로 애원의 말을 늘어놓고 있었다. 사실 그는 그날 저녁 익살맞게 보르네오섬의 야만인으로 꾸미고 있었는데, 제아무리 까다로운 무대 감독이라 해도 그가 맡은 역할에 고칠 점은 없다고 인정할 터였다.

한편 두 명의 주인공은 이제 제대로 무대 중앙을 차지하고 있었다. 베티 메딜(아니면 베티 파크허스트라고 해야 하나?)은 그녀보다 평범한 외모의 아가씨들에게 에워싸인 채 격렬하게 분노하고 있었다. 베티보다 예쁜 쪽은 그녀에 대해 이야기꽃을 피우느라 바빠 그녀에게 관심을 둘 겨를조차 없었다. 그 사이 무도회장의 다른 한쪽에는 낙타가 서 있었다. 가슴께에 애절하게 매달린 낙타 머리를 제외하고는 조금 전과 달라진 게 없었다. 페리는 어리둥절한 채 잔뜩 화가 나 있는 사내들을 상대로 자신의 결백을 진심으로 주장하는 중이었다. 몇 분 간격으로 그가 무언가를 입증해 내고 나면 누군가 혼인 증명서를 언급하고, 그러면 심문이 재개되는 식이었다.

톨레도에서 둘째가는 미인으로 꼽힌 매리언 클라우드라는 아가씨는 베티에게 내뱉은 말 한마디로 해당 상황의 핵심을 바꿔 놓았다.

"뭐," 그녀가 심술 맞게 입을 뗐다. "어차피 결국엔 잠잠해질 텐데, 뭘. 법원에선 당연히 혼인 무효로 처리할 거고."

분노에 찬 베티의 눈물이 기적처럼 말라붙더니 입술을 굳게 다문 그녀가 냉랭하게 매리언을 쏘아봤다. 그러고 나서 그녀는 몸을 일으켜 동정에 찬 무리를 좌우로 물리치며 무도회장 반대편에 있는 페리 쪽으로 걸음을 옮겼다. 그는 잔뜩 겁에 질린 채 그녀를 쳐다봤고, 곧이어 침묵이 다시금 무도회장을 장악했다.

"잠깐 오 분쯤 이야기할 수 있을까요? 아니면 이건 아예 계획에 없던 일인가요?"

그는 고개를 끄덕여 보였지만 어떤 말도 내뱉을 수 없었다.

따라오라고 그에게 차갑게 손짓한 다음 베티는 턱을 들어 올린 채 바깥으로 걸어 나가 눈에 띄지 않는 작은 카드놀이용 방으로 향했다.

페리는 그녀를 쫓아 걸음을 뗐지만, 뒷다리 쪽이 제대로 움직이지 않는 통에 갑작스레 멈춰 서야 했다.

"자넨 그냥 여기 있으라고!" 그가 거칠게 일렀다.

"그렇겐 못 해요." 혹이 달린 쪽에서 불평하는 소리가 들려왔다. "먼저 나가서서 제가 나갈 수 있게 해 주셔야지요."

페리는 잠시 망설이는 듯했지만, 호기심에 찬 군중의 눈초리를 견뎌 내기 힘든 나머지 중얼대며 뭔가를 지시했고, 낙타는 곧 네 다리를 이용해 조심스레 무도회장을 빠져나갔다.

베티가 그를 기다리고 있었다.

"나 원," 그녀는 잔뜩 화가 나서 입을 열었다. "당신이 무슨 짓을 저질렀는지 알아요? 그놈의 미친 허가증이라니! 그러게, 내가 그런 건 발급받는 게 아니라고 했잖아요!"

"사랑하는 그대 베티, 난 말이오……."

"나한테 사랑한다느니 그런 말은 꺼내지도 말아요! 그런 건 나중에 진짜 아내한테나 하라고요. 이렇게 망신스러운 사건이 있고 나서도 결혼을 할 수 있다면 말이에요. 그리고 이 모든 걸 계획한 게 아닌 것처럼 연기할 생각일랑 접어요. 그 검둥이 웨이터에게 돈까지 준 거죠? 당신이 그런 거죠? 설마 나랑 결혼하려고 한 게 아니라고 할 참인가요?"

"아냐…… 당연히……."

"그래요, 시인하는 게 좋을 거예요! 당신은 나랑 결혼하려고 이런 짓을 벌였어요. 이제 어떻게 할 작정인가요? 지금 아빠도 거의 미쳐 날뛰고 있는 거 알아요? 아빠가 맘만 먹으면 당장에라도 당신을 끝장내 버릴걸요. 당신한테 총알을 박아 넣고 말겠죠. 이 결혼이, 아니 이 **사건이** 없었던 일로 되더라도 아마 평생 꼬리표처럼 나를 따라다니겠죠!"

페리는 아까 그녀가 했던 말을 나직이 되뇔 수밖에 없었다. "아, 낙타 씨, 그럼 멋진 뱀 부리는 여자와 영원히 행복할 수 있다니 너무 기쁘죠?"

"닥쳐!" 베티가 외쳤다.

잠시 정적이 흘렀다.

"이봐요, 베티." 페리가 마침내 입을 열었다. "우리가 이 난관에서 빠져나갈 길은 하나밖에 없소. 그러니까 당신이 나랑 결혼하는 거지."

"당신이랑 결혼한다고?"

"그래요, 정말이지 그 방법밖엔……."

"그만! 난 당신이랑 결혼하지 않아요. 설령……."

"알아요. 설령 내가 지구상에 남은 유일한 사내라도 말이지. 하지만 베티, 당신 평판을 놓고 보자면……."

"평판이라고요?" 그녀가 소리를 질러 댔다. "**지금** 황송하게도 제 평판을 걱정해 주시는 건가요? 그렇담 어째서 제 평판은 안중에도 없이 저 끔찍한 점보를 고용해 버린 거죠?"

페리는 어쩔 도리가 없다는 듯 두 손을 들어 보였다.

"좋아. 당신이 원하는 거라면 뭐든 하지. 이제 난 어떤 권리도 없소!"

"아, 그런데……." 문득 낯선 음성이 끼어들었다. "난 아닌데."

페리와 베티는 깜짝 놀랐고, 베티는 손으로 가슴을 쓸어내렸다.

"대체 저 목소린 뭐죠?"

"아, 저예요." 낙타의 뒷부분이 대답했다.

페리가 재빨리 낙타 의상을 벗어 던지자, 기운 없이 흐느적거리는 누군가가 모습을 드러냈다. 그는 축축해진 옷을 늘어뜨린 채 거의 비워진 술병을 꽉 움켜쥐고는 거만한 태도로 그들 앞에 섰다.

"오, 이런." 베티가 외쳤다. "나를 겁주려고 저런 인간까지 데려왔군요! 아깐 그가 귀머거리라고 하고선…… 이 끔찍한 인간 같으니!"

낙타의 뒷부분은 만족스럽다는 듯 한숨을 내쉬며 의자에 앉았다.

"나에 대해 그런 식으로 말하지 말아요, 아가씨. 난 그저 아무나가 아니라 당신 남편이니까."

"남편이라니?"

베티와 페리가 동시에 소리쳤다.

"뭐, 당연한 것 아닌가요. 나도 저 인간처럼 당신 남편이오. 그 검둥인 당신과 낙타 앞부분만 결혼시킨 게 아니거든. 당신은 낙타 전체랑 결혼한 거라고. 아, 끼고 있는 반지도 내 것이로군!"

베티는 날카로운 비명을 지르며 반지를 잡아 빼 바닥에 힘껏 내던져 버렸다.

"이게 다 뭐 하는 짓이오?" 페리가 멍하니 물었다.

"그러니까 날 제대로 대접하는 게 좋을 거요, 제대로 말이야. 안 그러면 저 여자랑 결혼한 사람으로서 당신과 똑같이 권리를 주장할 거라고!"

"중혼인 셈이로군." 페리가 진지한 표정으로 베티 쪽을 돌아봤다.

그날 저녁을 통틀어 최고의 순간이 페리에게 찾아온 것이다. 그가 자신의 운을 시험해 볼 만한 최고의 기회 말이다. 몸을 일으킨 그는 우선 새롭게 대두된 문제 때문에 경악한 나머지 힘없이 앉아 있는 베티를 바라봤다. 그러고는 의자에 앉아 위협적인 태도로 몸을 좌우로 흔들어 대는 한 인간 쪽으로 눈길을 돌렸다.

"좋아, 좋다고." 페리가 택시 기사를 향해 느긋한 투로 말했다. "그럼 자네가 그녈 가지게. 베티, 내 생각에 우리가 결혼한 건 순전히 사고였소. 그러니 이제 난 당신을 아내로 맞이할 권리 따윈 포기하겠어. 대신 당신의 법적 남편, 그러니까 당신이 끼고 있는 그 반지의 주인 말이오. 그에게 당신을 보내 주겠소."

잠시 정적이 흐르고 겁에 질린 네 개의 눈동자가 그를 향했다.

"잘 지내요, 베티." 그는 뚝뚝 끊기듯 말을 이었다. "새로 찾은 행복 안에서도 부디 나를 잊지 말길. 난 아침 기차를 타고 극서부로 떠날 참이라오. 나를 기억해 주오, 베티."

마지막으로 두 사람을 바라본 다음 페리는 돌아서서 가슴께로 머리를 늘어뜨린 채 문손잡이를 거머쥐었다.

"다들 잘 지내길." 그가 거듭 작별을 고하고는 손잡이를 돌렸다.

하지만 손잡이 돌리는 소리가 나자마자 뱀과 실크와 황갈색 머리를 지닌 그녀는 쏜살같이 페리 쪽으로 내달렸다.

"아, 페리. 나를 두고 떠나지 말아요! 페리, 페리. 나도 데려가란 말이에요!"

그녀의 눈물이 그의 목덜미를 축축하게 적셨다. 그는 잠자코 두 팔로 그녀를 감쌌다.

"이젠 아무래도 괜찮아요." 그녀가 울먹이며 말했다. "사랑해요. 그리고 이 시간에라도 목사님을 깨워 다시 결혼식을 진행할 수 있다면 난 당신과 서부로 가겠어요."

그녀의 어깨 너머로 낙타의 앞부분이 뒷부분을 바라봤다. 둘은 낙타들끼리만 통하는 아주 미묘하고 비밀스러운 윙크를 교환했다.

노동절

전쟁에서 싸워 이기고 나자, 승자들의 위대한 도시에는 개선문이 들어서고 하얗고 빨간 장미꽃이 흩뿌려져 생기발랄한 분위기가 연출되었다. 기나긴 봄날 내내 복귀하는 군인들이 주 고속도로를 행진했고, 그때마다 낯선 북소리와 금관악기의 즐거운 울림이 앞장서 등장했다. 상인들과 점원들은 언쟁과 셈을 중단하고 창가로 몰려가 허연 얼굴을 한데 들이밀고는 언제까지고 부대 행렬을 지켜보는 것이었다.

이 위대한 도시가 그토록 화려했던 적은 일찍이 없었다. 전쟁이 승리로 끝나자 수많은 물품이 기차를 통해 유입되었고, 상인들은 가족들을 이끌고 남부와 서부에서 떼 지어 몰려들었다. 그들은 감미로운 연회를 경험하고 호화롭게 준비된 유흥을 즐기고자 했으며, 각자의 아내를 위해 다가올 겨울에 대비한 모피와 황금 망사로 된 가방, 다채로운 색상의 실크 슬리퍼, 은, 장밋빛 공단과 금빛 옷감 따위를 사들였다.

승리한 쪽의 작가들과 시인들이 코앞으로 다가온 평화와 번영을 너무도 흥겹고 요란하게 찬미해 댄 까닭에 지방에서까지 돈 쓸 사람들이 점점 더 모여들어 흥에 취해 와인을 들이켰다. 자연히 상인들은 각종 장신구와 슬리퍼가 팔려 나가기 무섭게 물건을 채워다 놓았고, 급기야 수요를 맞추기 위해 장신구와 슬리퍼가 더 필요하다고 우는소리를 해 대야 했다. 그들 중에는 별다른 도리 없이 손을 하늘로 치켜들고는 이렇게 외치는 사람도 있었다.

"아아, 이젠 남은 슬리퍼도 없구나! 아, 그러고 보니 장신구도 없네! 제가 어찌해야 할지 모르겠습니다. 하늘이시여, 제발 도와주소서!"

하지만 다들 너무 바빴기에 상인들의 절규를 귀담아듣는 이는 아무도 없었다. 보병들은 매일 같이 경쾌하게 고속도로를 밟고 지나갔다. 사람들은 죄다 복귀한 젊은이들이 순수하고 용감하며 건강한 치아와 선홍빛 뺨을 지니고 있음에 뛸 듯이 기뻐했다. 그런가 하면 이 땅의 젊은 여성들은 또 어떠하던가. 그들은 처녀였고 얼굴과 몸매가 모두 어여뻤다.

이 시기를 통틀어 이 위대한 도시에서는 여러 사건이 벌어졌는데, 그중에서도 몇 가지만, 아니 어쩌면 단 하나만 적어 볼까 한다.

1

1919년 5월 1일 아침 9시경, 한 청년이 빌트모어 호텔의 객실계 직원을 상대로 뭔가 이야기를 하고 있었다. 그는 명부에 필립 딘 씨가 있는지, 만일 그렇다면 딘 씨가 묵고 있는 방으로 전화 연결이 되는지 물었다. 질문을 한 청년은 잘 지어 고급스러워 보이지만 낡아 빠진 양복 차림으로, 작고 말라 어딘지 모르게 어두운 분위기를 자아내는 잘생긴 젊은이였다. 그의 눈 위쪽으로는 남달리 긴 속눈썹이 자리했고, 아래로는 건강이 좋지 못할 때 나타나는 푸르스름한 반원 형태의 그늘이 드리워져 있었다. 게다가 미열이 오래 지속되기라도 한 듯 부자연스럽게 얼굴을 물들인 홍조 때문에 그는 더욱 아픈 사람처럼 보였다.

어쨌건 딘 씨는 분명 그곳에 머무는 중이었다. 청년은 옆에 있는 전화기 쪽으로 다가갔다.

곧 전화가 연결되고 잔뜩 졸음에 겨운 음성이 위쪽 어디에선가 응답을 해 왔다.

"딘 씨 되시나요?" 이 대목에서 그의 목소리는 아주 간절했다. "나 고든이네, 필. 고든 스터렛이라고. 지금 아래층에 와 있어. 자네가 뉴욕에 있단 얘길 들었지. 왠지 여기 묵을 거 같더라고."

졸음에 겨웠던 음성이 점점 대화에 열의를 보였다. "이런, 고디, 이 친구야, 잘 지냈나?" 그는 아주 놀랐고 크게 기뻐했다. "얼른 올라오지 못하겠냐, 고디!"

몇 분 후 파란색 실크 파자마 차림의 필립 딘이 방문을 열어젖혔고, 두 청년은 살짝 멋쩍어하면서도 호들갑을 떨며 인사를 나눴다. 두 사람은 모두 스물네 살쯤으로 전쟁 발발 바로 직전 해에 예일 대학을 졸업했다. 하지만 닮은 점은 그게 다였다. 딘으로 말하자면 금발에 얼굴이 불그레했고 얇은 파자마 아래로 탄탄한 몸이 돋보였다. 어느 모로 보나 그의 단련된 신체와 그에 따른 육체적 편안함이 빛을 발하고 있었다. 그는 자주 웃는 편이었는데, 그때마다 커다랗게 툭 튀어나온 치아가 드러나곤 했다.

"나도 자넬 찾아보려 했다고." 그가 열심히 외쳐 댔다. "이 주 정도 휴가를 냈어. 거기 잠깐 앉아 있어, 곧 나올게. 샤워 좀 하고 말이야."

그가 욕실로 사라지자, 손님의 짙은 눈동자는 초조하게 방 안을 두리번거렸고, 그러다 한쪽 구석에 자리한 커다란 영국식 여행 가방과 의자들 위로 어지럽게 널린 두꺼운 실크 셔츠들, 그리고 그 주변에 흩어진 멋진 넥타이들과 부드러운 모직 양말들을 발견하고는 잠시 거기에 시선을 두었다.

어느덧 자리에서 일어선 고든은 셔츠 한 장을 집어 들고 잠시 살펴봤다. 그건 아주 도톰한 노란색 실크 셔츠로 옅은 파란색 줄무늬가 있었는데, 똑같은 셔츠가 거의 열 벌 이상은 되는 것 같았다. 그는 자기도 모르게 자신의 셔츠 소매를 내려다봤다. 소매는 해지고 보푸라기가 잔뜩 일었으며, 더러워져 희미한 회색을 띠고 있었다. 실크 셔츠를 내려놓은 고든은 해진 셔츠 소매가 보이지 않게 외투 소매를 최대한 끌어내린 다음 거울 앞으로 가 조금 무기력하고 불만족스러운 시선으로 자신을 응시했다. 과거 찬란했던 나날의 상징인 그의 넥타이는 색이 바래고 쭈글쭈글해져서 들쭉날쭉하게 찢어진 칼라의 단춧구멍을 더 이상 가려 주지 못했다. 전혀 즐겁지는 않았지만, 그는 지난날을 한번 떠올려 보았다. 3년 전만 해도 대학 졸업반 학생들을 대상으로 한 투표에서 그는 베스트 드레서 중 한 사람으로 지목되어 표를 좀 얻었던 것이다.

마침 딘이 물기를 닦으며 욕실에서 모습을 드러냈다.

"지난밤에 예전 네 친구를 봤어." 그가 말했다. "로비에서 그녈 보긴 했는데, 도무지 이름이 생각나지 않더군. 사 학년 때 자네가 뉴헤이븐에 데려온 여자애 있잖아?"

고든은 깜짝 놀라고 말았다.

"에디스 브래딘 말이야? 그 애를 말하는 거야?"

"맞다, 바로 그 애야. 엄청나게 멋지던걸. 아직도 예쁜 인형 같은 모습이었어. 무슨 말인지 알겠지? 만지기만 해도 사라져 버릴 것 같은 그런 느낌 있잖나."

그는 윤이 나는 제 모습을 만족스러운 듯 이리저리 살피고는 이를 드러내며 살짝 미소 지어 보였다.

"어쨌든 그녀는 틀림없이 스물셋이야." 딘이 말을 이었다.

"지난달에 스물둘이 되었지." 고든이 멍한 표정으로 말했다.

"뭐라고? 아, 지난달이로군. 그 앤 아마 감마 프사이Gamma Psi 댄스파티에 다녀갔을 거야. 안 그래도 오늘 밤 델모니코에서 예일 대학 감마 프사이 댄스파티가 열리거든. 알고 있었나? 고디, 너도 참석하는 게 좋겠어. 뉴헤이븐 동창생들 중 절반은 아마 그리로 올 거니까. 초대장도 구해다 줄 수 있어."

마지못해 새 속옷을 걸친 딘은 담배에 불을 붙인 다음 열린 창가로 가서 앉더니 방 안으로 쏟아져 들어오는 아침 햇살을 받으며 종아리와 무릎을 꼼꼼히 살폈다.

"어서 앉아 봐, 고디." 그가 말을 건넸다. "여태 뭘 하고 지냈는지, 지금은 뭘 하는지 죄다 얘기해 보라고."

고든은 느닷없이 침대 위로 쓰러지더니 맥없이 무기력한 모습으로 누워 있었다. 편안할 때면 습관적으로 살짝 벌어지는 그의 입마저 문득 어찌할 도리 없이 가련해 보였다.

"무슨 일이야?" 딘이 얼른 물었다.

"아, 이런!"

"무슨 일이냐니까?"

"망할 놈의 세상, 모든 게 다 잘못된 거지." 그는 비참하다는 듯 말했다. "난 이제 끝장이야, 필. 지쳐 버렸다고."

"응?"

"너무 지친다고." 그의 목소리가 떨려 왔다.

딘은 그에게 좀 더 가까이 다가가 푸른 눈으로 그를 자세히 살폈다.

"그래, 꼴이 말이 아니긴 해."

"그렇다니까. 난 모든 걸 망쳐 놨어." 그는 잠시 말을 멈췄다. "이럴 게 아니라 처음부터 이야기하는 게 좋겠군. 그럼 자네가 너무 지루하려나?"

"아니, 전혀 그렇지 않아. 어서 말해 봐." 그렇게 말하긴 했지만, 딘의 음성에는 주저하는 기색이 깃들어 있었다. 사실 동부로의 이번 여행은 휴가를 보내려 계획한 것이었기에, 막상 곤란한 상황에 처한 고든 스터렛을 보고 있자니 살짝 짜증이 치밀어 오르는 것이었다.

"계속해 보라고." 딘은 다시 이렇게 말한 뒤 본래 하려 했던 나머지 말도 나지막한 목소리로 덧붙였다. "얼른 전부 털어놓고 말아."

"그러니까 그게 말이야," 고든이 떨리는 목소리로 입을 열었다. "지난 이월 프랑스에서 귀국하고 나서 해리스버그의 집으로 가 한 달을 보냈어. 그러고는 뉴욕으로 돌아와 취직을 한 거지. 수출 회사였어. 그런데 바로 어제 해고당했다네."

"널 해고했다고?"

"이제 그 얘길 해 줄게, 필. 너한텐 솔직하게 털어놓으려고 해. 내가 이런 문제를 상의할 수 있는 건 너뿐이니까. 솔직하게 있는 그대로 말해도 괜찮은 거지, 필?"

딘의 몸이 좀 더 뻣뻣해졌다. 무릎을 치는 동작마저 점점 형식적으로 되어 갔다. 그는 자신이 부당하게 책임을 떠안게 되었다고 어렴풋이 느낀 것이었다. 사실 그는 고든의 이야기를 듣고 싶은 건지도 확실히 몰랐다. 물론 고든 스터렛이 조금 어려움을 겪고 있다 해도 놀랄 일은 아니었지만, 지금과 같은 곤란한 상황은 비록 호기심을 불러일으키긴 해도 왠지 모르게 혐오감을 유발하는 동시에 그의 마음이 닫히도록 했다.

"그래, 계속해 봐."

"여자에 관한 얘기야."

"흠." 딘은 그 무엇도 자신의 이번 여행을 망치도록 두지 않겠다고 다짐했다. 혹시라도 고든과 함께하는 시간이 우울해진다면 고든을 덜 만나면 될 일이었다.

"그 여자 이름은 주얼 허드슨이야." 침대 쪽에서 고민에 휩싸인 목소리가 들려왔다. "한때는 그녀도 '순수'했을 거라고. 일 년 전쯤까지만 해도 말이야. 여기 뉴욕에 살았는데, 가족이 가난했지. 이제 가족들은 전부 고인이 돼 버렸고, 늙은 이모랑 지내는 것 같더라고. 난 프랑스에서 사람들이 떼거리로 들어오기 시작한 바로 그 시기에 그녈 만났어. 난 그저 이 땅에 새로 도착한 사람들을 환영하고, 그들과 파티에 다닌 게 다야. 하긴 일은 그렇게 시작되지, 필.

사람들을 만난 게 기뻤고 그들도 나를 알게 돼서 좋았지."

"좀 더 분별력이 있어야 했는데."

"그러게나 말이야." 고든은 잠시 말을 멈추더니 무기력한 말투로 이야기를 계속했다. "알다시피 난 이제 혼자 힘으로 살아야 하네, 필. 난 가난이라면 끔찍하다고. 그러다 이 여자랑 맞닥뜨린 거야. 이 여잔 한동안 나랑 사랑에 빠졌던 것 같아. 사실 난 그렇게 깊이 얽히고 싶진 않았는데, 늘 어디선가 자꾸 마주치게 되더라고. 그 수출업자들이랑 내가 어떤 일을 했는지 자넨 물론 짐작하겠지? 어쨌건 난 늘 그림을 그려 보고 싶었어. 잡지에 들어가는 삽화 같은 거 말이야. 수입도 꽤 짭짤한 걸로 알고 있는데."

"왜 그쪽 길로 가지 않은 거야? 원하는 걸 이루려면 열심히 달려들었어야지." 딘이 냉담하게 형식적으로 말했다.

"그래, 시도해 보긴 했어. 잠시나마 말이야. 하지만 아직 내 작품은 좀 어설픈 감이 있어. 물론 난 소질이 있다네, 필. 어떻게 그려야 하는지 안다고⋯⋯. 그저 그쪽 분야로 진출하는 방법을 모를 뿐이야. 일단 미대에 진학해야겠는데 학비를 감당할 수 없어. 뭐 어쨌건 일주일 전쯤 드디어 위기가 도래했지. 거의 일 달러만 남은 상태까지 왔는데, 이 여자가 추근대기 시작하더군. 돈을 원했던 거야. 돈을 주지 않으면 날 곤란하게 만들어 주겠다나."

"그 여자가 정말 그럴 것 같아?"

"유감스럽게도 그럴 수 있어. 그래서 직장도 잃은 거야. 글쎄, 허구한 날 사무실로 전화를 해 대지 뭔가. 결국 회사 측에서도 더 이상 두고 볼 수 없었던 거지. 어쨌건 그 여자 손에 편지가 있어. 모든 게 적혀 있는 편지 말이야. 그걸 우리 집에 보낼 거래. 아, 정말이지

난 덫에 걸려 버렸어. 어떻게든 돈을 좀 구해다 줘야 해."

문득 어색한 침묵이 찾아들었다. 고든은 미동도 없이 누워 옆으로 내려놓은 양손을 꽉 쥐었다.

"난 지쳤다고." 그가 떨리는 목소리로 말을 이었다. "정말이지 난 반쯤은 실성한 상태라고, 필. 네가 동부로 오는 걸 몰랐으면 아마 난 지금쯤 자살해 버렸을 거야. 삼백 달러쯤 빌려줬으면 좋겠는데."

훤히 드러난 발목을 토닥이던 딘의 손이 갑자기 움직임을 멈췄다. 동시에 둘 사이를 오가던 뭔지 모를 불확실한 기운은 긴장감과 껄끄러움으로 탈바꿈했다.

잠시 후 고든이 이야기를 계속했다.

"이젠 동전 한 닢 구걸하기도 부끄러울 정도로 그간 가족들 돈을 쥐어 짜냈다고."

딘은 여전히 말이 없었다.

"주얼 말로는 이백 달러가 필요하다더군."

"당장 꺼지라고 하지 그랬어."

"알아, 말은 쉽지. 그런데 그 여자는 내가 잔뜩 취해서 자기한테 쓴 편지를 몇 장 갖고 있단 말이야. 안타깝게도 그 여잔 흔히 생각하는 그런 물러터진 타입이 전혀 아니라고."

딘은 불쾌함을 드러냈다.

"나라면 그런 여잘 견딜 수 없을 거야. 거리를 뒀어야지."

"그래, 알아." 고든이 맥없이 말했다.

"현실을 있는 그대로 판단하라고. 돈이 없으면 일에 매진하고 그런 여잔 멀리해야 해."

"너로선 그렇게 말하는 게 쉽겠지." 고든이 눈을 가늘게 뜬 채 다시 입을 열었다. "넌 돈이라면 차고 넘치니까 말이야."

"전혀 그렇지 않아. 우리 집에서는 내가 쓰는 돈을 일일이 다 확인한다고. 돈을 맘대로 못 쓰니까 나도 낭비하지 않으려고 굉장히 조심하는 중이야."

그는 블라인드를 올려 햇볕이 더 들어오도록 했다.

"난 성인군자가 아니라고. 그건 누구나 다 아는 사실이지." 그가 신중한 어투로 말을 이었다. "난 쾌락을 좋아. 특히 이번처럼 휴가를 보낼 땐 최대한 즐기려 하지. 그런데 넌 말이야……. 넌 정말 모양새가 끔찍하구나. 전엔 네가 이런 식으로 얘기하는 걸 들은 적이 없다고. 아주 쫄딱 망한 것 같아. 도덕적으로나 재정적으로나 말이야."

"원래 망하면 둘 다 망하는 거 아닌가?"

딘은 참다못해 고개를 가로저었다.

"잘은 모르겠지만, 네겐 몸에 밴 어떤 분위기가 있어. 난 잘 이해가 안 되지만 말이야. 어쨌건 좀 해로운 기운 같아."

"아마 걱정과 가난, 그리고 잠 못 이루는 수많은 밤들이 만들어낸 기운이겠지." 고든이 약간 시비조로 대꾸했다.

"글쎄, 난 잘 모르겠어."

"아, 그래, 내가 우울한 인간이란 걸 시인할게. 난 나 자신도 우울하게 만드니까 말이야. 하지만 이런, 필. 나도 일주일 정도 쉬면서 새 양복도 맞추고 수중에 돈이라도 좀 있으면 예전 내 모습을 찾고 싶어. 이봐, 필. 알다시피 나도 끝내주게 그릴 수 있다고. 하지만 대부분 고급 미술 재료를 살 돈이 없었어. 게다가 난 피곤하거나 좌절하거나 지치면 그릴 수가 없어. 수중에 돈이 조금만 있어도 몇 주 쉬면서 다시 시작할 수 있을 텐데 말이야."

"네가 그 돈을 또 다른 여자에게 쓸지도 모를 일이잖아?"

"그걸 자꾸 들먹여야겠어?" 고든이 낮은 목소리로 말했다.

"들먹이는 게 아냐. 난 그냥 이런 네 모습을 보는 게 싫다고."

"그래서 돈은 빌려줄 거야, 필?"

"당장은 결정 못 하겠어. 적은 금액도 아니고…… 그렇게 되면 나도 불편해질 테니까 말이야."

"네가 결국 못 빌려주겠다면 그야말로 지옥 같을 거야. 그래, 내가 징징대는 것 같겠지. 전부 내 잘못이긴 한데, 그렇다고 상황이 바뀌는 건 아니잖아."

"돈은 언제쯤 갚을 수 있을 것 같아?"

가능성이 엿보이는 말이었다. 고든은 생각에 잠겼다. 지금으로선 솔직하게 나가는 편이 제일 현명할 듯했다.

"물론 바로 다음 달에 돌려주겠다고 말할 수도 있어. 하지만 석 달은 필요할 것 같아. 그림이 팔리는 대로 돈을 갚는 거지."

"네 그림이 팔릴지는 또 어떻게 알겠어?"

딘의 음성에 새로이 깃든 냉담함은 어렴풋하게나마 고든에 대한 의심을 차갑게 뿜어내고 있었다. 이렇게 되면 고든은 돈을 못 구하게 되는 걸까?

"그래도 나를 조금은 신뢰하는 줄 알았는데."

"그랬지. 그런데 이러는 걸 보니까 다시 생각해 보게 되네."

"내가 절박하지 않았다면 이렇게 널 찾아왔을 것 같아? 네가 보기엔 내가 좋아서 이러는 것 같으냐고?" 그는 말을 멈추더니 입술을 깨물었다. 일단 자신의 목소리에 묻어나는 화를 가라앉혀야 할 것 같았다. 따지고 보면 부탁하는 쪽은 그였으니 말이다.

"넌 참 뭐든 쉽구나." 딘이 화가 난 듯 말했다. "넌 내가 돈을 안 빌려주면 날 남의 피나 빨아먹는 인간이라고 몰아붙일 태세로구나. 그래, 지금 네가 그러고 있다고. 한 가지 분명한 건 나 역시 삼백 달러씩 마련하기가 쉽지 않다는 거야. 그 정도 금액이 아무것도 아닐 만큼 내 수입이 엄청난 건 아니라고."

그는 의자에서 일어나 조심스럽게 입을 옷을 고른 후 차려입기 시작했다. 고든은 양팔을 뻗어 침대 가장자리를 꽉 잡으며 엉엉 울고 싶은 걸 간신히 참아 냈다. 머리가 깨질 것만 같고 어지러웠으며 입은 바싹 말라 쓰기까지 했다. 피가 뜨거워지는가 싶더니 지붕에서 천천히 떨어지는 물방울처럼 끝도 없이 규칙적으로 변한 느낌이 들었다.

딘은 넥타이를 꼼꼼하게 매고 눈썹을 손질한 뒤 이에 낀 담배 찌꺼기를 빼냈다. 그러더니 다시 담뱃갑을 채우고 빈 상자는 조심스레 휴지통 안으로 던져 넣고서 담뱃갑을 조끼 주머니에 집어넣었다.

"아침은 먹은 거야?" 그가 물었다.

"아니. 요즘엔 아침 안 먹고 다녀."

"그럼 같이 나가서 뭐 좀 먹자. 돈 문제는 나중에 결론짓기로 하고 말이야. 돈 이야기라면 이제 좀 지치는구나. 난 동부에 있는 동안 즐겁게 지낼 거라고."

"예일 클럽 쪽으로 가 보자." 그는 분위기를 전환하려는 듯 이렇게 말하고는 책망하듯 덧붙였다. "직장도 관뒀겠다 달리 할 일도 없잖아."

"나도 돈이 좀 있었으면 할 일이 많았을 거야." 고든이 날카롭게 지적했다.

"아, 제발 잠깐만이라도 돈 이야기를 하지 말아 봐. 여행 기간 내내 울적할 순 없다고. 자, 여기 돈이 좀 있어."

그는 지갑에서 5달러짜리 지폐를 꺼내 고든에게 건넸고, 그는 그걸 조심스레 접어 자신의 주머니에 찔러 넣었다. 고든의 얼굴이 여기저기 울긋불긋해지고 뜨거워졌지만 열이 나는 건 아니었다. 밖으로 나가기 전 잠시 두 사람의 눈이 마주쳤고, 순간 둘은 얼른 시선을 아래로 돌릴 수밖에 없는 그 어떤 감정을 감지했다. 그 짧은 순간 두 사람은 불현듯 서로를 증오했다.

2

5번가와 44번가는 정오경 거리를 오가는 사람들로 붐볐다. 풍성하고 기분 좋은 햇빛이 세련된 상점들의 두꺼운 창문을 통과하면서 잠시 황금빛으로 빛났다. 망사 가방과 지갑, 회색 벨벳 케이스 안의 진주 목걸이에도, 다채로운 색이 섞인 요란한 깃털 부채에도, 값비싼 드레스의 레이스와 실크에도, 그리고 인테리어 업체들이 공들인 전시실에도 햇빛은 어김없이 내려앉았다.

직장 여성들은 짝을 짓고 무리에 섞이고 떼를 지어 이러한 상점들의 창문 근처를 어슬렁대며 화려한 전시 상품 중에서 미래의 안방 가구를 점찍었다. 전시 가구 중에는 가정에서처럼 남성의 실크 파자마가 침대 위에 놓인 것도 있었다. 또 여성들은 보석 가게 앞에 서서 약혼반지와 결혼반지, 백금으로 제작된 손목시계 따위를 고른 다음 자리를 옮겨 깃털 부채와 관람용 외투를 살피기도 했다. 점심으로 먹었던 샌드위치와 선데 아이스크림을 소화시키면서 말이다.

허드슨강에 정박한 함대에서 쏟아져 나온 선원들과 매사추세츠는 물론 캘리포니아에 이르기까지 사단의 휘장 배지를 단 병사들 역시 거리의 군중들에 섞여 몹시도 주목받고 싶어 했다. 하지만 위대한 도시는 보기 좋은 모양새를 갖춘 멋진 대열이 아닌 일반 병사들에게는 완전히 질려 버린 탓에 군장을 하고 총을 지닌 그들에게는 조금 불편한 곳이었다. 다채롭고 혼잡한 이 거리에는 딘과 고든도 포함되어 있었다. 딘은 허황되고 요란한 인간 군상을 잔뜩 의식하는 중이었고, 고든은 자신도 한때 저 군중들 속의 한 사람이었음을, 얼마나 자주 피곤함에 절어 간단히 끼니를 때우고 과로에 시달리며 방탕했던가를 떠올렸다. 딘에게는 사람들의 고군분투하는 모습이 뭔가 특별하고 젊은 에너지로 가득하며 생동감 있게 다가온 데 반해, 고든에게 그것은 암울하고 무의미하며 끝도 없이 지루하게 이어지는 장면이었다.

예일 클럽에 도착하자 동창생들 한 무리가 와자지껄하게 딘에게 인사를 건넸다. 그들은 전부 라운지 바와 안락의자에 반원형으로 둘러앉아 하이볼을 한 잔씩 들이켰다.

고든에게 무리의 대화는 성가시고 지루했다. 그들은 **다** 함께 일제히 점심을 먹었으며 오후가 막 시작될 무렵에는 다들 술이 올라 있었다. 그날 밤 모두 참석하기로 한 감마 프사이 댄스파티는 전쟁 이후 최고의 파티가 될 터였다.

"에디스 브래딘도 올 건가 봐." 누군가 고든에게 말했다. "예전에 엄청 만나 대지 않았나? 둘 다 해리스버그 출신이던가?"

"그래, 맞아." 그는 화제를 바꾸려고 해 봤다. "이따금 개 오빠랑 마주치는 편이지. 그자는 사회주의에 빠진 것 같아. 뉴욕에서 신문사를 운영한다나."

"여동생은 그렇게 화려하고 재밌게 지내는데 말이야, 안 그래?" 정보원은 열심히 보고를 계속했다. "어쨌든 개도 오늘 밤 파티에 올 거래. 피터 힘멜이라는 삼 학년생도 데리고 말이야."

사실 고든은 8시에 주얼 허드슨과 만나기로 되어 있었다. 돈을 좀 구해다 주기로 약속한 것이다. 그는 몇 번이고 초조해하며 손목시계를 들여다봤다. 다행히 4시가 되자 딘이 자리에서 일어섰다. 그는 칼라와 넥타이를 사러 리버스브라더스에 들를 참이라고 했다. 하지만 그들이 막 클럽을 나서려던 순간 또 다른 한 무리가 합류하는 바람에 고든은 그만 크게 실망하고 말았다. 이제 딘은 꼴이 조금 우스울 정도로 아주 유쾌하고 즐거워하며 저녁에 있을 파티를 잔뜩 기대하고 있었다. 그는 리버스브라더스에서 십여 개가 넘는 넥타이를 골랐고, 하나씩 고를 때마다 또 다른 사내와 오래 고심했다. "좁은 넥타이가 다시 유행인가요? 리버스에서 웰시 마고트슨 칼라를 더 확보해 두지 못했다니 안타깝네요. '커빙턴' 같은 칼라는 다시없죠."

고든은 어찌할 바를 모르고 전전긍긍했다. 그는 당장 돈이 필요했다. 그와 동시에 감마 프사이 댄스파티에 참석해야겠다는 생각이 어렴풋이 들었다. 에디스를 만나고 싶었다. 프랑스로 떠나기 전 해리스버그 컨트리클럽에서 만나 낭만적인 밤을 함께한 후로는 에디스와 만난 적이 없었다. 연애는 막을 내렸고, 사랑의 감정은 전쟁의 혼돈 속에 잠겨 버렸으며 심란했던 지난 석 달 동안 거의 잊히고 말았다. 하지만 애잔하면서도 활달하고 엉뚱한 수다에 몰두하곤 했던 그녀의 모습이 문득 떠올라 너무도 많은 기억이 되살아났다. 그는 대학 시절 무심하면서도 애정 어린 흠모의 감정을 품은 채 에디스의 얼굴을 마음속에 간직했었다. 자연히 그는 그녀를 즐겨 그렸기 때문에 골프를 치거나 수영하는 그녀의 모습을 담은 스케치가 그의 방 벽을 둘러 가며 수도 없이 걸려 있었다. 정말이지 그는 당돌하면서도 매력적인 그녀의 옆얼굴을 눈감고도 그려 낼 수 있을 정도였다.

딘과 고든은 5시 30분경 리버스에서 나와 잠시 인도에 멈춰 섰다. "자, 그럼." 딘이 유쾌한 어투로 말했다. "이제 준비는 끝났어. 호텔로 돌아가서 면도하고 이발도 좀 하고 마사지나 받아야겠어."

"좋은 생각이야." 다른 사내가 말했다. "나도 같이 가지."

고든은 결국 자신이 된통 당한 건 아닌지 생각해 봤다. 그는 딘 옆의 또 다른 사내를 향해 "저리 가 버려, 망할 자식 같으니!"라고 으르렁대고 싶은 마음을 힘겹게 억눌렀다. 절망한 고든은 딘이 돈과 관련한 언쟁을 피할 요량으로 다른 사내와 짜고 줄곧 그를 데리고 다니는 게 아닌지 의심을 품기도 했다.

어쨌건 그들은 빌트모어 호텔에 당도했다. 호텔은 아가씨들로 인해 생기에 넘쳤다. 대부분 서부와 남부 출신인 아가씨들은 사교계에 첫발을 내딛는 빼어난 상류층 여성들로, 어느 이름 있는 대학의 유명 사교 클럽에서 주최하는 댄스파티를 위해 모인 터였다. 그러나 고든의 입장에서 그들은 그저 꿈에나 나올 법한 인물들이었다. 그는 용기를 내어 마지막으로 호소해 보기로 했다. 그 자신도 무엇인지 모를 그 무언가를 내비치려던 찰나, 딘이 갑작스레 옆의 사내에게 양해를 구하더니 고든의 팔을 붙잡고 그를 한쪽으로 이끌었다.

"고디," 딘이 재빨리 말했다. "이 일을 전체적으로 한 번 더 검토해 봤는데 말이야, 그 돈을 빌려줄 순 없다고 결정했어. 자넬 돕고 싶지만 그러면 안 될 것 같아. 자네에게 돈을 내어 주면 아무래도 한 달 생활에 지장이 있을 것 같거든."

딘을 멍하니 바라보던 고든은 문득 딘의 윗니가 그토록 돌출된 걸 이전까지는 왜 알아채지 못한 건지 의아했다.

"아, 너무 미안해, 고든." 딘이 말을 이었다. "그래도 어쩔 수 없다고."

그는 지갑을 꺼내 조심스레 지폐 75달러를 세었다.

"자, 여기." 그가 지폐를 건네며 말했다. "칠십오 달러야. 그럼 다해서 팔십 달러를 준 셈이구나. 실제로 여행 중에 쓸 돈을 제외하고 현금으로 내가 가진 건 그게 다야."

고든은 꽉 쥐었던 손을 자동으로 올려 부젓가락이라도 된 양 활짝 펴서 돈을 잡더니 다시 꽉 오므렸다.

"그럼 댄스파티 때 보자." 딘이 말을 이었다. "난 이만 이발소에 들러 봐야겠어."

"그래, 안녕." 고든이 약간 긴장되고 쉰 목소리로 말했다.

"안녕."

딘은 미소를 보이는가 싶더니 마음을 고쳐먹은 듯 딱딱하게 고개를 끄덕이고는 멀어져 갔다.

하지만 고든은 그 자리에 그대로 서 있었다. 고통스러운 듯 얼

굴을 잔뜩 일그러뜨린 채 지폐를 꽉 움켜쥐고서 말이다. 그러다 눈
물이 시야를 가리자, 그는 빌트모어 호텔의 계단을 어설프게 더듬
으며 내려왔다.

3

같은 날 밤 9시쯤 6번가의 어느 싸구려 식당에서 두 사람이 걸
어 나왔다. 그들은 추레하고 영양 상태도 나빠 보였고, 극도로 낮
은 지능 외에는 딱히 가진 것도 없어 보였다. 그 자체만으로 삶에
색채를 부여하는 동물적 활력마저 없었으니 말이다. 그들은 최근
어느 더러운 낯선 마을에서 해충에 감염되었으며 추위와 허기에
시달렸을 뿐 아니라 가난하고 친구도 없었다. 태어날 때부터 떠돌
이가 되도록 내던져졌으니, 죽을 때까지 떠돌이로 살아가게 될 터
였다. 둘은 미 육군 제복 차림으로 어깨에는 사흘 전 이곳에 도착
한 뉴저지 사단을 표시하는 휘장이 달려 있었다.

둘 중 키가 더 큰 쪽의 이름은 캐롤 키였다. 비록 퇴보하는 세대
를 거치며 묽게 희석되었다 쳐도 그에게는 그 어떤 잠재력의 피가
흐르고 있음을 시사하는 이름이었다. 하지만 길쭉하고 나약해 보
이는 그의 얼굴과 멍한 눈, 높이 솟은 광대는 아무리 오래 바라보
고 있어도 그 조상의 진가나 본래 지녔을 법한 지략 따위는 포착
해 낼 수 없었다.

그와 함께 있는 친구는 피부색이 거무스름하고 안짱다리에 쥐
같이 생긴 눈을 지녔으며 매부리코는 부러져 있었다. 그가 발산하
는 반항적 기운은 명백한 위장이자 자기방어를 위한 무기로, 이제

껏 본인이 늘 속해 온 윽박지름과 건들거림, 허세와 위협의 세계로부터 빌려 온 것이었다. 그의 이름은 거스 로즈라고 했다.

그들은 카페에서 나와 6번가를 느릿느릿 걸어 내려가면서 감칠맛 나면서도 무심하게 이쑤시개를 쑤셔 댔다.

"이제 어디로 가는 거야?" 로즈는 설령 키가 남양 제도南洋諸島로 가자고 해도 놀라지 않을 거라는 말투로 질문을 던졌다.

"술을 좀 얻어 낼 수 있는지 알아보면 어떨까?" 금주법이 시행되지 않았던 시절이지만, 병사들에게 술을 판매하는 행위만큼은 법적으로 금지되어 있던 터라, 키의 그런 제안은 충분히 자극적이었다.

로즈는 그의 제안에 적극 동의했다.

"내게 생각이 있어." 키가 잠시 생각에 잠기는 듯하더니 말을 이었다. "여기 어딘가에 형제가 있다고."

"뉴욕에 말인가?"

"맞아. 노친네 같은 놈이지." 사실 그는 형을 염두에 두고 한 말이었다. "걘 싸구려 식당 웨이터야."

"그럼 술을 좀 구해다 줄지도 모르겠네."

"그럴 거야, 그렇고말고!"

"두고 봐. 내일은 이놈의 제복을 벗어 던질 거니까. 다시 입을 일도 없을 거고. 정상적인 옷을 좀 구할 테야."

"뭐, 난 그렇게 못 할 수도 있어."

두 사람의 돈을 합쳐도 5달러가 못 되는 상황을 놓고 볼 때, 이런 대화는 딱히 손해 볼 일 없이도 위안이 되는 한낱 유쾌한 말장난일 가능성이 컸다. 어쨌건 이런 말장난을 주고받는 둘은 기분이 좋아 보였다. 두 사람은 낄낄댔고, 성경 속 인물들까지 언급하며 "아, 저런!" "그래, 그렇다고!" "그렇다니까!" 등의 감탄사를 몇 번이고 되뇌는 동안 한층 더 흥이 올랐다.

이 두 사내의 정서적 양식으로 말하자면, 그들을 먹여 살린 군대와 업체, 빈민원과 같은 여러 시설은 물론 그곳에서 만난 직속 상관들에 대해 그들이 수년간 내뱉어 온 콧소리 섞인 퉁명스러운 비판이 전부였다. 바로 그날 아침까지만 해도 그들이 속한 시설은 '정부'였고 직속상관은 '대위'였으나, 이들에게서 벗어난 두 사람은 이제 자신들을 구속할 다음번 시설이 정해질 때까지 조금 불편한 상태에 놓여 있었다. 그들은 확신이 없었고, 분개했으며, 약간 불편해했다. 하지만 둘은 군에서 나온 것에 대해 짐짓 안도하는 척하는 한편, 굳건하고 자유 지향적인 자신들의 의지를 다시는 군기가 통치하지 못하도록 할 것이라고 의기투합함으로써, 이처럼 불안정한 심리를 감추고 있었다. 사실상 그들은 새로이 눈 뜬 의심할 여지 없이 확실한 자유보다는 감옥이 더 편했을 터였다.

키가 갑자기 걸음을 빨리했다. 로즈는 고개를 들어 키의 시선을 좇다가 거리 아래쪽으로 50야드 정도 떨어진 곳에 사람들이 모여 있음을 알아차렸다. 낄낄대고 웃던 키가 군중을 향해 달리기 시작했다. 그러자 로즈도 낄낄 웃고는 어색하게 달리는 키 옆에 붙어 자신의 짧은 안짱다리를 바삐 놀렸다.

둘은 군중의 바깥쪽으로 다가가는가 싶더니 곧 무리와 구분되지 않을 만큼 사람들 틈에 섞여 들었다. 그곳에는 누더기를 걸치고 약간의 취기가 오른 시민들과 온갖 사단과 다양한 단계의 취기를 보이는 군인들이 몰려 있었는데, 하나같이 길고 검은 수염에 몸짓이 요란한 어느 자그마한 유대인을 에워싸고 있었다. 유대인은 팔을 흔들어 대며 열변을 토하는 중이었지만, 그 내용만큼은 간단명료했다. 키와 로즈는 반원형으로 모여 선 군중 속으로 끼어들어 강한 의심의 눈초리로 유대인을 자세히 살폈다. 유대인의 메시지는 그들의 공통된 의식을 파고들어 왔다.

"…… 전쟁을 통해 얻은 게 뭡니까?" 그는 맹렬히 외쳐 댔다. "주변을 한번 둘러보세요. 한번 보라고요! 그래서 다들 부자가 됐나요? 돈을 많이 받았나요? 아닙니다. 그저 살아서 두 다리로 걸을 수 있다면 다행이지요. 또 무사히 돌아와서 돈으로 징병을 피한 어떤 놈팡이와 아내가 붙어먹지 않았다는 걸 확인한 것만으로도 아주 운이 좋은 거지요! 네, 우린 그 정도면 운이 좋은 거라고요! J. P. 모건과 존 D. 록펠러 말고 전쟁에서 뭔가 챙긴 사람이 또 있던가요?"

바로 이때 적개심을 품은 누군가가 수염으로 뒤덮인 유대인의 턱을 주먹으로 가격하는 바람에 그의 연설은 중단되었고, 그는 그만 뒤로 넘어져 인도에 대자로 뻗은 꼴이 되고 말았다.

"빌어먹을 볼셰비키 추종자들!" 유대인을 가격한 우람한 대장장이 출신의 병사가 외쳤다. 사람들은 동의의 뜻을 내비치며 웅성댔고 점점 더 가까이 모여들었다.

유대인은 비틀대며 일어서더니 곧바로 다시 쓰러졌고, 뒤이어 대여섯 개의 주먹이 그에게 날아들었다. 그는 바닥에 그대로 누워 거친 숨을 내쉬었고, 안팎으로 찢어진 입술에서는 피가 새어 나왔다.

문득 사람들의 목소리로 주변이 시끌시끌해지더니, 서로 엉겨 붙은 한 무리가 챙이 처진 모자를 쓴 홀쭉한 시민 한 명과 짤막한 연설을 마친 군인을 선두로 6번가를 따라 행진했고, 로즈와 키도 일순간 그들을 따라 떠밀려 가고 있었다. 놀랍게도 무리는 어마어마한 규모로 불어났고, 무리에 속하지 않은 시민들도 인도를 따라 그들을 쫓으며 간간이 감탄 섞인 환호를 보내는 등 지지의 뜻을 표했다.

"어디로 가는 거요?" 키는 제일 가까이에 있는 한 사내에게 물었다.

그는 처진 모자를 쓴 채 선두에 서 있는 사람 쪽을 가리키며 말했다.

"저 사람이 그자들이 많이 있는 곳을 알아요. 가서 놈들에게 보여 줍시다!"

"가서 놈들에게 보여 주자고!" 키가 즐거운 듯 로즈에게 속삭이자, 로즈는 반대편 사내에게 같은 말을 열심히 되뇌었다.

행렬은 6번가를 따라 내려갔고, 그사이 군인들과 해병대 병사들이 이쪽저쪽에서 끼어들었다. 간간이 일반 시민들도 합류하곤 했는데, 그들은 자기도 막 군대에서 제대한 참이라고 소리치며 다가오곤 했다. 마치 갓 개업한 스포츠 오락 클럽 앞에서 입장권을 들이밀 때처럼 말이다.

그렇게 행렬이 방향을 꺾어 길을 가로지른 다음 5번가로 향할 무렵, 그들이 톨리버 홀에서 개최되는 공산당 회의에 참석하러 가는 중이라는 말이 여기저기서 들려왔다.

"거기가 어디란 말이요?"

질문은 행렬의 앞쪽으로 전해졌고, 잠시 후 그에 대한 답변이 돌아왔다. 톨리버 홀은 한참 아래인 10번가에 있다고 했다. 회의를 무산시키려고 벌써 그곳에 가 있는 군인들도 많다고 했다.

하지만 10번가는 너무 먼 것처럼 들렸고, 그 소리에 여기저기서 신음 소리가 커지더니 결국 많은 이들이 행렬에서 이탈해 빠져나가고 말았다. 로즈와 키도 그런 부류로, 둘은 걷는 속도를 늦춰보다 열정적인 이들이 먼저 지나갈 수 있도록 해 줬다.

"술이나 좀 마셔야겠다." 키가 말했다. 그들이 잠시 주춤하며 인도 쪽으로 비켜서자, "겁쟁이!" "포기하다니!" 따위의 외침이 여기저기서 들려왔다.

"형이 이 근방에서 일한다고?" 로즈는 이제 피상을 넘어 영원한 진리라도 논해 보겠다는 태도로 물었다.

"아마도." 키가 말을 이었다. "벌써 몇 년 동안이나 만나지 못했어. 펜실베이니아에 가 있었거든. 요즘엔 밤에 일을 안 할지도 몰라. 이쪽인 것 같아. 형이 아직도 거기서 일하고 있다면 술을 좀 가져다줄 수 있을 텐데."

그들은 길거리를 몇 분간 헤매고 돌아다닌 끝에 찾고 있던 장소를 발견했다. 그곳은 5번가와 브로드웨이 사이에 자리한 식당으로, 조잡한 테이블보가 눈에 들어왔다. 키는 형 조지에 관해 물어볼 요량으로 곧장 식당 안으로 들어갔고, 그사이 로즈는 인도 쪽에서 그를 기다렸다.

"여기 없다는군." 키가 모습을 드러냈다. "요샌 저기 위쪽 델모니코에서 웨이터로 일한대."

로즈는 그 정도는 벌써 꿰차고 있었다는 듯 고개를 끄덕였다. 유능한 사람이 종종 직장을 옮긴다고 해서 놀라면 안 되는 법이니까 말이다. 그 역시 한때 웨이터 한 사람을 알고 지냈던 터였다. 로즈와 키는 웨이터들이 팁으로 받는 돈이 많은지, 월급이 더 많은지에 관해 오래도록 이야기를 나눴고, 결국 그 부분은 그들이 일하는 음식점의 사회적 위상에 따라 달라진다는 결론에 이르렀다. 또 둘은 델모니코에서 식사하는 백만장자들이 첫 샴페인 병을 비우고 나서 50달러짜리 지폐를 던져 대는 광경을 서로에게 실감 나게 묘사했다. 그러고 나서 두 사람은 저마다 웨이터로 일하는 것에 대해 생각해 봤다. 실제로 키의 좁은 이마에는 형에게 일자리를 부탁해 보겠다는 결의가 담겨 있었다.

"웨이터는 손님들이 남기고 간 샴페인을 전부 마실 수 있다고." 로즈는 상상만 해도 즐겁다는 듯 얘기를 하고는, 다시 또 뒤늦게 생각이 난 것처럼 "아, 정말이지!"라고 덧붙였다.

그들이 델모니코에 이르렀을 땐 이미 10시 30분이었다. 택시들이 잇달아 식당 문 앞에 멈춰 서자, 모자도 쓰지 않은 눈부시게 아름다운 숙녀들이 한 사람씩 내렸고, 연회복 차림의 경직된 신사들이 그들 곁을 지켰다. 이 광경을 지켜본 두 사람은 그만 놀라고 말았다.

"파티가 열리나 봐." 로즈가 약간 두려운 듯 말했다. "안 들어가는 게 좋지 않을까. 형이 바쁠지도 모르잖아."

"아냐, 안 바쁠 거야. 괜찮아."

잠시 망설이던 둘은 덜 화려하고 단순해 보이는 문을 열고 들어갔지만, 그곳이 식사를 위한 작은 별실이란 사실을 알아차리고는 눈에 띄지 않도록 한쪽 구석에 초조하게 서 있는 꼴이 되고 말았다. 그들은 얼른 모자를 벗어 손에 꼭 쥐었다. 우울함이 구름처럼 드리워진 순간 방 한쪽 끝 문이 갑자기 열렸고, 둘은 깜짝 놀랐다. 웨이터 하나가 혜성처럼 나타나 재빨리 방을 가로지르더니 다른 쪽 문으로 사라졌다.

웨이터 셋이 그런 식으로 쏜살같이 지나가고 나서야 정신이 돌아온 두 사람은 가만히 웨이터 한 명을 불렀다. 그는 돌아서서 의심스러운 눈초리로 그들을 살피더니 마치 고양이 같은 걸음으로 조용히 다가왔다. 언제라도 뒤돌아서 사라질 채비가 되었다는 듯 말이다.

"이봐요," 키가 입을 열었다. "우리 형 알아요? 여기서 웨이터로 근무하는데."

"키라고들 부르죠." 로즈가 덧붙여 말했다.

그 웨이터는 키를 안다면서, 아마 위층에 있는 것 같다고 했다. 메인 무도회장에서 대규모 댄스파티가 열리는 중이었다. 그는 키에게 가서 알리겠다고 말했다.

10분 후 나타난 조지 키는 더없이 의심스럽다는 표정으로 동생을 맞았다. 맨 먼저 자연스럽게 떠오른 생각은 동생이 돈을 달라고 청할 것 같다는 것이었다.

조지는 키가 크고 턱이 부실했지만, 동생과 닮은 부분은 그 정도에서 끝이었다. 웨이터로 일하는 그의 두 눈은 흐릿하지 않고 빛이 났다. 또 그의 태도는 정중했지만, 어렴풋이 거만한 분위기도 풍겼다. 형제는 잠시 형식적인 대화를 나눴다. 조지는 결혼해 세 자녀를 뒀다고 했다. 캐롤이 군 복무 중 해외에 다녀왔다는 얘기를 듣고도 가벼운 호기심만 보일 뿐 특별히 감명받은 것 같진 않았다. 캐롤은 그런 그의 모습에 실망한 기색이었다.

예의상 오간 대화 끝에 동생 키가 입을 열었다. "조지, 술을 좀 마시고 싶은데 말이야. 누가 우리한테 술을 팔려고 들어야 말이지. 그래서 말인데, 형이 술 좀 가져다줄 수 있을까?"

조지는 잠시 생각에 잠긴 듯했다.

"그럼. 아마 그럴 수 있을 거야. 그래도 삼십 분은 걸려."

"좋아." 캐롤이 수긍했다. "그럼 기다릴게."

이 말을 들은 로즈는 편안해 보이는 의자에 앉으려 했지만, 조지가 버럭 화를 내는 바람에 벌떡 일어서야 했다.

"이봐, 거기! 조심해! 여기서 앉으면 안 돼! 이 방은 열두 시에 연회가 열릴 거라서 다 준비해 뒀거든."

"제가 뭐 망가뜨리거나 하진 않아요." 로즈가 분해하며 말했다. "이도 다 잡고 왔단 말이에요."

"됐어." 조지가 엄격한 말투로 말했다. "내가 여기서 이렇게 이야기하는 걸 수석 웨이터가 보기라도 하면 날 해치워 버릴 거야."

"아."

수석 웨이터라는 말로 둘에게는 충분한 설명이 된 듯했다. 두 사람은 챙이 없는 약식 군모를 만지작거리며 조지의 말을 기다렸다.

"어떻게 하냐 하면 말이야." 조지가 잠시 말을 멈췄다 다시 입을 열었다. "둘이 기다릴 만한 데가 있어. 따라와 봐."

그들은 조지를 따라 멀리 보이는 문으로 나갔고, 빈 팬트리를 통과한 다음 나선형 계단을 따라 위층으로 올라갔다. 마침내 다다른 곳은 작은 방으로, 그곳에는 양동이와 청소 솔이 무더기로 쌓여 있었고, 전구에서 나오는 희미한 빛이 방 안을 비추고 있었다. 조지는 2달러를 받아 내고는 30분쯤 후에 위스키 한 병을 가져오기로 한 후 둘을 남겨 두고 방을 나섰다.

"조지는 돈을 꽤 잘 버는 게 분명해." 키가 뒤집힌 양동이 위에 앉으며 우울하게 말했다. "주당 오십 달러는 버는 것 같아."

로즈는 고개를 끄덕여 보이고는 침을 뱉었다.

"내가 봐도 그런 것 같네."

"아까 조지가 무슨 댄스파티라고 했지?"

"대학생들이 많이 온다고 했어. 예일 대학이었지, 아마?"

둘은 서로를 향해 엄숙히 고개를 끄덕였다.

"그 군인들은 지금쯤 어디 있을까?"

"모르지. 걷기엔 지지리도 먼 데라는 것 말곤 모르겠어."

"맞아, 나도 그래. 그렇게 멀리 걷는 일은 잘 없다고."

10분쯤 지나자 둘은 안절부절못했다.

"밖에 뭐가 있는지 한번 봐야겠어." 로즈는 이렇게 말하고 나서 다른 쪽 문을 향해 조심스레 걸음을 옮겼다.

로즈는 초록색 모직 천으로 만든 여닫이문을 아주 조금 열어젖혔다.

"뭐가 좀 보여?"

대답하기 전에 로즈는 급히 숨을 들이마셨다.

"이런 빌어먹을! 여기 술이 있어!"

"술이라고?"

키는 로즈가 서 있는 문 쪽으로 다가가 얼른 문 안쪽을 살펴보았다.

"저건 술이 틀림없어." 술병을 잠시 뚫어져라 쳐다보더니 그가 이렇게 말했다.

그 방은 그들이 대기하고 있던 방보다 두 배는 컸으며, 연회를 위한 술이 화려하게 준비되어 있었다. 하얀색 식탁보로 덮인 두 개의 테이블 위에 갖가지 술병들이 죽 늘어서 있는 게 보였다. 그러니까 위스키와 진, 브랜디, 프랑스와 이탈리아산 베르무트, 오렌지 주스는 물론 사이펀과 커다란 펀치볼 두 개까지 갖춰진 모습이었다. 아직 방에는 아무도 들어오지 않고 있었다.

"곧 시작하는 댄스파티에 쓰일 건가 봐." 키가 속삭였다. "바이올린 소리도 들리는 것 같지? 아, 정말, 난 춤추는 것도 괜찮은데 말이야."

그들은 살그머니 문을 닫고서 상대의 마음을 안다는 듯 시선을 교환했다. 굳이 서로의 의향을 떠 보지 않아도 되었던 것이다.

"저기 술병이나 몇 개 가져왔으면 좋겠는데." 로즈가 힘주어 말했다.

"그래, 나도 같은 생각이야."

"그럼 우리가 들킬까?"

키는 잠시 생각에 잠겼다.

"사람들이 술을 마시기 시작할 때까지 기다리는 게 좋지 않을까? 지금은 저렇게 죄다 늘어세워 뒀으니까 몇 병이 있는지 알 거 아냐."

두 사람은 이 문제를 두고 몇 분간 이야기를 나눴다. 로즈는 누군가 방으로 들어오기 전에 지금 바로 술병을 하나 빼내 코트 아래쪽에 숨겨서 가져오자고 했다. 하지만 키는 조심해야 한다는 입장이었다. 형을 곤경에 빠뜨리게 될까 염려한 것이었다. 파티 관계자들이 술병을 딸 때까지 기다렸다가 한 병을 가져오는 건 괜찮을 듯했다. 그러면 동창생 중 하나가 그랬을 거라고 다들 생각할 터였기 때문이다.

그들이 여전히 언쟁을 벌이는 동안 조지 키가 서둘러 방을 가로질러 들어오더니 들릴 듯 말 듯 하게 둘을 향해 투덜거리며 모직천으로 만든 초록색 문밖으로 사라져 버렸다. 그러고는 잠시 후 펑하고 코르크 마개 따는 소리와 함께 얼음을 탁탁 치고 술을 들이붓는 소리가 들려왔다. 조지가 펀치를 섞고 있는 것이었다.

군인들은 기쁨의 미소를 교환했다.

"와, 이런!" 로즈가 속삭였다.

그 순간 조지가 다시 모습을 드러냈다.

"목소리만 낮추면 돼." 그가 재빨리 말했다. "오 분 안으로 너희들 걸 가져올게."

그는 들어왔던 문으로 다시 나가 버렸다.

조지의 발소리가 계단 아래쪽으로 멀어지자, 로즈는 주위를 한번 조심스레 살피더니 기쁨의 방 안으로 쏜살같이 뛰어 들어가 기어이 술병 하나를 거머쥐고 나타났다.

"이렇게 하면 어떨까?" 기분 좋게 첫 모금을 마시던 그가 입을 열었다. "조지가 올라올 때까지 기다렸다가 여기서 술을 마시고 가도 되는지 물어보는 거야. 알아듣겠지? 그러면서 딱히 술을 마실 만한 데가 없다고 해야 해. 그럼 저 방에 아무도 없을 때마다 몰래 들어가서 술병을 코트 아래로 숨겨서 나오면 돼. 며칠 마실 술은 충분히 확보할 수 있다고. 무슨 말인지 알겠지?"

"그럼, 알고말고." 로즈가 열렬히 동의했다. "와, 이런! 마음만 먹으면 군인들에게도 언제든 술을 팔 수 있겠어."

둘은 이 아이디어를 두고 핑크빛 꿈을 꾸느라 잠시 말이 잊었다. 그러다 불현듯 키가 손을 올리더니 군복 칼라 단추를 끌렀다.

"여기 좀 덥지 않아?"

로즈도 진심 어린 동의를 표시했다.

"정말 미치도록 덥네."

4

탈의실에서 나올 때까지도 꽤 화가 나 있던 그녀는 중간에 자리한 객실을 지나 홀로 들어섰다. 따지고 보면 실제로 벌어진 일 그 자체 때문에 화가 난 건 아니었다. 사람들과 어울리다 보면 흔히 있는 일 중에서도 사소한 축에 속했으니까 말이다. 문제는 그런 일이 하필 오늘 밤에 일어났다는 것이다. 늘 하던 대로 품위와 과묵한 연민을 적절히 배합해 행동했기에 스스로에 대한 불만은 없었다. 그녀는 간결하면서도 교묘하게 그를 거부했다.

일은 그들이 탄 택시가 빌트모어 호텔을 막 떠났을 때 벌어졌다. 아마 채 반 블록도 못 갔을 터였다. 그가 불현듯 오른팔을 어정쩡하게 들어 올리더니(그렇다. 그녀는 그의 오른편에 앉아 있었다.) 진홍빛 털이 달린 그녀의 관람용 외투 위로 그녀를 포근히 감싸 안으려 한 것이다. 사실 이런 행동만으로도 이미 그건 실수였다. 잠자코 있는 여성의 의중을 잘 모를 때 상대 남성이 그녀를 포옹하고자 한다면, 그는 먼저 반대편 팔을 멀리 뻗어 그녀에게 살짝 둘러보는 것이 마땅했다. 그렇게 하면 가까운 쪽 팔을 어색하게 들어

올릴 필요도 없었다. 품위 있게 처신하는 사내라면 단연코 그래야 하는 것이었다.

그가 범한 두 번째 **실례**는 그 자신도 모르는 사이 무의식중에 발생했다. 사실 그녀는 오후 시간을 전부 미용실에 투자한 터였다. 그래서 그녀의 머리에 갑자기 불운이 닥친다는 건 아예 생각조차 하기 싫은 일이었다. 하지만 피터는 불행히도 팔꿈치 끝으로 그녀의 머리칼을 미미하게 스치고 말았다. 바로 그것이 그의 두 번째 **실수**였다. 두 번의 실수면 충분하고도 남았다.

그는 곧장 뭐라고 웅얼대기 시작했다. 처음 그의 웅얼거림을 들은 순간 그녀는 그가 그저 대학교에 다니는 소년에 불과하다고 판단했다. 에디스는 스물두 살이었고, 어찌 됐든 이번 댄스파티는 전쟁 발발 이래 정식으로 열린 첫 파티인 만큼 그 어떤 다른 기억이, 그러니까 또 다른 댄스파티와 또 다른 남자, 우수에 찬 사춘기의 감정 그 이상을 느꼈던 남자에 대한 기억이 가속화되어 떠올랐다. 에디스 브래딘은 바로 고든 스터렛에 대한 기억에 흠뻑 빠져들고 있었던 것이다.

그렇게 그녀는 델모니코의 탈의실에서 나와 잠깐 출입구에 선채 검은 드레스를 입은 앞쪽 여성의 어깨 너머로 전방에 펼쳐진 광경을 바라보았다. 품위 있는 검은 나방들처럼 계단 머리를 오가는 예일대 출신 남자들이 보였다. 방금 그녀가 나온 방에서는 그곳에 드나든 아리따운 젊은 아가씨들의 향수 내음이 진하게 풍겨 나왔다. 그건 다름 아닌 짙은 향수와 섬세한 추억으로 가득한 향기로운 분가루가 뒤섞인 냄새였다. 이곳저곳을 떠돌던 이 내음은 홀에 퍼진 똑 쏘는 담배 연기와 만나 계단 아래쪽에 감미롭게 내려앉더니, 어느새 감마 프사이 댄스파티가 열리는 무도회장으로 퍼져 나갔다. 그 냄새는 그녀에게 익숙하면서도 흥분되고 자극적이며 잠자코 있지 못할 정도로 달콤한, 그러니까 바로 상류층 사교 댄스파티의 향기였다.

이제 그녀는 자신의 외모를 찬찬히 살폈다. 드러난 그녀의 팔과 어깨는 분을 발라 크림 화이트색으로 빛났다. 그녀는 자신의 팔과 어깨가 아주 부드러워 보이며, 오늘 밤 참석자들의 윤곽을 드러내 줄 검은 배경 안에서 우유처럼 윤이 날 것임을 알았다. 그녀의 머리 역시 더없이 잘 손질된 상태였다. 불그스름한 머리칼을 틀어 올려 누른 뒤 주름지게 만들어 놀랍도록 도도한 멋을 풍기는 유동적 곡선이 탄생한 것이다. 입술은 암적색으로 섬세하게 마무리했고, 눈동자는 정교하면서도 쉽게 깨질 것 같은 푸른색을 띠어 마치 도자기 같은 느낌을 자아냈다. 그녀는 누구보다 완전하고 더없이 섬세했으며 꽤나 완벽한 미의 전형으로, 복잡한 헤어스타일에서부터 작고 가냘픈 두 발까지 뻗은 곧은 선이 돋보였다.

높고 낮은 웃음소리와 구둣발 소리, 그리고 남녀가 짝을 지어 계단을 오르내리는 소리로 이미 분위기가 고양되고 있는 이 왁자지껄한 파티를 맞아 오늘 밤엔 무슨 이야기를 할지 그녀는 생각에 잠겼다. 아마 그녀는 자신이 수년간 써 온 언어, 그러니까 유행하는 표현과 약간 기사적인 말투, 그리고 대학가의 속어들이 한데 뭉뚱그려져 완전하면서도 무신경하고 살짝 도발적인 동시에 조금 감상적인 표현들로 이루어진 그녀만의 대사를 읊을 것이다. 그녀는 근처 계단에 앉은 여자의 말을 듣느라 잠시 멈춰 섰다. "정말이지 당신은 그 반만큼도 모르잖아!"

미소를 짓자, 화난 마음도 잠시 녹아내리는 듯했기에 그녀는 눈을 감고 기분 좋게 깊은숨을 들이마셨다. 그녀가 양팔을 옆으로 늘어뜨리자, 그녀의 몸매가 드러나는 세련된 드레스에 손이 살짝 닿았다. 자기 몸이 이토록 부드럽다는 걸 느낀 적도, 또 뽀얀 색 두 팔이 이토록 흐뭇했던 적도 이전엔 없었다.

"난 달콤한 냄새를 풍기지." 자신을 향해 담백하게 말하고 나자, 또 다른 생각이 연이어 떠올랐다. "난 사랑하기 위해 태어난 거야."

그녀는 이렇게 말할 때의 어감이 마음에 들어서 거듭 되뇌었다. 그러자 고든에 관해 새로 꾸기 시작한 꿈들이 별수 없이 잇달아 떠올랐다. 두 달 전 그녀의 상상력은 고든을 만나고 싶다는 예기치 않은 욕구를 드러내며 전개되었다. 그런 연유로 그녀는 지금 이 시간에, 바로 이 댄스파티에 참석하게 된 것이다.

에디스는 세련되고 아름다운 외모를 지녔지만 진지하고 사려 깊은 성격의 아가씨였다. 그래서 마음 한편에 자신의 오빠를 사회주의자이자 평화주의자로 탈바꿈시킨 미숙한 이상주의와 깊이 사고하고자 하는 마음이 동시에 자리했다. 헨리 브래딘은 경제학 강사로 몸담았던 코넬 대학을 떠나 뉴욕에 온 뒤부터 급진적 주간지에 칼럼을 쓰며, 교정 불가능한 악마들에 대한 최신 치유 방안 따위를 기고하고 있었다.

오빠보다 사리에 밝은 에디스는 고든 스터렛을 치유하는 정도로 만족했을 터였다. 그녀는 고든의 유약한 면을 바로잡고, 그의 내면에 자리한 무기력함을 감싸 주고 싶었다. 그녀는 오래 알고 지낸 누군가를, 그리고 그녀를 오래 사랑해 온 누군가를 원했다. 사실 그녀는 좀 지쳤고 결혼하고 싶었다. 잔뜩 쌓인 편지들, 여러 장의 사진들, 그리고 그만큼의 기억들과 또 그로 인한 권태까지. 그녀는 다음번에 고든을 만나게 되면 둘의 관계에 변화를 꾀해 보리라 마음먹었다. 관계를 변화시킬 어떤 말을 던져 보리라. 게다가 오늘 저녁이라는 기회도 있었다. 이 시간은 그녀의 밤이었다. 사실 모든 밤이 그녀의 것이었다.

순간 지나치게 엄숙한 분위기의 학부생 하나가 그녀의 생각하는 시간을 중단시키고 말았다. 그는 잔뜩 상처 입은 듯한 표정을 하고, 부자연스럽게 격식을 차리며 그녀 앞에 서더니 아주 많이 몸을 낮춰 인사했다. 그는 바로 파티장까지 그녀와 동행한 피터 힘멜이었다. 그는 키가 크고 익살맞은 성격에 뿔테 안경을 썼으며 엉뚱한 매력을 풍겼다. 그녀는 문득 그가 싫어졌다. 그건 그가 입맞춤을 성공시키지 못한 까닭일지도 몰랐다.

"그러면," 그녀가 먼저 입을 뗐다. "아직도 제게 화가 나 있나요?"

"아닙니다, 전혀요."

그녀는 한 발짝 나아가 그의 팔을 잡았다.

"미안해요." 그녀가 부드럽게 말했다. "제가 왜 그렇게 쏘아붙였는지 모르겠어요. 이유는 잘 모르겠지만 오늘밤은 기분이 좀 이상하네요. 미안해요."

"괜찮습니다." 그가 중얼거렸다. "마음에 담아 두실 것 없어요."

그는 약간 불쾌하고 당황스러웠다. 그녀는 아까 자신이 실수를 저질렀단 사실을 들먹이려 한 걸까?

"실수였던 것 같아요." 그녀가 조금 전처럼 애써 부드러운 어투로 말을 이었다. "이제 그 문제에 관해선 우리 둘 다 잊기로 해요."

그 순간 그는 그렇게 말한 그녀가 마음에 들지 않았다.

잠시 후 두 사람은 댄스 플로어로 흘러 들어갔다. 그날을 위해 특별히 고용된 재즈 오케스트라 단원들이 몸을 흔들고 한숨을 내쉬며 사람들로 붐비는 무도회장을 향해 이렇게 말했다. "색소폰과 나 둘만 있다면 우린 벗이 되는 거라네!"

콧수염을 기른 사내가 둘 사이에 불쑥 끼어들었다.

"안녕하시오." 그가 나무라는 듯한 어투로 말을 이었다. "저를 기억하지 못하는군요."

"성함이 떠오르지 않았을 뿐이에요." 그녀가 부드럽게 말했다. "전 그쪽을 잘 알고 있답니다."

"전에 거기서 만났었죠……." 그의 음성이 체념하듯 흐려진 순간 금발의 한 사내가 끼어들었다. 에디스는 사실상 낯선 사람인 그를 향해 형식적으로 대꾸했다. "정말 고마웠어요……. 좀 이따 또 뵙죠."

금발의 사내는 열정적으로 악수를 계속하고 싶어 했다. 그는 그녀가 알고 있는 수많은 짐들 중 하나일 뿐이었다. 성은 당연히 기억나지 않았다. 그녀는 문득 그가 춤을 출 때 그만의 특이한 리듬을 따랐다는 걸 기억해 냈고, 실제로 그와 춤추기 시작했을 땐 자신의 기억이 옳았음을 거듭 확인했다.

"여기 오래 머무실 건가요?" 그가 나지막한 목소리로 은밀하게 말을 건넸다.

그녀는 몸을 뒤로 젖히며 그를 올려다봤다.

"이 주 정도 있겠죠."

"어디서 묵고 있나요?"

"빌트모어 호텔이요. 언제 한번 전화 주세요."

"전 진심으로 말하는 겁니다." 그가 장담했다. "정말 그럴 거라고요. 그땐 차를 마시러 갑시다."

"저도 진심이에요. 그렇다니까요."

피부색이 짙은 한 사내가 아주 정중한 태도로 끼어들었다.

"제가 기억나지 않지요, 그렇죠?" 그가 진지한 어투로 말했다.

"기억나는 것 같은데요. 성함이 할란 씨였던 것 같은데."

"아, 아닙니다. 발로지요."

"뭐, 어쨌든 두 음절로 된 이름인 건 알았으니까요. 하워드 마셜 네 하우스 파티 때 우쿨렐레를 멋들어지게 연주했던 분 같은데요."

"네, 연주는 했지만…… 그게……."

이가 툭 튀어나온 사내가 불쑥 끼어들었다. 에디스는 옅은 위스키 향을 들이마셨다. 사실 그녀는 술을 마실 줄 아는 남자가 좋았다. 그들은 대개 훨씬 더 재미있고 안목도 있으며 칭찬에도 후했기 때문에 이야기를 나누기도 수월했다.

"제 이름은 딘입니다. 필립 딘이요." 그가 명랑하게 말했다. "절 기억 못 하시겠지만 전 그쪽을 압니다. 대학 사 학년 때 제 룸메이트랑 가끔 뉴헤이븐까지 왔었죠. 고든 스터렛 말이에요."

에디스가 재빨리 그를 올려다봤다.

"네, 그 사람을 따라 거기 두 번 갔었죠. 펌프 앤 슬리퍼 파티랑 삼 학년 무도회에 참석하려고요."

"고든은 만났겠죠?" 딘이 무심히 말했다. "그 친구도 오늘 밤 여기 왔거든요. 바로 조금 전에 봤죠."

에디스는 깜짝 놀랐다. 어쨌든 그녀도 그가 여기 있을 거라고 확신했다.

"아, 아뇨. 전 아직……."

빨간 머리의 뚱뚱한 사내가 끼어들었다.

"안녕하세요, 에디스." 그가 입을 열었다.

"아, 그래요…… 안녕하세요……."

그녀는 살짝 비틀거리듯 미끄러졌다.

"아, 죄송합니다." 그녀가 기계적으로 중얼거렸다.

그녀의 눈에 고든이 들어왔다. 고든은 아주 창백하고 무기력한 상태로 출입구 한쪽에 기대선 채 담배를 피우며 무도회장 안을 들여다보는 중이었다. 에디스는 그의 얼굴이 야위고 창백하다는 걸 알아차렸다. 담배를 든 채 입술 가까이 들어 올린 그의 손이 떨리고 있었다. 이제 그들은 고든과 아주 가까이서 춤을 추고 있었다.

"남자들을 너무 많이 초대하는 바람에 당신이……." 키 작은 남자가 한마디 거들었다.

"안녕, 고든." 에디스가 파트너의 어깨 너머로 그에게 인사를 건넸다. 그녀의 심장이 마구 날뛰었다.

그의 크고 짙은 눈동자가 그녀에게 고정되는가 싶더니 그가 곧 그녀를 향해 걸음을 내디뎠다. 파트너는 그녀가 고든 쪽으로 돌아서도록 했다. 이윽고 그의 힘없이 투덜대는 소리가 들려왔다.

"…… 그런데 남자들 중 절반은 잔뜩 취해 곧 떠나 버리죠. 그러니까……." 그러다 바로 옆에서 낮은 음성이 들렸다.

"춤을 청해도 될까요?"

그녀는 어느새 고든과 춤을 추고 있었다. 그가 한쪽 팔로 그녀를 감싸 안았고, 한 번씩 꽉 끌어당기는 게 느껴졌다. 다른 쪽 손은 쫙 펼쳐진 채 그녀의 등을 받쳤다. 레이스가 달린 작은 손수건을 잡고 있던 그녀의 손이 그의 손안에서 꽉 눌렸다.

"고든, 어째서……." 그녀가 숨 가쁜 듯 입을 열었다.

"안녕, 에디스."

그녀는 또 미끄러졌고, 몸을 바로잡으려 앞쪽으로 보내다가 그의 검은색 연회복에 얼굴이 닿았다. 그녀는 그를 사랑했다. 자신이 그를 사랑했다는 걸 그녀는 알고 있었다. 잠시 침묵이 흐르고 낯선 불안이 그녀를 덮쳐 왔다. 뭔가 잘못된 것이었다.

갑자기 가슴이 조여 오는 듯했고, 마침내 그 느낌이 뭔지 알아차린 그녀가 몸을 뒤집는 자세를 취했다. 그는 측은하고 가련했으며 약간 취하기까지 해서 끔찍이도 피로해 보였다.

"아, 이런……." 그녀가 무의식적으로 소리를 냈다.

그가 그녀를 내려다봤다. 그녀는 불현듯 그의 눈에 핏발이 서 있다는 것과 그가 갈피를 못 잡고 눈을 굴려 댄다는 사실을 알아차렸다.

"고든," 그녀가 웅얼거렸다. "좀 앉아요. 앉고 싶네요."

둘은 댄스 플로어의 거의 정중앙에 있었다. 문득 반대편에서 그녀를 향해 다가오는 두 사내를 본 그녀가 춤을 멈추더니 사람들과 부딪히는 것도 아랑곳하지 않은 채 고든의 기운 없는 손을 붙잡고 이끌었다. 입을 앙다문 그녀의 얼굴이 볼연지 아래로 약간 창백한 기색을 띠었고, 눈물로 찬 두 눈은 흔들리고 있었다.

그녀는 위쪽에 부드러운 카펫이 깔린 계단을 발견했다. 그가 그녀 옆으로 털썩 주저앉았다.

"그게……." 그가 불안정한 눈초리로 그녀를 바라보며 입을 열었다. "이렇게 만나게 돼서 정말 기뻐, 에디스."

그녀는 대답 없이 그를 지켜봤다. 이번 만남이 그녀에게 미친 영향은 감히 헤아릴 수 없을 정도였다. 삼촌들부터 운전기사들까지 그녀는 수년간 실로 다양한 단계의 알코올중독을 목격해 왔고, 그때마다 즐거움과 혐오감을 넘나드는 다양한 감정을 경험했다. 그런데 지금 고든을 지켜본 그녀는 낯선 감정에 사로잡히고 말았다. 그건 바로 말로 표현할 수 없는 공포감이었다.

"고든," 그녀는 거의 울먹이며 비난조로 입을 열었다. "당신 지금 악마 같아."

그는 충분히 그럴 만하다는 듯 고개를 끄덕였다. "문제에 좀 휘말렸어, 에디스."

"문제라고요?"

"그래, 오만 가지 문제들이지. 집에는 말하지 말아 줘. 난 이제 끝장이야. 전부 엉망이 됐다고, 에디스."

그가 아랫입술을 늘어뜨렸다. 그는 그녀를 거의 보지 않는 듯했다.

"그러니까 당신…… 할 수 있으면……." 그녀는 잠시 망설이다가 말을 이었다. "나한테 얘기해 줄 수 있어요, 고든? 내가 늘 관심 있어 했던 거 알잖아요."

그녀가 입술을 깨물었다. 좀 더 영향력 있는 어떤 말을 하고 싶었지만 결국 그러지 못한 것이다.

고든은 느리게 고개를 저었다. "당신에게 말할 수 없어요. 당신은 좋은 여자니까. 좋은 여자에게 그런 이야길 할 순 없소."

"말도 안 돼." 그녀가 항의하듯 말했다. "그런 식으로 누굴 좋은 여자라고 하는 건 정말이지 모욕이라고요. 얼굴을 앞에 두고서 문을 쾅 닫아 버리는 거나 마찬가지죠. 당신 계속 마셔 댔군요, 고든."

"고맙소." 그가 엄숙히 고개를 숙였다. "알려 줘서 고맙다고."

"대체 왜 술을 마시는 거죠?"

"왜냐하면 난 더럽게 불행하니까."

"술을 마시면 뭐가 좀 나아질 것 같아요?"

"뭐 하자는 거요……. 지금 나를 교화시키려는 건가?"

"아뇨. 당신을 도우려는 거예요. 문제가 뭔지 얘기해 줄 수 있나요?"

"전부 지독히도 엉망이야. 당신이 할 수 있는 최선은 그냥 날 모른 척하는 거지."

"왜 그런 말을 하죠, 고든?"

"아까 끼어들어서 미안하오, 그러면 안 되는 거였는데. 당신은 정말 순수한 여자고…… 순수할 뿐 아니라 모범적이기까지 하고 모든 걸 갖춘 그런 여자지. 당신과 어울릴 만한 춤 상대를 데려오겠소."

어설프게 벌떡 일어선 그를 그녀가 팔을 뻗어 자기 옆자리에 눌러 앉혔다.

"자 봐요, 고든. 당신 지금 너무 말도 안 되게 굴고 있어요. 내 마음도 아프게 하고요. 정말이지 당신…… 그냥 미친 사람 같잖아요……."

"그래, 나도 인정하오. 살짝 제정신이 아닌 것 같긴 하거든. 뭔가 잘못됐다고, 에디스. 뭔가가 내게서 빠져나간 것 같기도 하고 말이야. 뭐, 어쨌든 상관없어."

"상관있어요. 그러니까 이제 말해 봐요."

"그러니까 말이야. 난 항상 좀 튀는 면이 있었지. 다른 애들이랑은 조금 달랐으니까. 그래도 대학교 땐 그럭저럭 괜찮았지만, 지금에 와선 다 틀려 버렸어. 사실 지난 넉 달 동안 내 안에선 뭔가가 툭 끊어졌어. 드레스에 달린 작은 후크가 터질 때처럼 말이야. 이제 후크가 몇 개만 더 터지면 그 뭔가는 완전히 끊어지고 말겠지. 난 아주 천천히 미치광이로 변해 가는 것 같아."

그는 그녀 쪽으로 시선을 완전히 돌린 다음 껄껄 웃어 대기 시작했고, 그녀는 그만 몸이 움츠러들고 말았다.

"**대체** 문제가 뭐죠?"

"그냥 내가 문제요." 그가 되뇌었다. "난 미쳐 가고 있다니까. 여긴 전부 꿈만 같군. 이 델모니코란 데가 말이야……."

그가 그렇게 이야기하는 사이 그녀는 완전히 변해 버린 그를 보았다. 그는 더 이상 밝지도 쾌활하지도 낙천적이지도 않았고, 대신 어마어마한 무기력과 좌절감이 그를 집어삼킨 듯했다. 그녀는 혐오감에 사로잡혔고, 잠시 뒤에는 놀랍게도 희미하게나마 권태로움이 찾아들었다. 그의 음성이 마냥 공허하게 울려 퍼졌다.

"에디스," 그가 말했다. "난 내가 영리하고 재능도 있는 예술가라고 생각했어. 그런데 이제 보니까 난 아무것도 아닌 거야. 도무지 그릴 수가 없어, 에디스. 그나저나 왜 당신에게 이런 얘길 하는 건지 모르겠군."

그녀는 멍하니 고개를 끄덕였다.

"이젠 그림도 그릴 수 없어. 아무것도 못 하겠다고. 게다가 교회 쥐처럼 가난해 빠졌지." 그는 너무 시끄럽다 싶을 정도로 크게 웃어 댔다. "빌어먹을 거지가 돼 버렸지 뭐야. 친구한테 붙어 피나 빨아먹고 말이지. 난 패배자야. 지긋지긋하게 가난하다고."

그녀의 혐오감은 커져만 갔다. 그녀는 이제 겨우 표시만 날 정도로 고개를 끄덕이고는 자리에서 일어설 기회만 노렸다.

갑자기 고든의 눈에 눈물이 고였다.

"에디스." 그녀를 바라보며 이렇게 말한 그는 자제력을 발휘하려고 엄청나게 애를 쓰고 있는 게 틀림없어 보였다. "아직도 내게 관심을 가진 사람이 있다는 걸 알았어. 그게 나한테 얼마나 큰 의미인지 모를 거야."

그가 손을 뻗어 그녀의 손을 쓰다듬자 그녀는 자기도 모르게 손을 빼고 말았다.

"정말 사려 깊군." 그가 되뇌었다.

"글쎄요," 그녀가 그의 눈을 바라보며 천천히 말했다. "누구든 옛 친구를 보면 반가운 법이죠. 하지만 이런 당신을 보니 참 안타깝군요, 고든."

두 사람이 서로를 바라보는 동안 잠깐의 침묵이 흘렀고, 그의 두 눈에 순간적으로 간절함이 어른거렸다. 그녀는 몸을 일으켜 선 채로 그를 바라봤다. 그녀의 얼굴에서 표정은 거의 찾아볼 수 없었다.

"그럼, 우리 춤출까요?" 그녀가 차가운 말투로 제안했다.

'사랑은 바스러지기 쉽지.'라고 그녀는 생각했다. '하지만 그 조각들은 남을 수 있어.' 입 밖으로 내뱉을 수 있지만 마냥 입술에서 맴돌던 것들. 새로운 사랑의 언어들과 새로이 체득한 다정함일랑 다음번 연인을 위해 아껴 두리.

5

어여쁜 에디스를 에스코트했던 피터 힘멜은 무시당하는 데 익숙하지 않았다. 조금 전 제대로 무시당한 그는 마음이 아리고 당황스러웠으며 무엇보다 자신이 수치스러웠다. 사실 지난 두 달 동안 그는 에디스 브래딘과 속달 편지를 교환해 왔다. 속달 편지란 본래 감상적인 뜻을 전달한다는 데 의의를 둔 것이므로, 그는 본인의 입장이 어느 정도 확고하다고 믿었다. 그저 한 번의 입맞춤에 관한 문제 때문에 그녀가 이런 태도를 보인 이유를 그는 도무지 찾지 못했다.

그래서 그는 수염 기른 사내가 끼어들었을 때 홀hall로 나와 버렸으며 문장을 하나 지어내 몇 번이고 자신에게 되뇌었다. 상당 부분이 생략되었지만, 문장은 대략 이러했다.

"그러니까, 어떤 아가씨든 사내를 끌어들여 놓곤 갑자기 판을 뒤흔들어 버리면 말이야. 그래, 그녀가 그런 것처럼……. 그렇담 설령 내가 바깥에서 제대로 취하게 되더라도 눈 하나 깜짝 않겠군."

그렇게 그는 만찬장을 가로질러 좀 더 일찍 봐 두었던 인접한 작은 방으로 들어갔다. 방 안에는 커다란 펀치볼 몇 개와 술병이 여러 개 늘어서 있었다. 그는 술병을 올려 둔 테이블 바로 옆에 자리를 잡고 앉았다.

하이볼을 두 잔째 비우고 나자, 권태와 혐오, 시간의 단조로움, 지난 일들의 모호함 등이 흐릿한 배경이 되어 멀어지고 반짝반짝 빛나는 거미줄이 맨 앞에 생겨났다. 모든 걸 체념하자 그것들은 잠자코 선반 위 각자의 자리를 찾아가는 듯했다. 그날의 문제들이 질

서정연하게 정돈되었고, 그것들이 사라지길 바라는 그의 퉁명스러운 바람 앞에 모든 문제가 몰려 나가더니 사라져 버렸다. 근심 걱정이 물러가자 멋들어진 상징주의가 밀려 들어왔다. 이제 에디스는 변덕스럽고 대수롭지 않은 여자가 되어 버려 더 이상 그녀를 두고 고심할 필요 따윈 없어졌다. 오히려 비웃어 줄 만한 여자가 된 것이다. 어쨌건 그녀는 이제 그 자신의 꿈속 인물이라도 된 양 그의 주변에 형성되고 있는 표면적 세계에 꼭 들어맞았다. 그 자신조차 어느 정도 상징적으로 되어 일종의 자제력 있는 주신酒神 내지는 여흥을 즐기는 뛰어난 몽상가가 된 듯했다.

그러다 어느덧 상징적 기운은 시들해지고 그가 석 잔째 하이볼을 홀짝이자 상상력은 술기운 앞에 굴복했다. 그는 쾌락이라는 물 위에 누워 떠다니는 것과 비슷한 상태로 빠져들었다. 바로 그때 근처의 초록색 모직 천으로 만든 문이 조금 열리더니 그 틈으로 자신을 뚫어져라 바라보는 한 쌍의 눈이 보였다.

"흠." 피터가 침착하게 중얼거렸다.

초록색 문이 닫히는가 싶더니 다시 열리고 이번엔 문틈이 아까보다 더 좁았다.

"까꿍." 피터가 중얼댔다.

문은 더 이상 움직이지 않았지만, 간간이 누군가 잔뜩 긴장한 목소리로 속삭이는 게 느껴졌다.

"한 사람밖에 없어."

"뭘 하는 거야?"

"그냥 앉아서 두리번거리는 중이야."

"얼른 가 버리면 좋겠군. 그래야 한 병 더 가져올 텐데."

그들의 속삭임을 듣고 있자니 그 말들이 피터의 의식 속으로 스며들었다.

"야 이건 정말," 그는 생각했다. "진짜 놀라운데."

그는 신이 나고 기뻤다. 우연히 그 어떤 수수께끼에 맞닥뜨린 것 같은 기분이었다. 아주 미묘하게 무심한 척을 하다가 일어선 그는 일단 테이블 근처에서 잠시 머뭇거리다 재빨리 몸을 돌려 초록색 문을 열어젖혔다. 그 바람에 로즈 이등병이 떠밀리듯 방 안으로 들어오게 되었다.

피터가 고개 숙여 인사했다.

"안녕들 하시오?"

로즈 이등병은 한쪽 발을 다른 쪽 발 조금 앞에 두고 서서 싸우거나 도망가거나 아니면 타협할 자세를 취했다.

"안녕하신가?" 피터가 정중하게 다시 인사했다.

"뭐, 그럭저럭 잘 지내고 있소만."

"한잔 권해도 될까요?"

로즈 이등병은 행여 빈정대는 건 아닌지 의심스러운 표정으로 그를 찬찬히 훑어보았다.

"그럼 좋소." 마침내 그가 승낙했다.

피터는 의자 쪽을 가리켰다.

"앉으시오."

"친구가 하나 있소만." 로즈가 말했다. "저 안에 친구가 있소." 그가 초록색 문 쪽을 가리켰다.

"아, 그럼요. 괜찮으니 그 친구도 이쪽으로 부릅시다."

피터가 문 쪽으로 다가가 키 이등병을 맞이했다. 그는 이 상황이 아주 의심스럽고 불안했으며 죄책감마저 들던 참이었다. 셋은 의자를 구해 와 펀치볼 주변에 둘러앉았다. 피터는 하이볼을 한 잔씩 돌리고 자신의 담뱃갑에서 담배도 하나씩 꺼내 건넸다. 키와 로즈는 주저하면서도 둘 다 받아 들었다.

"자, 그럼." 피터가 격식을 차리지 않고 편하게 말을 이었다. "두 분이 어째서 하필 청소 솔을 쌓아 둔 저 방에서 시간을 때워야 했던 건지 여쭤봐도 될까요? 게다가 우리 인류는 언제 이렇게 발전해서 일요일만 빼고 매일 같이 만칠천 개에 달하는 의자를 만들어 내게 되었을까요?" 그는 잠시 말을 멈췄다. 로즈와 키는 멀뚱멀뚱 그를 바라봤다. "그러니까 한번 얘기해 보시겠어요?" 피터가 계속 말했다. "왜 하필 이쪽에서 저쪽으로 물을 나를 때 쓰는 물품에 앉아 쉬기로 한 건지 말입니다."

이쯤에서 로즈의 끙하는 소리가 들려왔다.

"그리고 마지막으로," 피터가 말을 맺으려 했다. "커다란 촛대들이 아름답게 내걸린 건물 안에 있으면서 왜 고작 희미한 전등 아래에서 오늘 저녁을 보내려고 한 건지 말해 보시겠어요?"

로즈와 키는 서로를 번갈아 바라보다가 웃음을 터뜨렸다. 둘은 배꼽이 빠지도록 웃어 댔다. 서로를 바라보면서 웃지 않는다는 건 불가능해 보였다. 하지만 피터와 함께 웃지는 않았다. 두 사람은 그를 비웃고 있었다. 사실 그들 입장에서는 이런 식으로 이야기하는 사람은 아예 취했거나 아니면 완전히 미쳤거나 둘 중 하나일 뿐이었다.

"두 분 예일대 출신이겠군요?" 피터가 말했다. 그는 이제 하이볼 한 잔을 다 비우고 새로 한 잔을 만드는 중이었다.

두 사람이 또 웃어 재꼈다.

"그건 아니라오."

"그런가요? 난 또 당신들이 셰필드 과학 대학 쪽 하급 학부 출신인 줄 알았지요."

"그것도 아니오."

"음, 그것참 아쉽군요. 그럼 틀림없이 하버드 출신이로군. 신문의 표현처럼 이 보랏빛 푸른 낙원에서 굳이 신분을 감추려 드는 걸 보니 말이오."

"아니라니까." 키가 비웃듯 말했다. "우린 그저 누굴 좀 기다리는 중이었소."

"아하." 피터는 자리에서 일어나 두 사람의 잔을 채우며 말했다. "재밌군요. 청소부 아가씨와 데이트라도 잡혀 있나요?"

두 사람 다 그의 말에 펄쩍 뛰며 화를 냈다.

"뭐, 다 괜찮아요." 피터는 둘을 안심시키려 들었다. "사과할 것도 없죠. 청소부 아가씨도 세상 그 어떤 숙녀만큼이나 훌륭하니까요. 키플링이 이런 말을 했죠. '그 어떤 여자도, 주디 오그래더라 해도 벗겨 놓으면 똑같다.'라고 말이에요."

"그럼요." 키가 로즈를 향해 대놓고 윙크를 날리며 말했다.

"제 경우를 예로 들자면 말입니다." 피터가 잔을 비우며 말을 이었다. "저도 아주 고약한 여자와 여기에 왔죠. 버릇이 없기로는 제가 본 중에 제일이더란 말입니다. 별다른 이유도 없이 제 입맞춤을 거절하더군요. 입맞춤하고 싶은 것처럼 일부러 절 유혹해 놓고선 튕겨 버리더라고요! 네, 절 보기 좋게 차 버렸지요! 요즘 젊은 세대는 대체 무슨 생각을 하는 거죠?"

"운이 나쁜 경우로군요." 키가 말했다. "정말 운이 나빴어요."

"아, 저런!" 로즈가 거들었다.

"한 잔씩 더 하시겠소?" 피터가 말했다.

"우린 잠시 싸움 같은 거에 끼었다오." 잠시 말을 멈췄던 키가 입을 열었다. "그런데, 거기까진 아무래도 너무 멀어서 말이지."

"싸움이라고요? 바로 그거죠!" 피터가 엉덩이를 들썩이며 자리에 앉았다. "모조리 싸워 이기자고요! 저도 군에 있었으니까요."

"이번 싸움은 볼셰비키 추종자랑 벌어진 거요."

"그렇지!" 피터가 열광하며 외쳤다. "바로 그런 걸 말한 거예요! 볼셰비키를 처단하자! 그놈들을 없애 버리자!"

"우린 미국 사람이라오." 로즈가 확고하면서도 도전적으로 애국심에 차서 말했다.

"그럼요." 피터가 말했다. "세상에서 가장 뛰어난 인종이지요! 우린 전부 미국인입니다! 자, 한 잔씩 더 하세요."

그렇게 그들은 한 잔씩 술을 더 들이켰다.

6

1시가 되자 특별 오케스트라가 등장하는 날이라는 점을 감안하더라도 특별할 수밖에 없는 오케스트라가 델모니코에 도착했고, 단원들은 오만한 자세로 피아노 주변에 둘러앉아 감마 프사이 클럽에서 연주하는 임무를 수행했다. 그들을 이끈 단장은 유명한 플롯 연주자였다. 그는 물구나무를 선 채 어깨를 흔들어 대며 플롯으로 최신 재즈를 연주하는 장기로 뉴욕 전역에서 명성을 얻었다.

그가 공연을 펼치는 동안 조명은 죄다 꺼지고 플룻 연주자를 비추는 스포트라이트와 이리저리 떠다니는 빔 불빛만이 남아 춤추는 사람들 위로 흔들리는 그림자와 변화무쌍한 색채를 던졌다.

춤을 추던 에디스는 어느 순간 나른하고 꿈꾸는 듯한 상태로 빠져들었는데, 대개 이런 현상은 사교계에 첫발을 내디딘 여성들이나 경험하는 것으로, 하이볼을 여러 잔 마신 후 기품 있고 상기된 영혼의 상태와 같은 것이다. 그녀의 마음은 음악의 품을 멍하니 떠다녔다. 그녀의 파트너들은 다채롭게 변화하는 어둠 아래에서 비현실적인 영혼처럼 바뀌었고, 몽롱한 상태에 빠진 그녀로서는 춤이 시작된 후 며칠은 훌쩍 지난 것만 같았다. 그녀는 여러 사내와 다양한 단편적 주제들에 관해 이야기를 나눴고, 한 번의 입맞춤과 여섯 번의 구애를 받았다. 좀 더 이른 저녁에는 학부생들 여럿이 그녀와 춤을 췄지만, 이젠 인기 있는 다른 여성들처럼 그녀만을 좇는 수행단이 생겼다. 그러니까 청년들 대여섯 명이 그녀 하나를 점찍거나 다른 여성을 함께 선택하여 번갈아 가며 춤을 추는 식이었다. 청년들은 차례대로 연달아 춤에 끼어들었다.

그녀는 몇 번에 걸쳐 고든을 목격했다. 그는 오래도록 계단에 앉아 손바닥으로 머리를 감싸고 바닥에 있는 어떤 무한한 흔적에 시선을 고정하고 있었다. 그는 아주 우울해 보였고 꽤 취한 모습이었다. 하지만 에디스는 그때마다 급하게 시선을 돌려 버렸다. 그 모든 일이 오래전인 것만 같았다. 그녀의 정신은 이제 수동적 형태를 띠었고, 감각들은 최면 상태 같은 잠으로 빠져들었다. 오로지 그녀의 발만이 춤을 추었고, 그녀의 음성은 모호한 감상적 농담을 뱉어 냈다.

하지만 피터 힘멜이 끼어들었을 때 그녀는 도덕적 판단에 따라 분개하지 못할 정도로 지쳐 있지는 않았다. 그는 아주 많이 취한 상태였지만, 기분은 좋아 보였다. 그녀는 헉하고 놀라 그를 올려다 보았다.

"이런, **피터**!"

"에디스, 난 좀 취한 것 같군요."

"왜 그래요, 피터. 당신은 아주 **좋은** 사람이에요! 그나저나 저랑 있으면서 이러는 건 잘못된 행동 같지 않나요?"

그러다 그녀는 본의 아니게 웃어 보일 수밖에 없었다. 피터가 고지식하고 감상적으로 그녀를 바라보다가 갑작스레 우스꽝스러운 미소를 지었기 때문이다.

"이봐요, 에디스." 그가 진심 어린 말투로 입을 열었다. "내가 당신을 사랑한다는 거 알죠?"

"네, 이렇게 똑똑히 말씀하시니까요."

"사랑합니다. 그래서 그저 입맞추고 싶었던 거예요." 그가 슬프다는 듯 덧붙였다.

당혹감과 수치심 따위는 사라진 지 오래였다. 그녀야말로 세상에서 제일 아름다운 여자였으며, 그녀의 눈은 밤하늘의 별과 같이 어여뻤다. 그는 우선 건방지게 입맞추려 든 걸 사과하고 싶었다. 그러고는 술을 마셔 댄 것에 대해서도 사과하려 했다. 하지만 그녀가 잔뜩 화났을 거라고 짐작했기 때문에 그는 너무도 의기소침해 있었다.

빨간 머리의 뚱뚱한 사내가 끼어들더니 에디스를 바라보며 환하게 미소를 지었다.

"함께 오신 분이 있나요?" 그녀가 물었다.

동행은 없었다. 빨간 머리의 뚱뚱한 사내는 혼자 참석한 남자였다.

"그럼, 괜찮으시다면…… 그러니까 크게 방해가 되지 않는다면…… 오늘 밤 저를 집까지 좀 데려다주실 수 있을까요?"(이처럼 지나친 소심함은 에디스의 매력을 더욱 부각시켰고, 그녀 역시 빨간 머리의 뚱뚱한 사내가 그 즉시 기뻐 어쩔 줄 몰라 할 거란 사실을 잘 알고 있었다.)

"방해라고요? 이런, 세상에. 기꺼이 바래다 드리죠! 제가 진심으로 그러리란 걸 아시겠죠?"

"**정말** 고마워요! 정말 다정하시네요."

그녀는 손목시계를 흘낏 내려다보았다. 시계는 1시 30분을 가리켰다. "한 시 반……."이라고 혼잣말을 하던 그녀는 문득 자신의 오빠가 점심 식사 자리에서 한 말을 어렴풋이 떠올렸다. 그러니까 그는 자신이 운영하는 신문사 사무실에서 매일 밤 1시 30분이 넘도록 일을 한다고 했다.

에디스가 갑자기 자신의 지금 파트너 쪽으로 몸을 돌렸다.

"그런데 델모니코는 몇 번가인가요?"

"몇 번가냐고요? 아, 5번가죠 물론."

"아, 그러니까 몇 번 교차로죠?"

"어디 봅시다. 44번가로군요."

이로써 그녀의 생각이 옳았음이 입증되었다. 헨리의 사무실은 길 건너 모퉁이만 돌면 나오니까 잠깐 나가서 깜짝 놀라게 해 주면 되겠다는 생각이 들었다. 진홍색 관람용 외투가 빚어내는 빛나는 경이로움을 선보여 그의 "기운을 북돋우리라." 사실 이런 식의 틀에 박히지 않은 유쾌한 행동이야말로 에디스가 평소 아주 즐기는 것이다. 생각이 여기에 미쳐 상상력까지 잠식하게 되자 그녀는 일순간 머뭇거리다 곧바로 결심해 버렸다.

"머리카락이 다 흘러내리려 하네요." 그녀가 파트너를 향해 유쾌하게 말했다. "잠시 나가서 머리 좀 만지고 와도 될까요?"

"아, 그럼요. 그러시죠."

"당신은 정말 좋은 분이에요."

몇 분 후 진홍색 관람용 외투를 차려입은 그녀가 날듯이 옆 계단을 내려갔다. 그녀의 두 뺨은 이 작은 모험을 앞두고 흥분으로 달아올랐다. 그러다 그녀는 문 앞에 서 있던 남녀와 맞닥뜨렸다. 둘은 턱이 작은 웨이터와 볼연지가 짙은 여인으로 마침 열띤 언쟁을 벌이던 중이었다. 에디스는 덧문을 열고 포근한 오월의 밤으로 걸어 들어갔다.

7

볼연지가 짙은 여인이 에디스를 짧지만 날카롭게 흘겨본 다음 턱이 작은 웨이터 쪽으로 다시 돌아서서 언쟁을 계속 이어 나갔다.

"그러니까 올라가서 내가 여기 왔다고 그에게 말하라고요." 그녀가 시비조로 말했다. "안 그럼 내가 올라간다니까요."

"아니, 그렇게는 안 되오!" 조지가 단호히 말했다.

여자는 가소롭다는 듯이 미소를 지어 보였다.

"아, 안 된다고? 내가 못 올라간다고요? 이것 봐요. 난 말이지, 당신이 평생 봐 온 것보다 더 많은 대학생을 알고 그들도 나를 안다고. 그리고 기분 좋게 나를 파티에 데려간다고."

"뭐, 그럴 수도……."

"뭐, 그럴 수도라고." 그녀가 말을 잘랐다. "아, 그러니까 지금 막 나간 저 여자 같은 사람들은 여기 초대받아 왔다가 내키는 대로 저렇게 가 버려도 되고. 대체 어딜 가는 건지 모르겠지만 말이에요. 그런데도 내가 친구를 만나겠다고 할 땐 어디서 저급한 웨이터가 나타나 내 길을 막아서는군요."

"이거 봐요." 나이 많은 쪽 키가 분연히 말했다. "난 이 일로 직장을 잃을 수도 있소. 어쩌면 그 남자도 당신을 만나기 싫을 수 있고."

"아, 그는 나를 보고 싶어 해요."

"뭐, 그렇다 치고. 저 많은 사람 사이에서 그자를 어떻게 찾아내란 거요?"

"아, 틀림없이 저기 있어요." 그녀가 자신 있다는 듯 말했다. "그냥 아무나 붙잡고 고든 스터렛을 찾는다고 하면 그가 어딨는지 알려 줄 거예요. 저 사람들은 서로 다 아는 사이니까요."

그녀는 망사로 된 가방을 꺼내 들더니 조지에게 1달러 지폐를 건넸다.

"자, 여기요." 그녀가 말했다. "뇌물을 드리죠. 그를 찾아서 제 말을 전하세요. 오 분 내로 나오지 않으면 내가 가겠다고요."

조지는 비관적으로 고개를 젓고는 잠시 생각에 잠기는가 싶더니 결정을 못 내리고 갈팡질팡한 후에야 안으로 들어갔다.

5분이 채 되기 전에 고든이 아래층으로 내려왔다. 그는 아까보다 더 취해 있었지만 조금 달라 보였다. 그 모습은 마치 술이 껍

질처럼 그의 몸 위에서 굳어 버린 것만 같았다. 그는 몸이 무거워 보였고 휘청거렸으며 앞뒤가 맞지 않는 말들을 쏟아 내고 있었다.

"안녕, 주얼." 그가 잔뜩 잠긴 목소리로 입을 열었다. "이렇게 바로 왔소. 주얼, 당신이 말한 돈은 못 구했어. 최선을 다했지만 말이야."

"돈 따윈 아무것도 아니라고요!" 그녀가 쏘아붙였다. "열흘 동안이나 내 근처에도 안 왔잖아요. 대체 왜 그러는 거죠?"

그가 천천히 고개를 가로저었다.

"몸이 별로 좋지 않았어, 주얼. 좀 아팠다고."

"아픈 건 왜 얘기하지 않았나요? 난 당신 생각처럼 그렇게 돈에 매달리진 않는다고요. 사실 당신이 날 본체만체하기 전까진 돈 문제로 당신을 못살게 굴지도 않았죠."

그는 거듭 고개를 저었다.

"당신을 무시한 게 아니야. 그건 전혀 아니라고."

"아니라고요? 삼 주 동안 내 근처에 얼씬도 안 했잖아요. 취해서 정신이 나갔을 때만 빼고 말이에요."

"그간 좀 아팠어, 주얼." 그가 지친 표정으로 그녀를 바라보며 다시 한번 말했다.

"여기 와서 친구들과 즐길 만큼은 되면서 말이죠. 저녁때 만나자고, 돈을 좀 갖고 오겠다고 했잖아요. 그러고선 전화 한 통 해야겠단 생각도 안 했죠."

"돈을 한 푼도 못 구했으니까."

"그건 아무 상관 없다고 내가 방금 말했잖아요? 난 그저 당신이 보고 싶었어요, 고든. 그런데 당신은 다른 누군가를 마음에 두고 있는 것 같군요."

그는 완강히 이를 부인했다.

"그렇담 가서 모자를 가져와요. 나랑 같이 가자고요." 그녀가 제
안했다. 고든이 머뭇거리자 갑자기 그녀가 다가와 그의 목에 양팔
을 둘렀다.

"나랑 같이 가요, 고든." 그녀는 반쯤 속삭이는 듯한 목소리로
말했다. "디바이너리스에서 한잔하고 우리 집으로 가는 거예요."

"난 그럴 수 없다고, 주얼······."

"그래도 돼요." 그녀가 밀어붙였다.

"난 지금 많이 아프다고!"

"뭐, 그럼 여기서 춤추는 건 더 안 되겠네요."

안도감과 절망이 섞인 눈초리로 주변을 살피던 고든은 여전히
주저했다. 그러다 불현듯 그녀가 그를 자기 쪽으로 끌어당기더니
녹아내릴 듯 부드러운 입술로 그에게 입을 맞췄다.

"그래, 알겠어." 그가 천천히 말했다. "모자를 갖고 나올게."

8

에디스가 오월의 맑고 푸른 밤 속으로 걸어 나왔을 때 거리에
는 아무도 없었다. 큰 상점들의 창문은 아직 어두웠고, 문 위로 육
중한 철문이 내려져 있어 해 지기 전의 화려함을 묻어 둔 어두운
무덤을 연상케 했다. 42번가 쪽을 힐끗 보던 그녀의 눈에 24시간
영업하는 식당들에서 비쳐 나오는 흐릿한 불빛들이 한데 뒤섞인
모습이 들어왔다. 6번가 너머에서는 전철역 양쪽으로 깜빡이는 불

빛들 사이로 커다란 빛이 솟아올라 거리를 가로지르더니, 기다란 자국을 내며 맑은 밤 속으로 사라져 갔다. 하지만 44번가만큼은 아주 고요했다.

에디스는 망토를 여미며 쏜살같이 길을 건넜다. 어떤 사내가 그녀를 지나치다 쉰 목소리로 속삭이듯 말을 거는 바람에 그녀는 화들짝 놀라고 말았다. "어디로 가시오, 아가씨?" 그녀는 문득 어린 시절의 어떤 밤을 떠올렸다. 어린 그녀가 파자마 차림으로 길을 가는데 어느 집 뒷마당에 있던 개가 길게 짖어 댄 것이다.

그녀는 곧바로 목적지에 이르렀다. 그곳은 44번가에 자리한 비교적 낡은 2층 건물로, 다행히 위층 창문에선 한 줄기 빛이 새어 나오고 있었다. 바깥도 충분히 밝아서 그녀는 창문 아래쪽에 붙은 '뉴욕 트럼펫'이라는 간판을 알아봤다. 어두운 홀로 들어서자 곧바로 구석 쪽 계단이 눈에 들어왔다.

어느새 그녀는 기다랗고 천장이 낮은 방으로 들어섰다. 책상이 많고 벽마다 신문철들이 걸려 있는 방으로, 단 두 사람만이 그곳을 지키고 있었다. 둘은 각자 방 양쪽 끝에 앉아 보안용 챙을 착용하고 책상 불빛 하나에 의지해 뭔가를 써 내려가던 중이었다.

그녀는 잠시 출입문 가에 서서 머뭇거렸고, 곧 두 사내가 동시에 고개를 돌렸다. 에디스는 오빠를 알아보았다.

"이런, 에디스!" 놀란 그가 챙을 벗어던지고는 벌떡 일어나 그녀에게 다가왔다. 그는 키가 크고 말랐으며 아주 두꺼운 안경 너머로 진한 검은색의 날카로운 눈매가 엿보였다. 그 눈은 먼 곳을 향하고 있어서 늘 말하는 상대의 머리 너머에 시선이 고정된 듯한 느낌을 자아냈다.

그는 양손으로 그녀의 팔을 부여잡고 뺨에 입을 맞췄다.

"어쩐 일이야?" 그가 조금 놀랐다는 듯 다시 물었다.

"길 건너 델모니코에 있다 오는 길이야, 헨리 오빠." 그녀가 들떠서 말했다. "오빠 보려고 뛰쳐나왔지."

"잘했어." 그녀의 등장과 함께 되살아났던 생기는 재빨리 자취를 감춰 버리고 평소처럼 모호한 분위기가 그를 감쌌다. "그런데 밤에 이렇게 혼자 다니면 안 되지 않겠니?"

방의 다른 쪽 끝에 있던 사내는 호기심에 차서 둘을 바라보다가 헨리가 손짓하자 가까이 다가왔다. 뚱뚱한 편에 속한 그는 작은 두 눈을 반짝였고, 칼라와 넥타이를 벗어 던진 모습이 흡사 일요일 오후를 맞은 중서부의 농부 같았다.

"얘가 내 여동생이야." 헨리가 말했다. "나를 보러 들렀다는군."

"안녕하세요?" 뚱뚱한 사내가 미소 지으며 말했다. "제 이름은 바르톨로뮤입니다, 브래딘 양. 오빠는 제 이름을 잊은 지 오래지만요."

에디스가 고상하게 웃었다.

"뭐……." 그가 말을 이었다. "딱히 멋들어진 곳은 못 되죠, 그렇죠?"

에디스는 방을 둘러보았다.

"꽤 멋진데요." 그녀가 대답했다. "그런데 폭탄은 어디에다 두시나요?"

"폭탄이라고요?" 바르톨로뮤가 웃으며 되뇌었다. "아주 재밌네요. 폭탄이라……. 헨리, 자네 들었나? 동생분께서 폭탄을 어디 숨겼는지 알고 싶어 하셔. 재밌는 발상이야."

에디스는 몸을 홱 돌려 책상 위에 올라앉아 다리를 흔들어 댔다. 헨리는 그 옆에 자리를 잡고 앉았다.

"그럼," 그가 멍하니 입을 열었다. "이번 뉴욕 여행은 어떠니?"

"그런대로 괜찮아. 일요일까진 호이트 사람들이랑 빌트모어 호텔에 있을 거야. 내일 점심 먹으러 올래?"

그는 잠시 생각하는 듯했다.

"난 꽤 바쁜 편이야." 그가 거절 의사를 밝혔다. "게다가 여자들이 잔뜩 모여 있는 것도 싫고 말이야."

"그래, 좋아." 그녀가 태연히 말했다. "그럼, 우리 둘이서만 점심 먹기로 해."

"그거 좋지."

"열두 시에 전화할게, 그럼."

바르톨로뮤는 분명 책상으로 돌아갔으면 했지만, 사교적인 인사도 없이 자리를 뜨는 건 누가 봐도 무례하다고 생각했다.

"그게……." 그가 약간 어색하게 말문을 열었다.

두 사람의 시선이 그를 향했다.

"그러니까, 조금 전 저녁엔 아주 흥미진진했답니다."

두 사내는 시선을 교환했다.

"좀 더 일찍 들렀으면 좋았을 뻔했어요." 새삼 기운이 난 듯 바르톨로뮤가 말을 이었다. "단골 쇼가 벌어졌답니다."

"정말로요?"

"말하자면 세레나데지." 헨리가 거들었다. "군인들이 저 아래 길거리에 모여서는 우리 간판에 대고 소리를 질러 대기 시작했다고."

"왜들 그러는 거죠?" 그녀가 물었다.

"그냥 몰려들 있는 거야." 헨리가 건성으로 말했다. "군중들이란 으레 그렇게 아우성을 쳐 대는 법이지. 앞장서서 제대로 주도하는 사람도 없었다고. 이끄는 사람이 있었다면 아마 여기까지 쳐들어 와서 뭐든 때려 부쉈겠지."

"맞아요." 바르톨로뮤가 에디스 쪽을 돌아보며 말했다. "여기 계셨어야 해요."

그는 이만하면 물러나도 좋다고 여겼는지 별안간 돌아서서 자리로 돌아가 버렸다.

"그럼, 군인들은 죄다 사회주의자들을 반대하는 거야?" 에디스가 오빠에게 물었다. "그러니까 그자들이 오빠에게 폭력을 가하면서 공격하느냐고?"

헨리는 보안용 챙을 다시 착용하더니 하품을 했다.

"인류는 실로 먼 길을 왔지." 그가 대수롭지 않다는 듯 말했다. "하지만 우리 중 대다수는 퇴보했어. 사실 군인들은 자신이 뭘 좋아하고 싫어하는지, 뭘 원하는지 몰라. 그들은 단체로 행동하는 데 익숙해. 그리고 시위란 걸 해야만 하나 봐. 그러니까 자연히 우리랑 대치하는 거지. 오늘 밤엔 도시 전역에서 폭동이 일어났어. 노동절 이니까."

"여기서도 엄청나게 소란을 피워 댄 거야?"

"아니, 전혀 안 그랬어." 그가 비웃듯 말했다. "아홉 시쯤 스물다섯 명 정도가 길거리에 서서는 달을 보고 고함을 쳐 대더군."

"아." 그녀는 화제를 바꿨다. "헨리, 날 보게 돼서 기쁜 거지?"

"그럼, 당연하지."

"안 그런 것 같아서."

"아니, 널 봐서 좋다니까."

"내 생각에 오빠 날 쓸모없는 인간이라고 생각하는 것 같아. 세계 최고의 얼간이처럼 말이야." 헨리가 웃음을 터뜨렸다.

"전혀 그렇게 생각하지 않아. 젊을 때 즐겨 두라고. 왜 그런 표정으로 보는 거지? 내가 잔소리나 하는 심각해 빠진 놈 같아서?"

"아니, 그렇다기보단……." 그녀가 잠시 말을 멈췄다. "그냥 난 오빠가 목표하는 바와는 정반대 편에 서 있다는 생각이 들어서 말이야. 일종의 부조화인 셈이지. 그렇지 않아? 난 이렇게 파티에나 다니고 오빤 그런 파티를 소멸시킬 그 무언가를 위해 여기서 이렇게 일하지. 오빠 생각이 관철된다면 실제로 그렇게 될 수도 있겠지만."

"난 그렇게 보지 않아. 넌 젊고 그저 네가 길러진 대로 행동하고 있어. 그냥 하던 대로 하면 돼. 즐겁게 지내라고."

하릴없이 흔들리던 그녀의 발이 멈추고 목소리도 낮아졌다.

"오빠도 해리스버그로 돌아와서 즐겁게 지냈으면 좋겠어. 제대로 된 길을 가고 있단 확신이 들긴 하는 거야?"

"스타킹이 참 예쁘구나." 그가 말을 가로막았다. "그런데 대체 그게 뭐니?"

"스타킹에 수를 놓은 거야." 그녀가 내려다보며 대답했다. "아주 깜찍하지 않아?" 그녀는 대뜸 스커트를 올려 실크로 감싼 날씬한 종아리를 내보였다. "아니면 혹시 실크 스타킹조차 비난하는 거야?"

그는 약간 화가 난 듯했고, 짙은 눈동자가 날카롭게 그녀에게로 향했다.

"에디스, 내가 어떤 식으로든 널 비난한다고 할 참이냐?"

"아니, 전혀……."

그녀가 잠시 하던 말을 멈췄다. 바르톨로뮤가 불현듯 끙하고 신음 소리를 냈다. 그녀가 돌아다보니 그는 책상에서 일어나 창가로 가서 서 있었다.

"왜 그러나?" 헨리가 물었다.

"사람들 말이야." 바르톨로뮤는 그렇게 말하더니 바로 이어서 말했다. "잔뜩 몰려들었군. 6번가 쪽에서 이리로 오는 중이야."

"사람들이라고?"

뚱뚱한 사내는 코를 유리창에 밀착시켰다.

"이런, 군인들이야!" 그가 힘주어 말했다. "난 왠지 저들이 돌아올 것 같았다고."

에디스가 책상에서 뛰어내리더니 창가로 달려가 바르톨로뮤 옆에 섰다.

"엄청나게 많네요!" 그녀가 흥분한 듯 외쳤다. "헨리, 이리 와 봐."

헨리는 그저 보안용 챙을 고쳐 쓰더니 자리에 그대로 앉아 있었다.

"불을 꺼야 하지 않을까?" 바르톨로뮤가 제안했다.

"아냐. 곧 물러갈 테니까."

"그렇지 않아." 창밖을 응시하던 에디스가 말했다. "물러갈 기미 따윈 보이지 않는걸. 오히려 더 많이 몰려오고 있어. 저것 좀 봐. 한데 뭉쳐서 6번가 모퉁이를 돌고 있다고."

가로등이 빚어내는 노란빛과 푸른색 그림자의 도움으로 그녀는 사내들로 북적이는 인도를 볼 수 있었다. 그들 대부분은 군복 차림으로 술이 깬 사람이 있는가 하면 완전히 취한 이들도 보였다. 알아들을 수 없는 부르짖음과 함성이 모여 선 이들의 머리 위를 휩쓸고 지나갔다.

헨리가 일어서서 창가로 다가가자, 사무실 불빛 때문에 기다란 그의 실루엣이 드러나고 말았다. 간간이 들려오던 외침은 연속적인 고함으로 바뀌었고, 무기가 될 만한 작은 물건들, 담배꽁초와 담뱃갑, 동전들 따위가 빗발치며 창문을 때렸다. 곧 접이문이 돌아가더니 시끌시끌한 소리가 계단을 타고 올라오기 시작했다.

"이리로 올라오고 있어!" 바르톨로뮤가 외쳤다.

에디스가 불안한 듯 헨리 쪽을 돌아봤다.

"정말 올라와, 헨리."

이젠 아래층 홀에서 그들이 외쳐 대는 소리가 꽤 잘 들렸다.

"망할 놈의 사회주의자들 같으니!"

"친독파 놈들!"

"이 층이다. 앞쪽이야. 가자!"

"네 이놈들을……."

그로부터 5분은 마치 꿈처럼 흘러갔다. 사람들의 부르짖음이 비구름처럼 세 사람 위에서 터져 나왔음을, 계단을 밟는 수많은 발소리가 천둥 같았음을, 그리고 헨리가 그녀의 팔을 붙잡고 사무실 뒤쪽으로 이끌었음을 에디스는 또렷하게 기억했다. 그러더니 문이 열리고 한 무리의 사내들이 밀려들 듯 안으로 들어왔다. 무리를 이끄는 리더가 아닌, 그저 우연히 앞쪽에 서게 된 사람들이었다.

"안녕하신가, 친구들!"

"늦게까지 일하는구먼, 안 그래?"

"너랑 그 여자. 빌어먹을 **것들!**"

그녀는 형편없이 취한 군인 두 명이 앞으로 밀려 나와 얼빠진 듯 비틀대는 걸 지켜봤다. 한 사람은 작은 키에 피부가 검었고, 다른 쪽은 키는 컸지만 턱이 아주 작았다.

헨리가 앞으로 나서며 손을 들어 올렸다.

"이봐요, 친구들!" 그가 말했다.

부르짖음이 일순간 잦아드는가 싶더니 곧 불평이 쏟아져 나왔다.

"친구들!" 같은 말을 한 번 더 내뱉은 그의 먼 시선이 군중의 머리 너머에 고정되었다. "이 야심한 밤에 이렇게 여길 쳐들어와서 다치는 건 그 누구도 아닌 바로 여러분 자신일 겁니다. 저희가 부자 같습니까? 아니면 독일인들 같나요? 그러니 공정한 입장에서 말씀드리자면……."

"그 입이나 다물어!"

"당신네나 조용히 하시오!"

"같이 있는 여잔 누구지, 친구?"

민간인 복장을 한 채 책상 위를 뒤지던 사내가 갑자기 신문을 집어 들었다.

"여기 있다!" 그가 크게 소리쳤다. "이자들은 독일이 전쟁에서 승리하길 바랐다고!"

계단 쪽에서 사람들이 어깨를 밀치며 또 들어왔고, 어느새 방 안을 점령한 사내들은 사무실 뒤쪽으로 밀려나 하얗게 질린 몇몇을 에워쌌다. 에디스는 턱이 작은 키 큰 군인이 여전히 앞쪽에 있는 걸 보았다. 키가 작고 피부색이 짙은 쪽은 자취를 감춘 듯했다.

그녀는 조금씩 뒤로 밀려나 결국 열린 창문 가까이에 서게 되었다. 창으로 시원한 밤공기가 흘러 들어왔다.

방 안은 폭동에 휘말렸다. 군인들이 앞으로 밀려드는 사이 뚱뚱한 사내가 머리 위로 의자를 휘두르는 장면이 얼핏 보이는가 싶더니 일순간 정전이 되고 말았다. 거친 옷을 걸친 후끈한 몸뚱이들이 밀쳐 댔고, 사람들이 있는 힘껏 소리쳐 대고 짓밟히고 거칠게 숨을 몰아쉬는 소리가 들려왔다.

순간 누군가 갑자기 나타나 그녀 옆을 스쳐 지나가더니 비틀대며 조금씩 옆으로 움직이다가 어찌해 볼 사이도 없이 별안간 열린 창문 밖으로 떨어져 사라지고 말았다. 섬뜩하고 툭 끊기는 듯한 외마디 비명이 잠시 날카롭게 울려 퍼지는가 싶더니 사람들의 아우성에 묻혀 잠잠해졌다. 뒤쪽 건물에서 흘러나오는 희미한 불빛 때문에 에디스는 떨어진 사람이 턱이 작은 키 큰 군인일 거라고 언뜻 생각했다.

그녀 안에서 어마어마한 분노가 일었다. 그녀는 양팔을 마구 흔들어 가며 사람들이 제일 많이 몰려 싸워 대는 곳으로 조금씩 나아갔다. 신음과 욕설, 주먹으로 치고받는 둔탁한 소리가 들려왔다.

"헨리!" 그녀는 필사적으로 그를 불렀다. "헨리!"

얼마 후 그녀는 방 안에 또 다른 사람들이 있음을 문득 감지했다. 엄포를 놓고 있는 굵고 권위적인 음성이 들려왔기 때문이다. 게다가 싸움이 벌어지는 현장을 여기저기 휩쓸고 다니는 노란색 빛도 보였다. 사람들의 외침이 점점 더 퍼져 나갔다. 몸싸움이 커지더니 어느 순간 멈춰 버렸다.

갑자기 불이 다시 켜지자, 방 안을 가득 메운 경찰들이 이쪽저쪽을 오가며 곤봉을 휘두르는 모습이 보였다. 굵은 목소리가 외쳐 댔다.

"그만! 그만 됐어! 그만하라고!"

곧이어 이런 소리도 들려왔다.

"입 다물고 밖으로 나가! 그만!"

방 안은 마치 세면기에서 물이 빠지듯 비워졌다. 한쪽 구석에서 엎치락뒤치락하던 경찰이 붙잡고 있던 상대 군인을 놓아주더니 문 쪽으로 그를 몰아붙였다. 굵은 목소리는 계속해서 들려왔다. 에디스는 그 목소리가 출입문 가까이에 서 있던 목덜미 굵은 경찰서장의 것임을 알아차렸다.

"이제 그만해! 이러면 안 되지! 너희 군인들 중 하나가 떠밀려서 저 뒤 창문으로 떨어져 죽었다고!"

"헨리!" 에디스가 외쳐 댔다. "헨리!"

그녀는 바로 앞에 있던 사내의 등을 두 주먹으로 마구 내리쳤다. 그러고는 다른 두 사람 사이를 스치듯 지나갔다. 그녀는 싸우고 악을 쓰고 걸리는 건 죄다 헤치고 나아가 마침내 책상 근처 바닥에 앉아 있는 창백한 안색의 한 사람에게 다가갔다.

"헨리," 그녀가 외쳤다. "어떻게 된 거야? 왜 그래? 다친 거야?"

그는 두 눈을 감고 신음하더니 그녀를 올려다보며 신물이 난다는 듯 말했다.

"저들이 내 다리를 부러뜨렸어. 이런, 멍청한 인간들 같으니!"

"이제, 그만!" 경찰서장이 외쳐 댔다. "그만! 이제 됐어!"

9

"차일드, 59번가" 식당의 아침 8시 풍경은 다른 여느 지점들과 크게 다르지 않다. 차이가 있다고 해도 아마 대리석 식탁의 너비나 프라이팬에 광택을 낸 정도보다 더 사소할 터였다. 그곳에 가면 아직 잠이 덜 깬 가난한 사람들이 잔뜩 모여 있다. 그들은 대개 자기 앞에 놓인 음식만 응시할 뿐, 다른 가난한 사람들 쪽으로는 눈길을 돌리지 않으려 한다. 하지만 4시간 전의 차일드 59번가는 오리건주의 포틀랜드에서부터 메인Maine주의 포틀랜드에 이르기까지 산재한 그 어떤 차일드 식당과도 닮지 않은 색다른 풍경을 자아내고 있었다. 색깔은 옅은 톤이지만 위생적인 벽으로 둘러싸인 식당은 코러스걸들과 대학생들, 사교계가 처음인 아가씨들, 한량들, 매춘부들이 빚어낸 소음이 한데 뒤섞여 시끌벅적했다. 이 조합은 브로드웨이뿐 아니라 5번가를 통틀어 가장 유쾌한 사람들의 회동일 듯했다.

5월 2일의 이른 아침, 식당은 여느 때와 다르게 북적였다. 부친이 마을 하나씩은 소유한 신여성들이 잔뜩 신이 난 채 대리석 식탁 위로 고개를 숙인 채 메밀 케이크와 스크램블을 먹고 있었다. 4시간 후라면 이곳에서 도무지 연출될 수 없는 풍경이었다.

식당에 모인 이들은 대부분 델모니코에서 열린 감마 프사이 댄스파티 참석자들로 몇몇 코러스걸들만이 예외였다. 한밤중 공연을 마친 그들은 사이드테이블에 둘러앉아 공연이 끝났을 때 화장을 좀 더 지우지 않은 걸 후회하는 눈치였다. 간혹 쥐를 연상시키는 외모로 이곳 분위기와 어울리지 않게 생기 없이 앉아 있다가 주변의 화려한 사람들을 호기심 어린 지친 눈초리로 바라보는 이들도 있었다. 하지만 이 칙칙한 인간들은 사실 이례적인 존재였다. 노동절 바로 다음 날 아침이니만큼 기념 파티 분위기는 여전히 사그라지지 않았다.

거스 로즈는 술이 깨긴 했지만 여전히 몽롱한 상태로 칙칙한 부류라고 해야 마땅할 만한 모양새였다. 폭동 이후 그가 어떻게 44번가에서 59번가까지 온 것인지에 대해서는 어렴풋이 반 정도만 기억이 났다. 캐롤 키의 시신이 구급차에 실려 멀어지는 걸 본 그는 군인들 두세 명과 함께 마을 위쪽을 향해 걷기 시작했다. 그러다 44번가와 59번가 사이 어디쯤 도착했을 때 군인들은 여자들을 만나 다른 데로 가 버렸다. 로즈는 콜럼버스 서클 쪽으로 걷다가 차일드 식당에서 새어 나오는 어슴푸레한 불빛을 보고는 커피와 도넛을 먹기로 했다. 그렇게 그는 식당으로 걸어 들어가 앉았다.

공허하고 하찮은 내용의 수다와 높은 톤의 웃음소리가 그를 에워쌌다. 처음에는 그도 사람들이 무슨 이야기를 하는지 언뜻 감이 오지 않았지만, 어리둥절한 채로 5분가량 앉아 있어 보니 다들 유쾌한 파티의 후유증으로 이런다는 걸 알아차렸다. 잔뜩 들뜬 한 청년은 허물없이 친근한 태도로 쉼 없이 식탁들 사이를 오가며 마구잡이로 악수를 해 대다가 잠깐씩 서서 익살맞은 농담을 해 대곤 했다. 케이크와 달걀 요리를 높이 치켜들고 초조하게 오가던 웨이터들은 남몰래 청년을 욕하며 그를 밀쳐 냈다. 제일 눈에 띄지 않고 조용한 식탁에 자리한 로즈의 눈에는 식당의 이러한 풍경이 아름답고 시끌벅적한 즐거움으로 가득한 다채로운 서커스 같았다.

잠시 후 로즈는 사람들에게 등을 돌린 채 자신과 대각선으로 앉은 한 커플이 이 식당 안에서 가장 흥미로운 한 쌍이란 걸 알아차렸다. 남자는 잔뜩 취한 상태였다. 그는 연회복 차림이었지만 넥타이는 헝클어져 있었고, 물과 와인을 쏟았는지 셔츠는 부풀어 올라 있었으며, 흐릿하고 핏발 선 눈으로 이쪽저쪽을 어색하게 두리번거렸다. 벌어진 입술 사이로는 가쁜 숨이 뿜어져 나왔다.

'진탕 마셔 댄 게로군!' 로즈는 속으로 생각했다.

여자는 거의 술이 깬 상태였다. 예쁘장한 얼굴의 그녀는 짙은 색 눈동자와 붉은 혈색이 도드라졌고, 생기발랄한 눈초리로 매처럼 빈틈없이 같이 온 남자를 바라보고 있었다. 이따금 그녀는 남자 쪽으로 몸을 기울여 뭔가를 열심히 속삭여 댔고, 그는 고개를 무겁게 떨어뜨리거나 꺼림칙하고 역겨워 보이는 윙크를 날리며 대답을 대신했다.

로즈가 한동안 멍하니 그 둘을 뜯어보자 어느 순간 여자가 화난 듯한 눈초리로 그를 흘깃 쳐다보았다. 그는 곧장 시선을 돌려 식탁에 제일 오래 머문 사람들 중에서 눈에 띄게 유쾌해 보이는 참석자 둘을 바라봤다. 그런데 놀랍게도 그 둘 중 한 사람은 델모니코에서 터무니없을 정도로 그를 즐겁게 해 준 청년이었다. 그 청년을 보고 있자니 불현듯 막연한 감상과 함께 두려움이 찾아들면서 키가 떠올랐다. 그렇다. 키는 죽었다. 그는 10미터 아래로 추락해 깨진 코코넛처럼 머리가 터지고 말았다.

"정말 괜찮은 친구였는데 말이야." 잠시 슬픔에 잠긴 로즈가 생각했다. "그럼, 정말 좋은 친구였지. 지독히도 운이 나빴던 게야."

아까 봤던 유쾌한 두 참석자는 어느새 로즈의 식탁과 그 옆 식탁 사이를 지나치며 친구들은 물론이고 처음 보는 이들에게도 유쾌하고 친근하게 말을 걸고 다녔다. 갑자기 로즈의 눈에 이가 툭 튀어나온 금발의 사내가 들어왔다. 그는 반대편의 사내와 여자를 불안정한 눈으로 지켜보더니 탐탁잖은 듯 머리를 양쪽으로 흔들어 대기 시작했다.

눈에 핏발이 선 사내가 그를 올려다봤다.

"고디." 이가 튀어나온 사내가 말을 걸었다. "고디."

"안녕하신가." 셔츠에 얼룩을 묻힌 사내가 둔탁한 음성으로 말했다.

이가 튀어나온 쪽이 커플을 향해 비관적인 표정으로 손가락을 흔들어 대더니 여자 쪽에 냉담한 비난의 시선을 던졌다.

"내가 뭐라고 했나, 고디?"

자리에 앉은 고든이 동요하는 모습을 보였다.

"지옥에나 떨어지라고!" 그가 말했다.

딘은 계속 그 자리에 선 채 손가락을 흔들어 보였다. 여자는 급기야 화를 내기 시작했다.

"저리 가라고요!" 그녀가 매섭게 소리쳤다. "당신은 취했어요. 당신 꼴을 봐요!"

"저자도 취한걸요." 딘은 여전히 손가락을 흔들며 고든을 가리켰다.

문득 피터 힘멜이 천천히 다가왔다. 그는 이제 점잔을 빼며 연설이라도 할 기세였다.

"그만들 하죠." 그는 아이들의 사소한 다툼을 말리러 오기라도 한 양 입을 열었다. "뭣 때문에 그래요?"

"당신 친구 좀 데려가 버려요." 주얼이 쏘아붙이듯 말했다. "지금 우릴 방해하고 있어요."

"뭐 때문이라고요?"

"방금 들었잖아요!" 그녀가 날카롭게 말했다. "그러니까 이 주정뱅이 친구 좀 데려가라고요."

높아진 그녀의 목소리가 시끌벅적한 식당에 울려 퍼지자 웨이터가 황급히 다가왔다.

"좀 더 조용히 해 주셔야 합니다!"

"저자가 잔뜩 취했다고요." 그녀는 외쳤다. "우릴 모욕하면서 말이죠."

"하, 고디." 딘은 그녀의 비난에도 아랑곳없이 집요하게 말을 이어 갔다. "내가 뭐라고 그랬나?" 그는 웨이터 쪽으로 돌아섰다. "고디는 내 친구요. 그를 도우려 했다고요. 그렇지, 고디?"

고디가 올려다봤다.

"나를 도와준다고? 이봐, 그건 아니지!"

갑자기 주얼이 일어서더니 고든의 팔을 잡고 일으켜 세웠다.

"일어나 봐요, 고디!" 그녀가 고든 쪽으로 몸을 기울이며 반쯤 속삭이듯 말했다. "여기서 얼른 나가요. 이 사람 취해서 아주 못쓰겠어요."

고든은 순순히 일어나 문 쪽으로 걸음을 옮겼다. 주얼은 잠시 돌아서서 둘을 방해한 장본인을 향해 말했다.

"난 **당신**에 관해서라면 다 안다고!" 그녀가 사납게 말했다. "대단한 친구라고 들었어요. 그가 다 알려 줬죠."

그러고 나서 그녀는 고든의 팔을 붙잡고 궁금해하는 사람들 사이를 뚫고 나가 계산을 마친 후 바깥으로 나섰다.

"앉아 주셔야겠습니다." 그들이 떠난 후 웨이터가 피터에게 일 렀다.

"뭐라고? 나더러 앉으라고?"

"그렇습니다. 아니면 내가 주시죠."

피터가 딘 쪽으로 돌아섰다.

"이봐." 그가 말했다. "이 웨이터 놈을 패 주자고."

"좋아."

그들은 심각한 얼굴을 하고 웨이터에게 다가섰다. 웨이터가 뒤 로 물러섰다.

피터가 갑자기 자기 옆 식탁에 놓여 있던 접시로 손을 뻗더니 고기와 감자를 한 움큼 집어 공중으로 던졌다. 음식이 포물선을 그리며 힘없이 떨어지더니 근처에 앉은 이들의 머리 위로 눈송이 처럼 내려앉았다.

"이봐, 진정해!"

"끌어내라고!"

"앉아, 피터!"

"당장 그만둬!"

피터가 웃음을 터뜨리더니 고개 숙여 인사했다.

"신사 숙녀 여러분, 성원에 감사드립니다. 음식과 모자를 좀 빌 려주시면 공연을 계속하죠."

경비원이 큰소리로 재촉했다.

"당장 나가 주시오!" 그가 피터에게 말했다.

"뭐라고? 아니, 못 나가!"

"내 친구요!" 화가 난 딘이 끼어들었다.

웨이터들이 한꺼번에 몰려들었다. "저자를 끌어내자!"

"이제 가 보는 게 좋겠어, 피터."

잠시 다툼이 이는가 싶더니 두 사람은 문 쪽으로 몰아세워지고 밀쳐졌다.

"모자랑 코트가 아직 여기 있다고!" 피터가 외쳤다.

"자, 냉큼 가서 가져와!"

경비원이 피터를 놓아주자, 그는 곧장 아주 약삭빠르고 익살맞게 굴며 다른 식탁으로 뛰어가서는 조롱하듯 웃음을 터뜨린 후 있는 대로 화가 난 웨이터들을 실컷 비웃었다.

"난 여기 좀 더 있을까 봐." 그가 선언하듯 말했다.

쫓고 쫓기는 장면이 또다시 연출되었다. 웨이터 넷이 한쪽으로 배치되었고, 나머지 넷은 다른 쪽으로 가서 섰다. 딘이 그중 둘의 코트를 붙잡고 늘어지자, 싸움이 다시 벌어졌다가 다들 곧 다시 피터를 쫓기 시작했다. 피터는 설탕 그릇 하나와 커피잔 여러 개를 뒤집어엎고 나서야 붙잡혔다. 이후 계산대에선 또다시 언쟁이 일었다. 피터가 고기와 감자 요리를 새로 하나 더 주문해 가져가려다 그걸 경찰들에게 던지려 한 것이다.

하지만 피터가 나가려다 벌인 소동은 예기치 않게 벌어진 또 다른 사건으로 인해 잦아들었다. 별안간 식당 안에 있는 모든 이들이 감탄의 눈빛을 머금고 저도 모르게 "오, 오……."라고 길게 내뱉기 시작했다.

식당 정면의 거대 판유리가 남빛으로 바뀌면서 맥스필드 패리시의 달빛을 연상시켰다. 그 남빛은 판유리를 짓누르며 사람들이 있는 식당 안으로 밀려 들어오는 것처럼 보였다. 콜럼버스 서클에 숨 막힐 듯 황홀한 새벽이 찾아든 것이다. 새벽빛은 불멸의 크리스 토퍼 콜럼버스의 위대한 동상을 비춰 윤곽을 드러내며 식당 안에 서 희미해져 가던 노란 전등 불빛과 묘하게 어우러졌다.

10

미스터 인In과 미스터 아웃Out은 인구조사원이 올린 명단에 없었다. 따라서 주민등록이나 출생 기록, 결혼 증명, 사망 신고 혹은 식품점의 외상 장부를 아무리 뒤져도 둘의 이름은 나오지 않게 마련이다. 망각이 그들을 집어삼켰고, 그들이 애초에 존재했었다는 증언 역시 모호하고 불분명하여 법원에서 채택될 수 없을 정도이다. 그렇더라도 나는 미스터 인과 미스터 아웃이 잠깐이나마 살았고, 호흡했고, 호명되면 대답했고, 뚜렷한 개성을 발산했다고 공표하는 바이다.

짧은 인생을 사는 동안 그들은 자신들만의 고유한 의상을 걸치고 위대한 나라의 커다란 고속도로를 걷다가 웃음거리가 되고 욕을 먹고 쫓기고 도망치는 신세가 되었다. 그렇게 그들은 지나가 사라지고 더 이상 그들에 관한 이야기는 들려오지 않았다.

5월의 희미한 새벽빛 속에서 택시 한 대가 덮개를 연 채 브로드웨이를 거침없이 달려 내려갔고, 미스터 인과 미스터 아웃은 이미 어렴풋하게 그 형체를 드러내고 있었다. 택시에 앉은 두 영혼은 크리스토퍼 콜럼버스의 동상 뒤로 어느새 물들어 간 남빛 하늘에 경탄하는 한편, 이른 새벽에 일어난 잿빛의 늙은 얼굴들이 창백한 안색으로 거리를 지나다니는 모습이란 마치 회색 호수로 날아간 종잇조각들 같아 당황스럽다는 식의 이야기를 늘어놓았다. 두 사람은 차일드 식당 경비원의 부조리함부터 인생의 모순에 이르기까지 모든 것에 관해 의견이 같았다. 그들은 두 사람의 타오르는 영혼 속에서 아침이 일깨워 낸 극도로 감상적인 행복감에 취한 나머지 아찔함을 느꼈다. 살아 있음으로 인해 그들이 느낀 기쁨은 실제로 너무도 생생하고 강력했기에 둘은 요란한 외침으로나마 그기쁨을 표현해야겠다고 느꼈다.

피터가 두 손이 확성기인 양 입에 대고 "야-아-아!"라고 외쳐대자, 딘도 마찬가지로 소리를 질렀다. 똑같이 나름의 의미와 상징을 품은 외침이었지만, 딘의 그것은 좀 더 불분명한 울림이 되어터져 나왔다.

"요-호! 예! 요호! 요-부바!"

두 사람은 53번가를 지날 때는 버스에 탄 짙은 색 단발의 아가씨를 향해, 그리고 52번가에선 청소부를 향해 소리쳤다. 재빨리몸을 피한 청소부는 짜증스럽고 불만 가득한 목소리로 이렇게 외쳐 댔다. "사람 잘못 골랐어!" 50번가에 이르자 지극히 하얀색 건물 앞의 지극히 하얀 인도 위에 모여 있던 사내들이 그들이 탄 택시 꽁무니를 쳐다보며 소리를 질렀다.

"이봐, 파티 좀 했나 보군!"

49번가에서는 피터가 딘 쪽으로 몸을 돌리며 진지해 보이는 두눈을 가늘게 뜬 채 심각한 어투로 이렇게 말했다. "아름다운 아침이군."

"그래, 그럴지도 모르지."

"어디 들러서 아침이나 먹을까?"

딘은 그러자고 하며 이렇게 덧붙였다.

"아침밥과 술이지."

"아침밥과 술이라?" 피터가 같은 말을 되풀이하자 둘은 서로를 바라보며 고개를 끄덕였다. "그거 그럴싸하군."

그러고는 두 사람 다 크게 웃음을 터뜨렸다.

"아침밥과 술이라니! 이런, 세상에!"

"원래 그런 메뉴는 없는 법이지." 피터가 말했다.

"없다고? 그래도 괜찮아. 그런 메뉴를 갖다주게 만들면 되니까. 잔뜩 압박해 봐야지, 뭐."

"그래, 말이 되게 만들어야지."

순간 갑자기 택시가 브로드웨이를 벗어나 교차로를 따라 달리더니 5번가에 자리한 무덤같이 육중한 건물 앞에 멈춰 섰다.

"뭐죠?"

택시 기사는 여기가 델모니코라고 말했다.

꽤나 당혹스러운 순간이었다. 둘은 잠시 골똘히 생각해야만 했다. 그들이 여기로 오자고 했다면 틀림없이 이유가 있었을 테니 말이다.

"코트가 어쩌고 그랬던 것 같은데요." 택시 기사가 말했다.

그랬다. 피터가 델모니코에 두고 온 코트와 모자 때문이었던 것이다. 왜 그랬는지 결론이 나자, 두 사람은 택시에서 내려 팔짱을 낀 채 입구 쪽으로 걸음을 옮겼다.

"이봐요!" 택시 기사가 외쳤다.

"네? 뭐죠?"

"택시비부터 내야죠."

둘은 어안이 벙벙하다는 듯 고개를 흔들어 보였다.

"지금 말고 좀 있다가요. 말씀드린 대로 여기서 기다리세요."

택시 기사는 그들과 의견이 달랐다. 그는 지금 당장 택시비를 받고 싶어 했다. 둘은 엄청난 자제력을 발휘한 끝에 경멸스럽다는 태도로 거들먹거리며 택시 기사에게 돈을 건넸다.

건물 안으로 들어선 피터는 어둑어둑하고 아무도 없는 휴대품 보관소를 더듬어 가며 코트와 모자를 찾아 헤맸지만 소용없었다.

"사라진 것 같아. 누군가 가져갔겠지."

"셰필드 쪽 학생일 거야."

"그렇겠지."

"신경 쓸 것 없어." 딘이 고상하게 말했다. "그럼 내 것도 여기 두기로 하지. 우리 둘 다 같은 차림이 되는 거야."

코트와 모자를 벗어 걸던 딘의 눈에 휴대품 보관소 양쪽 문에 붙은 커다란 사각 판지 두 개가 이끌리듯 들어왔다. 왼쪽 문에 붙은 판지에는 검고 큰 글씨로 '인In'이라고 쓰여 있었고, 오른쪽 문쪽 판지에도 마찬가지로 눈에 띄는 글씨체로 '아웃Out'이라는 표시가 있었다.

"이것 좀 봐!" 그가 신난다는 듯 외쳤다.

피터의 눈이 그가 가리키는 쪽을 좇았다.

"뭐 말이야?"

"저기 표시를 좀 봐. 저걸 떼 가자."

"좋은 생각이로군."

"저런 표지판은 보기 드무니까 가치가 있을 거야. 요긴하게 쓸 수 있겠어."

피터는 왼쪽 표지판을 문에서 떼 내 그걸 몸에 숨기려 해 보았지만, 표지판이 꽤 컸기 때문에 쉽지 않았다. 순간 좋은 생각이 떠오른 그는 근엄하면서도 뭔가 숨기는 듯한 태도로 등을 돌리는 자세를 취했다. 다음 순간 그는 휙 돌아서서 보란 듯이 양팔을 펼쳤다. 그가 표지판을 조끼 안으로 집어넣었기 때문에 표지판이 셔츠 앞부분을 완전히 덮고 있었다. 결국 '인'이라는 커다란 검은색 글자를 셔츠에 그려 넣은 것 같은 모양새가 된 것이다.

"와우!" 딘이 환호성을 질렀다. "'미스터 인'이로군."

그러고는 그 역시 자기 몫의 표지판을 똑같은 식으로 집어넣었다.

"'미스터 아웃'이라고!" 딘이 의기양양하게 선언하듯 말했다. "미스터 인이 미스터 아웃을 만났다고."

그들은 한 걸음 나아가 악수를 해 댔다. 다시금 웃음이 터져 나왔고 둘은 몸까지 흔들어 대며 시끌벅적하게 웃어 재꼈다.

"야호!"

"아침밥은 거하게 먹어 보자고."

"그럼 우리…… 코모도르로 가지."

둘은 팔짱을 끼고 문을 박차고 나가 44번가에서 동쪽으로 방향을 틀어 코모도르 쪽으로 향했다.

두 사람이 바깥으로 나왔을 때 키가 작고 피부색이 짙은 군인 한 사람이 둘을 돌아다봤다. 안색이 아주 창백하고 지친 모습의 그는 기운 없이 인도를 어슬렁거리던 중이었다.

그는 말이라도 걸려는 듯 두 사람 쪽으로 향하다가 그들이 자신을 거의 못 알아보겠다는 듯이 보자 걸음을 멈췄다. 그러고는 비틀대며 길을 따라 내려가는 두 사람을 마흔 걸음쯤 쫓으며 기대에 찬 어투로 "아, 이런!"이라고 몇 번이고 나지막이 중얼대는 것이었다.

미스터 인과 미스터 아웃은 앞으로의 계획에 대해 즐거운 농담을 주고받았다.

"우린 술을 원하지. 그리고 아침밥도 원해. 하나라도 빠지면 안 된다고. 둘 다 있어야 하고말고."

"우린 둘 다를 원한다!"

"둘 다를 달라!"

이젠 꽤 날이 밝았으므로 지나가는 사람들도 호기심에 찬 눈으로 둘을 바라보기 시작했다. 둘은 분명 너무도 즐겁게 이야기를 나누는 중이었다. 이따금 발작적으로 웃음이 터질 때면 두 사람은 여전히 팔짱을 낀 채 코가 땅에 닿을 듯 허리를 숙여 가며 웃어 재꼈다.

코모도르에 이른 두 사람은 눈이 게슴츠레한 도어맨과 익살스러운 농담을 주고받은 뒤 겨우 회전문을 통과한 다음 손님이 별로 없는 로비를 지나 식당으로 들어섰다. 어리둥절해진 웨이터는 구석진 자리로 둘을 안내했다. 두 사람은 힘없이 메뉴를 살피며 당황스럽다는 어투로 서로에게 메뉴를 일러 줬다.

"술은 하나도 없잖아." 피터가 원망스럽다는 듯 말했다.

웨이터는 둘의 말을 들었지만 언뜻 이해할 수가 없었다.

"다시 말하지만," 피터가 너그럽게 참는다는 듯 말을 이었다. "메뉴에 술이 없으니까 참 불쾌하군. 따로 설명도 없고 말이야."

"여기!" 딘이 당당하게 말했다. "그 친군 내게 맡겨." 그가 웨이터를 보며 말했다. "여기…… 그러니까 여기……." 그는 초조하게 메뉴를 훑었다. "여기 샴페인 한 병이랑 그…… 그 햄 샌드위치 좀 부탁하지."

웨이터는 어떻게 해야 할지 모르는 것 같았다.

"가져오라고!" 미스터 인과 미스터 아웃이 이구동성으로 소리쳤다.

웨이터가 헛기침을 하더니 물러갔다. 그들이 아무것도 모른 채 잠시 기다리는 동안 수석 웨이터가 아주 주의 깊게 둘을 살폈다. 곧 샴페인이 나오고, 술을 본 미스터 인과 미스터 아웃은 뛸 듯이 기뻐했다.

"우리가 아침 대신 샴페인을 들이키는 걸 가지고 저들이 뭐라 해 댄다고 상상해 봐. 한번 상상해 보라고."

그들은 둘 다 그런 멋진 광경을 떠올리려 애써 봤지만, 그들의 능력은 거기에 미치지 못했다. 둘의 상상력을 총동원해도 샴페인을 아침 대용으로 마신다고 해서 누군가 이의를 제기하는 세상을 상상하기란 불가능한 것이었다. 웨이터가 코르크 마개를 따자 펑 하는 소리가 크게 나더니 노란색 거품이 곧 술잔을 채웠다.

"미스터 인의 건강을 위하여."

"미스터 아웃의 건강도 기원하네."

웨이터가 물러간 후 몇 분이 지나고, 어느덧 샴페인도 얼마 남지 않았다.

"그건 정말이지 굴욕이야." 불현듯 딘이 말했다.

"뭐가 굴욕이라는 거야?"

"샴페인으로 아침밥을 대신한다고 저들이 뭐라고 해 대는 걸 생각하면 말이야."

"그게 굴욕이라고?" 피터는 잠시 생각하는 것 같았다. "맞아, 그건 굴욕이라고 할 수 있지."

그들은 다시 한번 나가떨어져라 하고 웃어 대며 법석을 떨고 흐느적거리다가 의자에 앉은 채 앞뒤로 몸을 흔들어 댔고, '굴욕'이라는 말을 서로에게 몇 번이고 반복해서 내뱉었다. 사실 그 말을 반복할 때마다 꼴만 더 우스워져 갔지만 말이다.

그렇게 서로 즐거운 시간을 보내던 그들은 술을 한 병 더 시키기로 했다. 초조해진 웨이터는 직속상관에게 이 문제를 상의했고, 이 신중한 사내는 더 이상 샴페인을 내가지 말라고 확실히 지시했다. 둘은 곧 계산서를 받았다.

5분 후, 팔짱을 낀 채 코모도르를 나선 두 사람은 호기심에 찬 눈길로 자신들을 쳐다보는 사람들을 지나 42번가로 향한 뒤 거기서 좀 더 위쪽에 자리한 밴더빌트가로 간 다음 빌트모어 호텔로 걸음을 옮겼다. 호텔에 도착한 둘은 갑자기 꾀를 내어 잰걸음으로 부자연스럽게 몸을 꼿꼿이 세운 채 로비를 가로질렀다.

일단 식당에 자리를 잡고 나서부터는 아까와 같은 둘의 행동이 반복되었다. 둘은 간간이 발작적인 웃음을 터뜨리는가 싶다가도 급작스레 정치, 대학, 그리고 자신들의 밝고 명랑한 기질에 대해 이야기를 나누곤 했다. 두 사람이 찬 손목시계가 9시를 가리키자, 둘은 자신들이 잊지 못할 파티에 다녀왔으며 그날을 언제까지나 기억할 것 같다는 막연한 생각에 사로잡혔다. 그들은 두 번째 술병에 담긴 샴페인을 느긋하게 즐겼다. 그러다 어느 쪽이든 '모욕'이라는 말을 내뱉기만 하면 두 사람 다 야단법석을 떨며 숨이 끊어져라 하고 웃어 대는 것이었다. 이제 식당은 빙빙 돌며 움직이는 것 같았고, 묘하게 밝은 기운이 스며들어 무겁게 가라앉은 공기를 순화시켰다.

둘은 계산을 마치고 로비로 걸어 나왔다.

그 순간 그날 아침 들어 천 번쯤 회전한 듯한 바깥쪽 문이 움직이자, 눈 밑에 짙은 그늘이 드리워진 아주 창백한 아가씨가 마구 헝클어진 차림새로 로비에 들어섰다. 그녀는 지극히 평범한 통통한 사내와 함께였는데 분명 어울리는 짝은 아니었다.

계단 꼭대기에서 미스터 인과 미스터 아웃은 이 커플을 마주했다. "에디스." 미스터 인이 잔뜩 들떠서 그녀에게 다가서며 크게 고개 숙여 인사했다. "좋은 아침이요."

통통한 사내는 뭔가 수상쩍다는 눈길로 에디스를 쳐다봤다. 분부만 내리면 이자를 썩 내던져 버리겠다는 듯이 말이다.

"농담이 지나쳤소. 실례를 범했군." 피터가 뒤늦게 생각난 듯 덧붙였다. "좋은 아침이요, 에디스."

그는 딘의 팔꿈치를 붙잡고는 앞쪽으로 밀어붙였다.

"여긴 미스터 인이라고 하오, 에디스. 내 제일 친한 친구지. 미스터 인과 미스터 아웃은 떨어질 수 없는 사이라오."

미스터 아웃이 한 발짝 나가 인사했다. 사실 그는 너무 앞으로 나간 채 너무 깊게 고개를 숙이는 바람에 몸이 앞으로 살짝 기울어졌고, 에디스의 어깨에 가볍게 손을 올리고서야 중심을 잡을 수 있었다.

"내가 미스터 아웃이요, 에디스." 그는 유쾌하게 중얼댔다. "미스터 인과 미스터 아웃이지."

"미스터 인, 미스터 아웃." 피터도 자랑스레 말했다.

하지만 에디스는 그들 바로 옆을 응시했다. 그녀의 시선은 위쪽 갤러리의 그 어떤 무한한 점에 고정된 듯 보였다. 그녀가 통통한 사내에게 살짝 고개를 끄덕여 보이자, 그는 황소처럼 전진해 미스터 인과 미스터 아웃을 양쪽으로 밀쳐 냈다. 그렇게 마련된 길로 사내와 에디스는 유유히 걸어 나갔다.

그런데 열 발짝쯤 걸음을 옮기던 에디스는 다시 멈춰 서더니 키가 작고 피부색이 짙은 군인 한 사람을 가리켰다. 사람들을 쳐다보던 군인은 미스터 인과 미스터 아웃의 행태를 얼떨떨한 표정으로 넋을 잃고 바라봤다.

"저기예요." 에디스가 외쳤다. "저기 좀 봐요!"

그녀의 음성이 커지더니 조금 날카로워졌다. 군인을 가리키던 그녀의 손가락은 미세하게 흔들렸다.

"오빠 다리를 부러뜨린 군인이 저기 있다고요!"

곳곳에서 놀란 사람들의 외침이 들려왔다. 모닝코트 차림의 한 사내가 데스크 부근에 서 있다가 민첩하게 움직이며 자리를 떴고, 통통한 사내는 군인을 향해 번개처럼 뛰어갔다. 로비에 있던 사람들이 그곳을 에워싸자, 미스터 인과 미스터 아웃의 시야도 가려졌다.

하지만 미스터 인과 미스터 아웃의 입장에서 이 사건은 그저 빙빙 돌아가는 세상 속에서 여러 가지 빛깔로 색이 변하는 한 부분에 불과했다.

둘은 크게 외쳐 대는 목소리들을 들었고, 통통한 사내가 획획 움직이는 걸 보았다. 그러다 갑자기 주변의 풍경이 흐릿해졌다.

그러고 나서 정신을 차려 보니 그들은 위층으로 향하는 엘리베이터 안에 있었다.

"몇 층이십니까?" 엘리베이터 안내원이 말했다.

"아무 층이나 가지." 미스터 인이 말했다.

"꼭대기 층으로 가자고." 미스터 아웃이 말했다.

"여기가 최상층입니다." 안내원이 말했다.

"한층 더 있어야겠어." 미스터 아웃이 말했다.

"그래, 더 높이." 미스터 인이 말했다.

"하늘 끝까지." 미스터 아웃이 말했다.

11

6번가를 살짝 벗어난 곳에 자리한 어느 작은 호텔방 침실에서 고든 스터렛은 눈을 떴다. 뒤통수에 통증이 있었고 혈관 하나하나까지 욱신대는 느낌이었다. 그는 방 구석구석에 드리워진 어스름한 회색 그림자와 한쪽 구석에 놓인 대형 가죽 의자 위 찢어진 부분의 안쪽을 바라보았다. 의자는 한참 동안 사용하지 않은 듯했다. 바닥에는 헝클어진 옷들이 나뒹굴었고 퀴퀴한 담배 냄새와 술 냄새가 풍겼다. 창문은 꼭 닫힌 상태였다. 바깥의 눈부신 햇살이 창틀 너머로 먼지 섞인 빛줄기를 던져 넣었고, 그 빛줄기는 그가 잠을 잔 널찍한 목제 침대의 머리에 닿아 산산이 부서졌다. 그는 약에 취해 탈진한 듯 아주 조용히 누워 눈만 크게 뜬 상태였지만, 마음만은 기름칠하지 않은 기계처럼 덜커덕대며 돌아가는 중이었다.

먼지 섞인 빛줄기와 대형 가죽 의자의 찢어진 틈을 인식하고 나서 30초쯤 흘렀을까. 그는 문득 자기 옆에 살아 있는 무언가가 있다는 느낌을 받았다. 그리고 그로부터 30초 후, 그는 자신이 돌이킬 수 없이 주얼 허드슨과 결혼했음을 깨달았다.

1시간 30분쯤 지나고 나서 그는 바깥으로 나가 스포츠 용품점에 들러 권총 하나를 구입했다. 그러고는 택시를 타고 이스트 27번가에 있는 자기 방으로 가서는 미술 재료들이 놓인 탁자 너머로 몸을 구부린 채 관자놀이 바로 뒤에다 대고 총을 쐈다.

자기(磁器)와 핑크

시골 여름 별장의 아래층에 자리한 방. 벽 위로 둘러놓은 띠 장식엔 발치에 그물 더미를 둔 어부와 진홍색 바다 위의 배 한 척, 발치에 그물 더미를 둔 어부와 진홍색 바다 위의 배 한 척, 발치에 그물 더미를 둔 어부와 진홍색 바다 위의 배 한 척과 같은 식으로 그림이 반복적으로 찍혀 있다. 띠 장식을 따라가다 보면 그림들이 겹치는 어느 한 지점이 있고, 거기선 어부의 반쪽과 발치의 그물 더미 반쪽이 배 반쪽과 진홍색 바다 반쪽과 만나 축축하게 몰려 있다. 띠 장식엔 플롯이 없지만, 나는 그 모습 자체에 매료된다. 난 언제까지고 띠 장식을 따라갈 수 있지만, 방 안에 있는 두 가지 물체 중 하나가 내 눈길을 사로잡는다. 그건 바로 푸른빛 자기 욕조이다. 이 욕조는 나름의 특징을 지녔다. 갓 뽑은 경주용 자동차는 아닐지라도 뒷부분이 높이 솟은 이 작은 욕조는 금방이라도 자리를 박차고 뛰어나갈 듯하다. 하지만 짧은 다리에 낙담한 나머지 욕조는 주변 환경과 하늘색 페인트로 칠해진 모습에 순순히 따르는 중이다. 잔

172

뜩 언짢아진 욕조는 고객이 다리를 편히 뻗도록 두지 않기에 우린 자연히 방 안에 있는 두 번째 대상으로 눈을 돌리게 된다.

그 대상은 바로 한 소녀이다. 소녀는 분명 욕조의 한 부속물로 머리와 목(예쁜 소녀들은 모가지가 아닌 목을 지닌 법이다.), 그리고 보일 듯 말 듯 한 어깨만이 욕조 한쪽으로 드러나 있다. 연극이 시작된 후 첫 10분 동안 관객들은 그녀가 정직하게 연극에 임한 나머지 아무것도 걸치지 않은 상태인지 아니면 옷을 입고 있으면서 벗은 척하고 욕조에 들어가 있는 건지를 골똘히 생각했다.

소녀의 이름은 줄리 마비스다. 몸을 꼿꼿이 하고 당당하게 욕조에 앉아 있는 걸로 봐서 우리는 그녀의 키가 그리 크지 않다는 것과 자세가 바르다는 것을 미루어 짐작할 수 있다. 또 그녀가 미소지을 때면 윗입술이 조금 말리기 때문에 부활절 토끼가 연상되곤 한다. 그녀는 이제 막 스무 살이 되려는 참이다.

하나 더 말하자면 욕조 위 오른쪽에는 창문이 하나 나 있다. 좁은 창문은 창틀이 넓었다. 햇살은 충분히 들어왔지만, 누군가 안쪽의 욕조를 들여다볼 순 없게 되어 있었다. 이 이야기가 어떻게 전개될지 감이 오기 시작하는가?

극은 지극히 평범하게 노래로 시작되지만, 첫 절반 분량은 놀란 관객들의 헐떡이는 소리가 많이 도출된 관계로 극의 끝부분만 소개하기로 한다.

줄리 (쾌활한 소프라노. 열성적으로.)

카이사르가 시카고를 맡았을 때

그는 기품 있는 아이였지.
제물로 바쳐진 닭들이
법석을 떨어 대고
베스타 여신의 처녀 시종들은 열광했다네.
네르비족이 초조해할 때면
카이사르가 그들을 한껏 조롱해 댔지.
그들은 신발을 신은 채 몸을 흔들어 대며
집정관의 블루스와 더불어
로마제국의 재즈에 빠졌네.

(우레와 같은 박수가 이어지고 줄리는 다소곳이 양팔을 움직여 물 위로
물결을 일으킨다. 적어도 우린 그녀가 그랬다고 생각하는 것이다. 그리고 나
서 왼편으로 난 문이 열리고 의상을 걸치고 있지만 또 다른 옷을 손에 든 로
이스 마비스가 등장한다. 줄리보다 한 살이 더 많은 로이스는 얼굴이나 목소
리가 줄리와 거의 똑같지만, 차림새나 표정은 보수적인 분위기를 풍긴다. 그
렇다, 짐작한 대로이다. 신원을 오인하는 건 플롯을 전환시키는 케케묵은 축
이라 할 수 있다.)

로이스 (걸음을 떼며) 아, 실례. 여기 있는지 몰랐지 뭐니.
줄리 아, 안녕. 작은 콘서트를 열어 봤는데 말이지…….
로이스 (말을 가로막으며) 그런데 문은 왜 안 잠근 거야?
줄리 내가 안 잠갔던가?
로이스 그래, 잠그지 않았어. 그렇지 않고서야 내가 어떻게 들어
왔겠니?

줄리 난 네가 자물쇠를 열고 들어온 줄 알았지.

로이스 넌 정말이지 조심성이 너무 없어.

줄리 아냐. 난 그저 청소부의 개처럼 행복하다고. 그래서 작은 콘서트도 열었지.

로이스 (엄격한 어조로) 제발 철 좀 들어!

줄리 (핑크빛 팔을 사방으로 흔들며) 벽들은 소리를 튕겨 내지. 그러니까 욕조에 앉아 노랠 부르면 뭔가 아주 아름다운 분위기가 연출되는 거야. 사랑스러움을 넘어서는 그 어떤 효과가 있다니까. 한 곡 들어 볼래?

로이스 그냥 욕조에서 얼른 나왔으면 좋겠는데.

줄리 (생각에 잠긴 듯 머리를 흔들어 대며) 얼른 나갈 수 없어. 지금으로선 여기가 내 왕국이니까. 바로 독실한 신앙.

로이스 그 고상하고 여유로운 표현은 뭐지?

줄리 왜냐하면 청결은 중요하니까. 제발 아무거나 던지지 좀 마!

로이스 그래서 얼마나 더 그러고 있을 참이야?

줄리 (잠시 골똘히 생각한 다음) 십오 분에서 이십오 분쯤 더 있을까 봐.

로이스 날 봐서 십 분으로 하면 안 될까?

줄리 (옛일을 회상하며) 오, 이런. 지난 일월 어느 추웠던 날을 기억하는지 모르겠네. 부활절 토끼처럼 웃는 걸로 유명한 줄리가 외출 준비를 하는데 뜨거운 물이 잘 안 나왔지. 어린 줄리는 그래도 좀 씻어 보겠다고 겨우 욕조를 채웠지만, 못된 언니가 욕조를 차지하고는 목욕을 해 버렸지 뭐야. 어린 줄리는 하는 수 없이 콜드크림으로 몸을 씻어야 했어. 아주 비싸고 힘든 목욕이었다고.

로이스 (초조해하며) 그래서 얼른 못 나오겠단 말이야?

줄리 내가 왜 그래야 하는데?

로이스 데이트가 있단 말이야.

줄리 여기? 우리 집에서?

로이스 그건 네가 알 바 아니고.

(줄리는 보란 듯 어깨를 으쓱하고는 물을 저어 잔물결을 일으킨다.)

줄리 뭐, 그러라지.

로이스 아, 나 원 참. 그래, 맞아! 여기 우리 집에서 데이트하기로 했어. 뭐, 그런 셈이란 말이야.

줄리 그런 셈이라니?

로이스 그 사람이 여기까지 들어오진 않아. 와서 나를 부르면 나가서 같이 산책하기로 했어.

줄리 (눈썹을 치켜올리며) 아, 이제 그림이 그려지네. 그 문학도 칼킨스 씨로군. 그이를 초대하지 않겠다고 엄마랑 약속한 줄 알았는데.

로이스 (간절한 어투로) 엄만 바보 같아. 그냥 그 사람이 이혼했다고 싫어한단 말이야. 그래, 물론 나보다 인생 경험이 많긴 하지만…….

줄리 (다 안다는 듯한 태도로) 엄마한테 속아 넘어가지 마! 경험이야말로 제일 그럴싸한 꾀병이니까. 늙은이들이라면 죄다 그걸 팔아먹지.

로이스 난 그가 좋아. 우린 문학을 이야기한단다.

줄리 아, 그래서 요새 집 안에 그 무거운 책들이 널려 있는 거구나.

로이스 그 사람이 빌려준 거야.

줄리 뭐, 그 사람한테 맞춰야겠네. 로마에선 로마 사람들처럼 굴어야 하니까. 그래도 난 책이라면 다 봤어. 공부는 이만하면 됐다고.

로이스 넌 너무 일관성이 없구나. 지난여름엔 매일 같이 그렇게 책을 읽어 대더니.

줄리 내가 일관되게 살았으면 아직 젖병을 빨고 있겠지.

로이스 그래, 그리고 그건 아마 내 젖병일 테고. 그래도 어쨌든 난 칼킨스 씨가 마음에 들어.

줄리 그러고 보니 난 그 사람을 만난 적이 없네.

로이스 음, 좀 서두르면 안 될까?

줄리 알겠다고. (잠깐 말을 멈춘다.) 물이 미지근해지면 뜨거운 물을 더 부어야지.

로이스 (빈정대며) 그것참 재미있구나!

줄리 예전에 비누 거품으로 놀았던 거 기억해?

로이스 그래, 열 살쯤이었지. 네가 요샌 그 놀이를 안 한다니 참 의외구나.

줄리 요새도 해. 지금도 곧 하려던 참이야.

로이스 바보 같은 놀이지.

줄리 (따뜻한 어투로) 아냐, 안 그래. 신경 계통에 좋을 거야. 어떻게 하는 건지 까맣게 잊었겠지.

로이스 (도전적인 어투로) 아니, 안 잊었다고. 욕조에 거품을 가득 풀고 끝에 섰다가 미끄러지는 거지.

줄리 (비웃듯 고개를 흔들며) 하, 그건 그냥 그 놀이의 일부일 뿐이지. 손이나 발이 닿지 않게 미끄러져야 하잖아.

로이스 (초조해하며) 아, 젠장! 그러거나 말거나! 여름에는 여길 오지 말든가, 아니면 욕조가 두 개 딸린 집을 구했으면 좋겠는데 말이야.

줄리 작은 깡통이라도 사든지 아니면 호스를 이용해도…….

로이스 아, 그만하시지!

줄리 (뜬금없이) 수건은 두고 나가.

로이스 뭐라고?

줄리 나갈 때 수건은 놔두고 가라고.

로이스 이 수건?

줄리 (다정한 어투로) 그래, 수건을 갖고 온다는 게 잊었지 뭐야!

로이스 (처음으로 주변을 살피며) 아, 바보 같이! 목욕 가운도 없잖아.

줄리 (마찬가지로 주변을 살피며) 그러네, 안 가져왔네.

로이스 (점점 더 의심스럽다는 듯) 그럼 여기까지 어떻게 온 거야?

줄리 (깔깔 웃으며) 그러니까…… 그냥 휘릭하고 내려온 거지 뭐. 그 있잖아. 하얀 거품을 묻히고 계단을 달려 내려와서는…….

로이스 (아연실색하며) 요것 봐라. 넌 품위나 자존심 따위 없는 거니?

줄리 둘 다 충분히 갖고 있지. 그래서 그렇게 한 거야. 난 아주 팬찮아 보였거든. 정말 그래. 자연스런 상태에선 좀 귀엽기도 하고 말이야.

로이스 글쎄, 넌 말이지…….

줄리 (크게 소리 내어 생각한다.) 난 사람들이 옷을 걸치지 않았으면 해. 난 이교도나 원주민이나 뭐 그런 거여야 했는데 말이야.

로이스 넌 정말이지…….

줄리 지난밤에 꿈을 꿨는데, 작은 남자아이 하나가 옷을 끌어당기는 자석을 주일날 교회에 가져왔지 뭐야. 걘 곧장 모두의 옷을 끌어당겼어. 사람들은 죄다 끔찍한 꼴이었지. 다들 난생처음 피부를 마주한 것처럼 울고 비명을 질러 대고 투덜댔다고. 나만 유일하게 옷에 신경을 쓰지 않았어. 그래서 그냥 웃었지. 그러곤 헌금 접시를 돌렸어. 왜냐면 아무도 그렇게 하려 들지 않았으니까.

로이스 (줄리의 말은 전혀 귀담아듣지 않고서) 그럼, 너 설마 내가 이렇게 오지 않았으면 벌거벗고 방으로 뛰어가려 했던 거야?

줄리 자연스러운 모습이란 표현이 더 듣기 좋을 것 같아.

로이스 거실에 누가 있다고 쳐 봐.

줄리 여태 그런 적은 없었어.

로이스 여태라고! 나 원 참! 대체 넌 얼마나…….

줄리 그리고, 대개는 수건을 갖고 있었지.

로이스 (기가 막혀 말문이 막힌 듯한 표정으로) 이런! 너 엉덩이라도 좀 맞아야겠구나. 언젠간 들키고 말 거야. 네가 그렇게 벌거벗고 거실에 나타났을 때 목사님이 한 열 명 정도 있었으면 좋겠구나. 목사님들의 부인과 자식들까지 전부 모여 있는 거지.

줄리 "거실엔 그만한 공간이 없다고요."라고 세탁 지구의 완전무결한 케이트는 답했지.

로이스 그래, 좋아. 이제 그건 네 욕조로구나. 거기 누워라도 있으렴.

(로이스가 단호하게 문 쪽으로 향한다.)

줄리 (깜짝 놀라며) 여기 좀 봐! 나 좀 보라고! 목욕 가운 따윈 없어도 되지만, 수건은 좀 두고 가라고. 비누나 젖은 천 조각으로 몸을 닦을 순 없잖아.

로이스 (완강한 태도로) 난 그런 사람 비위 따윈 맞추지 않아. 네 나름대로 대책을 강구해서 잘 닦아 봐. 옷을 안 입는 짐승들을 보면 바닥에 뒹굴어서 몸을 말리던데.

줄리 (다시 안일한 태도로 돌아와) 그래, 그럼. 나가 버려!

로이스 (거들먹거리며) 하!

(줄리는 찬물을 틀고 손가락으로 물줄기가 포물선을 그리며 로이스 쪽을 향하도록 조준한다. 로이스는 얼른 자리를 피하며 쾅 하고 문을 닫는다. 줄리가 깔깔대며 수도꼭지를 잠근다.)

줄리 (노래)

애로 칼라를 단 남자가
드제르키스 아가씨를 만나지
연기 없는 산타페에서
페베코 치약으로 빛나는 그녀의 미소
루실을 빼닮은 그녀의 스타일
드 둠 다드둠 언젠간……

(노래가 휘파람으로 바뀌고 수도꼭지를 돌리려고 몸을 앞으로 기울이던 그녀는 파이프에서 두드리는 듯한 커다란 소리가 세 번이나 들려오자 깜짝 놀라고 만다. 잠시 정적이 흐르고. 그녀는 수도꼭지가 수화기라도 되는 양 입을 가까이 가져다 댄다.)

줄리 이봐요! (아무런 대답도 없다.) 혹시 배관공이세요? (여전히 대답이 없다.) 그럼 수도국에서 나오신 건가요? (쾅 하고 커다랗게 울리는 소리가 한 번 들려온다.) 뭘 하려는 거죠? (대답이 없다.) 그럼 유령이군요, 그렇죠? (대답이 없다.) 그렇담 쾅 하고 치지 좀 마세요. (그녀가 손을 뻗어 뜨거운 물 쪽 수도꼭지를 돌린다. 물은 나오지 않는다. 그녀는 다시 한번 입을 수도꼭지 가까이 가져다 댄다.) 배관공이시라면 장난이 지나치군요. 제발 물 좀 틀어 봐요. (쾅 하고 커다랗게 울리는 소리가 두 번 들려온다.) 대꾸할 필요 없어요! 물이 나오게 하라고요. 물 말이에요, 물!

(한 청년이 창문으로 머리를 들이민다. 가느다란 수염과 호감을 살 만한 눈이 두드러진다. 방 안을 들여다보지만, 그물을 지닌 어부 여럿과 진홍색 바다만 보일 뿐이다. 그는 어쨌든 말을 건네 보기로 한다.)

청년 기절한 사람이라도 있나요?

줄리 (깜짝 놀란 모습으로 곧장 귀를 기울여 본다.) 깜짝이야!

청년 (도움이 되었으면 한다는 말투로) 혹시 발작이라도 났다면 물은 멀리하세요.

줄리 발작이라니? 발작이라고 누가 그래요?

청년 엄청 놀란 것 같아서요.

줄리 (단호한 어투로) 아니에요!

청년 뭐, 그 부분에 대해선 나중에 또 얘기할 수 있겠죠. 그럼 나갈 준비 됐나요? 아니면 아직도 저랑 다니면 사람들이 수군댈 것 같나요?

줄리 (웃음 띤 얼굴로) 수군댄다고요? 그냥 수군대는 수준이 아닐걸요. 제대로 스캔들이 일어나는 거죠.

청년 좀 지나친데요. 당신 식구들이 어느 정도 불만일 순 있겠지만, 사실 모든 게 가능하죠. 나이 든 여자들 몇 명 말고는 다들 신경도 안 쓸 거라고요. 그러니 어서 나와요.

줄리 지금 뭐라고 청하고 계신 건지 모르는 것 같군요.

청년 사람들이 떼거리로 우릴 쫓아올 것 같아요?

줄리 떼거지라고요? 아마 식당이 딸리고 강철로 제작된 특별 열차가 매시간 뉴욕에서 출발해야 할 거예요.

청년 그런데 지금 청소 중인가요?

줄리 왜 그러시죠?

청년 벽에 있던 그림들을 다 떼 낸 것 같아서요.

줄리 어, 이 방엔 원래 그림이 없어요.

청년 그거 이상하네요. 그림이나 태피스트리, 패널 같은 게 하나도 없는 방에 대해선 들어 본 적이 없어요.

줄리 여긴 가구도 없답니다.

청년 정말 묘한 집이네요!

줄리 사실 바라보는 각도에 따라 달라지죠.

청년 (감상에 젖어) 이런 식으로 당신과 얘길 나누는 것도 좋네요. 당신 목소리만 겨우 들리는데도 난 당신 모습이 안 보여서 좋은걸요.

줄리 (진심으로 감사하며) 저도 그렇답니다.

청년 어떤 색 옷을 입고 있나요?

줄리 (어깨를 면밀히 살핀 후) 약간 핑크빛이 도는 흰색 같네요.

청년 옷이 잘 어울리나요?

줄리 네, 아주 잘요. 이 옷은…… 이건 좀 오래된 거예요. 한참 동안 가지고 있었죠.

청년 낡은 옷은 싫어하는 줄 알았는데요.

줄리 그렇긴 하지만 이건 생일 선물이어서 입어야 할 것 같아요.

청년 핑크빛이 도는 흰색이라. 틀림없이 아주 멋지겠군요. 그런 스타일이 유행인가요?

줄리 그런 편이죠. 아주 단순하지만, 일반적인 모델이랍니다.

청년 목소리가 아주 훌륭해요! 울림도 아주 근사하고요! 눈을 감고 있으면 당신이 머나먼 무인도에서 나를 부르는 것만 같답니다. 난 물속으로 뛰어들어 파도를 헤치고 나아가죠. 당신이 부르는 소릴 들으면서 말이죠. 당신은 그 섬에 서 있고 바다가 양옆으로 펼쳐져 있어요.

(욕조 한쪽에 있던 비누가 철벅하고 물속으로 미끄러진다. 청년은 눈을 껌뻑인다.)

청년 뭐죠? 내가 꿈이라도 꿨나요?

줄리 네, 그래요. 당신은 말이죠…… 당신은 아주 시적인 분이군요, 그렇죠?

청년 (꿈꾸듯 아련하게) 아니, 난 산문을 쓰는 편이라오. 시는 내가 아주 동요될 때만 쓰지요.

줄리 (중얼댄다.) 숟가락이 마음을 휘젓기라도 한 건가.

청년 전 늘 시를 좋아했죠. 처음으로 가슴에 와닿았던 시를 지금까지도 기억합니다. 제목이 〈에반젤린〉이었답니다.

줄리 왠지 거짓말 같은데요.

청년 제가 〈에반젤린〉이라고 했던가요? 사실 〈갑옷 입은 해골〉이랍니다.

줄리 전 교양이 부족한 편이에요. 그래도 제 첫 시는 기억하죠. 절이 하나뿐이랍니다.

파커와 데이비스,
울타리에 앉아
일 달러를 얻으려 하네,
십오 센트를 가지고서 말이지.

청년 (기대에 찬 목소리로) 점점 문학 쪽으로 끌리는 건가요?

줄리 너무 오래되거나 복잡하거나 우울한 이야기만 아니라면요. 사람들도 마찬가지지만요. 너무 나이가 많거나 복잡한 성격이거나 우울한 사람만 아니라면 보통 다 좋아하는 편이랍니다.

청년 물론 저도 문학 작품은 엄청나게 읽어 대는 편이죠. 지난밤에 당신이 그랬죠. 월터 스콧을 아주 좋아한다고 말이에요.

줄리 (생각에 잠기며) 스콧이요? 잠시만요. 아, 맞아요. 《아이반호》랑 《모히칸족의 최후》를 읽었답니다.

청년 그건 쿠퍼 작품이라오.

줄리 (화가 난 듯한 어투로) 《아이반호》가 말이에요? 말도 안 돼요! 내가 안다고요. 직접 읽었으니까요.

청년 《모히칸족의 최후》는 쿠퍼 작품이 맞아요.

줄리 아, 전부 무슨 상관이람! 어쨌건 전 오 헨리를 좋아해요. 그이야기들을 전부 어떻게 썼나 몰라요. 작품들 대부분은 감옥에서 쓴 거죠. 〈레딩 감옥의 노래〉도 감옥에서 탄생했다죠.

청년 (입술을 꽉 깨문다.) 문학…… 문학이란 정말이지, 얼마나 큰 의미로 다가오는지!

줄리 뭐, 개비 데슬리스가 베르그송에게 그랬죠. 내 외모와 그대의 두뇌를 합치면 뭐든 할 수 있다고 말이에요.

청년 (웃음) 정말이지 당신을 따라가기란 쉽지 않군요. 기분이 아주 좋은가 싶다가도 바로 다음 날이면 심기가 불편해져 있죠. 제가 미처 당신의 기질을 온전히 이해하지 못했다면…….

줄리 (초조해하며) 아, 당신도 그런 부류의 아마추어 성격 분석가란 말인가요? 오 분도 채 안 돼서 사람들 속내를 간파하고 말할 때마다 다 안다는 듯한 표정을 짓죠. 전 그런 게 너무 싫답니다.

청년 제가 당신이란 사람을 간파했다고 떠벌리고 다닐 일은 없어요. 당신이야말로 신비로움의 극치니까요.

줄리 역사상 신비로웠던 사람은 딱 둘 뿐이죠.

청년 그게 누구죠?

줄리 바로 철가면을 쓴 자와 상대가 통화 중인데도 "어 어 그, 어 어 그, 어…… 그."라고 되뇌는 자들이지요.

청년 당신은 신비로워요. 난 당신을 사랑합니다. 당신이야말로 아름답고 지적이며 정숙하기까지 하죠. 그 셋을 다 갖추기란 드문 일입니다.

줄리 그럼 당신은 역사가로군요. 역사책에 욕조에 관한 이야기가 있었는지 알려 줘요. 틀림없이 욕조는 크게 무시당해 왔을 거예요.

청년 욕조라고요? 어디 한번 볼까요. 아가멤논이 욕조에서 찔렸고, 샬롯 코르데도 마라를 욕조에서 찔렀죠.

줄리 (한숨) 그렇게나 오래전 일이던가요! 태양 말곤 새로울 게 없군요, 그렇죠? 안 그래도 어제 희가극 악보 하날 봤는데, 이십 년은

된 거더라고요. 표지에 '노르망디의 시미The Shimmies of Normandy'라
고 되어 있었는데, 시미의 첫 자가 예전 식으로 'C'로 적혀 있었답
니다.

청년 전 현대 무용이 너무 싫어요. 아, 로이스. 당신이 보이면 좋
겠군요. 창 쪽으로 와 봐요.

(배수관에서 쾅 하고 큰 소리가 나더니 열린 수도꼭지에서 갑자기 물이
콸콸 나온다. 줄리는 황급히 수도꼭지를 잠근다.)

청년 (어리둥절한 표정으로) 무슨 소리죠?

줄리 (묘한 분위기를 자아내는 어투로) 저도 뭔가 들은 것 같아요.

청년 물 흐르는 소리 같았는데 말이죠.

줄리 그래요? 신기하네요. 사실 제가 금붕어가 든 어항에 물을
채워 넣던 참이었거든요.

청년 (여전히 어리둥절한 표정으로) 그럼 그 쾅 하는 소리는 뭐였을
까요?

줄리 금붕어가 턱을 딱딱 부딪치는 소리 아닐까요?

청년 (불현듯 확신이 선 것처럼) 로이스, 사랑해요. 제가 속세에 찌
들었다곤 할 수 없지만……

줄리 (순간 이끌리는 듯하다가) 아하, 그렇군요.

청년 …… 그래도 미래를 보고 전진하는 거죠. 로이스, 난 당신
을 원해요.

줄리 (회의적인 표정으로) 하! 당신이 정말 원하는 건 당신이 "쉬
어!"라고 명령할 때까지 모두가 차려 자세로 서 있는 거예요.

청년 로이스 난…… 로이스…….

(로이스가 문을 열고 들어와 쾅 하고 문을 닫자, 그가 말을 멈춘다. 줄리

를 언짢게 쳐다보던 그녀는 문득 창으로 머리를 들이밀고 있는 청년을 발견
한다.)

로이스 (깜짝 놀라며) 칼킨스 씨!

청년 (놀란 표정으로) 핑크빛이 도는 흰색 옷을 입은 줄 알았는데
요.

(절망스럽다는 듯 그를 쳐다보던 로이스는 비명을 지른 후 양손을 들어
보이고는 그대로 바닥에 쓰러진다.)

청년 (기겁하며) 오 이런! 기절한 것 같소! 바로 들어가지요.

(줄리가 로이스의 힘없이 늘어진 손에서 떨어진 수건을 바라본다.)

줄리 그렇담 난 바로 나갈 테야.

(그녀는 욕조 옆을 손으로 잡고 몸을 일으켜 욕조 밖으로 나온다. 속삭이
는 소리와 헉하고 놀라는 소리, 한숨 소리가 관객석에 번진다. 곧 벨라스코의
어둠이 내려 무대를 가린다.)

막이 내린다.

판타지

리츠칼튼 호텔만큼
커다란 다이아몬드

1

존 T. 언저는 미시시피강 가의 작은 마을 하데스에서 몇 세대에
걸쳐 이름을 떨친 가문 출신이었다. 존의 부친은 치열한 대회를 여
럿 거쳐 아마추어 골프 챔피언십을 거머쥐었다. 언저 부인은 "뜨거
운 몸은 뜨거운 행동으로"라는 지역의 문구처럼 정치적 연설로 명
성을 얻었다. 이제 막 열여섯 살이 된 존 T. 언저는 긴 바지를 입기
도 전에 뉴욕의 최신 댄스를 전부 섭렵했다. 그리고 이제 그는 일
정 기간 집을 떠나 있을 참이다. 사실 뉴잉글랜드 지역의 교육으로
말하자면 모든 주에서 골치를 앓는 실정이어서 해마다 가장 전도
유망한 젊은이들이 이 지역을 빠져나갔고, 언저의 부모 역시 이러
한 추세에 관심을 기울이던 차였다. 그들의 목표는 오로지 언저가
보스턴 근처의 세인트 미다스 스쿨에 진학하는 것이었다. 하데스
는 그들의 귀하고 재능 있는 아들이 머물기엔 너무 작은 도시였다.
하데스에 가 봤다면 알겠지만, 하데스에선 상류층이 이용하는

사립 고등학교와 대학들의 이름이 크게 부각되지 않는다. 주민들은 세상과 너무 오래 단절된 나머지 옷차림과 예의범절, 문학 분야에서 유행을 좇는다고는 하지만, 소문이나 자체적으로 공들인 의식에 크게 의존하는 편이었다. 시카고 대표 미스 소고기 아가씨가 봤다면 틀림없이 "조잡하잖아."라고 외쳤을 것이다.

존 T. 언저는 내일 떠나기로 되어 있었다. 언저 부인은 여느 어머니들이 그러하듯 아둔해 보일지라도 아들의 트렁크를 리넨 재질 양복과 선풍기 따위로 꽉꽉 채웠고, 언저 씨는 돈이 가득 든 불연성 재질의 지갑을 아들에게 건넸다.

"기억하거라. 여긴 네 집이다. 언제든 와도 돼." 그가 말했다. "늘 여기 이대로 있을 거라고."

"네, 알아요." 존이 늠름하게 대답했다.

"네가 누군지, 어디서 왔는지 잊으면 안 된다." 부친은 당당히 말을 이었다. "그리고 늘 몸조심하거라. 넌 하데스의 언저 집안 사람이야."

그렇게 나이 든 아버지와 어린 아들은 악수를 했고, 존은 눈물을 흘리며 길을 떠났다. 10분 후 도시를 벗어난 그는 멈춰 서서 마지막으로 고향 마을을 돌아다봤다. 마을 입구 위로 내걸린 빅토리아풍의 구식 표어가 그날따라 신기하게도 근사해 보였다. 그의 아버지는 그 표어를 좀 더 고무적이고 활기찬 분위기의 문구로 바꾸려 여러 차례 시도했다. 가령 "하데스, 기회의 도시" 혹은 그냥 평범하게 "환영합니다." 정도의 문구를 달되, 그걸 전구로 장식한 친근한 악수 모양 표지 위에 내거는 식으로 말이다. 기존의 표어는 약간 음울하다고 언저 씨는 생각했다. 하지만 이젠……

마침내 존은 한 번 더 마을 쪽으로 눈길을 보낸 후 단호하게 목
적지 쪽으로 고개를 돌렸다. 그가 돌아섰을 때, 하늘을 수놓은 하
데스의 불빛에는 온화하면서도 열정적인 아름다움이 가득한 듯
보였다.

세인트 미다스 스쿨은 롤스피어스 자동차를 타고 가면 보스턴
에서 30분 정도 걸렸다. 사실 실제로 그 거리가 얼마나 되는지는
아무도 몰랐다. 왜냐하면 존 T. 언저 말고는 롤스피어스를 타지 않
고 학교에 도착한 이가 아무도 없었기 때문이고, 앞으로도 그건
죽 마찬가지일 터였다. 세인트 미다스는 학비가 제일 비싸면서도
가장 배타적인 사립 남자 고등학교였다.

첫 두 해 동안 존은 꽤 즐겁게 지냈다. 학생들의 아버지는 죄다
재산가였기에, 존은 상류층 리조트를 이곳저곳 방문하며 여름방
학을 보냈다. 그는 그 학생들을 하나같이 아주 좋아했지만, 그들의
아버지가 서로 닮았다는 사실은 놀라움으로 다가왔다. 어린 소년
으로서 그는 종종 그들이 어떻게 그토록 똑같을 수 있는지 의아해
하곤 했다. 존이 자기 고향이 어디라고 이야기할 때면 그들은 명랑
한 어투로 이렇게 물었다. "아래쪽은 더운 편이지?" 그때마다 존은
억지 미소를 지으며 이렇게 대답했다. "네, 정말 그런 것 같아요."
그들이 누구랄 것도 없이 그런 농담을 던지지만 않았어도 존은 좀
더 진심 어린 답변을 내놓았을 터였다. 그 형태가 달라진다고 해도
기껏해야 "그 정도 더위면 지낼 만한 건가?"라는 식으로 문장이
살짝 바뀌는 정도여서 그들의 그런 농담이 싫기는 매한가지였다.

2학년 중간 무렵에 퍼시 워싱턴이라는 조용하고 잘생긴 학생이

존의 학년에 들어왔다. 새로 온 학생은 명랑했고, 세인트 미다스 학생 중에서도 뛰어나게 옷을 잘 차려입은 축에 속했지만, 무슨 이유에선지 동급생들과 떨어져 거리를 두고 지냈다. 그런 그가 유일하게 친하게 지낸 사람이 바로 존 T. 언저였다. 하지만 고향이나 가족에 대해선 존에게조차 철저히 함구하는 편이었다. 그가 부자라는 건 굳이 말할 필요도 없었지만, 그런 식의 몇 가지 추론 말고는 존도 그 친구에 대해 아는 바가 거의 없었다. 그러던 차에 퍼시가 "서부에 있는" 자기 집에서 여름을 보내자고 초대하자 존의 호기심은 달콤한 기대로 차올랐다. 존은 잠시의 망설임도 없이 퍼시의 초대를 받아들였다.

기차에 오르고 나서야 퍼시는 처음으로 꽤 많은 이야기를 늘어놓기 시작했다. 하루는 식당 칸에서 점심을 먹으며 몇몇 동급생들의 성격에 결함이 있다는 이야기를 하던 중 퍼시가 갑자기 목소리 톤을 바꾸더니 불쑥 입을 열었다.

"우리 아버지는 말이야," 그가 말했다. "확실히 세상에서 제일 부자야."

"아, 그러니." 존이 점잖은 투로 말했다. 사실 존은 친구의 그런 자신만만한 발언에 뭐라고 답해야 할지 몰랐다. "정말 좋겠구나." 라는 대답도 떠올려 보긴 했지만, 그건 역시나 너무 공허하게 들릴 듯했고, 막상 "정말이니?"라고 말하려 드니 퍼시의 말에 의구심을 품는 것 같아서 그만둔 것이다. 그리고 사실 그런 식의 놀랄 만한 말을 들었을 땐 굳이 토를 달지 않고 넘기는 법이었다.

"확실히 제일가는 부자라고." 퍼시가 거듭 말했다.

"《세계연감》에 보니까 말이야," 존이 입을 열었다. "미국에서 연간 수입이 오백만 달러 이상 되는 사람은 한 명이고, 삼백만 달러 이상인 사람은 네 명, 그리고······."

"아, 그 정돈 아무것도 아냐." 퍼시의 입 모양에 비웃음이 묻어났다. "돈에 혈안이 된 자본가들이나 돈 좀 있다고 해도 잔챙이 수준인 놈들, 옹졸한 상인 놈들과 대부업자 따위가 대부분일 테지. 우리 아버진 그자들의 재산을 다 사 버릴 수 있을 거야. 크게 힘들이지 않고 말이야."

"그런데 아버지께선 어떻게······."

"저들이 왜 **아버지껜** 소득세를 매기지 않았겠어? 아버진 소득세 따윈 내지 않으니까 그런 거야. 뭐 적은 건 내지만 **진짜** 소득에 대해선 세금을 전혀 내지 않는다고."

"그렇담 진짜 부자시겠구나." 존이 짤막하게 말했다. "잘됐다. 난 큰 부자들이 좋더라. 부자일수록 더 좋아." 그의 짙은 색 얼굴에 열정적인 솔직함이 묻어났다. "지난 부활절엔 슈니처 머피네를 방문했었지. 비비언 슈니처 머피 부인은 달걀만 한 루비랑 안쪽에서 빛이 나는 지구본만 한 사파이어를 갖고 있더구나······."

"나도 보석은 좋아하지." 퍼시도 적극적으로 동의했다. "물론 학교 친구들은 몰랐으면 하지만, 나도 보석은 꽤 모아 뒀단다. 전에는 우표 대신 보석을 수집하기도 했어."

"참, 다이아몬드도 있었어." 존이 열심히 설명을 이어 갔다. "슈니처 머피네는 호두만 한 다이아몬드도 갖고 있었어."

"그 정돈 아무것도 아니지." 퍼시가 앞으로 몸을 기울이더니 목소리를 낮춰 속삭였다. "그건 정말 아무것도 아니란다. 우리 아버지께선 리츠칼튼 호텔보다 큰 다이아몬드를 갖고 계시거든."

몬태나의 저녁노을이 거대한 멍이라도 된 양 두 산등성이 사이로 내려앉자 물든 하늘 위로 검붉은 동맥 줄기들이 뻗어 나가는 듯했다. 하늘 아래로 까마득히 먼 곳에 하찮기 그지없고 음울하며 잊힌 지 오래인 피쉬 마을이 웅크리고 있었다. 알려진 바와 같이 피쉬 마을엔 열두 명의 주민이 거주했다. 우울하고 불가해한 영혼 열둘은 그야말로 거의 맨 바위에서 조금씩 나오는 젖을 빨며 살았는데, 인구 배치를 조절하는 그 어떤 신비로운 힘이 그들을 이곳에 데려다 놓은 것만 같았다. 이 열두 명의 피쉬 마을 주민들은 그 옛날 대자연이 변덕을 부려 생겨난 별난 종족인 듯했다. 어찌 보면 대자연이 포기해 버린 탓에 그들은 평생을 고군분투하다 그렇게 사라져 가는 건지도 몰랐다.

멀리 짙게 내려앉은 남빛 멍 같은 노을을 뚫고 황량한 대지 위로 기다란 빛의 행렬이 서서히 움직였다. 열두 명의 피쉬 주민들이 보잘것없는 역으로 유령처럼 모여들었다. 바로 7시에 역을 지나는 시카고발 대륙횡단 열차를 구경하기 위해서였다. 이 대륙횡단 열차는 상상조차 할 수 없는 그 어떤 권한을 통해 대략 1년에 여섯 번 정도 피쉬 마을에 정차했고, 그때마다 한 사람 정도가 열차에서 내려 땅거미가 질 무렵에 나타난 마차에 올라타고는 남빛 저녁노을 속으로 사라졌다. 이 무의미하고 터무니없는 현상을 관찰하는 일은 피쉬 마을 주민들에게 일종의 숭배 의식처럼 자리 잡고 있었다. 그렇다. 관찰하는 것, 그게 다였다. 거기엔 그들을 경탄하거나 사유하게 하는 생생한 환상 따윈 남아 있지 않았다. 만일 그랬더라면 열차의 이 신비로운 출현을 두고 종교라도 생성되었을 터였다. 하지만 피쉬 마을 주민들에게 종교는 없었다. 가장 단순하고 저돌적인 교리들을 비롯해 그 흔한 기독교조차 그 척박한 바위엔 발을 딛지 못했다. 자연히 마을엔 제단이나 성직자, 제물도 없었다. 그저 매일 저녁 7시 보잘것없는 기차역의 고요한 중앙 홀에서, 모여든 이들이 나지막하고 힘없이 뱉어 내는 경탄이 기도처럼 들려올 따름이었다.

6월의 이날 저녁, 마을 주민들이 누군가를 신처럼 받들었다면 흔쾌히 거룩한 주창자로 삼았을 법한 저 위대한 보조 차장이 명하길, 7시에 들어오는 기차에서 분명 누군가(혹은 무언가)가 내려 피쉬 마을에 발을 디딜 거라고 했다. 7시 2분이 되자 퍼시 워싱턴과 존 T. 언저가 기차에서 내려섰다. 두 사람은 넋을 잃은 듯 입을 벌린 채 잔뜩 겁에 질려 자신들을 바라보는 열두 명의 주민들을 재빨리 지나쳐 어디선가 나타난 마차에 올라타고는 역을 떠났다.

30분쯤 달렸을까. 황혼이 어둠으로 굳어지자 조용히 마차를 몰던 검둥이가 그들 앞쪽 어느 지점에선가 흐릿하게 보이는 누군가를 향해 크게 아는 척을 했다. 그의 외침에 답하듯 상대는 선명한 둥근 빛을 그들 쪽으로 돌려 비췄고, 그 빛은 마치 깊고 깊은 밤중에 그들을 쳐다보는 사악한 눈동자처럼 보였다. 가까이 다가가면서 보니 그건 엄청나게 큰 자동차의 미등이었다. 그 자동차는 이제껏 존이 봐 온 그 어떤 차보다 크고 근사했다. 빛나는 금속 차체의 색감은 니켈보단 풍부하고 은보다는 가벼운 느낌이었으며, 바퀴의 중심부엔 초록색과 노란색이 가미된 무지갯빛 기하학적 문양이 붙어 있었다. 존으로선 그 문양들이 유리인지 보석인지조차 감히 짐작하지 못할 정도였다.

런던의 왕족 행렬 사진에서나 보던 반짝이는 제복 차림의 검둥이 두 명이 자동차 옆에 차려 자세로 서 있다가 마차에서 내린 두 젊은이를 보고는 존이 알아들을 수 없는 언어로 인사를 건넸다. 보아하니 남부 쪽 검둥이들이 쓰는 방언인 듯했다.

"어서 타." 퍼시가 친구에게 일렀다. 두 사람의 트렁크는 어느새 리무진의 새까만 지붕 위에 얹혀 있었다. "마차로 이렇게나 멀리 오게 해서 미안해. 그래도 기차에 같이 타고 있던 사람들이나 신들조차 저버린 저 피쉬 마을 주민들이 이런 자동차를 보는 것도 좋지는 않으니까."

"이야, 차가 정말 멋지구나!" 이 감탄사는 순전히 차의 내부를 보고 나서 터져 나온 것이었다. 존은 시트의 황금색 천 위에 극도로 세밀하고 정교한 실크 태피스트리를 적용해 보석과 자수로 꾸며진 걸 보았다. 두 사람이 느긋하게 앉은 안락한 의자는 언뜻 듀베틴*처럼 보이는 천으로 덮여 있었지만, 알고 보면 수없이 다채로운 색깔의 타조 깃털로 짠 직물이었다.

"진짜 대단한 차야!" 존은 놀라워하며 거듭 외쳤다.

"아, 이거?" 퍼시가 웃었다. "이 차는 오래돼서 우리 집에선 그냥 짐차처럼 쓰고 있어."

그들은 지금 두 산등성이 사이의 갈라진 지점을 향해 어둠을 뚫고 미끄러지듯 나아가고 있었다.

"한 시간 반쯤 후면 도착할 거야." 퍼시가 시계를 들여다보며 말

* 벨벳과 같은 느낌이 나는 천.

했다. "미리 말해 두자면 네가 여태껏 봐 온 거랑은 아주 많이 다를 거야."

만일 이 차가 앞으로 존이 보게 될 것들을 암시하는 거라면 그는 사실상 놀랄 채비가 되어 있었다. 하데스에 널리 퍼진 독실함이 내세우는 신념의 첫 번째 조항이 바로 부자들을 진심으로 우러러보고 존경하라는 것이었다. 그러므로 존이 만에 하나 그들 앞에서 기꺼이 겸손하지 않고 다른 마음을 먹는다면 양친은 아들의 신성 모독에 기겁하고 등을 돌릴 것이다.

이제 그들은 두 산등성이 사이 갈라진 곳에 이르러 그곳으로 진입하는 중이었고, 그와 거의 동시에 길이 험해졌다.

"달이 이 아래쪽을 비췄다면 지금 우리가 커다란 협곡에 있는 걸 봤을 텐데." 퍼시가 창 너머를 내다보려 애쓰며 말했다. 그가 송화구에 대고 몇 마디 내뱉자마자 하인이 서치라이트를 켰고, 그러자 거대한 빛줄기가 산비탈을 휩쓸고 지나갔다.

"봐, 길이 험하다고. 보통 차 같으면 삼십 분도 못 가 분해돼 버렸을 거야. 길을 모르면 탱크라도 있어야 목적지에 이를 수 있을 거라고. 이제 오르막길로 접어드는 게 보이지?"

그들은 분명 올라가는 중이었고, 몇 분 후 자동차는 아주 높은 곳을 가로질렀다. 멀리 이제 막 떠오른 창백한 달이 언뜻 보였다. 그러다 불현듯 차가 멈춰 서더니 어둠을 헤치고 몇 사람이 모습을 드러냈다. 이들 역시 전부 검둥이들로 다시금 잘 알아들을 수 없는 방언으로 두 젊은이를 맞이했다. 검둥이들은 곧장 행동에 착수했고, 위쪽에 매달려 있던 네 개의 거대한 케이블이 보석으로 장식된 바퀴의 중심부와 갈고리로 연결되었다. "헤이야!"라는 구령이 울

리츠칼튼 호텔만큼 커다란 다이아몬드 **199**

려 퍼짐과 동시에 존은 차체가 서서히 땅으로부터 들어 올려지는 걸 느꼈다. 자동차는 점점 더 위로 올라가 양쪽에 버티고 있던 제일 높은 바위까지 똑똑히 볼 수 있게 되었고, 결국엔 그보다 더 높이 들어 올려져 달빛 아래 굽이굽이 펼쳐진 계곡까지 죄다 볼 수 있게 되었다. 그리고 그건 그들이 막 지나쳐 온 바위투성이 지대와는 극명히 대조되는 풍경이었다. 한쪽엔 여전히 바위가 있었지만, 어느 순간 갑자기 양쪽은 물론 주변 어디서도 바위는 보이지 않았다.

그들은 공중에 수직으로 돌출된 칼날 같은 거대한 돌 위에 있는 게 분명했다. 다음 순간 그들은 다시 내려가는 듯했고 마침내 부드럽게 안착하는가 싶더니 평지에 내려앉았다.

"이제 최악의 순간은 지나갔어." 퍼시가 잠시 창밖을 내다보며 말했다. "오 마일만 더 가면 거기서부턴 우리 땅이야. 처음부터 끝까지 태피스트리 벽돌로 되어 있단다. 우리 집안 땅이지. 아버진 바로 이곳이 미국이 끝나는 지점이라고 하셔."

"그럼 우리가 캐나다에 있는 건가?"

"그건 아냐. 우린 지금 몬태나 로키산맥의 중심부에 있단다. 넌 지금 단 한 번도 점검된 적 없는 오 제곱마일 땅 위에 서 있는 거야."

"어째서 여긴 조사하지 않은 거지? 관계자들이 여길 잊었나?"

"아니." 퍼시가 활짝 웃어 보이며 말했다. "세 번인가 여길 조사하려 들었지. 맨 처음엔 할아버지가 측량국에 뇌물을 먹였지. 그다음 번에 할아버진 미국 공식 지도를 손봤어. 그렇게 십오 년을 버틴 거야. 그리고 마지막엔 좀 힘들었어. 아버진 인공적으로 설정한 자기장 중에서도 최강의 자기장을 만들어서 당국의 나침반을 무력화시켰지. 거기다 이 지역이 표시되지 않을 만큼 조금씩 결함이 있는 측량 기구들을 갖고 계셔서 그걸 본래 사용하려던 장비들과 바꿔치기해 버리셨어. 그러고는 강물의 방향을 바꿔 마을이 둑 위에 지어진 것처럼 꾸민 거야. 결국 당국은 마을이 계곡에서 십 마일쯤 더 위쪽에 있다고 생각했어. 그나저나 아버지가 염려하는 건 딱 하나야." 그는 이렇게 말을 끝맺었다. "이 세상에서 우릴 찾아낼 수 있는 건 하나밖에 없지."

"대체 그게 뭐야?"

퍼시는 속삭이기라도 하듯 목소릴 한껏 낮췄다.

"바로 항공기야." 그가 나직이 말했다. "물론 우리 집엔 고사포도 대여섯 대 있고, 지금까진 그럭저럭 잘 처리하고 있지. 하지만 사망자도 몇 있고 재소자들도 꽤 된다고. 사실 우린, 그러니까 아버지와 난 그런 점에 대해선 크게 신경 쓰지 않지만, 어머니와 여동생들은 심란해하는 편이야. 하긴 언젠간 우리가 그런 장비를 처리할 수 없는 경우도 생길 수 있으니까."

조각조각 흩어진 친칠라 같은 구름이 초록빛 달이 뜬 하늘에 깍듯이 모습을 드러냈다. 구름은 타타르족 칸의 시찰 행렬에 동원된 동양의 귀한 물건들처럼 초록빛 달을 지나치고 있었다. 존이 생각하기에 지금이 한낮인 것만 같았고, 자신이 공중을 날아가는 사내들을 바라보는 느낌이었다. 그리고 사내들은 우울한 바위투성이 작은 마을에 희망을 전하는 메시지가 담긴 소책자들과 특허받은 약품의 광고 전단 따위를 아래로 뿌리는 것이었다. 그는 마치 그 사내들이 구름 사이로 아래쪽을 내려다보며 자신이 향하는 이곳의 무언가를 응시하는 것만 같았다. 그렇다면 그건 과연 무엇일까? 그들은 그 어떤 교활한 장치에 의해 지상으로 내려앉도록 유도된 다음, 특허받은 약품과 소책자들 따윈 손에 닿지 않는 먼 곳에 갇혀 심판의 날만 기다리는 걸까? 아니면 그들이 덫에 걸려들지 않고 연기를 피워 사라졌지만, 뭔가를 쪼갤 듯한 포격이 날카롭게 자행되어 그들을 지상으로 풀썩 떨어지게 만들었을까? 그리하여 퍼시의 어머니와 여동생들까지 "심란"해진 걸까? 존이 머리를 흔들자, 공허한 웃음의 망령이 벌어진 그의 입술 사이로 가만히 튀어나왔다. 대체 어떤 필사적 거래가 이곳에 감춰져 있는 걸까? 그건 크로이소스 왕처럼 특이한 부자의 도덕적 편법인 걸까? 끔찍하고도 특별한 미스터리가 존재하는 걸까?

이제 친칠라 문양의 구름도 지나가 버리고 몬태나의 밤은 낮처럼 환했다. 그들이 달빛 비치는 고요한 호숫가를 돌아서 갈 때 도로의 태피스트리 벽돌이 근사한 타이어에 부드럽게 닿았다. 잠시 어두컴컴한 지대로 들어가는가 싶더니 톡 쏘는 내음이 나고 서늘한 기운이 번지는 소나무 숲을 지나 잔디가 깔린 드넓은 진입로로 들어섰다. 존이 기쁨의 감탄사를 내뱉음과 동시에 퍼시가 뚱하게 내뱉는 소리가 들려왔다. "집에 다 왔어."

별빛이 쏟아져 내리는 가운데 호숫가에 자리한 더없이 아름다운 대저택이 모습을 드러냈다. 대리석이 눈부신 저택은 인접한 산 높이의 절반이 될 만큼 솟아 있었고, 우아함과 완벽한 대칭 안에서, 그리고 반투명한 여성적 나른함 속에서 소나무 숲의 거대한 어둠 속으로 녹아 들어갔다. 여러 개의 탑에 딸린 비스듬한 난간 벽에는 가느다란 무늬들이 새겨져 있었고, 조각처럼 아름다운 수천 개의 노란색 창문에는 직사각형과 육각형, 삼각형의 황금색 빛이 일렁였다. 그 황금빛은 별빛과 푸른색 차양이 교차하는 면에서 부드럽게 흩어졌다. 그리고 이 모든 게 음악의 화음처럼 존의 영혼을 전율케 했다. 제일 높고 맨 아랫부분이 가장 어두운 탑 꼭대기에 달아 둔 실외 조명에서 나오는 불빛이 동화의 나라를 연상시키며 둥둥 떠다녔다. 존이 황홀한 듯 그 빛을 올려다보고 있노라니 어디선가 희미하게 아차카토라*로 바이올린을 연주하는 소리가 로코코식 화음과 어우러져 흘러나왔고, 그건 여태까지 들어 보지 못한 소리였다. 그러다 보니 어느 순간 자동차가 드넓고도 높이 솟은 대리석 계단 앞에 멈춰 섰고, 수많은 꽃이 뿜어내는 향기로 인해 주변의 밤공기마저 향긋하게 다가왔다. 곧 계단 맨 위쪽에 있던 커다란 문 두 개가 조용히 열리고 황색 불빛이 어둠 속에서 새어 나오더니 흑단같이 검은 머리칼을 높이 틀어 올린 아름다운 여인의 윤곽이 드러났다. 그 여인은 둘을 향해 팔을 펼쳤다.

"어머니." 퍼시가 말을 이었다. "여긴 하데스에서 온 제 친구 존 언저예요." 다음 순간부터 그 첫날의 밤에 대해 존이 기억하는 건 눈부시도록 다채로운 색상과 빠르게 다가온 인상 깊은 느낌, 사랑에 빠진 듯 부드러운 음악, 아름답기만 한 주변 사물과 빛, 음영, 동작, 얼굴 들이었다. 어느 백발의 사내는 가늘고 기다란 황금 손잡이가 달린 작은 크리스털 잔을 들고 다채로운 빛깔의 코디얼cordial**을 마시며 서 있었다. 꽃 같은 얼굴을 한 한 소녀는 티타니아***처럼 차려입고서 땋은 머리를 사파이어로 장식했다. 또 어떤 방에 들

* 본음표 앞에 붙어 그 길이를 본음표에서 끌어오는 꾸밈음.
** 과일 주스 형태로 물을 타서 마시는 음료.
*** 셰익스피어의 작품 〈한여름 밤의 꿈〉에 등장하는 요정국 여왕.

어가 봤더니 벽이 온통 견고하면서도 부드러운 금으로 되어 있어 손으로 누르면 그 자국이 남았다. 또 다른 방 하나는 최고의 감옥을 이상적으로 구현해 놓은 듯했다. 천장과 바닥을 비롯해 구석구석이 죄다 깨지지 않는 다이아몬드 덩어리로 깔려 있어서 온갖 다양한 크기와 모양의 다이아몬드를 구경할 수 있었다. 방 모서리마다 놓인 기다란 보라색 램프에 불이 들어오자, 인간의 바람이나 꿈과는 완전히 동떨어져 그 무엇과도 감히 비교할 수 없을 것만 같은 백색이 눈을 현혹시켰다.

두 소년은 미로처럼 복잡한 방들을 돌아다녔다. 어떨 때는 아래쪽에서 비치는 조명으로 인해 발아래 바닥이 눈부신 무늬들로 빛났다. 여러 가지 색이 현란하게 겹친 무늬들, 섬세한 파스텔 색감의 무늬들, 순백색 무늬들, 아드리아해의 어느 모스크에서 따온 게 분명해 보이는 미묘하고도 복잡한 모자이크 무늬들이 바로 그것이었다. 또 어떨 때는 두꺼운 크리스털 층 아래로 푸른빛이나 초록빛 물이 빙빙 돌며 소용돌이쳤고, 그 안에서 헤엄치는 물고기들과 무지갯빛 식물들이 보였다. 둘은 다양한 질감과 색상의 모피에 발을 디디며 걸었고, 창백한 상아로 꾸민 복도를 지나치기도 했다. 그 상아는 인류가 출현하기도 전에 멸종된 공룡의 거대한 엄니를 그대로 조각이라도 한 듯 깨뜨린 흔적이 전혀 없었다.

그러고 나서 이동한 것에 대한 기억은 흐릿하다. 접시들은 죄다 견고한 다이아몬드를 거의 감지할 수 없을 정도로 얇게 두 겹으로 겹쳐 놓았는데, 그 층 사이에 교묘하게 에메랄드를 선 세공해 두어서 초록빛 공기를 베어 내어 깎아 넣은 듯했다. 조금은 애절하면서 야단스럽지 않은 음악이 기나긴 복도를 따라 흘렀고, 깃털로 덮여 허리 쪽이 완만하게 굴곡진 의자는 그가 포트와인의 첫 잔을 음미하는 동안 그를 압도적으로 빨아들이는 것만 같았다. 꾸벅꾸벅 졸던 그는 질문에 대답하려 애썼지만, 그의 몸을 감싼 달콤한 호사가 잠의 환각에 더해져 보석과 직물, 와인, 그리고 금속들이 바로 눈앞에서 흐릿해지면서 달콤한 안개 속으로 빠져들어 갔다.

"그렇습니다." 그는 예의를 지키려 애쓰며 대답을 이어 갔다. "아래쪽은 저로서도 상당히 덥답니다."

간신히 소리 없는 웃음을 지어 보인 그는 꿈결처럼 핑크빛을 띤 차가운 디저트도 그대로 남겨 둔 채 움직이지도 저항하지도 않고서 그 자리에서 둥실 떠올라 어딘가로 멀어져만 갔다. 그는 그렇게 잠에 빠져들었다.

깨어나 보니 이미 몇 시간이 지나 있었다. 그는 흑단 같은 벽으로 에워싸인 커다랗고 조용한 방 안에 누워 있었고, 흐릿한 조명은 불빛이라고 하기엔 너무 희미하고 은은했다. 젊은 집주인이 옆에서 그를 지켜보고 있었다.

"저녁 식사 자리에서 잠이 들었더구나." 퍼시가 말했다. "나도 거의 그럴 뻔했지만 말이야. 학교에서 일 년 내내 시달리다가 집에 오니 너무 편안하지 뭐야. 네가 자고 있어서 하인들이 옷을 벗기고 널 씻겼어."

"이걸 침대라고 해야 하나, 아니면 구름이라고 해야 하나?" 존이 한숨을 내쉬었다. "퍼시, 이봐 퍼시, 가기 전에 우선 사과부터 해야겠어."

"뭘 사과한단 말이야?"

"네가 리츠칼튼 호텔만 한 다이아몬드가 있다고 했을 때 의심한 걸 사과하려고."

퍼시는 미소를 지어 보였다.

"안 그래도 네가 안 믿는 것 같았어. 여하튼 그게 바로 저 산이야."

"산이라니 무슨 말이야?"

"이 저택이 세워진 산 말이야. 사실 산 치고는 그다지 크진 않아. 그래도 산꼭대기에 있는 오십 피트가량의 뗏장과 자갈을 빼고 생각하면 그건 다이아몬드라고. 내 말은 하나의 다이아몬드란 말이야. 흠집 하나 없이 온전한 일 입방마일의 다이아몬드지. 듣고 있는 거야? 그러니까 말이지……."

하지만 존 T. 언저는 어느새 다시 잠들고 말았다.

3

아침이 밝았다. 비록 졸음이 채 가시지 않았다고는 하지만, 잠에서 깬 그는 방 안 가득 햇살이 들어차 있음을 알아차렸다. 한쪽 벽면의 흑단 패널이 레일을 따라 옆으로 밀쳐져 침실의 절반이 바깥의 빛을 향해 열렸다. 문득 흰색 제복을 입은 덩치 큰 검둥이가 침대 옆에 서 있는 게 눈에 들어왔다.

"좋은 저녁이야." 멋대로 날뛰던 정신을 그러모으려 애쓰며 존이 중얼댔다.

"좋은 아침입니다, 도련님. 목욕하실 채비가 됐나요? 아, 일어나실 필요 없습니다. 잠옷 단추만 풀어 주시면 욕조에 들어가시도록 해 드리죠. 네, 맞습니다. 감사합니다, 도련님."

잠옷이 벗겨지는 동안 가만히 누워 있던 존은 즐겁고 흐뭇했다. 그는 자신을 돌봐 주는 검은 피부의 이 가르강튀아*가 자신을 어린아이처럼 번쩍 들어 올릴 거라 짐작했지만, 그런 일은 벌어지지 않았다. 대신 침대가 한쪽으로 서서히 기울었다. 놀랍게도 그는 벽쪽으로 굴러지기 시작했지만, 일단 벽에 다다르자 휘장이 열리고 푹신한 경사로를 따라 2야드 정도 더 미끄러져 내려갔다. 그는 어느새 체온과 비슷한 온도의 물속에 사뿐히 잠겼다.

그는 문득 주변을 둘러봤다. 그가 타고 내려온 통로 혹은 미끄럼대는 부드럽게 접혀 제자리로 들어갔다. 또 다른 방에 도착한 그는 푹 꺼진 욕조에 앉아 있었고, 그의 머리는 바닥 바로 위 높이까지 나와 있는 상태였다. 주변의 모든 게, 그러니까 방 안 벽은 물론 욕조의 옆면과 바닥까지 죄다 푸른빛 수족관이어서, 그가 앉아 있는 크리스털 바닥 아래로 헤엄치는 물고기들이 보였다. 물고기들은 황색 불빛을 헤치며 돌아다녔고, 크리스털 바닥을 사이에 두고 보이는 그의 뻗친 발가락에는 아무런 관심도 없다는 듯 미끄러져 갔다. 머리 위쪽으로는 코발트빛 유리를 통해 햇살이 쏟아져 내렸다.

"도련님, 오늘 아침에는 장미 향수를 떨어뜨린 뜨거운 거품 목욕을 준비했습니다만. 그리고 마무리론 찬 소금물이 어떠실까요?"

검둥이는 바로 옆에 서 있었다.

"그래, 알겠어." 존은 무의미한 미소를 지었다. "그렇게 하도록."

만일 그가 자신의 빈약한 생활 수준을 염두에 두고 목욕 준비를

---

* 프랑스의 작가 라블레의 소설 〈가르강튀아와 팡타그뤼엘〉에 등장하는 거인 왕.

지시했더라면 건방지고 부당해 보였을 터였다.

검둥이가 버튼을 누르자 머리 위에서 따뜻한 빗줄기가 쏟아지기 시작했는데, 알고 보니 그 물은 가까이 자리한 분수에서 떨어진 것이었다. 물은 옅은 장밋빛으로 변하더니 욕조 모서리에 있는 네 개의 자그마한 해마 머리에서 물비누가 뿜어져 나왔다. 잠시 후 욕조 양옆에 고정된 노처럼 생긴 자그마한 바퀴 여남은 개가 물에 섞인 비누 혼합물을 휘저어 굉장한 핑크빛 거품 무지개를 만들어냈다. 거품의 기분 좋은 가벼움이 부드럽게 그를 감쌌고, 주변 여기저기에선 반짝이는 장밋빛 거품이 톡톡 터졌다.

"영사기를 돌릴까요, 도련님?" 검둥이가 공손히 물어 왔다. "짤막한 코미디도 있고 원하시면 긴 영화도 금방 넣어 드릴 수 있습니다."

"아니, 괜찮아." 존은 점잖지만 확실한 어투로 대답했다. 그는 목욕을 너무 즐긴 나머지 다른 어떤 오락거리도 바라지 않았다. 하지만 곧 무언가가 그의 주의를 끌기 시작했다. 그는 한순간 바깥에서 들려오는 플루트 소리를 골똘히 듣고 있었다. 플루트에선 그 방의 이미지처럼 시원한 초록빛 폭포 같은 멜로디가 떨어져 나오는 듯했다. 더불어 하늘하늘한 피콜로 소리까지 들려왔는데, 그 선율은 그를 감싸고 매료시킨 거품만큼이나 섬세했다.

소금물을 끼얹어 기운을 돋우고 차가운 물로 목욕을 마무리한 그는 욕실에서 나와 푹신한 가운을 입고, 그것과 같은 재질의 천으로 덮인 소파에 앉아 오일과 알코올, 향료로 마사지를 받았다. 그러고 나서 그는 푹신한 의자에 앉아 면도를 받고 머리도 다듬었다.

"퍼시 도련님이 응접실에서 기다리고 계십니다." 이 모든 절차가 마무리되자 검둥이가 말했다. "제 이름은 지그섬입니다, 언저 도련님. 제가 아침마다 언저 도련님을 모실 겁니다."

존은 햇살이 쏟아지는 거실로 걸어 들어갔다. 거실엔 아침 식사가 차려져 있었고, 흰색 청소년용 니커 바지를 멋지게 차려입은 퍼시가 안락의자에 파묻혀 담배를 피우고 있었다.

4

이것은 아침 식사 때 퍼시가 존에게 들려준 워싱턴 집안의 이야기이다.

지금의 워싱턴 씨의 부친은 버지니아주 사람으로 조지 워싱턴과 볼티모어 경의 직계 후손이다. 남북전쟁이 끝날 무렵 그는 스물다섯 살의 대령으로 한물간 농장과 금화를 천 달러가량 가지고 있었다.

젊은 대령의 이름은 피츠 노먼 컬페퍼 워싱턴으로 버지니아주의 토지를 남동생에게 넘기고 서부로 가겠다고 결심했다. 그는 자신을 떠받드는 가장 충직한 검둥이들 스물네 명을 뽑고 서부행 표를 스물다섯 장 샀다. 그는 서부에서 그들 명의로 땅을 취득해 양과 소를 기르는 목장을 시작해 볼 참이었다.

몬태나에 머문 한 달도 채 되지 않는 기간 동안 사정은 급격히 나빠졌으나, 그는 어느 날 우연히 대단한 발견을 하기에 이른다. 그날 그는 말을 타고 나지막한 산을 달리다 길을 잃었고, 아무것도 먹지 못한 채 하루를 보내고 나니 허기가 밀려들기 시작했다. 당시 그는 총을 지니지 않았기에 다람쥐를 쫓을 수밖에 없었고, 그 과정에서 다람쥐가 뭔가 반짝이는 걸 입에 물고 있음을 알아차렸다. 구멍으로 사라지기 전에 다람쥐는 물고 있던 걸 떨어뜨렸다. 그렇다. 신께선 어쨌든 그가 이 다람쥐로 허기를 달래도록 그냥 놔두지 않았다. 그 자리에 앉아 상황을 파악하던 피츠 노먼은 바로 옆 풀숲에서 어슴푸레 빛나는 뭔가를 발견했다. 10초가 지나기도 전에 입맛이 완전히 달아난 그는 10만 달러를 거머쥔 셈이 되었다. 음식이 되길 끈덕지게 거부해 심기를 거슬렀던 다람쥐가 커다랗고 완벽한 다이아몬드를 선물한 것이다.

그날 밤늦게 그는 캠프로 가는 길을 찾았고, 그로부터 12시간 후 그의 검둥이들 중 남자들은 죄다 소집되어 산비탈의 다람쥐 구멍을 정신없이 파기 시작했다. 그는 검둥이들에게 자신이 모조 다이아몬드 광산을 발견했다고 일러두었는데, 그전까지 아주 작은 거라도 실제 다이아몬드를 본 적이 있는 이는 한둘뿐이었으므로 그의 말에 의문을 품는 검둥이는 없었다. 자신이 발견한 것의 규모가 명확해지자, 그는 당황한 나머지 어찌할 바를 몰랐다. 말 그대로 그 산 자체가 다른 건 하나도 섞이지 않은 순수한 다이아몬드 덩어리였다. 그는 안장에 달린 주머니 네 개에다 반짝이는 다이아몬드 견본을 가득 담고 말을 달려 세인트폴로 향했고, 그곳에서 작은 다이아몬드 대여섯 개를 처분했다. 그러고 나서 이번엔 더 큰 다이아몬드를 처분하려 들자, 가게 주인은 기절해 버렸고 피츠 노먼은 공공질서를 교란했다는 죄목으로 체포되었다. 그는 곧장 감옥에서 탈출해 뉴욕행 기차를 탔고, 거기서 중간 크기 다이아몬드 몇 개를 팔아 금화 20만 달러 정도를 손에 쥐었다. 하지만 그는 특별히 큰 다이아몬드를 꺼내 보이진 않았고, 때맞춰 뉴욕을 떠났다. 보석 업계는 엄청나게 동요했다. 단지 그가 판매한 다이아몬드의 크기 때문이 아니었다. 그것이 알 수 없는 출처를 통해 도시에 등장했기 때문이었다. 캐츠킬과 뉴저지 해안, 롱아일랜드, 그리고 워싱턴 광장 아래에서 다이아몬드 광산이 발견되었다는 소문이 널리 퍼져 나갔다. 곡괭이와 삽을 든 사내들을 가득 실은 유람 열차가 매시간 뉴욕에서 출발해 인근의 여러 엘도라도*로 향했다. 하지만 그때쯤 젊은 피츠 노먼은 몬태나로 돌아가는 중이었다.

2주 정도가 지나고, 그는 그 산에 있는 다이아몬드가 세상에 존재하는 여타의 다이아몬드를 전부 합친 양과 거의 같다고 추정하기에 이르렀다. 그리고 그건 **하나의 순수한 다이아몬드 덩어리**였으므로 일반적인 계산법으로는 그 가치를 평가할 수 없었다. 만일 그 다이아몬드를 팔려고 내놓는다면 시장에 큰 혼란이 야기될 뿐만 아니라, 다이아몬드의 가치는 그 크기에 따라 달라지므로, 일반적인 연산 방법을 적용해 봤을 때 이 다이아몬드의 십분의 일만 사려고 해도 세상 금화를 다 긁어모아도 부족할 터였다. 무엇보다 누가 됐든 그렇게 큰 다이아몬드를 가지고 대체 뭘 할 거란 말인가?

그야말로 대단한 곤경에 처한 셈이었다. 어떤 면에서 그는 여태 지구상에 생존했던 그 누구보다 부자였지만, 실제로 그가 그만한 재산을 가지고 있다고 할 수 있는 걸까? 만에 하나 비밀이 밝혀지면 황금뿐 아니라 보석 업계의 공황을 막기 위해 정부에서 어떤 조처를 취할지 모를 일이었다. 정부 측에서 권리를 장악하고 전매

---

* 16세기 에스파냐 사람들이 남아메리카 아마존강 가에 있다고 상상한 황금의 나라.

專賣를 시행할 수도 있는 노릇이었다.

대안이라곤 없었다. 그는 비밀리에 자신의 산을 내놔야만 했다. 그는 곧장 남동생을 남부로 급파해 검둥이 하인들을 관리하도록 했다. 그 검둥이들은 노예제도가 폐지된 것조차 모르고 있었다. 모든 걸 확실히 해 두기 위해 그는 직접 작성한 성명서를 읽어 주면서 포레스트 장군이 흩어진 남부군을 개편하여 북부군과의 총력전에서 그들을 무찔렀음을 선언했다. 검둥이들은 그를 절대적으로 믿었기에 투표를 가결하여 그 모든 일이 합당함을 공표하고는, 그 즉시 맡은 바 임무를 재개했다.

피츠 노먼은 10만 달러와 함께 다양한 크기의 다이아몬드 원석을 가득 집어넣은 트렁크 두 개를 들고 외국으로 길을 떠났다. 그는 중국 배를 타고 러시아를 향해 출항하여 몬태나를 떠난 지 6개월 만에 상트페테르부르크에 도착했다. 그곳에서 그는 잘 알려지지 않은 숙소를 잡은 뒤 곧바로 궁중 보석상에게 연락을 취해 황제에게 걸맞는 다이아몬드를 가져왔노라 일렀다. 상트페테르부르크에 머문 2주 동안 줄곧 살해당할 위험에 처했던 그는 숙소를 옮겨 다니며 지내야 했고, 2주 내내 자신의 트렁크를 서너 번밖에 확인하지 않았다.

1년 후 더 크고 더 좋은 다이아몬드를 찾아오기로 약속한 후에야 그는 인도로 떠날 수 있었다. 그가 길을 떠나기 전 궁중 재무 담당자는 네 개의 미국 은행 차명 계좌를 이용해 총 1500만 달러를 그에게 입금했다.

2년이 조금 넘는 기간 동안 해외에 체류한 그는 1868년에 미국으로 돌아왔다. 그동안 그는 22개국의 수도를 방문해 황제 다섯 명과 왕 열한 명, 왕자 세 명, 그리고 이란 국왕과 칸, 술탄을 만났다. 당시 피츠 노먼은 자기 재산을 10억 달러로 추산했다. 한 가지 사실 때문에 그의 비밀은 탄로 나지 않을 수 있었다. 그러니까 크기가 큰 다이아몬드는 일주일 이상 대중의 이목을 끄는 일이 없었다. 최초의 바빌로니아 제국 시절을 비롯한 수많은 사상, 사고와 정사, 혁명, 전쟁의 역사 속으로 묻어 들어간 것이다.

1870년부터 그가 죽음을 맞은 1900년에 이르기까지 피츠 노먼 워싱턴의 역사는 기나긴 황금의 서사시였다. 물론 부차적 문제들도 산재해 있었다. 그는 토지 조사를 피해 갔고, 버지니아주 출신의 여성과 결혼해 아들을 하나 얻었으며, 일련의 유감스러운 문제들로 인해 남동생을 살해할 수밖에 없었다. 사실 인사불성이 되도록 술을 마셔 대는 남동생의 나쁜 버릇 때문에 몇 차례나 그들의 안전은 위협을 받아 왔다. 어쨌건 일이 진척되고 확장되던 이 행복한 시기에 누가 될 만한 살인 사건은 아주 드물어서 손에 꼽을 정도였다.

그는 죽기 직전 방침을 바꿔, 외부 자산 중 몇백만 달러를 제외한 나머지 전부를 희귀 광물을 대량으로 구입하는 데 썼으며, 그 광물들을 장식품으로 표시해 세계 각지의 은행 금고에 넣어 뒀다. 그의 아들 브래독 탈턴 워싱턴은 부친의 이러한 방침을 더욱 철두철미하게 고수했다. 그는 광물들을 가장 희귀한 원소인 라듐으로 바꿔 시가 상자만 한 용기에 금화 10억 달러어치에 해당하는 양을 보관할 수 있었다.

피츠 노먼이 사망한 후 3년이 지난 시점에서 그의 아들 브래독은 그만하면 사업이 충분히 확장된 거라는 결론에 이르렀다. 자신과 아버지가 산에서 캐낸 부의 양은 정확히 계산할 수 없을 정도였다. 그는 암호로 기록해 둔 장부에다, 자신이 애용하는 수천 개의 은행에 대략 어느 정도의 라듐이 어떤 차명으로 보관되어 있는지 일일이 기록해 두었다. 그러고는 아주 간단한 조처를 했다. 바로 광산을 막아 버린 것이다.

그랬다. 그는 광산을 막았다. 그간 캐낸 양만으로도 아직 태어나지 않은 워싱턴 가문 사람들까지 포함해 몇 세대에 걸쳐 비할 데 없는 호사를 누릴 수 있을 정도였다. 단 한 가지 염려스러운 점이 있다면 그건 바로 비밀 유지였는데, 혹시라도 비밀이 드러나게 되면 그는 공황에 빠질 뿐 아니라, 세상의 모든 자산가와 함께 몰락해 극심한 빈곤의 나락으로 떨어질 터였다.

존 T. 언저는 바로 이러한 가족과 함께 지내고 있었던 것이다. 여기까지가 바로 그곳에 도착한 다음 날 아침 사방이 은으로 둘러싸인 거실에 앉아 듣게 된 이야기였다.

5

아침 식사를 마친 존은 거대한 대리석 입구를 지나 바깥으로 나갔다. 그는 자신 앞에 펼쳐진 풍경을 신기한 듯 바라보았다. 다이아몬드 산에서 시작해 5마일 떨어진 가파른 화강암 절벽에 이르기까지 계곡 전체가 금빛 연무로 뒤덮여 있었고, 바로 그 연무가 곡선을 이루며 죽 뻗은 잔디밭과 호수, 그리고 정원 위를 한가로이 떠다니고 있었다. 그뿐 아니라 여기저기에 모여 있는 느릅나무들이 섬세한 그림자 숲을 이뤄, 짙푸른 초록으로 나지막한 산을 장악한 거친 소나무 숲과는 묘한 대조를 이뤘다. 이렇듯 존이 경치를 감상하던 중, 반 마일 정도 떨어진 덤불에서 새끼 사슴들이 타닥타닥 소리를 내며 일렬로 걸어 나오더니 약간 어색하게 유쾌한 동작을 선보이며 검은 이랑이 진 어스름한 덤불로 사라졌다. 사실 존은 피리를 불며 나무들 사이를 거니는 염소를 봤다고 해도, 혹은 짙푸른 나뭇잎들 사이로 요정의 핑크빛 피부와 흩날리는 금발을 포착했다 해도 그리 놀라진 않았을 터였다.

그런 멋진 경험에 대한 기대를 품은 채 그는 대리석 계단을 내려왔고, 그러다 바닥에서 잠든 러시안 울프 하운드 두 마리의 숙면을 잠시 방해한 뒤 딱히 어디론가 통하진 않을 듯한 회고 푸른 벽돌 길을 따라 걸음을 옮겼다.

그는 자신을 최대한 즐기는 중이었다. 현재를 영위하지 못하고 찬란할 것만 같은 미래와 이를 대비시켜 자꾸만 재는 건 젊음만이 누릴 수 있는 행복이자 결핍일 터였다. 꽃과 금, 여자와 별 따위는 단지 비할 데 없고 실현 불가능한 청춘의 꿈에 대한 예시이자 예언일 따름이다.

존이 매끄러운 모퉁이를 돌자 수많은 장미 덤불이 짙은 향기를 풍겼다. 그는 곧 공원을 가로질러 나무들 아래 이끼가 덮인 지점을 향해 나아갔다. 이끼 위에 누워 본 적이 없는 그로서는 이끼라는 명칭이 하나의 형용사로 사용될 만큼 실제로도 충분히 부드러운지 확인해 보고 싶었다. 그러다 그는 잔디밭 너머로 자신을 향해 다가오는 한 소녀를 보았다. 그녀는 그가 여태 본 사람 중 가장 아름다웠다.

그녀는 무릎 살짝 아래로 내려온 하얀색 작은 가운을 입고 사파이어의 푸른색 조각들이 박힌 목서초로 만든 화관을 쓰고 있었다. 점점 다가오는 그녀의 핑크빛 맨발이 앞쪽에 맺힌 이슬을 흩어지게 했다. 그녀는 존보다 어려 보여 열여섯 살이 넘진 않을 것 같았다.

"안녕하세요." 그녀가 부드럽게 입을 열었다. "전 키스마인이라고 해요."

이미 그녀는 존에게 그 이름보다 더 큰 의미로 다가왔다. 그는 그녀 쪽으로 다가서면서도 그녀의 발가락을 밟지 않도록 아주 조금씩 움직였다.

"저랑 만난 적이 없으시죠?" 그녀가 부드러운 목소리로 말했다. 그녀의 파란 눈동자가 이렇게 덧붙이고 있었다. "참 좋은 구경거릴 놓치셨답니다!" …… "지난밤에 저희 언니 재스민은 만나 보셨죠? 전 상추를 먹고 식중독에 걸렸었지요." 그녀의 부드러운 목소리와 눈빛이 이야기를 계속했다. "그리고 전 아플 때 다정해지죠. 물론 건강할 때도 그렇지만요."

"제게 아주 대단한 인상을 남기셨습니다." 존의 두 눈이 말했다. "그리고 저도 그리 둔하진 않답니다." "오늘은 어떠신가요?" 그의 음성이 말했다. "오늘 아침엔 더 좋아지셨길 바랍니다." "그대여." 떨리는 그의 눈동자가 덧붙였다.

존은 그들이 길을 따라 걷고 있음을 알아차렸다. 그녀의 제안에 따라 둘은 이끼 위에 함께 앉았다. 존이 얼마나 부드러운지 알아보려 했던 바로 그 이끼 말이다.

사실 그는 여성에 대해 비판적인 편이어서 두꺼운 발목이나 쉰 목소리, 안경과 같이 단 하나의 결점에도 극도로 무관심해지곤 했다. 그런 그가 난생처음 육체적으로 완벽한 여성을 옆에 두게 된 것이다.

"동부 출신이세요?" 키스마인이 대단한 관심을 보이며 물었다.

"아닙니다." 존이 짤막하게 대답했다. "전 하데스에서 왔답니다."

하데스에 대해 들어 본 적이 없었던 건지, 아니면 거기에 대해 적절히 언급할 말이 떠오르지 않았던 건지 그녀는 더 이상 하데스에 대해 이야기하지 않았다.

"가을엔 동부로 가서 학교에 다닐 거예요." 그녀가 말했다. "제가 그곳을 좋아할까요? 뉴욕에 있는 미스 벌지에 다닐 거랍니다. 아주 엄격하다는데, 그래도 주말엔 뉴욕 집에서 가족과 함께 보낼 거예요. 거기선 여자들이 둘씩 다녀야 한다더군요."

"아버지께서 자부심을 느끼길 바라시는군요." 존이 말했다.

"네, 우린 그렇답니다." 그녀의 눈이 기품 있게 빛났다. "저희 형제들은 벌을 받아 본 적이 없어요. 아버지께선 벌을 받아선 안 된다고 하셨죠. 재스민 언니가 어릴 적에 아버질 계단 아래로 민 적이 있어요. 그래도 아버진 그냥 일어나서 절뚝거리며 가 버리셨죠. 어머닌 말이죠. 뭐, 조금 놀라셨어요." 키스마인이 말을 이었다. "**당신이** 그곳 출신이란 걸 들으시고는, 네, 당신도 알겠지만, 어머니가 어렸을 적엔, 그 시절엔, 맞아요, 어머닌 스페인 사람에다 구식이니까요."

"그럼 여기 바깥에서 시간을 많이 보내는 편인가요?" 존은 그녀의 이런 발언으로 인해 마음이 조금 상했음을 감추려고 이렇게 물었다. 그건 지방적 편견이 엿보이는 불쾌한 발언이었던 것이다.

"퍼시랑 재스민과 저는 매년 여름 이리로 온답니다. 하지만 돌아오는 여름엔 재스민이 뉴포트로 갈 예정이죠. 올해 가을부터 해서 일 년 후쯤 재스민은 런던 사교계에 데뷔할 거예요. 궁중에서 배알도 할 거라더군요."

"있잖아요." 존이 머뭇거리며 입을 열었다. "첫인상보다 훨씬 더 세속적인 것 같은데요."

"아, 아니에요. 전 그렇지 않답니다." 그녀가 황급히 외쳤다. "그렇게 되는 건 상상도 못 하겠어요. 세속적인 젊은이들이 **끔찍하게도** 흔하긴 하죠, 그렇죠? 그래도 정말이지 전 전혀 그렇지 않답니다. 제가 그렇다고 하시면 울어 버릴 것 같아요."

그녀는 마음이 너무 불편한 나머지 입술까지 떨고 있었다. 존은 하는 수 없이 그녀가 그렇지 않다고 말했다.

"진심이 아니었어요. 그냥 한번 놀려 보려고 그랬답니다."

"제가 **정말** 세속적이었다면 그런 말을 듣고도 신경 쓰지 않았을 테니까요." 그녀는 계속 설명을 이어 갔다. "하지만 전 그렇지 **않아요**. 전 아주 순진하고 여성스러운 편이에요. 흡연이나 음주와도 거리가 멀고 시 말고 다른 건 읽지 않아요. 수학이나 화학도 거의 모른답니다. 옷차림도 아주 소박해서 거창하게 차려입지 않는다고요. 그러니 전 세속적이란 표현과는 전혀 어울리지 않는 것 같아요. 여성이라면 건전한 방식으로 젊음을 즐겨야 하죠."

"네, 저도 그렇게 생각합니다." 존이 진심을 담아 말했다.

키스마인은 생기를 되찾은 듯했다. 그녀가 그를 향해 미소 짓자, 그녀의 푸른 눈 한쪽 끝에 고여 있던 눈물이 떨어져 내렸다.

"난 당신이 좋아요." 그녀가 친근하게 속삭였다. "여기 머무는 동안 퍼시랑만 어울릴 건가요? 아니면 제게도 잘 대해 주실 건가요? 한번 생각해 봐요. 전 정말이지 숫처녀랍니다. 평생 어떤 남자와도 사랑해 본 적이 없어요. 퍼시 말고는 혼자서 남자를 보는 것조차 허락되지 않았죠. 여기까지 나와 본 것도 행여 당신과 마주치지 않을까 싶어서랍니다. 가족들은 여기 오지 않으니까요."

한껏 우쭐해진 존은 하데스의 무용 학교에서 배운 대로 엉덩이부터 낮춰 인사했다.

"이젠 가 봐야겠어요." 키스마인이 상냥하게 말했다. "열한 시엔 어머니를 뵈어야 해요. 그런데 한 번도 입맞춤해 달라고 안 하시는군요. 요즘엔 남자들이 늘 그런다고 생각했거든요."

존은 당당하게 몸을 꼿꼿이 세웠다.

"그런 남자들도 있긴 하죠." 그가 답했다. "하지만 전 아닙니다. 하데스에선 여자들도 그러지 않아요."

둘은 함께 집을 향해 걸었다.

6

존은 내리쬐는 햇살 속에서 브래독 워싱턴 씨와 마주 섰다. 사내는 대략 마흔 살 정도로, 위풍당당하면서도 공허한 표정을 짓고 있었으며 지적인 눈과 탄탄한 몸매가 돋보였다. 아침을 맞은 그에게선 말 냄새가, 그것도 최상급 명마의 냄새가 났다. 손잡이에 커다란 오팔 장식이 있는 평범한 회색 자작나무 지팡이를 든 그와 퍼시가 존을 데리고 다니며 주변을 소개했다.

"저기가 노예들 숙소라네." 그가 지팡이로 가리킨 건 산의 측면을 따라 우아한 고딕 양식으로 왼편에 늘어선 대리석 회랑이었다.

"젊은 시절 부조리한 이상주의에 빠져 잠시 사업에 집중하지 못한 적이 있어. 그땐 노예들도 호사를 누렸지. 가령 저들 방에다 타일을 깐 욕조를 마련해 줬다니까."

"제 생각엔 말입니다." 존이 환심을 사려는 듯 웃어 보이며 조심스레 입을 뗐다. "그자들이 석탄을 넣어 두는 용도로 욕조를 사용하지 않았을까 싶네요. 일전에 슈니처 머피 씨가 그러더라고요. 본인은……."

"슈니처 머피 씨의 견해는 그다지 중요하지 않을 것 같네만." 브래독 워싱턴이 냉정하게 말을 가로막았다. "어쨌건 내 노예들은 욕조에 석탄을 두지 않았으니까. 그들은 매일 목욕하게 되어 있었고, 실제로 다들 그렇게 했지. 명령에 따르지 않았다면 난 아마 황산 샴푸로 씻으라고 했을 거야. 목욕을 중단시킨 건 다른 이유 때문이었어. 노예 몇 명이 감기에 걸려 앓다가 죽어 버렸거든. 어떤 종족에겐 물이 좋지만은 않더군. 마시는 물만 빼고 말이야."

존은 웃음을 터뜨린 다음 진지하게 동의한다는 의미로 고개를 끄덕이기도 했다. 어찌 되었건 브래독 워싱턴은 그를 불편하게 만들었다.

"여기 있는 검둥이들은 죄다 선친께서 북부로 데려온 검둥이들의 후손이야. 이젠 이백오십 명 정도 남았다네. 알다시피 저들은 너무 오래 바깥세상과 떨어져 지낸 탓에 본래 사투리가 거의 구분이 안 되는 방언으로 바뀌고 말았어. 내 비서를 포함해 집에서 시중드는 하인들 두서넛만 영어를 말할 수 있도록 훈련시켰다네."

"여긴 골프 코스고." 벨벳처럼 부드러운 겨울 잔디밭을 걸으며 그가 말을 이었다. "보다시피 전부 그린이야. 페어웨이나 러프, 벙

커도 없지."

그가 존을 향해 유쾌하게 웃어 보였다.

"요즘도 감옥에 갇힌 사람들이 많나요, 아버지?" 불현듯 퍼시가 질문을 했다.

브래독 워싱턴은 잠시 더듬거리더니 자신도 모르게 악담을 퍼부었다.

"본래 수보다 하나가 모자라지." 그는 험악한 투로 말을 내뱉더니 잠시 후 이렇게 덧붙였다. "일이 좀 꼬였단다."

"어머니가 그러시는데요," 퍼시가 말했다. "그 이탈리아어 선생이 말이에요……."

"끔찍한 실수였지." 브래독 워싱턴이 화난 듯 말했다. "물론 그가 잡힐 확률이 높긴 하지. 아마 숲속 어딘가에 쓰러져 있거나 절벽에서 떨어졌을 거야. 설사 달아난다 해도 그자의 이야기를 믿을 사람은 없다고. 어쨌건 스무 명쯤 사람을 풀어서 이 근처 마을을 뒤지는 중이야."

"수확은 좀 있나요?"

"조금은. 풀어놓은 이들 중 열넷 정도가 내 대리인에게 보고했더군. 인상착의와 비슷한 사람을 죽였다고 말이야. 뭐, 하지만 결국 그자들이 좇는 건 사례금이겠지만."

그는 잠시 말을 멈췄다. 그들은 바닥에 파 둔 거대한 구멍에 이르렀다. 그 구멍은 둘레가 회전목마만 하고 튼튼한 쇠창살로 덮여 있었다. 브래독이 존에게 손짓하더니 지팡이로 쇠창살 아래를 가리켰다. 존은 구멍 가장자리로 다가가 그 안을 들여다보았다. 그러자 곧장 귀가 따가울 정도로 시끄러운 아우성이 아래쪽에서 들려왔다.

"지옥으로 내려와 봐!"

"이봐, 얘야. 위쪽 공기는 어때?"

"어이! 밧줄 좀 던져 보라고!"

"친구, 남은 도넛 같은 거 없나? 아니면 남긴 샌드위치라도?"

"이봐, 거기 자네랑 같이 있는 놈을 이 아래로 밀어 주면 단박에 사라지는 걸 보여 주지."

"나 대신 한 대만 갈겨 줘, 응?"

너무 어두운 나머지 구덩이 아래쪽까지 똑똑히 보이진 않았지만, 그들의 발언과 음성에 깃든 거친 낙관주의와 기복이 심한 생동감으로 봐선 그들이 조금은 활달한 미국 중산층에 속한다는 사실을 알아차릴 수 있었다. 바로 그때 워싱턴 씨가 지팡이로 풀밭의 버튼을 건드리자 구덩이 아래쪽의 광경이 환히 드러났다.

"이자들은 모험심 넘치는 선원들이야. 불행히도 엘도라도를 발견하고 만 거지." 그가 말했다.

그들의 발아래로 그릇 안쪽처럼 생긴 커다랗게 움푹 꺼진 곳이 드러났다. 양옆은 가팔랐고 분명 광택을 낸 유리처럼 보였다. 그리고 약간 오목한 표면 위로 사내 스물네 명 정도가 서 있었는데, 비행사처럼 보이는 그들의 복장은 의상 같기도 하고 제복 같기도 했다. 위를 향한 그들의 얼굴은 분노와 적의, 절망, 냉소적 유머로 번들거렸으며 길게 자란 수염으로 덮여 있었다. 또 눈에 띄게 야윈 몇 명을 제외하고는 대부분 충분히 잘 먹어 건강해 보였다.

브래독 워싱턴은 정원 의자를 가져와 구덩이 가장자리에 두더니 거기 앉았다.

"자, 다들 잘 지내시는가?" 그가 상냥한 어투로 물었다.

화창한 하늘을 향해 증오의 합창이 울려 퍼졌다. 소리칠 만한 기력이 없는 몇몇을 제외하고는 다들 동참하는 분위기였다. 하지만 브래독 워싱턴은 그걸 듣고도 침착하게 평정을 유지했다. 마지막 외침까지 희미해지자 그가 다시 입을 열었다.

"이 곤란한 상황에서 빠져나갈 방도를 궁리해 봤나?"

여기저기서 뭐라고 대꾸하는 소리가 들려왔다.

"우린 여기가 좋으니 그냥 있을 참이오!"

"거기 위로 올려 주면 방도를 생각해 보지!"

브래독 워싱턴은 그들이 다시 잠잠해질 때까지 기다렸다가 말을 이었다. "상황이 어떻다는 건 말했잖아. 난 자네들이 여기 있는 걸 원치 않아. 정말이지 다신 보고 싶지 않다고. 자네들은 본인의 그 호기심 때문에 여기 있게 된 거고, 언제든 나와 내 이익을 해치지 않으면서 여길 나갈 방도를 찾아낸다면 기꺼이 고려해 보겠네. 하지만 터널을 파는 데만 열중한다면…… 그렇다네. 자네들이 새 터널을 파기 시작했다는 걸 알고 있지. 멀리 가진 못할 거야. 그리고 이 문젠 자네들이 얘기하는 것처럼 어렵지 않아. 자네들은 집에 남은 사랑하는 가족들을 외쳐 대지만, 그들을 염려했다면 그렇게 비행을 해서는 안 됐던 거야."

키 큰 사내 하나가 무리한테서 떨어져 나와 손을 처들며 다른 무리의 주의를 끌려 했다. 그는 이제 막 말을 시작하려던 참이었다.

"몇 가지만 물어보겠소!" 그가 외쳤다. "당신은 공정한 사람인 척하고 있어요."

"기가 막히는군. 나 같은 위치에 있으면서 자네들을 공정하게 대할 수 있을까? 만약 그렇다면 스페인 사람이 스테이크 한 덩이를 공정하게 대한다고 해도 좋겠군."

이처럼 가차 없는 발언에 스물넷의 표정이 침울해졌지만, 키 큰 사내만큼은 하던 말을 계속했다.

"네, 좋아요!" 그가 외쳤다. "전에도 이 문제로 얘길 했었죠. 당신은 인도주의적이지도, 공정하지도 않지만, 그래도 인간이잖소. 네, 적어도 스스로 인간이라고 일컫죠. 그렇다면 우리 입장에서 한번 생각해 봐야 하는 거 아니겠소. 얼마나, 얼마나, 대체 얼마나……."

"얼마나 뭐요?" 워싱턴이 냉담하게 물었다.

"…… 얼마나 쓸데없는 짓인지……."

"내 입장에선 아니오."

"게다가…… 얼마나 잔인한지 말이오……."

"그 부분에 대해서도 이미 이야기했소. 자기 보호라는 개념이 개입되면 잔인함이란 존재하지 않지. 당신들은 죄다 군인이잖소. 그러니 잘 알 것 아니오. 그럼 다른 얘기로 넘어가지."

"뭐, 아주 어리석은 짓이기도 하지."

"그렇지." 워싱턴이 시인했다. "그건 인정해. 하지만 대안에 대해서도 생각해 보라고. 자네들 전부도 좋고 아니면 자네들 중 누구라도 원한다면 고통 없이 처형해 주겠다고 했지. 또 아내든 연인이든 자식이든 어머니든 간에 전부 납치해서 여기로 데려오는 방안도 제안했어. 그럴 경우 그 아래쪽 공간을 넓히고 평생 먹이고 입혀 줄 거라고. 만일 영원히 기억 상실 상태로 남을 방법이 있다면 자네들을 전부 그렇게 만들어서 당장 내 구역 밖 어딘가에 풀어 줄 거야. 하지만 내가 생각해 낼 수 있는 건 거기까지라고.”

“그럼 우리가 당신을 고발하지 않을 거라고 믿어 보는 건 어떻소?” 누군가가 소리쳤다.

“자네들은 진지하게 제안하지 않는군.” 워싱턴이 경멸하듯 말했다. “한 사람을 꺼내 줬었지. 내 딸에게 이탈리아어를 가르치라고 말이야. 그런데 그자가 지난주에 달아나 버렸어.”

승리의 기쁨에 찬 함성이 스물넷의 목구멍에서 터져 나왔고 기쁨의 대혼란이 야기되었다. 포로들은 나막신 춤을 추며 함성을 지르다가 요들송을 부르는가 하면 어느 순간 동물적 욕구가 치솟는지 서로 뒤엉켜 씨름을 하기도 했다. 심지어 그들은 양쪽 유리벽으로 최대한 달려 올라갔다가 서로의 몸을 쿠션 삼아 바닥으로 다시 미끄러져 내리기도 했다. 키 큰 사내가 노래를 시작하자 모두 따라 불렀다.

　아, 우린 카이저를 교수형에 처할 테야.
　시큼한 사과나무에다 말이지.

브래독 워싱턴은 노래가 끝날 때까지 알 수 없는 침묵 속에 앉아 있었다.

“다들 알겠지만,” 그는 얼마간 주의가 집중되자 다시 입을 열었다. “난 자네들에게 그 어떤 악감정도 없어. 오히려 자네들이 즐겁게 지내길 바라지. 그래서 이야기를 한 번에 다 풀어놓지 않았던 거야. 그자 말이야…… 이름이 뭐였더라? ‘크리트크티치엘로’라던가? 내 대리인들이 그자를 쏴 죽였지. 열네 군데였어.”

열네 군데가 도시의 수라는 걸 알 리 없는 포로들은 곧바로 기쁨에 겨운 소란을 가라앉혔다.

“어찌 됐든 간에,” 워싱턴은 분노의 감정을 실어 외쳤다. “그자는 달아나려 했어. 내가 그런 일을 겪고도 자네들과 어떤 시도를 해 보길 바라는 건가?”

다시금 일련의 외침이 터져 나왔다.

“그렇고말고!”

“딸에게 중국어를 가르쳐 볼 생각은 없나?”

“이봐, 나도 이탈리아어를 할 수 있다고! 어머니가 그쪽이지.”

“딸이 뉴욕식 발음을 배우고 싶어 할지도 모르겠군!”

“커다란 푸른 눈을 가진 어린 아가씨를 말하는 거라면 이탈리아어 말고도 많은 걸 가르칠 수 있는데 말이야.”

“난 아일랜드 노래를 좀 알지. 금관악기도 좀 만져 봤다고.”

워싱턴 씨가 불현듯 지팡이를 앞으로 뻗어 잔디밭의 버튼을 누르자 그 즉시 아래쪽에서 벌어지던 광경이 자취를 감췄다. 대신 쇠창살의 검은 이가 음울하게 가리고 있는 커다랗고 어두컴컴한 입구만이 남아 있을 따름이었다.

“이봐!” 아래쪽에서 어떤 목소리 하나가 들려왔다. “축복도 해 주지 않고 가려는 건가?”

하지만 워싱턴 씨는 이미 두 소년을 데리고 골프 코스의 9번 홀쪽으로 걸음을 옮기는 중이었다. 구덩이와 그 안에 갇힌 자들이 손에 익은 골프채로 쉽게 처리할 수 있는 벙커에 불과하다는 듯이 말이다.

7

바람이 불지 않는 다이아몬드 산 아래쪽의 7월은 밤에는 담요가 필요하지만, 낮 동안은 온화한 햇볕이 내리쬐는 달이었다. 존과 키스마인은 사랑에 빠졌다. 그는 자신이 그녀에게 건넨 작은 황금 축구공("하느님, 조국, 세인트 미다스를 위해"라고 새겨진 공)이 백금 체인에 매달려 그녀의 가슴 쪽에 자리한 걸 알지 못했다. 하지만 그건 사실이었다. 또 그녀로 말할 것 같으면 어느 날 자신의 단순한 머리 장식에서 떨어져 나간 커다란 사파이어가 존의 보석 상자 안에 소중히 담겨 있다는 걸 미처 몰랐다.

어느 늦은 오후, 루비와 어민*으로 꾸민 조용한 음악실에서 둘은 1시간을 함께 보냈다. 그는 그녀의 손을 잡았고, 그녀가 자신을 골똘히 바라보자, 그녀의 이름을 소리 내어 속삭이기에 이르렀다. 그녀는 그를 향해 몸을 숙이는가 싶더니 잠시 머뭇거렸다.

"혹시 '키스마인'이라고 말한 건가요?" 그녀가 부드럽게 물었다. "그게 아니면······."

그녀는 뭐가 됐든 확실히 해 두고 싶었다. 자신이 오해한 걸 수도 있다고 여긴 것이다.

두 사람 다 이전까지 입맞춤해 본 적이 없었지만, 그 1시간 동안 그런 건 크게 상관이 없는 듯했다.

오후 시간은 그렇게 순식간에 지나가 버렸다. 그날 밤 제일 높은 탑에서 음악의 마지막 입김이 흘러나왔을 때 그들은 제각기 깨

---

* 북방족제비의 흰색 털.

어 있었다. 그날의 매 순간을 흐뭇하게 떠올리면서 말이다. 둘은 가능한 한 빨리 결혼하기로 마음먹었다.

8

워싱턴 씨와 두 젊은이는 매일 같이 깊은 숲속에서 사냥이나 낚시, 또는 따분한 코스를 다니며 골프를 쳤고, 존은 예의상 주인이 게임에서 이기도록 해 줬다. 그도 아니면 산속의 시원한 호수에서 수영을 할 때도 있었다. 존은 워싱턴 씨가 약간 까다로운 성격임을 알아차렸다. 그러니까 그는 자신의 것이 아닌 생각이나 견해에는 철저히 무관심했다. 워싱턴 부인은 늘 냉담하고 말수가 적었다. 그녀는 확실히 두 딸에겐 무심했다. 그녀는 아들 퍼시에게만 전적으로 열중한 나머지 저녁 식사 때마다 그와 빠른 스페인어로 끊임없이 대화를 이어 갔다.

큰 딸인 재스민은 안짱다리에다 손발이 크다는 점 말고는 외모 면에서 키스마인과 많이 닮아 있었지만, 기질 면에서는 완전히 달랐다. 그녀가 제일 좋아하는 책들은 주로 사별한 아버지를 모시며 살림을 꾸려 가는 가난한 소녀들의 이야기를 다루고 있었다. 존이 키스마인에게 듣기로 재스민은 세계대전의 종식에 따른 충격과 실망에서 아직 벗어나지 못하고 있었다. 당시 그녀는 구내식당 전문가 자격으로 유럽을 향해 막 출발하려던 참이었다. 그녀가 한동안 야위어 가는 모습을 본 브래독 워싱턴은 발칸반도에서 새로이 전쟁을 일으키려 했지만, 부상당한 세르비아 군인들의 사진을 본 재스민은 그 모든 것에 흥미를 잃고 말았다. 하지만 퍼시와 키스마인은 냉혹한 아름다움에 깃든 오만한 태도를 아버지로부터 물려받은 듯했다. 꾸밈없고 지속적인 이기심이 일정한 무늬라도 되는 양 그들의 생각에 묻어난 것이다.

존은 새삼 저택과 계곡의 경이로움에 매료되었다. 퍼시가 이야기해 준 바에 따르면 브래독 워싱턴은 정원사와 건축가, 무대 디자이너, 지난 세기의 잔재인 타락한 프랑스 시인 등을 납치했었다. 그는 이들이 자신의 검둥이 노예들을 마음대로 부릴 수 있게 하고, 세상에 존재하는 모든 재료의 지원을 보장하면서 각자 생각한 바를 구현할 수 있도록 했다. 하지만 그들은 한 사람씩 차례로 무능함을 증명할 따름이었다. 타락한 시인은 봄이 되자 큰길에서 벗어난 것에 대해 한탄하기 시작했고, 향신료와 유인원과 상아에 대해 모호한 말만 늘어놓을 뿐 실용적인 가치와 연관된 내용은 한마디도 내뱉지 않았다. 그런가 하면 무대 디자이너는 계곡 전반에 일련의 기교와 환상적 효과를 적용하려 했으나 워싱턴 씨가 곧 싫증을 내고 말았다. 건축가와 정원사는 전통적인 측면에만 집중한 나머지 늘 이건 이런 식이어야 하고 저건 저런 식이어야 한다는 주의였다.

하지만 그들은 최소한 자신들이 취해야 할 조치에 관한 문제만큼은 해결한 셈이었다. 그들 모두는 한 방에 모여 분수의 위치를 논의하며 밤을 새운 후 다음 날 아침 하나같이 미쳐 버렸고, 지금은 코네티컷주 웨스트포트에 자리한 어느 정신병원에 편안히 수용된 상태라고 했다.

"그런데 말이야," 존이 궁금해하며 물었다. "저렇게 멋진 응접실이랑 복도, 진입로, 욕실 같은 건 대체 누가 설계한 거야?"

"응, 그건 말이지," 퍼시가 대답했다. "말하기도 민망하지만, 영화계에 종사하던 사람이었어. 그래도 우리가 찾은 사람들 중에선 무한정으로 제공되는 돈을 활용할 줄 아는 자였지. 냅킨을 칼라에 꽂기도 하고 읽거나 쓸 줄은 몰랐지만 말이야."

8월도 막바지에 이르자 존은 학교로 복귀해야 한다는 생각에 안타까운 마음이 들었다. 그와 키스마인은 돌아오는 6월에 함께 달아나기로 한 터였다.

"여기서 결혼식을 올릴 수 있다면 더 좋을 텐데." 키스마인이 속마음을 털어놨다. "하지만 물론 당신이랑 결혼해도 좋다는 허락을 아버지께 받아 낼 순 없겠죠. 차라리 같이 달아나는 편이 좋겠어요. 요즘 미국에서 부유층들이 택하는 결혼식은 끔찍하죠. 전통 방식에 따라 결혼식을 올릴 거라고 늘 언론사에 고시해야 하니까요. 하지만 그들이 의미하는 건 오래된 중고 진주를 잔뜩 두르고 언젠가 유제니 황후가 걸쳤을 법한 레이스로 장식하겠단 말이랍니다."

"맞습니다." 존이 강하게 동의했다. "슈니처 머피네를 방문했을 때 그 집 큰딸인 그웬돌린이 웨스트버지니아주 절반을 소유한 집안 남자랑 결혼했지요. 그녀가 집에 보낸 편지를 보면 은행 직원인 남편의 월급으로 생활하는 게 얼마나 고된지에 대해 적어 놓았어요. 그러고는 '그래도 어쨌건 하녀 넷이라도 있으니, 조금이나마 도움이 되는군요. 감사한 일이죠.'라고 덧붙였답니다."

"어처구니가 없군요." 키스마인이 말했다. "세상엔 수많은 사람들이 있죠. 노동자 계층까지 전부 포함해서 말이에요. 그들은 하녀 둘만 있어도 잘 지내지 않던가요?"

8월 말의 어느 오후, 키스마인이 우연히 건넨 한마디의 말이 모든 상황의 국면을 바꿔 놓는 동시에 존을 공포로 몰아넣었다.

당시 둘은 제일 좋아하는 숲에 머무는 중이었다. 입맞춤을 잠시 멈춘 순간 존은 그 어떤 낭만적 불길함에 휩싸였다. 사실 그는 늘 사무치는 아픔과 같은 요소가 그들의 관계에 가미되길 바랐다.

"가끔 난 우리가 결혼하지 못할 거라는 생각이 든답니다." 그가 슬픈 듯 말했다. "당신은 그야말로 너무 부유하고 지나치게 훌륭합니다. 당신만큼 부유한 사람이 다른 여자들처럼 될 순 없죠. 아마도 난 오마하나 수시티에서 철물 도매상을 운영하는 사내의 딸과 결혼할 테지요. 그리고 그녀가 가진 50만 달러 정도 선에서 만족하며 살아갈 거고요."

"아빠를 괴롭힐 거예요."

"저도 한때 철물 도매상 집 딸과 알고 지냈었죠." 키스마인이 말했다. "당신이 그녀 정도로 만족할 것 같진 않지만요. 어쨌건 그녀는 언니의 친구였죠. 여기도 왔었고요."

"아, 그럼 다른 손님들이 있었군요?" 존이 놀라 소리쳤다.

키스마인은 그런 말을 내뱉은 걸 후회하는 듯했다.

"네, 그래요." 그녀가 황급히 말했다. "손님이 조금 있었죠."

"하지만 당신네…… 당신네 아버진 사람들이 바깥에 나가 여기 이야기를 할까 염려하지 않던가요?"

"아, 네. 어느 정도는요. 어느 정도는 그래요." 그녀가 답했다. "좀 더 즐거운 얘길 해 볼까요?"

하지만 존의 호기심은 커져만 갔다.

"좀 더 즐거운 얘기라고요?" 그가 되물었다. "그런 이야긴 어째서 즐겁지 않죠? 그 손님들은 좋은 사람들이 아니었나요?"

불현듯 키스마인이 흐느껴 대는 바람에 존은 크게 놀라고 말왔다.

"아뇨, 다들 좋은 사람들이었답니다. 그래서······ 바로 그래서 문제였죠. 전 그들 중 몇 명과는 꽤 친해졌어요. 재스민도 그랬고요. 그런데 어쨌건 재스민은 그들을 몇 번이고 계속 초대했죠. 정말이지 **이해할** 수가 없었답니다."

존의 가슴 깊은 곳에서 짙은 의구심이 일었다.

"그러니까 당신 말은 그들이 바깥에다 **이야길 해 버렸고**, 그래서 당신 아버진 그들을 제거해 버렸단 건가요?"

"그보다 더 심한 경우죠." 그녀가 띄엄띄엄 중얼대듯 말했다. "아버진 상황을 보고 있지만은 않았어요. 그래도 재스민은 계속해서 그들에게 초대 편지를 썼죠. 그들과 **정말** 좋은 시간을 보냈었는데 말이에요."

그녀는 발작적으로 비탄에 잠긴 나머지 완전히 녹초가 된 상태였다.

그녀의 때아닌 폭로에 쓰러질 듯한 충격과 공포를 경험한 존은 그저 멍하니 입을 벌린 채 그 자리에 앉아 있었다. 수많은 참새 떼가 척추 위에 내려앉아 지저귀기라도 하듯 온몸의 신경이 곤두선 느낌이었다.

"결국 이렇게 당신에게 말하고 말았군요. 그러면 안 되는 거였는데." 그녀가 갑자기 차분해지더니 짙푸른 눈을 훔쳤다.

"그러니까 당신 아버진 그들이 미처 여길 떠나기도 전에 **죽여 버렸단** 말인가요?"

그녀가 고개를 끄덕여 보였다.

"대개는 팔월에 그랬어요. 아니면 구월 초에 그러거나요. 우리로선 그들에게서 우선 취할 수 있는 즐거움은 죄다 끌어내는 게 아주 자연스러운 일이었어요."

"이렇게 끔찍할 데가! 아니 어떻게, 어째서……, 미치겠군! 그러니까 그들을 죽인 게 사실이라고 시인한……."

"네, 그래요." 키스마인이 어깨를 으쓱해 보이며 말을 가로막았다. "그렇다고 그들을 저 비행사들처럼 가둘 순 없었다고요. 그럼 매일 같이 우릴 비난하려 들었을 테니까요. 그리고 재스민과 저로선 그편이 훨씬 수월했죠. 아버지께선 우리 예상보다 더 빨리 일을 처리하셨으니까요. 굳이 애틋하게 작별 인사를 할 필요도 없었던 거죠."

"그래서 그들을 살해했군요, 그렇죠?" 존이 외쳐 댔다.

"아주 괜찮은 방식을 택했어요. 그들이 자는 동안 약물을 주입했죠. 가족들에겐 늘 그들이 외딴 산에서 성홍열을 앓다 죽었다는 식으로 알렸고요."

"그렇다 쳐도…… 대체 왜 그들을 계속해서 초대한 건지 모르겠네요!"

"전 초대하지 않았어요." 키스마인이 버럭 소리를 질렀다. "전 단 한 명도 초대한 적이 없다고요. 재스민이 초대했죠. 더군다나 그들은 늘 아주 즐겁게 지냈어요. 마지막 순간이 가까워져 올수록 재스민은 제일 좋은 선물을 건네곤 했죠. 아마 저도 언젠간 손님을 맞을 수 있겠죠. 충분히 단단한 사람이 되고 나면 말이죠. 어쨌건 죽음과 같이 불가피한 요소 때문에 인생을 못 즐기게 되면 안 돼요. 찾아오는 사람이 아무도 없다면 여기서 얼마나 쓸쓸할지 한번 생각해 봐요. 뭐, 아버지 어머니도 우리처럼 제일 친한 친구들을 희생시키셨죠."

"그래서요," 존이 비난하듯 소리 질렀다. "그래서 당신은 내가 사랑을 나누게 하고 당신도 그러는 척하면서 결혼을 논한 거요? 나 역시 절대 살아서 여길 벗어나지 못하리란 걸 너무도 잘 알면서 말이오?"

"그건 아니에요." 그녀는 강력히 항의했다. "더 이상은 아니라고요. 처음엔 그랬지만요. 당신이 여기 있었으니 말이에요. 어쩔 수 없는 노릇이었죠. 그리고 당신의 마지막 날들이 우리 둘 모두에게 즐겁길 바랐어요. 그런데 말이에요, 그러다가 내가 당신과 사랑에 빠져 버린 거죠. 그리고…… 그리고 난 당신이 사라질 거란 사실이 진심으로 안타깝답니다. 뭐, 그래도 당신이 다른 여자랑 입맞춤하느니 차라리 사라지는 편이 더 낫겠지만 말이에요."

"아, 그렇군요. 날 치워 버리겠군요?" 존이 맹렬히 외쳤다.

"그러는 편이 나을 수도 있죠. 게다가 그런 말도 들었거든요. 그러니까 여자는 결혼할 수 없는 남자와 더 즐길 수 있는 법이라고 말이에요. 아, 제가 왜 당신에게 말해 버렸을까요? 이제 전 당신의 멋진 시간을 죄다 망쳐 놓은 것 같군요. 당신이 이 모든 사실을 몰랐을 땐 우리 둘 다 정말 즐겁게 지냈는데 말이죠. 이걸 말하면 당신이 우울해질 거란 걸 알긴 했어요."

"아, 그래요? 알았다고요?" 존의 음성이 분노로 떨렸다. "이젠 들을 만큼 들은 것 같군요. 고작 시체보다 나을 게 없는 작자와 사랑을 나눌 정도의 자존심과 체면밖에 지니지 못했다면, 난 더 이상 당신과 볼일이 없을 것 같소!"

"당신은 시체가 아니잖아요!" 그녀가 겁에 질린 채 항의했다.

"당신은 시체가 아니에요! 내가 시체랑 입맞췄다고 말하게 두진 않아요!"

"난 그렇게 말한 적 없소!"

"당신은 그랬어요! 내가 시체와 입맞췄다고 말했다고요!"

"난 그러지 않았다고!"

둘은 목소리를 높였지만, 갑작스러운 방해자가 등장함에 따라 곧장 침묵에 빠졌다. 발걸음 소리는 길을 따라 그들이 있는 방향으로 다가오더니 잠시 후 장미 덤불이 양옆으로 갈라지고 브래독 워싱턴의 모습이 드러났다. 잘생겼지만 멍하니 표정 없는 얼굴에 더해진 지적인 그의 두 눈이 두 사람을 뚫어지게 응시했다.

"누가 시체랑 입맞췄다는 건가?" 그가 못마땅하다는 투로 물었다.

"아무도 그런 적 없어요." 키스마인이 재빨리 대답했다. "그냥 농담이나 주고받던 중이었다고요."

"그나저나 둘이 여기서 뭘 하는 거지?" 그가 퉁명스럽게 물었다. "키스마인, 지금쯤 네 언니랑 책을 읽거나 골프를 치고 있어야 하지 않아? 가서 책이나 읽으렴, 골프를 치던가! 내가 돌아왔을 땐 여기 있으면 안 된다!"

그러고 나서 그는 존을 향해 인사한 뒤 가던 길을 갔다.

"이제 알겠어요?" 둘의 이야기가 들리지 않을 만큼 그가 멀어지자, 키스마인이 짜증스럽게 말했다. "당신이 전부 망쳐 버렸어요. 이제 우린 더 이상 만나지도 못할 거예요. 아버지가 당신을 못 보게 하겠죠. 또 우리가 사랑하는 사이라는 생각이 들면 당신을 독살하고 말 거라고요."

"우린 더 이상 사랑하는 사이가 아니오!" 존이 사납게 외쳤다. "그런 면에선 당신 아버지도 충분히 마음을 놓을 수 있을 거요. 또 내가 여기 계속 머물 거라는 어리석은 생각은 하지 말기 바라오. 난 여섯 시간 안으로 저 산을 넘고 말 테니까. 산을 깎아서라도 길을 내고 말겠어. 그러곤 동쪽으로 가는 거지." 둘은 자리에서 일어섰고, 존의 이 말에 키스마인이 다가와 팔짱을 꼈다.

"저도 가겠어요."

"제정신이 아니군요……."

"당연히 저도 가야죠." 그녀가 황급히 말을 가로막았다.

"절대 안 돼요. 당신은……."

"그래요, 좋아요." 그녀가 차분히 말했다. "그럼, 지금 아버질 따라가서 이 문제에 관해 얘기해 보기로 해요."

존은 하는 수 없이 불편한 미소를 지어 보였다.

"그래요, 내 사랑." 어렴풋하고 불확실한 감정을 더해 그가 동의했다. "그럼 같이 가 봅시다."

그녀에 대한 사랑의 감정이 되살아나 그의 가슴에 차분히 내려앉았다. 그녀는 그의 사람이었다. 그런 그녀가 위험을 함께하며 그와 같이 가겠다는 것이었다. 그는 그녀에게 팔을 두르고 열렬히 입을 맞췄다. 결국 그녀는 그를 사랑했고, 사실상 그를 구한 셈이었다.

그 문제에 관해 이야기를 나누며 둘은 저택을 향해 천천히 걸음을 옮겼다. 그들은 브래독 워싱턴이 둘이 함께 있는 걸 목격했기에 다음 날 밤에 길을 떠나는 것이 최선이라는 결론에 이르렀다. 그렇다고는 하지만 그날따라 저녁 식사 자리에서 존의 입술이 유난히 타들어 가 초조해진 나머지 그는 그만 공작새 수프를 한 숟가락 가득 떠서 왼쪽 폐로 흘려보내고 말았다. 그는 곧장 터키석과 흑담비 모피로 장식된 카드놀이 방으로 옮겨졌고, 하급 집사들 중 한 사람이 그의 등을 마구 두들겨 댔다. 피터로선 그 광경이 대단한 농담처럼 여겨졌다.

9

자정도 한참 지난 시각, 존의 몸이 불안한 듯 갑자기 홱 움직였고, 그는 곧장 벌떡 일어나 앉아 방 안에 드리워진 졸음의 베일을 응시했다. 네모진 푸른 어둠, 그러니까 열린 창을 통해 그는 멀리서 희미하게 들려오는 소리를 들었다. 그 소리가 뭔지 기억을 더듬어 생각해 내기도 전에 소리는 불편한 꿈에 가린 채 바람에 묻혀 사라지고 말았다. 하지만 뒤이어 들려온 날카로운 소리는 점점 가까워져 오다가 급기야 그의 방 바로 바깥까지 이른 듯했다. 손잡이를 달각하고 돌리는 소리, 발걸음 소리, 속삭임들, 무엇이 됐든 그는 잘 분간할 수 없었다. 명치에 단단한 덩어리가 뭉친 것 같았고, 뭔가 들으려고 지독히도 안간힘을 쓰는 순간 온몸이 아파 왔다. 그러고는 베일 하나가 사라지는가 싶더니 문 옆에 서 있는 희미한 형체가 보였다. 그 형체는 희미했고 어둠 속에서 분간이 안 될 정도로 모호했으며 커튼의 주름과 겹쳐 왜곡된 탓에 더러운 판유리에 비친 모습처럼 보였다.

두려움 때문인지 혹은 결단력 때문인지 급작스레 움직이게 된 존은 침대 옆 버튼을 눌렀고, 다음 순간 바로 옆방에 있는 푹 꺼진 초록색 욕조에 앉아 있었다. 그는 반쯤 차 있던 차가운 물에 놀라

각성 상태로 잠에서 깼다.

그는 욕조에서 벌떡 일어나 밖으로 나왔고, 젖은 잠옷에서 물이 흘러 사방으로 번졌다. 곧장 청록색 문 쪽으로 달려 나간 그는 그 문이 2층의 상아 층계참으로 이어진다는 걸 알고 있었다. 문은 소리도 없이 조용히 열렸다. 위쪽의 거대한 돔에서 타오르던 진홍색 램프 하나가 사무치게 아름다운 조각 계단의 화려한 곡선을 비췄다. 자기 주변을 한껏 감싼 침묵의 장관에 압도된 나머지 존은 잠시 망설였다. 그 침묵은 상아 층계참에 서서 떨고 있던 작은 누군가를 집어삼키려는 고독을 거대한 주름과 윤곽으로 감싸 버리는 듯했다. 다음 순간 두 가지 사건이 동시에 벌어졌다. 그의 거실 문이 벌컥 열리더니 벌거벗은 검둥이 세 명이 느닷없이 복도로 들어왔다. 그리고 존이 극도의 공포 속에서 계단 쪽으로 달려가던 순간, 복도 반대편 벽 쪽에 있던 또 다른 문이 미끄러지듯 열리더니 불이 켜진 엘리베이터 안에 브래독 워싱턴이 서 있는 게 보였다. 그는 모피 코트를 걸치고 무릎까지 올라온 승마용 장화를 신고 있었다. 그 위로는 장밋빛 잠옷이 번들거렸다.

존을 향해 다가오던 검둥이 셋은 그 즉시 움직임을 멈추고 무언가를 기다리기라도 하듯 엘리베이터 안의 사내 쪽으로 돌아섰다. 존은 그 검둥이들을 단 한 명도 본 적이 없었기에 그들이 분명 전문 킬러일 거라는 생각이 스쳤다. 사내는 고압적인 자세로 명령했다.

"이쪽으로 와! 그래, 너희 셋 전부! 죽도록 뛰어오라고!"

그러자 한순간에 검둥이 셋이 엘리베이터 안으로 쏜살같이 뛰어들었다. 엘리베이터 문이 미끄러지듯 닫히자 길쭉하게 드리워졌던 불빛마저 사라지고 존은 다시금 복도에 홀로 남았다. 그는 상아 계단에 기대 힘없이 고꾸라졌다.

뭔가 불길한 일이 벌어진 게 분명했다. 그러니까 잠시나마 그 자신의 사소한 불행 따윈 제쳐 두게 할 만한 일 말이다. 대체 무슨 일일까? 검둥이들이 반란이라도 일으킨 걸까? 비행사들이 쇠창살을 벌리고 나온 걸까? 아니면 피쉬 마을 사내들이 무턱대고 산을 넘어와 암울하고 슬픈 눈으로 호화로운 계곡을 바라보고 있었던 걸까? 대체 어느 쪽인지 존으로선 알 수 없는 노릇이었다. 엘리베이터가 윙 소리를 내며 다시 올라가자, 바람이 윙윙대는 소리가 희미하게 들려왔고 잠시 후 엘리베이터가 내려오자 바람 소리가 또 났다. 어쩌면 퍼시가 아버지를 도우려고 황급히 움직이는 건지도 몰랐다. 존은 지금이야말로 키스마인과 함께 즉각적인 탈출 계획을 세울 때라는 생각이 들었다. 그는 엘리베이터 소리가 잠잠해질 때까지 몇 분 더 기다렸다가 젖은 잠옷을 파고드는 밤의 한기에 몸을 떨며 방으로 돌아와 재빨리 옷을 갈아입었다. 그러고 나서 그는 계단을 한참 올라가 러시아산 흑담비 모피가 깔린 복도 쪽으로 꺾은 뒤 키스마인의 스위트룸에 이르렀다.

거실문은 열려 있었고 램프에는 불이 들어와 있었다. 앙고라 기모노 차림의 키스마인은 창가에 서서 귀를 기울이고 있다가 소리 없이 들어선 존을 향해 돌아섰다.

"아, 당신이네요!" 그녀가 방을 가로질러 다가오며 속삭였다. "저 소리 들었어요?"

"내 방에 있다가 당신 아버지 노예들 소릴 들었는데……."

"아니에요." 그녀가 잔뜩 흥분해 말을 가로막았다. "비행기들이었답니다!"

"비행기라고요? 아, 그 소리 때문에 제가 깼나 보군요."

"적어도 열두어 대는 되는 거 같더군요. 조금 전에 한 대가 달 바로 앞으로 날아가는 걸 봤답니다. 뒤쪽 절벽 옆에 있던 경비가 총을 쐈고, 그 소리에 아버지도 일어나신 거죠. 우리도 곧장 발포 할 거고요."

"저들이 여기에 온 목적이 있을까요?"

"네, 달아났던 그 이탈리아 사람 때문이겠죠."

그녀가 말을 마치자마자 열린 창문으로 날카롭게 갈라지는 소리가 연이어 들려왔다. 키스마인은 조그맣게 비명을 내뱉더니 서랍장 위 상자를 손가락으로 더듬어 1페니 동전을 끄집어낸 뒤 전등 쪽으로 내달렸다. 순식간에 저택 전체가 어둠에 잠겨 버렸다. 그녀가 퓨즈를 끊어 버린 것이다.

"어서요! 서둘러요!"그녀가 그를 향해 소리쳤다. "옥상 정원으로 올라가서 거기서 보면 돼요!"

그녀는 망토를 걸치며 그의 손을 잡았고 둘은 문밖으로 나가는 길을 찾았다. 탑으로 향하는 엘리베이터까지는 겨우 한 발짝만 가면 되었고, 그녀가 버튼을 누르자 엘리베이터가 위로 치솟았다. 그는 어둠 속에서 그녀를 껴안고 그녀에게 입맞췄다. 마침내 존 언저에게 사랑이 찾아온 것이다. 잠시 후 그들은 별처럼 빛나는 플랫폼으로 내려섰다. 고개를 들어 위를 쳐다보니 검은 날개를 단 비행체들이 흐릿한 달빛 아래 회오리치는 구름 사이를 미끄러지듯 들락거리며 줄곧 빙빙 돌았다. 계곡 곳곳에서 불의 섬광이 튀었고, 곧 날카로운 폭발음이 들려왔다. 키스마인은 기쁜 듯 손뼉을 쳐 댔지만, 다음 순간 비행기들이 예정된 신호에 따라 폭탄을 투하하기 시작하면서 계곡 전체가 깊게 울리는 소리와 번쩍대는 빛의 파노라마로 변모하자 이내 경악했다.

오래지 않아 고사포들이 자리한 지점으로 공격이 집중되자, 그중 한 대가 그 즉시 커다란 재가 되어 장미 덤불이 있는 공원을 뒤덮었다.

"키스마인," 존이 간절한 어투로 입을 열었다. "이번 공격이 내가 살해되기 전날 벌어졌다고 말하면 당신도 기쁘지 않을까. 그 경비가 총 쏘는 소릴 못 들었다면 아마 난 지금쯤 아예 죽은 목숨이겠지⋯⋯."

"잘 안 들려요!" 바로 앞에서 벌어지는 광경에 열중하고 있던 키스마인이 소리쳤다. "좀 더 크게 말해 봐요!"

"내 말은," 존이 외쳐 댔다. "저들이 성을 쏴 대기 전에 빠져나가는 게 좋겠다는 거요!"

갑자기 검둥이들 숙소의 현관 지붕이 죄다 산산조각 나면서 돌기둥 아래쪽에서부터 불길이 치솟더니 뾰족하게 깨진 수많은 대리석 조각들이 날아가 멀리 호숫가에 떨어졌다.

"오만 달러어치 노예들이 저렇게 사라지네요." 키스마인이 외쳤다. "전쟁이 벌어지기 전 가격을 말하는 거지만요. 재산을 존중할 줄 아는 미국인은 드물죠."

존은 다시금 그녀를 재촉해 떠나려 했다. 비행기들은 매 순간 점점 더 정확히 조준하고 있었고, 이제 단 두 대의 고사포만이 남아 대응 사격을 하는 중이었다. 불길에 에워싸인 요새가 오래 버티지 못할 거란 건 명백했다.

"어서요!" 존이 키스마인의 팔을 잡아끌며 외쳤다. "이제 가야 해요. 저 비행사들이 당신을 발견하면 무조건 죽일 거란 걸 모르겠어요?"

그녀는 마지못해 그의 말에 따랐다.

"재스민도 깨워야 해요!" 허겁지겁 엘리베이터로 향하던 중 그녀가 말했다. 그러다 문득 그녀는 어린아이처럼 기뻐하며 이렇게 덧붙였다. "우린 가난하게 살아가겠죠, 그렇죠? 책에 나오는 사람들처럼 말이에요. 전 고아가 되겠지만 완전히 자유롭겠죠. 자유롭고 가난해지는 거예요! 정말 재미있을 것 같아요!" 그녀는 걸음을 멈추고 기쁨에 겨워 그에게 입맞췄다.

"한 번에 두 가지 입장이 되는 건 불가능해요." 존이 암울하게 말했다. "그건 사람들이 이미 알아낸 사실이죠. 굳이 둘 중 하나를 고르라면 난 자유로워지는 걸 택하겠소. 그리고 만약의 경우를 대비해서 당신 보석 상자에 담긴 걸 호주머니에 넣어 가는 게 좋을 거요."

10분 후 두 여자는 어둑어둑한 복도에서 존을 만나 성의 1층으로 내려갔다. 마지막으로 화려한 복도를 지나온 그들은 잠시 바깥에 있는 테라스에 서서 불타는 검둥이 숙소와 호수 반대편으로 추락한 두 대의 비행기에서 치솟는 불길을 바라보았다. 고사포 하나가 여전히 펑펑 소리를 내며 발사되는 가운데, 공격자들은 선뜻 더 내려오지 못하고 주저하는 듯했다. 하지만 곧 우레와 같은 불꽃이 고사포를 에워쌌고 우연히 발사된 한 발이 에티오피아 출신 경비팀을 전멸시키고 말았다.

존과 두 자매는 대리석 계단을 내려와 왼쪽으로 급히 방향을

튼 다음 밴드처럼 다이아몬드 산을 감고 있는 좁은 길을 올랐다. 키스마인은 반쯤 더 올라가면 숲이 우거진 곳이 있다는 걸 알고 있었다. 그곳이라면 들키지 않게 누워 걷잡을 수 없이 타오르는 계곡의 밤을 지켜볼 수 있을 터였다. 게다가 필요시엔 마음만 먹으면 돌투성이 배수로 안 비밀 통로로 탈출할 수도 있었다.

10

목표한 지점에 이르렀을 땐 3시였다. 친절하면서도 냉정한 재스민은 커다란 나무 몸통에 기댄 채 곧바로 잠이 들었다. 존과 키스마인은 앉아 있었고, 존이 그녀에게 팔을 두른 상태였다. 둘은 아침까지만 해도 정원이었던 폐허 속에서 잦아드는 전투의 절망적인 성쇠를 지켜보았다. 4시를 조금 넘기자 마지막까지 남아 있던 고사포가 뎅그렁 소리를 내더니 작동을 멈췄고 순식간에 붉은 연기가 피어올랐다. 달은 졌지만, 비행체들이 지상에 더 가까이 내려와 돌고 있는 게 보였다. 사면초가에 몰린 자들이 더 이상 가진 게 없다는 사실이 확인되면 비행기들은 곧장 착륙할 것이고, 그땐 워싱턴의 어둡고 화려한 통치도 끝이 날 터였다.

사격이 중지되자 계곡엔 침묵이 내렸다. 비행기 두 대의 잔해에 남아 있던 불길이 풀밭에 웅크린 괴물의 눈처럼 이글거렸다. 저택은 어둠 속에서 침묵했으며 빛이 없어도 태양 아래에 있을 때만큼이나 아름다웠다. 네메시스*가 숲에서 덜커덕거리는 소리가 하늘

* 복수의 여신.

을 메우며, 불평이 커지다 잦아들었다. 문득 존은 키스마인도 언니처럼 깊이 잠들었음을 알아차렸다.

4시를 훌쩍 넘겼을 때, 그는 자신들이 아까 지나온 길을 따라 다가오는 발소리를 감지했다. 그는 잔뜩 숨죽인 채 그자가 그들의 은신처를 지나칠 때까지 잠자코 기다렸다. 인간에게서 비롯되지 않은 공기의 동요가 어렴풋이 느껴졌고 이슬은 차가웠다. 곧 새벽이 밝아 올 참이었다. 존은 발소리가 산 위로 충분히 멀어져 더 이상 들리지 않을 때까지 기다렸다가 곧 그 뒤를 쫓았다. 가파른 정상까지 반쯤 올라온 지점에 나무들이 넘어져 있었고, 단단한 안장처럼 펼쳐진 바위들이 아래쪽에 자리한 다이아몬드를 덮은 듯했다. 그곳에 이르기 바로 전에 그는 속도를 낮췄는데, 그건 바로 앞에 살아 있는 생명체가 있을 거라고 경고한 동물적 감각 때문이었다. 높이 솟은 바위에 다다른 그는 바위 끝을 향해 조금씩 머리를 들어 올렸다. 그리고 그는 자신의 호기심에 대한 보답을 받았다. 그가 목격한 광경은 바로 이러했다.

브래독 워싱턴은 거기 그렇게 가만히 서 있었고, 그런 그의 윤곽이 아무런 생명의 소리나 표시도 없이 잿빛 하늘을 배경으로 드러났다. 대지에 금빛 초록색을 드리우며 동쪽에서 새벽이 밝아 오자 그의 고독한 형체는 찬란한 새날과 무의미한 대조를 이루었다.

존이 자신을 초대해 준 집주인을 지켜보는 동안 그는 잠시 불가해한 사색에 잠긴 듯하더니 발치에 쭈그리고 앉은 검둥이 둘에게 신호를 보내 그들 사이에 놓인 짐을 들어 올리게 했다. 검둥이들이 버둥대며 일어서자, 태양의 첫 노란색 빛줄기가 거대하면서도 정교하게 다듬어진 다이아몬드의 무수한 프리즘을 통과했다. 백색

광채가 타올라 샛별 조각처럼 공중에서 빛났다. 짐을 진 검둥이들은 그 무게에 짓눌려 잠시 비틀댔고, 그들의 굽이치던 근육은 땀에 젖어 빛나는 피부 아래에서 멈추더니 굳어졌다. 세 사람의 형체는 다시금 움직이지 않았고, 하늘 앞에서 무기력하게 반항했다.

잠시 후 백인 사내는 머리를 치켜들더니 주의를 집중시키려는 듯 양팔을 들어 올렸다. 수많은 군중을 앞에 두고 큰 소리로 이야기라도 할 듯이 말이다. 하지만 그곳에 군중은 없었고, 산과 하늘의 거대한 침묵만이 존재할 따름이었다. 곧이어 나무들 사이로 희미하게 들려오는 새들의 지저귐이 그 침묵을 깼다. 평평한 바위에 선 형체는 억누르기 힘든 자부심을 실어 느릿느릿한 말투로 말하기 시작했다.

"거기…… 높은 곳에 계신 분이시여!" 그가 떨리는 목소리로 외쳤다.

"그곳에 계신 분이시여……." 잠시 말을 멈춘 그는 여전히 두 팔을 높이 든 채 답이라도 기다리듯 온 신경을 곤두세워 머리를 꼿꼿이 들고 있었다. 존은 산 아래쪽에서부터 다가오는 이가 있는지 애써 살폈지만, 산에 사람의 기척이라곤 없었다. 대신 나무 꼭대기를 스치며 플루트 같은 소리를 내는 바람과 하늘이 있을 따름이었다. 워싱턴 씨는 기도를 올리는 걸까? 존은 잠시 궁금증이 일었다. 하지만 다음 순간 그만의 착각은 깨졌다. 사내의 전반적인 태도에는 기도와 상반되는 뭔가가 있었다.

"아, 거기 높은 곳에 계신 분이시여!"

그 목소리는 강했고 자신에 차 있었다. 그리고 그건 절망적 애원과는 거리가 멀었다. 거기엔 말도 안 되게 심한 오만함이 깃들어 있었다.

"그곳에 계신 당신……." 너무 빨라 알아들을 수 없는 말들이 그의 입에서 하나씩 흘러나왔고…… 존이 숨을 죽이고 귀 기울여 한 구절씩 파악하려 애쓰는 동안 그의 음성은 멈추고 다시 들려오고 또 멈추길 반복했다. 그 목소리는 강경하고 논쟁적인가 싶다가도 느리고 당혹스러운 조급함을 띠었다. 다음 순간 홀로 그의 말에 귀 기울이던 존에게 분명한 확신이 찾아들었고, 깨달음이 엄습하자 혈관을 따라 흐르던 피가 솟구치는 듯했다. 브래독 워싱턴은 신께 뇌물을 바칠 참이었다!

그랬다. 의심의 여지가 없었다. 그의 노예들이 팔로 떠받치고 있는 다이아몬드는 미리 제시한 일종의 본보기로, 앞으로 더 많은 제물이 잇따를 것을 약속했다.

어느 정도 시간이 지난 후 깨닫긴 했지만, 바로 그것이 그가 내뱉은 문장들의 골자였다. 부유해진 프로메테우스는 그리스도의 탄생에 앞서 잊힌 제물과 잊힌 의식, 폐기된 기도 따위를 내세웠다. 한동안 그와 신의 담화는 신이 인간으로부터 받았던 이런저런 선물들을 신께 일깨우는 형태로 진행되었다. 그러니까 적들로부터 도시를 구해 준다면 훌륭한 교회를 바칠 터였다. 또 몰약과 황금, 인간의 목숨과 아름다운 여인, 포로로 잡힌 병사들, 아이들과 여왕, 숲과 들의 짐승들, 양과 염소, 수확물과 도시, 신의 분노를 잠재울 요량으로 신께 호소하며 열정과 피로 바친 그 모든 정복지들과 같은 제물이 있었다. 그리고 이제 브래독 워싱턴은 다이아몬드의 황제이자 황금기를 누린 왕과 사제, 화려함과 호화로움을 지닌 심판자로서 이전에 살았던 어떤 왕자도 감히 꿈꾸지 못한 보물을 바칠 터였다. 단 간청이 아닌 강한 긍지를 내보이면서 말이다.

이제 그는 제물에 대한 자세한 설명까지 곁들여 가며 말을 이어 갔다. 그는 세상에서 가장 큰 다이아몬드를 신께 바칠 참이었다. 그리고 그 다이아몬드는 나무에 달린 잎사귀의 수보다 많은 수천 개의 면이 생기도록 다듬어질 터였지만, 동시에 파리 한 마리 정도 크기의 보석이 그러하듯 완벽해지도록 가공될 예정이었다. 그러려 면 많은 이들이 오랜 세월에 걸쳐 작업에 매진해야 할 터였다. 또 다이아몬드는 멋들어진 조각은 물론 오팔과 사파이어로 장식된 문이 돋보이는 거대한 돔 안에 배치될 것이었다. 돔 가운데는 비워 예배당을 만들고, 보는 각도에 따라 빛깔이 달라지고 나뉘는 라듐 으로 꾸민 제단을 마련해, 기도하는 도중 머리를 드는 이의 두 눈 을 태워 버릴 참이었다. 그리고 자신에게 은혜를 내린 신의 기쁨 을 위해 신이 선택한 희생양을 제단에 제물로 바칠 것이었다. 설령 그것이 살아 있는 인간 중 가장 위대하고 강한 자라 할지라도 말 이다.

제물에 대한 대가로 그는 지극히 간단한 걸 요구했다. 그러니까 그건 신의 입장에선 어처구니없을 정도로 수월한 요구일 것만 같 았다. 그는 모든 게 곧장 어제와 같은 상태로 돌아가 그대로 유지 되길 바랐다. 그러니 얼마나 간단하고 수월한 일인가! 그저 하늘 을 열어 이 사내들과 비행기들을 빨아들여 삼키고는 다시 닫아 버 리면 될 터였다. 건강하게 소생한 노예들을 다시 한번 그에게 허락 하면 될 터였다.

그는 여태까지 누군가를 대접하거나 협상하지 않아도 되었다.

이 순간 그는 그저 그의 뇌물이 충분히 컸는지만 생각하는 중이다. 물론 신도 대가를 받을 수 있다. 신은 인간의 모습을 하고 있다고들 한다. 따라서 그 역시 대가를 받아야 한다. 그리고 그 대가란 건 진귀해야 할 터였다. 수많은 세월에 걸쳐 지어진 대성당도, 만 명의 노동자가 동원되어 건축된 피라미드도 이 대성당과 이 피라미드와 같을 수 없었다.

그는 그쯤에서 잠시 말을 멈췄다. 그는 제안을 한 것이다. 일은 그가 설명한 대로 진행될 것이며, 그의 주장에는 제 가치보다 낮게 측정된 저속한 것이라곤 찾아볼 수 없었다. 결국 그는 자신의 제안을 받아들이든 아니든 그건 신에게 달렸다는 뜻을 내비친 것이다.

그의 말이 막바지에 이르자 문장들은 점차 끊기고 짧아지고 불명확해졌으며, 그의 몸은 잔뜩 긴장해 주변의 미세한 압박이나 생명체의 속삭임이라도 잡아내려 안간힘을 쓰는 듯했다. 그의 머리칼은 그가 이야기하는 동안 서서히 백발로 변했고, 이제 그는 크게 분노한 늙은 선지자라도 된 양 하늘을 향해 머리를 높이 들었다.

존이 잔뜩 들떠 매료된 상태로 그 광경을 바라보고 있자니, 불현듯 그의 주변에서 기묘한 현상이 벌어지는 듯했다. 곧장 하늘이 컴컴해지고 세찬 바람이 윙윙 몰아쳤으며 멀리서 들려오는 트럼펫 소리와 멋진 실크 가운이 바스락대는 소리 같은 한숨 소리가 느껴졌다. 한동안 부근의 자연이 어둠 속으로 녹아 들어가는 듯했다. 새들이 노래를 멈췄고 나무도 흔들리지 않았다. 산 너머에선 둔탁하고 위협적인 천둥이 우르릉거리며 울려 댔다.

하지만 그게 다였다. 바람은 계곡의 키 큰 풀들을 따라 잦아들었다. 제시간에 새벽이 찾아오고 날이 밝았으며, 태양이 떠올라 황금빛 안개의 더운 물결을 내보내 눈앞에 펼쳐진 길을 밝게 비췄다. 나뭇잎들은 태양 아래에서 깔깔댔고, 그 웃음이 나무를 흔들어 대는 바람에 하나하나의 나뭇가지가 마치 동화의 나라에 등장하는 여학교인 것만 같았다. 그랬다. 신은 뇌물을 거절한 것이다.

다음 순간 존은 쾌거를 지켜봤다. 몸을 돌리자 훨훨 날아 호숫가로 내려앉는 갈색 물체가 보이는가 싶더니 또 하나가, 그리고 또 다른 하나가 차례로 보였다. 구름으로부터 지상으로 춤추듯 내려오는 황금빛 천사들처럼 말이다. 그건 바로 비행기들이 땅으로 내려오는 광경이었다.

존은 바위에서 미끄러지듯 내려와 산등성이를 따라 내달려 숲이 우거진 곳으로 향했다. 그곳에 이르자 잠에서 깬 두 소녀가 그를 기다리고 있었다. 키스마인이 벌떡 일어서자 호주머니 안의 보석들이 딸랑거렸고, 그녀의 벌어진 입술에선 질문이 새 나오려 했지만 존은 본능적으로 이야기를 나눌 만한 시간이 없다는 걸 알아차렸다. 그들은 한순간도 지체하지 않고 곧장 산을 떠나야만 했다. 그는 두 소녀의 손을 잡고 침묵 속에서 나무들 사이를 빠져나갔다. 들이치는 햇살과 피어오르는 안개에 온몸이 흠뻑 젖는 듯했다. 그들이 뒤로한 계곡 쪽에서는 아무런 소리도 들려오지 않았고, 멀리 있는 공작의 투덜댐과 낮고 경쾌한 아침의 소리만이 울려 퍼질 따름이었다.

반 마일 정도를 이동한 그들은 대 정원을 피해 다음번에 나타날 언덕으로 이어지는 좁은 길로 들어섰다. 언덕 꼭대기에 오른 그들은 잠시 멈춰 서서 뒤를 돌아봤다. 그들의 시선이 막 떠나온 산비탈에 머물렀고, 그곳엔 비극이 임박한 듯 암울한 기운이 만연

했다.

하늘을 배경 삼아 또렷이 눈에 들어오는 풍경 하나는 바로 기세가 한풀 꺾인 백발의 사내가 가파른 계단을 천천히 내려오는 모습이었다. 그런 그의 뒤로 몸집이 큰 무표정의 검둥이 둘이 햇빛을 받아 여전히 빛나는 짐을 같이 옮기는 광경도 보였다. 그들이 경사지를 반쯤 내려왔을 때 다른 형체 둘이 합류하는 게 보였다. 존은 그 형체가 워싱턴 부인과 그녀의 아들이란 걸 알아보았고, 부인은 아들의 팔에 몸을 기대고 있는 모습이었다. 비행사들이 저택 앞쪽에 드넓게 펼쳐진 잔디밭으로 내려서고 있었다. 소총을 손에 든 그들은 정찰 대형을 이루어 다이아몬드 산으로 향했다.

하지만 훨씬 위쪽에서 사람들의 시선을 사로잡았던 다섯 명의 소규모 집단은 바위의 선반처럼 튀어나온 지점에서 멈춰 섰다. 그러더니 검둥이들이 자세를 낮춰 산등성이에 난 작은 문을 당겨 여는 것이었다. 그들은 전부 이 문 안쪽으로 사라져 버렸다. 처음엔 백발의 사내가, 뒤이어 그의 아내와 아들이, 끝으로 두 명의 검둥이가 차례로 말이다. 보석이 박힌 머리 장식의 빛나는 끝부분이 햇빛을 받아 잠시 반짝이더니 어느새 작은 문이 내려가면서 그들 전부를 삼켜 버렸다.

키스마인은 존의 팔을 움켜잡았다.

"아아," 그녀가 미친 듯 소리를 질러 댔다. "다들 어디로 가는 거지? 뭘 하려는 거야?"

"지하에 탈출구가 있을 것 같군요……."

두 여자의 나지막한 비명이 그의 말을 가로막았다.

"아직 모르겠어요?" 키스마인이 발작적으로 흐느꼈다. "산에는 장치가 되어 있어요!"

그녀가 이야기하는 와중에도 존은 손을 들어 시야를 가렸다. 바로 목전에서 산의 표면이 전부 눈부시게 타오르는 금빛으로 변했고, 그 빛은 산을 덮은 잔디를 뚫고 나와 인간의 손까지 비추기에 이르렀다. 도저히 견딜 수 없을 것만 같이 타오르던 불빛이 잠시 지속되다가 꺼져 버린 필라멘트처럼 사라지자, 시커먼 폐허가 드러나면서 푸른 연기가 서서히 피어올랐다. 연기는 초목과 인간 육체의 잔재까지 전부 가져가는 듯했다. 이제 비행사들은 피도 뼈도 남지 않았다. 그들은 작은 문 안으로 들어간 다섯 명의 영혼만큼이나 완전하게 전소되고 만 것이다.

그와 동시에 엄청난 충격이 일며 저택이 말 그대로 공중으로 던져지는가 싶더니 폭발해서 불타는 조각이 되어 버렸다. 그리고 그 조각들은 호수에 절반쯤 잠긴 잔해의 피어오르는 연기 속으로 떨어져 내렸다. 더 이상 불길은 보이지 않았다. 남은 연기는 햇빛에 섞여 날아가고, 한때 보석들의 저택이었을 법한 거대하고 평범한 잔해더미에서 대리석의 고운 가루 같은 먼지가 흩날렸다. 그 어떤 소리도 들려오지 않는 가운데 세 사람만이 계곡에 오롯이 남았다.

11

해 질 무렵 존과 그의 동행 두 사람은 워싱턴 영지의 경계가 되는 거대한 절벽에 이르렀고, 뒤로 돌아 바라본 땅거미 질 무렵의 계곡은 평온하면서도 아름다웠다. 그들은 재스민이 바구니에 담아 가져온 음식을 먹으려 그곳에 둘러앉았다.

"이것 좀 봐!" 식탁보를 깔고 그 위에 샌드위치를 정갈하게 얹으며 그녀가 말했다. "정말 맛있어 보이지 않아? 밖에서 먹으면 늘 더 맛있는 것 같아."

"저렇게 말하니까," 키스마인이 입을 열었다. "재스민도 이제 중산층 같군."

"그럼 이제," 존이 잔뜩 기대하는 투로 말했다. "호주머니에 어떤 보석을 넣어 온 건지 한번 봅시다. 괜찮은 걸 가져왔으면 우리 셋은 여생을 편안히 보낼 수 있겠지요."

키스마인은 순순히 호주머니에 손을 집어넣더니 반짝이는 보석들을 두 주먹 가득 끄집어내 보였다. "그만하면 괜찮아 보이는군요." 존이 잔뜩 들떠 외쳤다. "그다지 크진 않지만…… 엇, 이건 뭐죠?" 떨어지는 해를 향해 보석 하나를 집어 들고 치켜올리던 그의 표정이 변했다. "아, 이건 다이아몬드가 아니네요! 문제가 있는 것 같군요!"

"오, 이런!" 키스마인이 놀란 표정을 하고 외쳤다. "난 정말 바보 같아요!"

"아, 이건 모조품이군요!" 존이 덩달아 소리쳤다.

"맞아요." 그녀가 웃음을 터뜨렸다. "제가 서랍을 잘못 연 거예요. 이건 재스민 언니를 만나러 왔던 여자의 드레스에 있던 거랍니다. 그걸 제게 넘기면 다이아몬드를 주겠다고 했었죠. 그전까진 진짜 보석 말고 다른 건 본 적이 없었으니까요."

"그래서 가져온 건 이게 다란 말이죠?"

"네, 안타깝지만 그런 것 같군요." 그녀는 아쉬운 듯 반짝이는 것들을 가리키며 말했다. "그런데 전 이게 더 좋은 거 같아요. 이제 다이아몬드는 좀 질리거든요."

"좋아요." 존이 우울한 듯 말했다. "우린 하데스에서 살아야겠지요. 당신은 남의 말을 잘 믿지 않는 여자들에게 서랍을 잘못 열었다고 이야기하면서 늙어 갈 거고요. 유감스럽게도 당신 아버지의 은행 통장도 그와 함께 죄다 사라졌으니 말입니다."

"하데스가 뭐 어때서요?"

"아마 내 또래 아내를 데리고 고향에 가면 아버지께서 벌겋게 단 석탄을 들이밀겠죠. 아래쪽에선 그렇게들 표현한답니다."

재스민이 목소리를 높였다.

"전 빨래하는 게 좋아요." 그녀가 조용히 말했다. "전 늘 손수건을 손수 빨았죠. 세탁 일을 해서 두 사람에게 도움이 되도록 하겠어요."

"하데스에도 세탁부들이 있나요?" 키스마인이 순진한 표정으로 물었다.

"네, 물론이죠." 존이 대답했다. "거기도 다른 곳들과 똑같아요."

"전 거기선 다들 너무 더워서 옷도 안 입을 거라고 생각했거든요."

존이 웃음을 터뜨렸다.

"한번 부딪혀 보는 거죠!" 그가 말했다. "시작도 하기 전에 녹초가 될 수도 있어요."

"아버지도 거기로 오실까요?" 그녀가 물었다.

놀란 존이 그녀 쪽으로 돌아섰다.

"당신 아버진 돌아가셨어요." 그가 침울하게 답했다. "그러니 그가 왜 하데스에 있겠어요? 아마 당신은 한참 전에 없어진 장소와 혼동한 것 같군요."

저녁 식사를 마친 뒤 그들은 식탁보를 접어 넣고 잠자리에 쓸 담요를 펼쳤다.

"정말 대단한 꿈이었어요." 키스마인이 별들을 바라보며 한숨을 내뱉었다. "고작 드레스 한 벌과 무일푼인 약혼자랑 여기 있다는 게 너무 신기해요!"

"그것도 이렇게 별들 아래서 말이죠." 그녀가 거듭 말했다. "이전엔 별들을 알아보지 못했답니다. 그저 누군가의 커다란 다이아몬드일 거라고만 생각했죠. 그런데 이젠 저 별들을 보고 있자니 겁이 나는군요. 제 유년이 전부 꿈이었다고 하는 것 같아서 말이죠."

"그건 정말 꿈이었소." 존이 침착하게 말했다. "모두의 유년은 꿈이라오. 그 어떤 화학적 광기의 일종이기도 하고요."

"그럼 미친다는 건 즐거운 일이네요!"

"그렇다고들 하더군." 존이 비관적인 어투로 말했다. "뭐, 더 이상은 나도 아는 게 없소. 어찌 되었건 잠시 일 년 정도 사귀어 보기로 합시다. 그게 바로 우리가 시도해 볼 수 있는 신성한 취기겠지요. 사실 이 세상엔 다이아몬드밖에 없소. 다이아몬드 말고는 아마도 환멸이라는 구차한 선물이 있겠지요. 뭐, 난 그 선물을 받은 셈이니 이제 됐소." 그가 몸을 떨었다. "어서 코트 깃을 올려요, 아가씨. 밤공기가 꽤 쌀쌀합니다. 폐렴에 걸리면 안 되잖아요. 의식이란 걸 처음으로 만들어 낸 신은 큰 죄를 지은 셈이오. 몇 시간만이라도 의식을 놓아 보자고요."

그렇게 그는 담요로 몸을 감고 잠에 빠져들었다.

벤자민 버튼의 시간은
거꾸로 간다

1

그 시절, 1860년대만 해도 출산은 마땅히 집에서 행해져야 했다. 듣기로는 요즘의 의학 기술이란 실로 대단해서 아기의 첫 울음소리도 마취제 내음 가득한 병원에서 터져 나오게 되었다고 한다. 그것도 고급 병원일수록 더 좋을 테고 말이다. 어찌 되었건 1860년의 어느 여름날 젊은 로저 부부는 시대의 풍조를 족히 50년은 앞질러 병원에서 첫 출산을 하기로 마음먹었다. 시대와 부합하지 않은 그들의 이러한 결정이 내가 풀어놓으려는 일련의 놀라운 이야기에 어떤 영향을 미쳤는지는 결코 알 수 없는 노릇이다.

그건 어떤 일이 있었는지에 관한 내 이야기를 듣고 각자가 판단해야 할 부분일 것이다.

로저 버튼 부부는 남북전쟁 전 볼티모어에서 사회적으로나 경제적으로 누구든 부러워할 만한 위치에 있었다. 그들은 이 집안 저 집안과 두루 인연을 맺었는데, 남부 지방 사람이라면 누구나 알듯이 그건 곧 남부 연방에 널리 퍼진 거대한 귀족 계층에 속할 자격이 된다는 말이기도 했다. 한편 임신과 출산이라는 멋지고도 오래된 관습을 경험하는 게 처음이었던 만큼 버튼 씨가 초조해하는 건 자연스러운 일이었다. 그는 태어날 아이가 아들이어서 코네티컷주에 있는 예일 대학에 들어가길 바랐다. 버튼 씨 자신도 그 대학에 다녔으며 4년 동안 누가 봐도 약간 뻔한 별명인 "커프Cuff"*라고 불렸던 터였다.

엄청난 일이 벌어졌던 9월의 그 아침, 그는 잔뜩 초조해하며 6시에 일어나 옷을 차려입고 나무랄 데 없이 매무새를 가다듬은 다음 볼티모어의 거리들을 가로질러 병원으로 발걸음을 재촉했다. 지난밤 어둠을 뚫고 새 생명이 무사히 탄생했는지 얼른 확인해 보고 싶었기 때문이었다.

"신사 숙녀를 위한 메릴랜드 사립 병원"을 대략 100미터쯤 앞에 두고서 그는 가족 주치의인 킨Keene 박사가 병원 건물에서 나오는 걸 보았다. 박사는 손을 씻을 때처럼 양손을 비비며 병원 입구 쪽 계단을 내려오는 중이었다. 어쨌건 의사라면 누구든 손 씻는 데 익숙해져 있기 마련이니까 말이다.

철물 도매점인 '로저 버튼 상회'의 대표를 맡고 있는 로저 버튼 씨는 고풍스러웠던 그 시절 남부 신사로서 갖춰야 할 품위 따윈 내던진 채 킨 박사를 향해 내달렸다. "킨 박사님!" 그가 박사를 불러 세웠다. "아, 킨 박사님!"

---

* 'cuffs'라고도 하며 소매 끝을 뜻함. 로저 버튼의 성과 붙여 부르면 'cuffs button'이 되므로 소매 단추라는 의미가 된다.

박사는 그가 부르는 소리를 듣고서 고개를 돌려 보더니 그 자리에 서서 잠시 기다렸다. 버튼 씨가 다가오는 동안 딱딱하게 굳은 의사의 얼굴엔 좀처럼 알 수 없는 표정이 내려앉고 있었다. "별일 없는 건가요?" 숨을 헐떡이며 달려와 계단에 올라선 버튼 씨가 다급하게 물었다. "성별이 뭐죠? 아내는 괜찮나요? 아들입니까? 어느 쪽을 닮았던가요? 무슨……"

"말이 좀 되는 소릴 하게!" 박사가 날카롭게 쏘아붙였다. 그는 약간 짜증이 난 것 같았다.

"아이는 무사히 태어난 거죠?" 버튼 씨가 간곡히 물었다.

킨 박사는 잔뜩 찌푸린 얼굴로 대답했다. "뭐, 그래, 그런 것 같더군. 어느 정도는 말이야." 그는 다시금 알 수 없는 표정으로 버튼 씨를 바라봤다.

"제 아내는 괜찮고요?"

"그래, 그렇더군."

"사내아인가요, 여자아인가요?"

"이제 그만하게!" 킨 박사는 있는 대로 짜증을 내며 소리쳤다. "직접 가서 보는 게 좋겠군. 이거 원, 말이 돼야 말이지!" 그는 마지막 한마디를 거의 한 음절처럼 톡 쏘아붙이고는 돌아서며 중얼대듯 말했다. "이런 경우가 의사로서의 내 명성에 도움이 될 리 있겠나? 이런 일이 또 벌어졌다간 그 길로 난 끝이네. 누구라도 마찬가지겠지."

"대체 무슨 일입니까?" 버튼 씨가 놀라 물었다. "세쌍둥이라도 됩니까?"

"아니, 그건 아냐!" 박사는 매섭게 응수했다. "직접 가서 보면 될 일이네. 참, 그리고 이제 담당 의사는 다른 사람을 알아보게. 이보게, 자네가 태어날 때도 내가 직접 받았고, 내 자네 집안의 주치의로 사십 년을 보냈지만, 그 인연도 이젠 여기까지야! 자네뿐만 아니라 자네 집안 사람 그 누구라도 두 번 다시 보고 싶지 않네! 자, 그럼 잘 가게!"

박사는 매몰차게 돌아서더니 단 한마디도 덧붙이지 않은 채 길가에 대기하고 있던 마차에 오르더니 급히 떠나 버렸다. 버튼 씨는 머리부터 발끝까지 전율이 이는 걸 느끼며 얼이 빠져 그곳 인도에 그대로 서 있었다. 끔찍한 사고라도 일어났단 말인가? 불현듯 신사 숙녀를 위한 메릴랜드 사립 병원에 들어서기 싫어진 그는 잠시 후 마지못해 계단을 올라 건물 현관에 발을 들였다.

조명이 흐릿하고 어둑어둑한 복도의 데스크 뒤로 간호사 한 명이 앉아 있는 게 보였다. 버튼 씨는 창피함을 간신히 억누르며 그녀에게 다가갔다.

"어서 오세요." 간호사가 명랑한 표정으로 그를 올려다보며 말했다.

"안녕하세요. 전 버튼이라고 합니다만."

그의 이름을 들은 간호사의 얼굴에 두려워하는 기색이 역력했다. 벌떡 일어선 그녀는 당장이라도 복도에서 나가 버릴 듯했지만, 그렇게 하고 싶은 걸 간신히 억누르며 참는 것 같았다.

"제 아이를 봤으면 하는데요." 버튼 씨가 말했다.

간호사는 낮은 비명과 같은 소리를 냈다. "아, 그럼요. 그러셔야죠!" 그녀는 약간 발작적으로 외쳤다. "위층이요, 바로 위층 말이에요. **올라가 보세요!**"

그녀는 위층으로 가는 방향을 가리켰고, 버튼 씨는 식은땀에 흠뻑 젖어 비틀대며 돌아서서는 계단을 오르기 시작했다. 위층 복도에 다다른 그는 손에 대야를 든 채 다가오는 또 다른 간호사에게 말을 건넸다. "전 버튼이라고 합니다." 그는 겨우 제대로 말을 꺼냈다. "제 아이를 보러 왔습니다만……."

쨍그랑! 바닥에 떨어진 대야가 요란한 소리를 내며 계단 쪽으로 굴렀다. 쨍, 쨍! 대야는 버튼이라는 이 신사가 유발한 끔찍한 분위기를 병원 전체에 퍼뜨리기라도 하겠다는 듯 한 계단 한 계단을 착실히 굴러 내려갔다.

"내 아이를 보여 달란 말이오!" 버튼 씨는 거의 악을 쓰듯 소리를 질러 댔고, 이미 거의 쓰러질 지경이었다.

쨍그랑! 대야는 어느새 1층에 다다랐다. 겨우 정신을 차린 간호사는 잔뜩 경멸하는 눈초리로 버튼 씨를 바라봤다.

"**알았어요**, 버튼 씨." 그녀는 그의 말을 이해했다는 듯 차분한 어조로 대꾸했다. "**그럼요**, 아이를 보셔야죠! 하지만 오늘 아침에 저희 모두가 어떤 일을 겪었는지 눈곱만큼이라도 **짐작하실지** 모르겠군요! 정말이지 어쩌면 그렇게 터무니없을 수가 있는지! 그런 사건이 있었으니 이제 이 병원은 예전의 명성을 절대 되찾지 못할 거라고요."

"얼른 안내해 주시오!" 그는 목쉰 소리로 외쳤다. "더 이상은 못 들어 주겠군!"

"정 그러시다면 이쪽으로 오시죠, 버튼 씨."

그는 몸을 끌 듯 힘겹게 움직여 간호사를 따라갔다. 긴 복도를 지나 그들은 온갖 울음소리가 난무하는 어느 방 앞에 이르렀다.

실제로 그 방은 나중에 "울음의 방"으로 일컬어지게 된다. 그들은 드디어 방 안으로 들어섰다.

버튼 씨가 거칠게 숨을 내쉬며 입을 열었다. "자, 제 아이는 어디 있습니까?"

"저쪽이에요!" 간호사가 대답했다.

버튼 씨는 간호사가 손가락으로 가리키는 방향으로 눈을 돌렸고, 그곳에선 이런 광경이 펼쳐졌다. 그러니까 족히 일흔은 되어 보이는 늙은이가 커다랗고 새하얀 담요에 싸여 억지로 몸을 구겨 넣은 듯 아기 침대에 앉아 있는 것이었다. 듬성듬성 난 늙은이의 머리칼은 거의 백발이었는데, 창문으로 새 들어오는 바람 때문에 그의 턱에 달린 회색 수염이 앞뒤로 우스꽝스레 흩날렸다. 그는 어리둥절한 표정을 담은 흐릿하고 희미한 눈으로 버튼 씨를 올려다봤다.

"내가 드디어 미쳤단 말인가?" 버튼 씨는 잔뜩 화가 난 듯 소리쳤다. 그가 느낀 두려움은 어느새 격렬한 분노로 바뀌어 있었다. "병원에서 이런 식으로 끔찍하게 사람을 놀리기도 하는 거요?"

"저희가 그럴 리 없죠." 간호사가 매섭게 쏘아붙였다. "그리고 선생님께서 미친 건지 아닌지는 저희가 알 바 아니지만, 저기 저 사람이 선생님 아이인 건 확실해요."

버튼 씨의 이마는 잔뜩 솟아난 식은땀으로 번들거렸다. 그는 눈을 감았다 뜨고는 자기 앞에 펼쳐진 광경을 한 번 더 바라보았다. 그가 보고 있는 건 틀림없이 일흔에 이른 **한 남자**, 그러니까 침대에 누워 양옆으로 발을 내밀고 있는 자신의 아기였다.

노인은 이쪽저쪽을 번갈아 가며 찬찬히 쳐다보더니, 불현듯 잔

뚝 잠긴 늙은이의 음성으로 이렇게 입을 열었다. "그쪽이 내 아비
요?"

버튼 씨와 간호사는 소스라치게 놀랐다.

"그게 맞다면……," 노인은 잔뜩 불만스러운 투로 말을 이었다.
"여기서 날 좀 꺼내 주시오. 아니면 적어도 흔들의자라도 하나
갖다주라고 하던가."

"당신 대체 어디서 튀어나온 거요? 정체가 뭐냐고?" 버튼 씨는
미친 듯이 악을 써 댔다.

"내가 누군지 **콕 집어** 이야기할 순 없을 것 같소." 노인은 투덜
댔다. "겨우 몇 시간 전에 태어났으니 말이오. 그래도 성이 버튼인
거 하난 확실하지."

"거짓말이야! 이 사기꾼 같으니!"

노인은 지친 기색으로 간호사 쪽을 돌아보며 이렇게 말했다. "신
생아를 이런 식으로 맞이하다니 말이오." 그러고는 힘없는 목소리
로 투덜대듯 청하는 것이었다. "거짓을 이야기하는 건 바로 저 사
람 본인이라고 알려 주겠소?"

"그래요, 버튼 씨. 당신이 틀렸어요." 간호사가 매서운 투로 말
했다. "이 사람은 분명 당신 아이니까 당신이 잘 돌봐야 하겠지요.
그러니 오늘 중으로 가능한 한 빨리 아이를 데리고 집으로 가셔야
할 거예요."

"집에 데려가라고?" 버튼 씨는 믿기지 않는다는 듯 되뇌었다.

"네, 더 이상 여기 둘 순 없으니까요. 병원에서 그를 돌볼 순
없다고요, 알아들으셨죠?"

"그래, 나도 어서 집으로 갔으면 좋겠군." 노인이 하소연하듯 말

을 보탰다. "여긴 정말이지 조용한 아이들이 좋아할 만한 곳이더군. 다들 어찌나 소리쳐 대고 울어 재끼는지 밤새 눈 한번 못 붙였다니까. 게다가 먹을 걸 좀 달라고 했더니 말이지……." 이쯤에서 노인의 음성은 항의하듯 한껏 날카롭게 올라갔다. "분유병 나부랭이나 갖다주지 뭐야!"

버튼 씨는 아들의 침대 가까이에 있는 의자에 털썩 주저앉아 양손으로 얼굴을 감쌌다. "이럴 수가!" 그는 잔뜩 두려운 마음에 이렇게 중얼댔다. "사람들이 뭐라고 하겠어? 대체 난 어떻게 해야 하는 걸까?"

"아이를 집으로 데려가셔야죠." 간호사가 완고하게 말했다. "지금 당장 말이에요!"

괴로워하는 그의 눈앞에 문득 기괴한 장면 하나가 끔찍하리만치 선명하게 떠올랐다. 그러니까 붐비는 거리를 걷는 자신과 그런 자신을 옆에서 줄곧 따라다니는 이 오싹한 유령 같은 아이의 모습이 그려진 것이었다.

"안 돼, 난 못 해." 그가 신음하듯 말했다.

사람들은 분명 걸음을 멈추고 말을 걸어올 것이며 그럴 때 그는 과연 뭐라고 해야 좋을 것인가? 어쩔 도리 없이 이 일흔 먹은 노인을 소개하는 수밖에. "네, 이쪽은 바로 제 아들입니다. 오늘 아침에 막 태어났죠." 그러고 나면 노인이 두르고 있던 담요를 움켜쥘 테고, 그들은 가던 길을 갈 터였다. 북적이는 상점들과 노예 시장(그렇다, 버튼 씨는 한순간 자기 아들이 차라리 흑인이길 열렬히 바랐다.), 주거 지역의 고급 주택, 양로원 따위의 장소들을 전부 지나치면서 말이다.

"자, 이제 정신 좀 차려 봐요!" 간호사가 재촉했다.

"여기 좀 보게." 노인이 갑자기 끼어들었다. "내가 이 담요를 걸치고 집까지 걸어갈 거라고 짐작했다면 완전히 오산이네."

"아기들은 담요로 감싸게 마련이죠."

노인은 잔뜩 골이 난 듯 작고 하얀 배내옷을 탁탁 치며 들어 보였다. "이거 보라고!" 그는 떨리는 음성으로 말을 이었다. "**이게** 바로 나더러 입으라고 준 옷이라네."

"아기라면 배내옷을 입는 법이죠." 간호사가 고지식한 투로 응답했다.

"뭐, 그렇다 치고……." 노인이 말했다. "어쨌든 나라는 이 아기는 몇 분 후엔 아무것도 걸치고 있지 않을 예정이네. 담요가 꽤 가렵단 말이지. 차라리 침대 시트를 한 장 줬더라면 좋았을걸."

"아뇨, 담요는 두르고 계세요! 두르고 계시라니까요!" 버튼 씨가 다급하게 말했다. 그는 간호사 쪽을 돌아다봤다. "어떻게 하면 좋을까요?"

"시내에 가서 아드님이 입을 만한 옷을 좀 사 오시죠."

곧이어 버튼 씨의 아들이 외치는 소리가 복도까지 들려왔다. "지팡이도요, 아버지. 지팡이가 필요해요."

버튼 씨는 덧문을 쾅 닫았다.

2

"안녕하세요." 체서피크 양복점 직원을 향해 버튼 씨가 초조한 듯 말을 걸었다. "아이 옷을 좀 구입하고 싶은데요."

"아이가 몇 살이죠, 선생님?"

"여섯 시간쯤 됐죠." 버튼 씨는 대충 입에서 나오는 대로 대답했다.

"아기 용품 코너는 뒤편에 있습니다."

"음, 사실 저도 제가 뭘 찾고 있는 건지 정확히 모르겠어요. 그러니까…… 아이가 남달리 체구가 커요. 유독 크다고요."

"아마 제일 큰 사이즈까지 다 나와 있을 거예요."

"그럼 아동복 코너는 어디 있습니까?" 버튼 씨는 다급하게 질문을 바꿨다. 직원이 자신의 비밀스러운 치부를 감지한 게 틀림없다고 여겼기 때문이다.

"네, 바로 이쪽입니다."

"그러면……." 그는 잠시 망설였다. 아들에게 남성복을 입힌다고 생각하니 왠지 불쾌했다. 만약에 아주 큰 아동용 정장을 마련할 수만 있다면, 그 길고 흉측한 수염은 잘라 내고 백발은 갈색으로 염색하면 될 일이었다. 그렇게만 한다면 분명 세상에서 가장 끔찍한 이 비밀을 숨기고 자존심도 보존할 수 있을 터였다. 볼티모어 사교계에서 자신의 입지를 계속 유지하게 되는 건 말할 것도 없고 말이다.

하지만 아동복 코너를 미친 듯 샅샅이 뒤져 봐도 갓 태어난 버튼에게 맞을 만한 정장은 보이지 않았다. 어떻게 생각하면 그 순간 그가 그 양복점을 탓한 건 당연했다. 그런 상황에서라면 누구라도 으레 상점을 비난할 테니까 말이다.

"자제분 나이가 어떻게 된다고 하셨죠?" 직원이 새삼 궁금해하며 질문을 던졌다.

"그 아인…… 열여섯 살입니다."

"아, 이거 죄송합니다. 손님께서 여섯 **시간**이라고 말씀하신 줄 알았지 뭐예요. 바로 다음번 통로에 청소년 코너가 있답니다."

버튼 씨는 비참한 기분으로 돌아섰다. 하지만 바로 다음 순간 그는 환하게 표정을 밝히며 멈춰 서서 멋지게 차려입은 쇼윈도 너머의 마네킹을 손끝으로 가리켰다. "저기 있군!" 그가 외쳤다. "저기 마네킹이 입고 있는 정장을 구입하겠소."

직원이 그런 그를 빤히 쳐다보았다. "아니, 그게……." 직원은 이의를 제기하듯 말을 이었다. "저건 아동용 정장이 아닙니다만. 그래도 정장이긴 한데, 아니, 저만하면 멋들어진 고급 옷이긴 하죠. 그래요, 손님께서 입으시면 어떨까요?"

"얼른 싸 주시오." 버튼 씨는 초조해하며 직원을 재촉했다. "내가 원하던 걸 찾았소."

직원은 놀란 표정으로 그의 말에 따랐다.

병원으로 돌아와 신생아실로 들어선 버튼 씨는 옷이 든 상자를 아들에게 던지다시피 건넸다. "자, 네가 입을 옷을 구해 왔다." 가시 돋친 목소리로 그가 말했다.

노인은 상자를 풀어헤치더니 어리둥절한 표정을 지으며 상자 속 내용물을 들여다봤다.

"이건 좀 우스꽝스럽군." 그가 투덜대며 말을 이었다. "난 구경거리가 되고 싶지 않소."

"네가 날 구경거리로 만들고 말았어!" 버튼 씨는 매섭게 되받아쳤다. "네가 얼마나 우습게 보일지 따윈 생각하지 않는 편이 좋을 거야. 어서 그걸 입어 봐. 당장 그렇게 하지 않으면 볼기짝을 후

려쳐 줄 테다." 그는 후려친다는 표현을 거북하게 삼키듯 내뱉었지만, 어찌 되었건 그렇게 말하는 편이 적절했다고 여겼다.

"알겠어요. 그렇게 하지요, 아버지." 이건 자식으로서 아비에 대한 공경을 드러내는 표현이었지만, 왠지 모르게 기괴하고 어울리지 않는 느낌을 주었다. "물론 아버지께선 더 오래 세상을 사셨으니까…… 뭐든 아버지께서 제일 잘 아시겠죠. 그럼 말씀하신 대로 할게요."

조금 전에도 그랬지만 "아버지"라는 말에 버튼 씨는 소스라치게 놀라고 말았다.

"그래. 그리고 좀 서둘러."

"네, 아버지. 서두르고 있답니다."

버튼 씨는 차려입은 아들을 잔뜩 우울한 마음으로 훑어봤다. 아들은 물방울무늬 양말에 분홍색 바지, 그리고 넓은 흰색 깃이 달린 셔츠를 입고 벨트를 두른 차림이었다. 셔츠 깃 위로 나부끼는 기다랗고 희끗희끗한 수염은 자칫 허리께까지 늘어질 것만 같았다. 그야말로 흉측한 모양새였다.

"잠깐 기다려 봐!"

버튼 씨는 병원에서 쓰는 가위 하나를 거머쥐고 세 번쯤 손을 놀려 수염을 꽤 많이 잘라 냈다. 하지만 이렇게 외모를 다듬고 나서도 전체적인 모양새는 준수함과 거리가 멀었다. 듬성듬성하게 남은 머리칼과 축축하게 물기 어린 두 눈, 그리고 노쇠한 치아까지 죄다 발랄한 느낌을 주는 복장과는 묘하게 동떨어졌던 것이다. 그런데도 버튼 씨는 냉혹한 태도를 고수하며 손을 내밀었다. "어서 따라오지 않고!" 그는 줄곧 단호하게 이야기했다.

아들은 아비를 믿는다는 듯 그가 내민 손을 잡았다. "아버지, 이 제부터 저를 어떻게 부르실 건가요?" 함께 신생아실에서 걸어 나오며 그가 떨리는 목소리로 물었다. "적당한 이름이 떠오를 때까지 그냥 '아가'라고 하시겠어요?"

"글쎄다." 버튼 씨는 신음하듯 말을 내뱉으며 매몰차게 대답했다. "아마 므두셀라* 정도로 부를 것 같다만."

3

버튼 집안의 새로운 일원으로 합류한 아이는 이발을 마친 후 듬성듬성한 머리칼을 부자연스러운 검은색으로 물들이고, 얼굴에 윤이 날 정도로 과하게 면도한 것도 모자라, 너무 놀란 나머지 어리둥절해진 재단사에게 주문 제작한 아동복까지 갖춰 입기에 이르렀다. 하지만 가족에게 찾아온 첫 번째 아기라고 내세우기엔 아이는 턱없이 부족하고 볼품없었기에, 버튼 씨로선 이런 사실을 그저 무시하고 지내기가 불가능했다. 벤자민 버튼(딱히 부적절하진 않았지만, 당사자의 심기를 건드릴 수 있는 므두셀라라는 표현 대신 사람들은 그를 이렇게 불렀다.)은 늙고 노쇠해서 자세가 구부정했지만, 키는 170센티미터에 달할 정도로 컸다. 옷을 입고 있을 때에도 그의 큰 키는 그대로 드러났고, 아무리 눈썹을 다듬고 염색을 해도 노안으로 흐릿하고 축축해져 피곤해 보이는 두 눈을 감추진 못했다. 한참

---

* 구약성서에 등장하는 인물로 969년을 살았다고 알려짐. 나이가 아주 많은 사람을 일컫기도 함.

전에 미리 고용해 둔 유모는 아이를 고작 한 번 보고는 크게 화를 내며 떠나고 말았다.

하지만 버튼 씨는 자신의 생각을 고집스럽게 밀고 나갔다. 그러니까 벤자민은 어찌 되었건 아기인 만큼 아기답게 대해야 했다. 그는 우선 벤자민이 따뜻하게 데운 우유를 좋아하지 않는다면 차라리 아무 음식도 주지 말아야 한다고 주변에 일렀다. 결국엔 아들이 빵과 버터, 오트밀을 먹는 것까진 허락하기에 이르렀지만 말이다. 하루는 딸랑이를 집에 가져온 버튼 씨가 그걸 벤자민에게 건네며 "가지고 놀라."고 강권했다. 노인은 지친 기색으로 그걸 받아 들었고, 아비의 말에 복종하듯 딸랑이 소리는 온종일 간간이 들려왔다.

그렇지만 역시나 벤자민은 곧 딸랑이에 싫증이 났고, 주변에 아무도 없이 혼자 남게 되자 자신에게 좀 더 편안한 다른 즐길 거리를 찾아내곤 했다. 가령 버튼 씨는 어느 날 벤자민이 전보다 시가를 훨씬 더 피웠음을 알아차렸다. 이러한 사실은 며칠이 지난 후 더 명확해졌는데, 우연히 아기방에 들어선 버튼 씨가 온 방을 채운 희끄무레하고 푸르스름한 연기를 마주하고 만 것이다. 당시 벤자민은 죄책감으로 가득한 표정을 하고서 짙은 하바나 시가 꽁초를 감추느라 여념이 없었다. 물론 이런 행동은 혹독한 매질로 다스려야 마땅했지만, 버튼 씨는 차마 직접 체벌을 할 마음이 들지 않았다. 그래서 그는 "그렇게 자라도록 두진 않겠다."라고 아들에게 경고하는 선에서 그치고 말았던 것이다.

그런데도 버튼 씨는 줄곧 자신의 입장을 고수했다. 그는 납으로 만든 병정이나 장난감 기차, 천으로 만든 커다란 인형 따위를 집에 가져왔으며, 스스로 만들어 낸 환상을 완벽히 다듬기 위해 장난감 가게 점원에게 이런 식의 질문을 열심히도 던졌다. "아기가 분홍 오리를 입에 갖다 대면 칠이 벗겨지지 않을까요?" 하지만 이처럼 아버지로서 모든 노력을 기울였음에도 벤자민은 별다른 흥미를 보일 줄 몰랐다. 대신 그는 뒷계단을 통해《브리태니커 백과사전》을 몰래 빼 와서는 오후 내내 책에 파묻혀 지냈고, 그럴 때면 천으로 만든 소 인형과 노아의 방주 따위는 바닥에 아무렇게나 흩어져 있기 일쑤였다. 아들의 그런 고집스러운 성격 앞에선 버튼 씨의 온갖 수고도 죄다 허사일 따름이었다.

벤자민으로 인해 볼티모어에 야기된 소란은 처음엔 꽤나 어마어마했다. 또 집안에 찾아든 이 같은 불행으로 인해 버튼 씨 가족들과 친척들이 사회적으로 어떤 일을 겪어야 했는지는 제대로 확인할 수 없다. 어쨌건 때마침 남북전쟁이 벌어지는 바람에 시민들은 다른 사안들에 관심을 쏟기 시작했다. 다만 늘 예의 바른 태도를 잃지 않으려는 몇몇 사람들은 아기의 부모에게 듣기 좋은 찬사를 건네려 고심한 끝에 아기가 할아버지를 닮은 것 같다는 기발한 덕담을 건네기에 이르렀다. 일흔에 이른 이들에게서 어김없이 관찰되는 노쇠한 신체 상태는 그야말로 부인하기 힘든 사실이었던 까닭이다. 로저 버튼 부부의 기분은 조금도 나아지지 않았고, 벤자민의 할아버지로선 심한 모욕감을 느낄 법한 인사치레였다.

퇴원 후 벤자민은 자신 앞에 펼쳐진 삶을 그대로 받아들였다. 어린 소년들 몇 명이 집으로 초대되자 벤자민은 관절이 뻣뻣해져 가는 데도 오후 내내 팽이 놀이와 구슬치기에 몰두해 보려 애썼다. 또 우연이긴 하지만 새총으로 돌을 날려 주방 창문을 깨뜨리기도 했는데, 그의 이런 행위는 알게 모르게 그 아비에게 기쁨을 선사했다.

이후로 벤자민은 매일 같이 뭔가를 깨뜨려 보려 했지만, 그건 단지 주변의 기대에 부응하기 위한 행위였다. 그는 천성적으로 협조적인 성격이었기 때문이다.

벤자민의 조부가 처음에 품었던 반감을 떨쳐 내고 나서부터 벤자민과 조부는 놀라울 정도로 잘 어울려 즐거운 시간을 보내곤 했다. 나이나 경험 면에서는 거리감이 있었지만, 이 둘은 마치 옛 친구를 만난 듯 몇 시간이고 함께 앉아 지루한 일상의 반복되는 단조로움에 대해 언제까지고 이야기를 나누는 것이었다. 사실 벤자민은 부모보다는 조부와 같이 있을 때 마음이 더 편했다. 그도 그럴 것이 그의 부모는 늘 벤자민을 약간 두려워하는 듯한 분위기를 풍겼으며, 권위적인 태도와는 달리 그를 부를 때 종종 "…… 씨"라고 칭하기까지 했던 것이다.

극도로 노쇠한 심신을 지닌 채 태어났다는 사실은 다른 사람들과 마찬가지로 벤자민을 곤혹스럽게 했다. 그는 의학 관련 학술지까지 구해다 읽어 보았지만, 그러한 증상에 대한 기록은 찾아볼 수 없었다. 한편 아버지가 강권한 까닭에 벤자민은 다른 소년들과 진심으로 어울리려 애써 보기도 하고, 비교적 격렬하지 않은 활동에도 종종 참여해 보곤 했다. 하지만 축구는 그에게 너무 무리여서 골절상이라도 입는 날엔 자신의 늙은 뼈가 제대로 아물지 않을까 걱정이 앞섰다.

다섯 살이 되어 유치원에 다니게 된 벤자민은 미술 수업도 받았다. 초록색 종이를 주황색 종이 위에 붙이거나 알록달록한 지도

짜 맞추기, 혹은 길게 이어진 마분지 목걸이 만들기와 같은 활동이 수업에 포함되었다. 하지만 벤자민은 그런 수업이 진행되는 도중에 꾸벅꾸벅 졸다가 어느덧 잠이 들기 일쑤였고, 그의 그런 버릇은 젊은 담임을 자극하고 놀라게 했다. 담임은 벤자민이 아닌 그의 부모에게 불평을 늘어놓으며 호소했고, 결국 벤자민은 유치원을 그만두기에 이르렀다. 로저 버튼 부부는 아들이 유치원을 다니기엔 너무 어린 것 같다고 지인들에게 말하고 다녔다.

벤자민이 열두 살에 이르렀을 땐 그의 부모도 어느 정도 그에게 익숙해졌다. 실제로 습관의 힘이란 꽤나 강력해서 이제 그들은 벤자민이 다른 아이들과 다르다고 여기지 않았다. 물론 이따금 아들의 별난 특성이 유난히 도드라져 현실을 자각하게 될 때도 있었지만 말이다. 그러다 열두 번째 생일을 맞이하고 몇 주가 지난 어느 날 거울을 보던 벤자민은 아주 놀라운 점을 알아차렸다. 그저 그의 눈에만 그렇게 보였던 걸까? 아니면 지난 열두 해 동안 염색으로 가려졌던 그의 머리칼이 백발에서 진회색으로 탈바꿈한 것일까? 어지럽게 자리했던 수많은 주름도 어느새 옅어진 걸까? 그의 피부 역시 훨씬 건강하고 탄력 있어 보이지 않는가? 한겨울에 상기된 뺨처럼 불그레한 빛까지 띠고서 말이다. 어찌 되었건 그는 확신할 수 없었다. 그는 다만 자신의 자세가 더 이상 구부정하지 않으며, 유년기를 거치는 동안 신체 조건이 개선되었음을 자각할 따름이었다.

"설마, 내가……?" 그는 잠시 그런 생각을 해 보았다. 아니, 아주 조심스레 감히 그렇게 생각해 본 것이었다.

벤자민은 아버지에게 다가갔다. "이제 전 다 큰 것 같아요." 그는 확고한 태도로 말했다. "그러니까 긴 바지도 입어 보고 싶어서요."

그의 아버지는 주저하는 듯했다. "그러니까 말이다……." 그는 마침내 제대로 말을 꺼냈다. "잘 모르겠는걸. 열네 살은 되어야 긴 바지를 입지 않니? 넌 고작 열두 살이 되었을 뿐이야."

"하지만 아버지도 아시잖아요." 벤자민이 항의하듯 말했다. "전 또래들보다 덩치가 크다고요."

그의 아버지는 그런 아들을 바라보며 착각과도 같은 억측을 늘어놓았다. "아, 글쎄다. 나도 열두 살 무렵엔 너만큼 체구가 컸으니 말이다."

물론 그의 말은 사실이 아니었다. 그러한 주장은 전부 아들은 평범하다고 믿는 로저 버튼이 스스로 되뇌는 암묵적 합의의 일부였다.

어찌 되었건 결국 부자는 타협에 이르렀다. 벤자민은 계속 염색을 하기로 했다. 그는 또래 소년들과도 좀 더 열심히 어울려 볼 참이었다. 또 길거리에선 안경을 쓰거나 지팡이를 들고 다니지 않기로 약속했다. 그리고 그 대가로 난생처음 긴 바지 한 벌을 받아 냈던 것이다.

4

열두 살부터 스물한 살에 이르기까지 벤자민 버튼의 삶에 관해서는 말을 아끼려 한다. 그저 내면의 성장만큼은 정상적으로 이루어진 시간이었다고만 언급해 두겠다. 열여덟 살에 이른 벤자민은 쉰 살의 성인만큼이나 자세가 꼿꼿했으며 더욱 풍성해진 머리칼은 짙은 회색을 띠었다. 또 걸음걸이에도 흔들림이 없었을 뿐 아니라 더 이상 목소리가 잠기거나 떨리는 일 없이 건강한 바리톤 같은 음색으로 변모했다. 벤자민의 아버지는 그런 그를 코네티컷으로 보내 예일 대학의 입학시험을 치르도록 했다. 시험을 통과한 벤자민은 예일대 신입생이 되었다.

입학 후 사흘째 되던 날 벤자민은 교무처 직원인 하트 씨로부터 사무실에 들러 수강 일정을 조율하라는 안내를 받았다. 거울을 흘낏 한번 쳐다본 벤자민은 머리칼을 갈색으로 다시 염색하려 했지만, 책상 서랍을 아무리 뒤져 봐도 염색약 병을 찾을 수 없었다. 그러다 문득 전날 염색약 병을 비우고 나서 버렸던 것이 생각났다.

순간 벤자민은 딜레마에 빠지고 말았다. 이제 5분 안으로 교무처에 들러야 했던 것이다. 별다른 수가 없었기에 그는 그 모습 그대로 방을 나서야 했고, 결국 그는 그렇게 사무실로 향했다.

"어서 오세요." 교무처 직원이 정중하게 말을 건넸다. "아드님 일로 문의 사항이 있으신가 보군요?"

"아, 그게. 사실 제가 버튼입니다만." 벤자민이 입을 뗐지만 하트 씨는 이내 그의 말을 잘랐다.

"뵙게 되어 반갑습니다, 버튼 씨. 아드님은 곧 이리로 올 겁니다."

"그게 바로 저라고요!" 벤자민이 외쳤다. "제가 그 신입생입니다."

"네? 뭐라고요?"

"바로 제가 신입생이라고요."

"농담도 잘하시는군요."

"농담이 전혀 아닙니다만."

교무처 직원은 잔뜩 찌푸린 얼굴로 자기 앞에 둔 카드를 다시 한번 들여다봤다. "아, 여긴 벤자민 버튼 씨가 열여덟 살이라고 적혀 있는데요."

"네, 그게 바로 제 나이입니다." 벤자민이 얼굴을 살짝 붉혀 가며 단언했다.

교무처 직원은 지쳤다는 듯 그를 한번 훑어봤다. "글쎄요, 버튼 씨. 제가 그렇게 믿으리라 생각하시는 건 아니겠지요?"

벤자민 역시 잔뜩 피로한 표정으로 웃으며 말했다. "난 열여덟 살이오." 그가 거듭 말했다.

교무처 직원은 한 치의 흔들림도 없이 출입문을 가리켰다. "당장 나가 주십시오." 그는 말을 이었다. "이 대학은 물론이고 아예 마을에서도 떠나세요. 보아하니 위험천만한 미치광이로군요."

"난 정말 열여덟이오."

하트 씨는 문을 열어 보였다. "그런 생각을 하다니!" 그가 크게 소리쳤다. "그만한 나이에 신입생으로 입학하려 하다니요. 열여덟 살이시라고? 뭐, 정 그렇담 내 십팔 분을 드릴 테니 이 마을에서 사라져 보시지."

벤자민 버튼은 자못 의젓한 태도로 사무실에서 걸어 나왔고, 복도에서 상황을 지켜보며 기다리던 학생들 대여섯이 호기심에 찬 눈을 하고서 그의 뒤를 따랐다. 조금 걷다가 몸을 돌린 벤자민은 여전히 화를 내며 사무실 문 앞에 서 있는 교무처 직원을 향해 단호한 목소리로 이렇게 소리쳤다. "난 열여덟 살이란 말이오."

연신 킥킥대는 학생들의 웃음소리에 휩싸인 채 벤자민은 건물을 빠져나왔다.

하지만 그곳에서 벗어나기란 그리 수월하지 않았다. 기차역 쪽으로 처량하게 걸음을 옮기던 그는 처음엔 학생들 몇 명이, 그다음엔 한 무리가, 그러다 결국 빽빽할 정도로 많은 학생들이 자신을 따르고 있음을 알아차렸다. 어느 미치광이 하나가 예일대 입학 시험을 통과하고는 자기가 열여덟이라고 주변에 거짓말을 하고 다닌다는 소문이 삽시간에 퍼진 것이다. 어느새 흥분의 열기가 교내를 가득 메웠다. 남학생들은 모자도 챙기지 않은 채 강의실을 뛰쳐 나갔고, 축구팀은 연습을 취소하고 군중 행렬에 끼어들었으며, 보닛을 쓴 교수들의 아내들 역시 자리를 박차고 나가 학생들 무리를 뒤따르며 소리쳐 댔다. 사람들은 벤자민 버튼의 여린 감성을 자극하는 말들을 끊임없이 퍼부어 대고 있었다.

"돌아다니는 폼이 꼭 방랑하는 유대인 같구나!"

"저 나이면 차라리 고등학교가 어울릴까?"

"영재 나셨군!"

"여길 양로원으로 착각했나 봐."

"하버드나 한번 알아보시지!"

벤자민은 걷는 속도를 빨리하다가 곧 뛰기 시작했다. 저들에게 보여 주고 말 것이다! 꼭 하버드에 진학해서 이렇게 함부로 놀려 댄 걸 후회하게 만들어 주리라!

볼티모어행 기차에 오른 벤자민은 창밖을 내다보며 이렇게 외쳤다. "반드시 후회하게 될 거야!"

"하하!" 학생들은 배꼽이 빠져라 웃어 댔다. "하하하!" 사실 그 사건은 예일 대학이 저지른 최대의 실수였다.

5

1880년, 스무 살 생일을 맞은 벤자민 버튼은 부친이 운영하는 철물 도매점인 로저 버튼 상회에 출근했다. 같은 해에 그는 "사교 활동"도 시작하게 되었는데, 이는 그의 부친이 한사코 그를 상류 층 댄스파티에 데리고 다녔기 때문이었다. 로저 버튼은 어느덧 쉰 살에 이르러 아들과 점점 더 친하게 지냈다. 사실 벤자민이 염색을 그만둔 후부터는(그래도 여전히 회색빛이 돌긴 했다.) 둘의 나이가 거의 같아 보여 형제처럼 보일 때도 있었다.

8월의 어느 밤, 부자는 정장 차림으로 마차에 올라 볼티모어 외곽에 자리한 셰블린 집안의 별장으로 향했다. 그곳에서 댄스파티가 열리고 있었기 때문이다. 그야말로 멋들어진 밤이었다. 보름달에서 뿜어져 나오는 새하얀 금빛이 도로를 온통 적셨고, 뒤늦게 만개한 꽃들이 미동도 없는 공기에 향기를 불어넣어, 마치 나지막한 웃음소리가 들릴 듯 말 듯 울려 퍼지는 것 같은 분위기를 자아냈다. 빛을 받아 밝게 빛나는 밀로 뒤덮인 시골 전경이 대낮인 양 훤히 눈에 들어왔다. 하늘이 선사한 아찔한 아름다움 앞에서 무심하기란 거의 불가능해 보였다. 거의 말이다.

"직물 업계는 꽤나 전망이 좋아." 로저 버튼이 아들에게 일렀다. 그는 영적인 면을 중시하는 사람이 아니었고, 미적 감각도 기초적인 수준을 벗어나지 못했다.

"나 같은 늙다리들은 참신한 요령을 익힐 수 없다고." 그는 심란한 듯 말을 이었다. "너처럼 기운 넘치고 활력 있는 젊은이들이야 앞날이 창창하겠지만 말이다."

멀리 도로 위로 세블린 집안의 별장에서 빛이 새 나왔고, 뒤이어 한숨 소리 같은 것이 줄곧 조금씩 들려왔다. 그건 아마 섬세하고 애처로운 바이올린 선율이거나 아니면 보름달 아래 은빛으로 물든 밀밭에서 나는 바스락거림이었을 것이다.

둘은 사람들이 막 내리는 중인 멋진 사륜마차 바로 뒤에 멈춰섰다. 한 여성이 먼저 내리고 뒤를 이어 나이 지긋한 신사와 실로 아름다운 젊은 아가씨가 연달아 내려서고 있었다. 벤자민은 깜짝 놀라고 말았다. 거의 화학적인 것에 가까운 그 어떤 변화가 신체의 모든 요소를 녹였다가 다시 만들어 내려는 것만 같았다. 온몸이 굳는 느낌이 들더니 두 뺨과 이마로 피가 쏠리고 쿵쾅대는 소리가 귓전을 맴돌았다. 첫사랑이 찾아든 것이다.

소녀는 호리호리하고 가냘팠으며 달빛 아래에서 잿빛이던 머리칼은 바지직대는 현관 가스등 아래에선 꿀빛을 띠었다. 어깨에 두른 스페인풍 베일은 부드러운 노란색을 띠었고 검은색으로 나비가 수놓여 있었다. 드레스 단 아래로 드러난 그녀의 두 발은 윤이 나는 단추처럼 반짝였다.

로저 버튼이 아들 쪽으로 몸을 살짝 기대며 귀띔했다. "저기 저 아가씨가……," 그가 말을 이었다. "힐데가르드 몽크리프란다. 몽크리프 장군의 딸 말이야."

벤자민은 짐짓 냉담한 태도로 고개를 끄덕였다. "네, 어여쁜 아가씨로군요." 무심한 투로 그가 대답했다. 하지만 검둥이 소년이 마차를 끌고 사라지자 그는 대뜸 이렇게 청했다. "아버지, 저 아가씨에게 인사 좀 시켜 주세요."

둘은 몽크리프 양을 에워싼 무리 쪽으로 다가갔다. 벤자민이 앞으로 나서자 그녀는 전통적인 방식에 따라 뒤로 물러섰다가 절을 하듯 몸을 낮춰 인사했다. 그렇다. 그녀와 춤을 추게 될지도 몰랐다. 그는 감사 인사를 한 뒤 무리에서 멀어져 걸어갔다. 살짝 비틀대면서 말이다.

그의 차례는 끝없이 지루한 기다림 끝에 찾아왔다. 알 수 없는 표정을 지으며 잠자코 벽 쪽에 서 있던 그는 힐데가르드 몽크리프 주변을 에워싼 채 그녀를 찬미하는 혈기 왕성한 볼티모어의 젊은 이들을 잡아먹을 듯 노려보았다. 벤자민이 보기에 그들은 불쾌하기 짝이 없는 데다 더 이상 못 봐 줄 정도로 헛된 희망에 차 있었던 것이다! 돌돌 말린 청년들의 수염을 보고 있자니 체증이 올라올 지경이었다.

하지만 드디어 그의 차례가 되어 파리의 최신 왈츠 음악이 흐르는 무대를 그녀와 춤추며 누비게 되자, 그 모든 질투와 불안도 눈 녹듯 사라져 버렸다. 잔뜩 황홀해진 그는 인생의 전성기에 막 접어든 것 같은 기분이 들었다.

"저희랑 거의 동시에 형님분이랑 도착하신 거죠?" 밝은 푸른빛이 도는 에나멜과 같은 눈으로 그를 올려다보며 힐데가르드가 물었다.

벤자민은 망설였다. 자신과 아버지를 형제 사이로 착각하는 그녀에게 당장 사실대로 알려 주는 것이 과연 최선일까? 그는 곧 예일 대학에서 있었던 일을 떠올리고는 그렇게 하지 않기로 결심했다. 숙녀의 말에 반기를 드는 건 무례할 뿐 아니라, 출생에 관한 터무니없는 이야기로 이 아름다운 순간을 망치는 건 범죄에 가까울 테니 말이다. 그래, 그건 나중에 기회가 왔을 때 말하기로 하자.

그는 고개를 끄덕여 보인 뒤 미소를 지으며 그녀의 이야기에 귀 기울였다. 그는 행복했다.

"전 당신 정도 나이의 남자들이 좋은 것 같아요." 힐데가르드가 그에게 말했다. "젊은이들은 너무 바보 같더라고요. 그들이 늘어놓는 이야기라곤 학교에서 샴페인을 얼마나 마셔 댔는지, 카드놀이에서 돈을 얼마나 잃었는지 따위가 다라니까요. 하지만 당신 연배의 남자들이라면 여성들과 어떻게 시간을 보내야 하는지 알고 있죠."

순간 벤자민은 청혼이라도 하고 싶은 심정이었지만, 애써 그러한 충동을 억눌렀다. "정말이지 낭만적이고 아름다운 나이네요." 그녀가 말을 이었다. "쉰이란 나이 말이에요. 스물다섯은 세상 물정에 너무 밝은 편이고, 서른은 과로에 시달린 나머지 안색까지 창백하기 일쑤죠. 마흔은 시가 한 대를 다 태울 정도로 이야기를 늘어놓아도 모자랄 정도로 뭔가 사연이 많은 나이 같고요. 아, 예순은 일흔에 너무 가깝잖아요. 그렇게 따지고 보면 쉰은 아주 원숙하고 여유로운 나이예요. 그래서 전 쉰이 좋답니다."

어느덧 벤자민은 쉰이야말로 더없이 근사한 나이라고 여기게 되었다. 그는 온 마음을 다해 쉰이길 바랐다.

"전 늘 말해 왔답니다." 힐데가르드가 말을 이었다. "서른의 남자와 결혼해서 **그를** 돌보느니 차라리 쉰 살의 남성과 혼인해서 보살핌을 받겠다고 말이에요."

벤자민은 꿀빛 안개에 휩싸인 듯한 기분으로 남은 저녁 시간을 보냈다. 힐데가르드는 그에게 두 번의 춤을 더 허락했고, 두 사람은 그날 벌어진 모든 문제에 대해 서로의 의견이 놀랍도록 일치한다는 사실을 알아차렸다. 그녀는 돌아오는 일요일 그와 드라이브를 가기로 했으므로, 그때 다시 이 모든 문제에 대해 서로 이야기를 나눠 보면 될 터였다.

벤자민 부자는 동트기 직전에 집으로 향하는 마차에 올랐다. 아침을 여는 첫 꿀벌들이 윙윙대고 희미해져 가는 달빛이 찬 이슬 사이로 어렴풋이 보였다. 벤자민은 부친이 철물 도매점 일에 관해 이야기하는 걸 멍하니 듣던 중이었다.

"그래서 말이다…… 망치랑 못 다음으론 어떤 분야에 관심을 집중시켜야 할까?" 나이 지긋한 버튼 씨가 말했다.

"사랑love이죠." 벤자민은 넋이 나간 듯 이렇게 대답하고 말았다.

"나사lug 종류 말이냐?" 로저 버튼이 의아해하며 말을 이었다. "글쎄다, 나사에 대해선 방금 이야기한 것 같다만."

벤자민은 멍한 눈으로 부친을 바라봤고, 바로 그 순간 동쪽 하늘에서 빛이 내리쬐더니 아침을 맞아 꿈틀거리는 숲에서 찌르레기 한 마리가 날카롭게 하품을 해 댔다.

6

반년 후 힐데가르드 몽크리프와 벤자민 버튼의 약혼이 세상에 알려지자(몽크리프 장군이 약혼 사실을 발표하느니 차라리 자신의 검 위로 고꾸라지겠다고 선언했기 때문에 "알려지자"라고 표현한 것이다.) 볼티모어 사교계는 그야말로 흥분의 도가니처럼 들끓었다. 거의 잊힌 듯했던 벤자민의 출생 이야기가 다시금 상기되어, 악한을 소재로 한 믿기지 않는 추문이라도 된 양 삽시간에 퍼져 나간 것이다. 소문은 이런 식이었다. 그러니까 알고 보니 벤자민이 로저 버튼의 아버지였다거나 혹은 그가 40년간 구금되어 있던 형제였다거나 아니면 그가 바로 변장한 존 윌크스 부스라거나 종국에는 그의 머리에 두 개의 작은 원뿔 모양 뿔이 솟아 있다는 따위의 말들이 돌았다.

뉴욕의 신문사들이 발행한 일요 특별판에는 이 사건과 관련해 이목을 끌 만한 삽화들이 개재되었다. 삽화에서는 벤자민 버튼의 머리가 물고기나 뱀, 혹은 단단한 놋쇠처럼 보이는 몸통과 연결된 모양새로 묘사되기도 했다. 언론가에서 그는 베일에 싸인 메릴랜드 사나이로 알려졌다. 하지만 늘 그렇듯 진짜 내막을 알고 거론하는 사람들은 극히 일부에 지나지 않았다.

어쨌거나 볼티모어의 어떤 청년과도 맺어질 수 있었을 법한 아름다운 아가씨가 오십 줄에 들어선 게 분명한 한 남자의 품으로 뛰어든다는 건 "범죄"와 같다는 몽크리프 장군의 말에 동의하지 않는 사람은 없었다. 로저 버튼이 볼티모어 《블레이즈》지에 아들의 출생 증명서를 대문짝만하게 실어 보기도 했지만 전부 허사였다. 누구도 그걸 믿으려 들지 않았기 때문이다. 사람들은 그저 벤자민을 보고 눈에 들어오는 대로 판단할 따름이었다.

한편 정작 사건의 중심에 있는 두 사람은 전혀 동요하지 않았다. 약혼자에 관해 떠도는 소문 중에 거짓된 부분이 너무도 많았던 까닭에 힐데가르드는 급기야 사실조차도 믿으려 들지 않았다. 몽크리프 장군은 오십대 혹은 그 연배로 보이는 남성의 사망률이 높다고 꼬집어 말했지만 딸에게 먹혀들 리 없었다. 또 철물 도매 업계가 불안정하다고도 지적했지만 죄다 허사였다. 힐데가르드는 벤자민의 원숙미에 반해 결혼을 택했고, 그렇게 그녀는 그와 혼인했다.

7

힐데가르드 몽크리프의 친구들이 말한 것 중에 적어도 한 가지
는 보기 좋게 틀렸다. 바로 철물 도매 사업이 놀랍도록 번창한 것
이다. 1880년 벤자민 버튼이 결혼식을 올리고 1895년 그의 부친
이 퇴직하기까지 15년 사이에 버튼 가문의 재산은 두 배로 불어났
고, 이러한 재산 증식에는 업체의 젊은 구성원인 벤자민이 기여한
바가 컸다.

두말할 것도 없겠지만 볼티모어 사교계는 결국 이 부부를 진심
으로 받아들이기에 이르렀다. 또한 벤자민이 스무 권으로 이루어
진 장인의 저서 《남북전쟁의 역사》가 출간될 수 있도록 자금을 지
원하자, 몽크리프 장군도 정식으로 사위를 받아들였다. 사실 그 책
은 아홉 군데 저명한 출판사에서 거절당한 바 있었다.

15년이 흐르는 동안 벤자민에게도 많은 변화가 있었다. 우선 정
맥을 따라 흐르는 혈액에도 새로운 활력이 더해진 것만 같았다. 아
침에 일어나 햇볕 내리쬐는 번화한 거리를 활기차게 걷고, 망치와
못 등의 화물을 지치지 않고 쉴 새 없이 선적하는 일도 어느새 즐
거워지기 시작했다. 1890년도에 들어 벤자민은 사업상 괄목할 만
한 변화를 도모해 유명해졌다. 그러니까 그는 "못 선적 시 못을 담
는 상자를 봉하는 데 사용한 못까지 전부 선적 처리 업체의 재산"
이라는 제안서를 제출한 것이다. 그의 이러한 제안은 대법원장 포
실의 승인을 거쳐 법규로 지정되었으며, 그로 인해 로저 버튼 상회
는 매년 **600여 개 이상의 못**을 절감할 수 있었다.

이뿐 아니라 벤자민은 점점 더 인생에서 쾌락을 추구하는 자신

을 발견했다. 볼티모어시에서 최초로 자동차를 구입해 몰고 다닌 것 역시 즐거움을 좇는 그의 열망이 나날이 커져 갔기 때문이다. 당시 그의 주변인들은 길거리에서 그와 마주칠 때마다 건강하고 활력 넘치는 그의 모습을 부러운 듯 응시하곤 했다.

그러고는 "저 친구는 해가 갈수록 더 젊어지는 것 같군."이라고 한마디씩 거들었다. 게다가 아들이 태어났을 땐 적절히 환영해 주지 못했던 로저 버튼도 예순다섯에 이르자 벤자민에게 충분한 칭찬을 베풀어 가며 마침내 속죄했다.

이쯤에서 그리 유쾌하지 못한 이야기를 하나 끄집어내려 하는데, 이 부분은 가능한 한 빨리 짚고 넘어갈까 한다. 그러니까 벤자민 버튼에게 단 한 가지 걱정거리가 있다면 그건 바로 아내가 더이상 매력적이지 않다는 것이었다.

당시 힐데가르드는 이미 서른다섯의 여인으로 로스코라는 열네살 아들도 있었다. 결혼 초기에는 벤자민이 그녀를 흠모했었다. 하지만 해를 거듭할수록 꿀빛이 돋보이던 그녀의 머리칼은 따분한 갈색으로 변해 갔고, 푸른 에나멜빛 눈동자는 값싼 그릇과 같은 옅은 윤기를 띨 뿐이었다. 무엇보다 그녀는 자신만의 방식에 너무 안주해 살아온 나머지 지나치게 차분하고 자족적이었으며, 신이 날 때조차 활기라곤 없었고 취향마저 너무 밋밋했다. 신혼 때는 그녀가 벤자민을 "끌고 다니며" 댄스파티와 저녁 식사 자리에 나갔지만 이젠 상황이 완전히 달라졌다. 그녀는 여전히 남편과 함께 사교 모임에 참석했지만, 더 이상 열정이라곤 찾아볼 수 없이 영원한 타성에 빠져 버린 상태였다. 어느 날 불현듯 우리 삶에 찾아들어 생의 마지막 순간까지 우리 곁에 붙어 있곤 하는 그런 타성 말이다.

벤자민의 불만은 커져만 갔다. 그러다 1898년 미서美西 전쟁이 발발하자 가정생활에 흥미를 잃은 그는 입대를 결심했다. 그는 사업상의 지위를 활용해 대위로 임관했고, 맡은 바 임무를 훌륭히 수행했기에 소령으로 진급했으며, 결국엔 중령이 되어 때마침 그 유명한 산후안 힐San Juan Hill* 전투에 참전하게 되었다. 전장에서 경미한 부상을 입은 그는 훈장을 받았다.

벤자민은 활기차고 신나는 군 생활에 매료되어 제대하고 싶지 않았지만, 사업체 역시 돌보아야 했으므로 결국엔 군을 떠나 고향으로 돌아왔다. 관악대가 기차역에서 그를 맞이해 집까지 호위했다.

8

힐데가르드는 실크로 만든 커다란 깃발을 흔들어 가며 현관에서 그를 맞이했다. 그녀와 입맞추던 벤자민은 새삼 3년이라는 세월의 위력을 실감하며 덜컥 가슴이 내려앉았다. 이제 마흔에 접어든 그녀의 머리칼은 군데군데 희끄무레한 회색빛을 띠고 있었다. 그런 그녀의 모습은 벤자민을 우울하게 했다.

자신의 방으로 올라온 그는 거울에 비친 익숙한 자기 모습을 바라보았다. 거울로 한 발짝 다가가 불안하게 얼굴을 살피던 그는 잠시 후 참전 직전에 군복을 입고 찍은 사진과 지금의 모습을 비교했다.

* 쿠바 동남부의 언덕으로 미서 전쟁 시 미군에 점령당함.

"아, 이럴 수가!" 그는 외마디 소리를 질렀다. 역시나 그 과정이 계속 진행되는 중이었다. 틀림없이 그랬다. 이제 그는 서른 살 먹은 남성처럼 보였다. 마냥 기뻐하는 대신 그는 불안함을 느꼈다. 점점 어려지는 자신을 보면서 말이다. 사실 그때까지 그는 자기의 신체 나이가 실제 나이와 일치하는 시점이 오면 출생 시 벌어졌던 기괴한 현상이 더 이상 진행되지 않고 중단되길 바랐다. 불현듯 전율이 일었다. 운명은 끔찍했으며 믿기지 않을 만큼 놀라웠다.

아래층으로 내려오자 힐데가르드가 그를 기다리고 있었다. 그녀는 화난 것처럼 보였기 때문에 벤자민은 그녀가 드디어 이상 기운을 감지한 게 아닐까 하는 의구심이 들었다. 어찌 되었건 둘 사이에 흐르는 긴장된 분위기를 누그러뜨리기 위한 노력의 일환으로 벤자민은 나름 세심한 방식으로 저녁 식사 자리에서 그 문제를 거론했다.

"그러니까 말이오……." 그는 별일 아니라는 듯 입을 열었다. "글쎄 모두들 요즘 내가 그렇게 젊어 보인다는군." 힐데가르드는 경멸하듯 그를 바라보며 코웃음 쳤다. "그게 그렇게 자랑하듯 떠벌릴 일이던가요?"

"자랑하는 게 아니라오." 벤자민이 심기가 상한 듯 내뱉었다. 그녀는 또 한 번 코웃음 치며 입을 열었다. "그렇게 생각하는 자체가 말이에요." 잠시 후 그녀가 말했다. "그만하면 이제 그만둘 만도 한 거 같은데 말이죠."

"대체 내가 어떻게 하면 좋단 말이오?" 그가 따지듯 물었다.

"전 당신과 이런 식으로 언쟁을 벌이고 싶진 않아요." 힐데가르드가 대꾸했다. "그래도 세상사에는 옳은 방식과 그른 방식이 있는 법이에요. 당신이 굳이 다른 사람들과 달리 두드러져 보이기로 마음먹었다면 그건 제가 어찌해 볼 도리가 없죠. 하지만 그건 정말이지 신중하지 못한 결정이라고 봐요."

"하지만 힐데가르드, 나 역시 방도가 없다오."

"아뇨, 당신은 어떻게 해야 할지 알아요. 그저 끝까지 고집을 부리는 것뿐이죠. 당신은 다른 사람들처럼 되기 싫은 거예요. 늘 그래 왔고, 또 앞으로도 그렇겠죠. 하지만 한번 생각해 봐요. 만일 다른 사람들이 죄다 당신처럼 세상을 바라본다면 어떻게 될 건지 말이에요. 이 세상이 어떤 꼴이 되겠느냐고요?"

이런 식의 대화야말로 무의미한 데다가 답도 없는 논쟁이었으므로 벤자민은 아무 대답도 하지 않았고, 이후 둘 사이는 더 벌어져 소원해지기 시작했다. 그는 자신이 그녀에게 매료된 적이 있기나 했던 건지 홀로 되짚어 보았다.

이렇듯 둘 사이가 금이 가는 사이 새로운 세기가 다가왔고, 벤자민은 자신이 점점 더 쾌락에 이끌림을 알아차렸다. 그는 볼티모어시에서 열리는 파티라면 종류를 가리지 않고 참석해 젊은 유부녀들 중에서 제일 예쁜 여성과 춤을 추었으며, 사교계에 처음 얼굴을 내비친 인기 있는 여성들과 이야기를 나누며 그들에게 매혹되었다. 반면 그의 아내는 흉물스러운 노마님 꼴로 젊은 여성들의 보호자들 사이에 끼어 앉아, 거만한 태도로 못마땅함을 드러내는가 하면 근엄하고 당혹스러우면서도 잔뜩 비난하는 눈초리로 벤자민을 지켜봤다.

"저것 봐!" 사람들은 이렇게 말하곤 했다. "딱한 일이야! 저렇게나 젊은 청년이 마흔다섯 여편네와 엮여 있다니. 안사람보다 스무 살은 더 어려 보이는구면." 물론 누구나 뭐든 잊어버리게 마련이지만 사람들은 확실히 기억하지 못했다. 그러니까 1880년도엔 그들의 부모들이 어울리지 않는 이 부부를 두고 그런 식으로 한마디씩 거들었다는 걸 말이다.

벤자민은 가정생활에 대해 커져 가는 불만을 새로이 관심사를 넓혀 감으로써 보상받았다. 그는 우선 골프를 배워 그 분야에서 큰 성공을 거뒀다. 또 댄스계에 입문해서 1906년에는 "보스턴 왈츠" 전문가로 이름이 났고, 1908년에는 "맥신Maxine"의 달인이 되었으며, 1909년에는 "캐슬 워크Castle Walk"에 능숙해져 수많은 젊은이들의 부러움을 샀다.

물론 그의 사교 활동이 사업에 어느 정도 영향을 미치기도 했지만, 벤자민은 지난 25년간 철물 도매업에 열심히 매진해 최근 하버드를 졸업한 아들 로스코에게 경영을 곧 물려줘도 되겠다고 여기던 참이었다.

사실 사람들은 벤자민과 그의 아들을 종종 다른 쪽으로 오인하곤 했다. 벤자민은 주변인들의 그런 반응을 즐겼고, 미서 전쟁 후 귀향했을 당시 자신을 덮쳤던 음산한 두려움마저 잊은 채 자신의 젊은 외모를 마냥 흐뭇하게 받아들였다. 그 와중에 단 한 가지 마음에 걸리는 점이 있었다면 그건 바로 그가 자신의 아내와 함께 사람들 앞에 나서는 걸 못 견디게 싫어한다는 것이었다. 그 무렵 힐데가르드는 거의 오십 줄에 들어섰고 벤자민은 그런 그녀의 모습이 어처구니없다고 여겼다.

9

1910년 9월의 어느 날, 그러니까 철물 도매점인 로저 버튼 상회
가 젊은 로스코 버튼에게 넘겨지고 나서 몇 년 후, 분명 스무 살쯤
되어 보이는 한 사람이 케임브리지의 하버드 대학에 신입생으로
입학했다. 그는 두 번 다시 자신이 쉰 살처럼 보일 리 없을 거라고
말하는 실수를 저지르지 않았으며, 아들이 10년 전에 같은 대학
을 졸업했다는 사실 역시 언급하지 않았다.

입학 후 벤자민은 곧장 특출난 학생이 되었다. 이는 아마도 평
균 연령이 열여덟 정도인 신입생들에 비해 그가 좀 더 연장자처럼
보였기 때문이리라.

하지만 그가 대학생활을 성공적으로 할 수 있었던 건 예일 대
학과의 축구 경기에서 멋지게 활약한 공이 크다고 해야 할 것이다.
무자비한 분노를 바탕으로 끝없이 질주한 끝에 그는 일곱 번의 터
치다운과 열네 번의 필드골을 기록했으며, 예일 대학 선수들 열한
명을 죄다 하나씩 실려 나가게 만들었다. 그것도 의식을 잃은 상태
로 말이다. 벤자민은 그야말로 교내 최고의 유명 인사였다.

이상하게 들리겠지만, 3학년 때 벤자민은 좀처럼 팀에서 "활약"
하지 못했다. 코치들은 그의 체중이 줄었다고 했고, 그중에서도 좀
더 눈썰미 있는 이들은 그의 키가 전만큼 크지 않다고 느꼈다. 그
는 이제 단 한 번의 터치다운도 기록하지 못했다. 그런 그가 팀에
붙어 있을 수 있었던 이유는 그의 대단한 명성이 예일 대학팀에
두려움과 혼란을 불러일으킬 거란 기대 때문이었다.

4학년이 된 벤자민은 아예 축구팀에 들어가지도 못했다. 그가

너무 마르고 야윈 탓에 하루는 2학년 학생들 몇 명이 그를 신입생으로 착각하기도 했다. 이 사건은 벤자민에게 크나큰 수치심을 안겼다. 어느 순간 그는 교내에서 천재로 통했다. 열여섯 살도 안 되어 보이는 학생이 4학년이었으니 말이다. 그는 종종 동급생들이 얼마나 세속적인지를 목격하고는 충격에 빠지기도 했다. 벤자민은 또 그가 공부하는 과목들이 죄다 어려운 것 같았고 진도가 너무 빠르다고 여겼다. 하루는 동급생들이 세인트 미다스라는 사립 고등학교에 대해 하는 이야기가 들려왔고, 그들 중 다수가 그곳에서 대입 준비를 했다고들 했다. 순간 벤자민은 졸업을 하고 나면 세인트 미다스에 입학하겠다고 결심했다. 자신과 신체 조건이 비슷한 소년들과 더불어 보호받는 생활을 할 수 있는 그곳이 자신에게 더 적절하다고 판단했기 때문이다.

1914년 대학을 졸업한 벤자민은 하버드 졸업장을 주머니에 넣고서 볼티모어의 집으로 향했다. 그 무렵 힐데가르드는 이탈리아에 거주 중이었으므로 벤자민은 그의 아들 로스코와 같이 지내기로 했다. 대체로 그는 환영받았지만, 로스코는 분명 진심 어린 따스한 감정이라곤 없이 그를 대했다. 오히려 로스코는 벤자민이 불안정한 사춘기에 이르러 우울한 태도로 집 안을 서성일 때마다 그를 거추장스러운 방해꾼이라고 여기는 눈치였다. 이미 결혼까지 한 로스코는 그 무렵 볼티모어에서 유명 인사로 지내고 있었기에 가족에 관한 추문이 새 나가는 걸 바라지 않았다.

벤자민은 더 이상 사교계에 입문한 아가씨들과 젊은 대학생들 사이에서 호감의 대상이 될 수 없었다. 대부분의 시간을 홀로 보내는 그는 이웃에 사는 열다섯 살 소년들 서넛과 어울리곤 했다. 그러던 차에 세인트 미다스 고등학교에 진학하겠다던 자신의 다짐이 문득 떠올랐다.

"이것 봐라, 애야." 어느 날 그가 로스코에게 말했다. "사립 고등학교에 가고 싶다고 여러 번 말했던 것 같은데 말이다."

"뭐, 그럼 가셔야죠." 로스코가 짧게 대답했다. 달갑지 않은 문제와 맞닥뜨린 그는 일단 그 대화를 피하고 싶었다.

"내가 혼자 갈 순 없잖니." 벤자민은 어쩔 수 없다는 듯 말했다. "먼저 네가 나를 거기 등록시킨 다음 그곳에 데려가야 한단 말이다."

"제가 시간이 없다고요." 로스코는 퉁명스럽게 내뱉었다. 그러고는 눈을 가늘게 뜨고 불쾌하다는 듯 아버지를 바라봤다. "사실 말이죠……." 그가 말을 이었다. "이런 식으로 행동하시는 걸 오래 끌지 않았으면 해요. 이쯤에서 그만두시란 말입니다. 그러시는 게 좋을 거예요. 아니, 그러셔야 할 거라고요." 잠시 멈춘 그가 할 말을 찾는 사이 그의 얼굴이 붉게 물들었다. "그냥 곧장 돌아서서 다른 방향으로 돌아가시란 말입니다. 정말이지 농담이라기엔 지나치니까요, 더는 재미있지도 않고요. 제발 제대로 좀 처신하시죠!"

벤자민은 당장이라도 눈물을 쏟을 것 같은 표정으로 아들을 바라보았다.

"아, 그리고 말이죠." 로스코가 계속했다. "손님들이 집에 있을 땐절 '삼촌'이라고 부르세요. '로스코'가 아니라 '삼촌'이라고요. 아시겠어요? 겨우 열다섯 먹은 아이가 제 이름을 부르는 건 말이 안 되잖아요. 아니, 어쩌면 상황에 관계없이 저를 부를 땐 늘 '삼촌'이라고 하는 것도 좋겠어요. 그런 호칭에 익숙해질 수 있게 말이에요."

아버지를 향해 매몰찬 눈길을 던진 로스코는 그렇게 돌아서서 방을 나가 버렸다.

10

대화가 끝나자 벤자민은 쓸쓸히 위층으로 올라가 거울 속 자신의 모습을 응시했다. 지난 석 달간 면도를 하지 않았지만 그의 얼굴은 매끈했고, 굳이 다듬을 필요도 없어 보이는 새하얀 솜털만이 희미하게 보일 따름이었다. 하버드를 졸업하고 아들 집에 처음 왔을 때 로스코가 다가와 안경을 쓰고 인조 수염을 붙여 보는 게 어떻겠냐고 제안했고, 그 순간 벤자민은 어릴 적 놀림 받고 지내던 일상이 불현듯 되풀이되는 듯한 느낌을 받았다. 어찌 되었건 인조 수염은 너무 가려웠을 뿐 아니라 그를 수치스럽게 만들었다. 벤자민은 울음을 터뜨렸고 로스코는 마지못해 한 발짝 물러섰다.

벤자민은 소년용 이야기책인 《비미니 만의 보이스카우트》를 펼쳐 읽기 시작했다. 하지만 그는 전쟁에 대한 생각을 멈출 수 없었다. 미국은 이미 지난달 연합군에 가입했고 벤자민 역시 입대하고 싶었지만, 최소 입대 연령이 열여섯 살인 데다가 그는 그다지 나이 들어 보이지도 않았다. 또 그의 실제 나이인 쉰일곱으로 쳐도 자격이 안 되긴 마찬가지였다.

불현듯 문 두드리는 소리가 나더니 집사가 한쪽 구석에 커다란 공인이 찍힌 편지 한 통을 들고 들어왔다. 편지는 벤자민 버튼 씨 앞으로 온 것이었다. 벤자민은 잔뜩 들떠 봉투를 찢고는 동봉된 편지를 기쁜 마음으로 읽어 내려갔다. 편지에는 미서 전쟁에 참전

했던 예비역 장교들이 더 높은 계급으로 진급하여 다시 소환될 것이며, 벤자민은 미 육군 준장으로 임관되었으므로 즉시 출두하라는 내용이 명시되어 있었다.

벤자민은 잔뜩 신이 나서 몸을 떨며 자리에서 벌떡 일어났다. 이거야말로 그가 바라던 일이었다. 불과 10분 후 그는 모자를 꽉 움켜쥔 채 찰스가에 자리한 대형 양복점으로 들어갔고, 고음이 섞인 불안정한 목소리로 군복을 맞추러 왔노라 요청했다.

"군대놀이를 하고 싶은 게냐?" 점원이 무심히 질문을 던졌다.

벤자민은 얼굴을 붉히며 외쳤다. "이거 보라고요! 제가 뭘 원하든 신경 쓰지 마세요!" 그는 잔뜩 화를 내며 쏘아붙였다. "난 버튼이고 마운트 버넌 플레이스에 살아요. 군복값이라면 낼 수 있다고요."

"뭐, 그래." 점원이 살짝 주저하며 인정했다. "만일 네가 그러지 못하면 네 아빠가 계산해 주시겠지. 좋아, 어디 한번 볼까."

점원은 벤자민의 치수를 쟀고, 일주일 후에는 군복이 완성되었다. 하지만 장군 휘장만큼은 손에 넣기 힘들었는데, 그건 점원이 한사코 Y.W.C.A 배지만 달아도 멋질 것이며, 그 배지로 군대놀이를 하면 더 재미날 거라고 권했기 때문이었다.

로스코에겐 한마디 상의도 없이 어느 날 밤 집을 나선 벤자민은 기차를 타고 사우스캐롤라이나에 있는 모스비 부대로 향했다. 그는 그곳에서 보병 여단을 지휘하게 되어 있었다. 4월의 어느 무덥던 날, 그는 부대 입구에 도착해 타고 온 택시의 요금을 지불한 후 근무 중이던 보초 쪽으로 돌아섰다.

"누가 나와서 내 짐 좀 가지고 가라고 하게!" 벤자민은 씩씩하게 말했다.

보초는 꾸짖는 듯한 표정으로 그를 살피더니 입을 열었다. "어디 말해 봐라, 얘야. 장군 복장으로 어딜 가는 게냐?"

미서 전쟁 참전 용사인 벤자민은 불같은 눈길로 보초를 한번 훑어봤지만, 안타깝게도 변성기의 잔뜩 높아진 목소리가 튀어나왔다.

"차렷 자세로!" 그는 크게 한번 호통을 쳐 보고 싶었다. 잠시 숨을 고르고 있자니 불현듯 보초병이 뒤꿈치를 모으고 '받들어총' 자세를 취하는 것이 아닌가. 만족한 벤자민은 애써 웃음을 참았지만 다음 순간 주변을 둘러보던 그의 얼굴에선 웃음기가 사라졌다. 보초가 복종을 표시한 대상은 벤자민이 아니라 바로 위풍당당하게 말을 타고 다가오던 포병대 대령이었기 때문이다.

"대령!" 벤자민이 날카로운 목소리로 외쳤다.

대령은 가까이 다가오더니 고삐를 당기며 호기심 어린 반짝이는 눈으로 침착하게 벤자민을 내려다보며 말했다. "대체 어느 집 자제더냐?" 그는 친절한 어투로 물었다.

"내 집이 어딘지 제대로 보여 주지!" 벤자민이 사납게 쏘아붙였다. "당장 말에서 내리시오!"

대령은 폭소를 터뜨렸다.

"말을 타고 싶은 거냐? 그런 거요, 장군?"

"여기 있소!" 벤자민이 다급하게 소리쳤다. "이걸 좀 읽어 보시오." 그는 임명장을 대령에게 들이밀었다.

임명장을 읽은 대령의 눈이 휘둥그레졌다.

"이건 어디서 난 거냐?" 서류를 주머니에 찔러 넣으며 그가 물었다.

"대령도 곧 알게 되겠지만, 그건 당연히 정부로부터 수령한 것이오!"

"날 따라오너라." 대령은 알 수 없는 표정을 지으며 말했다. "본부로 가서 자세히 얘기하자꾸나. 어서 따라오렴."

대령은 돌아서서 본부 쪽으로 말을 걸게 했다. 벤자민은 최대한 위엄을 차리면서 그를 따라갈 수밖에 없었다. 이 수치를 제대로 갚아 주겠노라 다짐하면서 말이다.

하지만 그런 그의 다짐은 결국 실현되지 못했다. 이틀 후 황급히 달려온 아들 로스코가 잔뜩 화가 난 채 나타나 울먹이는 장군의 군복을 벗기고 집으로 데려간 것이다.

11

1920년 로스코 버튼은 첫 아이의 아버지가 되었다. 하지만 축하연에 참석한 사람들 중 누구도 그 사실을 "적절한 화젯거리"로 여기지 않았다. 그러니까 장난감 병정과 서커스 놀이 세트를 가지고 노는 열 살 정도의 꾀죄죄한 소년이 갓 태어난 아기의 친할아버지라는 사실을 말이다.

약간의 슬픔이 배어나는 어리고 발랄한 얼굴의 그 소년을 싫어하는 사람은 없었지만, 로스코 버튼에겐 그의 존재 자체가 고통스러웠다. 그 세대답게 로스코는 그런 문제를 "효율적"이지 못하다고 간주했다. 그가 보기에 아버지는 예순으로 보이긴 싫어하면서 "혈기 왕성한 남성(로스코는 이런 식의 표현을 아주 좋아했다.)"답게 행동하지 않은 채 오히려 별난 데다 비뚤어진 태도를 고수하고 있었다.

정말이지 이 문제는 단 30분만 떠올려도 미쳐 버릴 것만 같았다. 로스코 입장에선 아무리 젊음을 유지하고자 하는 "활력 넘치는 사람"이라 해도 이런 식으로 생활하는 건 너무도 비효율적인 것 같았다. 어쨌건 아버지 문제에 대한 로스코의 생각은 이 선에서 멈춰 버렸다.

5년 후 어느덧 로스코의 어린 아들은 자라나 한 명의 유모가 지켜보는 가운데 작은 벤자민과 놀 수 있게 되었다. 로스코는 같은 날 두 아이 모두를 유치원에 데려갔다. 그곳에서 벤자민은 가느다란 색종이 조각들을 가지고 놀거나 덩어리와 사슬, 묘하고 예쁜 무늬를 만들어 내는 일이 세상에서 제일 재미난 놀이임을 깨우쳤다. 한번은 그가 나쁜 행동을 지적받고 구석에 서 있다가 울음을 터뜨리기도 했지만, 대부분은 햇빛이 잘 들어오는 쾌적한 방에서 즐거운 시간을 보냈다. 미스 베일리는 이따금 헝클어진 그의 머리칼을 다정하게 쓰다듬곤 했다.

이듬해 로스코의 아들은 1학년으로 진급했지만, 벤자민은 유치원에 남았다. 그는 아주 행복한 나날을 보냈다. 이따금 다른 아이들이 커서 무엇이 될지에 관해 이야기할 때면 그의 자그마한 얼굴에 그늘이 내려앉기도 했다. 또렷하진 않지만, 어린아이만의 방식으로 벤자민은 이해하고 있었기 때문이다. 아이들이 재잘대는 그런 미래의 꿈을 자신은 꿀 수 없다는 걸 말이다.

단조로운 만족감으로 채워진 시간이 흘러갔다. 벤자민은 3년째 유치원에 다니게 되었지만, 그는 이제 반짝이는 색종이 조각들의 쓰임새를 이해하기엔 너무 어렸다. 그는 다른 남자아이들이 자기보다 더 큰 걸 보고 울었고 그 아이들을 무서워했다. 선생님들이 말을 걸어올 때도 그는 이해해 보려 애썼지만 전혀 알아들을 수 없었다.

결국 그는 더 이상 유치원에 나갈 수 없었다. 풀을 먹인 체크무늬 드레스 차림의 유모 나나가 벤자민의 작디작은 세계의 중심이 되었다. 날이 맑으면 둘은 공원을 거닐었다. 나나가 거대한 회색 동물을 가리키며 "코끼리"라고 말하며 벤자민이 그녀의 말을 따라 했다. 그날 밤 잠자리에 들기 전 나나가 벤자민의 옷을 갈아입힐 때에도 그는 같은 말을 몇 번이고 소리 높여 반복했다. "코끄리, 코끄리, 코끄리." 가끔 나나는 벤자민이 침대에서 뛸 수 있게 허락해 주었는데, 그건 아주 재미있는 놀이였다. 왜냐하면 곧은 자세로 침대에 쿵 하고 앉으면 곧장 튕겨 올라 발을 딛고 일어설 수 있었고, 뛰면서 "아!" 하고 길게 소리를 내면 자연히 목소리가 끊기면서 꽤 재미있는 소리가 났기 때문이다.

벤자민은 모자걸이에 걸린 큰 지팡이를 좋아했다. 이따금 그는 지팡이를 가지고 돌아다니며 의자와 탁자를 탁탁 쳐 대면서 "싸우자, 싸우자, 싸우자."라고 외쳤다. 사람들이 모여 있을 땐 그를 본 노부인들이 혀를 찼고, 벤자민은 사람들의 그런 반응을 재미있어 했다. 한편 아가씨들은 그런 그에게 입맞추려 했고, 벤자민은 그다지 흥미가 일지 않았지만 그들이 하는 대로 내버려뒀다. 기나긴 하루가 지나 5시가 되면 나나는 벤자민을 위층으로 데려가 오트밀과 부드럽게 으깬 음식을 숟가락으로 떠먹였다.

어린아이가 된 그의 꿈속에 고단한 기억이란 없었다. 자신만만했던 대학 시절이나 수많은 여성의 마음을 뒤흔들었던 반짝이는 시절에 관한 기억 역시 존재하지 않았다. 그에게 남은 거라곤 아기 침대의 새하얀 안전 벽들과 나나, 그리고 이따금 그를 보러 오는 한 남자뿐이었다. 그리고 황혼 무렵 잠자리에 들기 직전 나나가 손끝으로 가리키며 "해"라고 일러 주는 커다란 주황빛 공도 있었다. 해가 넘어가면 잔뜩 졸린 그의 두 눈도 감겼고, 그는 꿈도 없는 깊은 잠에 빠졌다. 그를 쫓는 무서운 꿈 따윈 없었다.

과거의 일들, 그러니까 산후안 힐 전투를 지휘했던 일, 결혼 후 첫 몇 해 동안 사랑하는 힐데가르드를 위해 무더운 여름날 분주한 도시에서 땅거미가 질 때까지 일했던 것, 또 그보다 훨씬 이전에 먼로가에 자리한 버튼 집안의 옛 저택에서 밤이 깊도록 할아버지와 시가를 피우며 앉아 있었던 일 등은 죄다 실제로 벌어진 적 없는 일인 양, 손에 잡히지 않는 꿈처럼 벤자민의 마음에서 희미해져 갔다. 그는 더 이상 지난날을 기억하지 못했다.

그는 마지막으로 먹었던 우유가 따뜻했는지 아니면 차가웠는지, 혹은 하루하루가 어떻게 흘러갔는지 제대로 기억할 수 없었다. 그에게 남은 건 아기 침대와 나나라는 익숙한 존재가 전부였다. 그러다 마침내 그는 아무것도 기억하지 못하게 되었다. 배가 고파지면 그냥 울었다. 그뿐이었다. 그는 밤낮으로 그저 숨을 쉴 따름이었고, 그의 위쪽으로 중얼거림과 속삭임이 스치듯 겨우 들려오곤 했다. 그 외에 냄새나 밝고 어두움은 그저 희미하게 구분되는 게 다였다.

그러다 어느 순간 사방이 캄캄해지더니 새하얀 아기 침대와 그 위로 오가던 흐릿한 얼굴들, 그리고 따뜻하고 달콤한 우유 향이 그의 머릿속에서 한꺼번에 어렴풋이 멀어져 갔다.

칩사이드의 타르퀴니우스

1

달리는 발소리. 실론 섬의 묘한 가죽 같은 직물로 제작한 밑창이 가볍고 부드러운 신발이 앞선다. 흘러내리는 두꺼운 장화 둘, 금박을 입힌 짙푸른 색 장화의 둔탁한 광택과 얼룩에 달빛이 반사되고, 돌을 던지면 닿을 듯한 거리를 두고 뒤를 쫓는다.

부드러운 신발이 달빛 조각을 번개처럼 스쳐 지나가 앞이 잘 보이지 않는 미로 같은 골목으로 쏜살같이 뛰어들자, 모든 걸 감싸버릴 듯한 어둠 속 어딘가에서 이따금 획획 움직이는 소리만 들려올 따름이다. 흘러내린 장화들은 뒤를 쫓고 짧은 칼이 휘청대며 깃털은 엉망이 된다. 잠시 숨을 고르며 신과 런던의 시커먼 거리들을 향해 악담을 퍼붓는다.

부드러운 신발이 어두운 문을 뛰어넘고 생울타리를 통과하자 흘러내린 장화들도 문을 뛰어넘고 생울타리를 지났다. 그러자 놀

랍게도 전방에 보초들이 보였다. 그들은 두 명의 무자비한 창병槍
兵으로 네덜란드와 스페인 행군에서 얻었을 법한 흉포한 입매를
지니고 있었다.

하지만 도와달라고 외치는 소리는 들려오지 않는다. 쫓기는 자
는 보초병의 발치에 헐떡이며 쓰러지지 않았고 돈을 움켜쥐고 있
었다. 그렇다고 해서 쫓는 자들이 도둑이라고 소리치며 따라오는
것도 아니었다. 부드러운 신발이 바람처럼 쏜살같이 지나갔다. 보
초들은 욕을 퍼붓고 머뭇거리며 도망자를 쳐다보다가 엄숙한 자세
로 창을 뻗어 길을 막고는 흘러내린 장화들이 다가오길 기다렸다.
어둠이 거대한 손이라도 된 양 흘러 들어오는 달빛조차 차단했다.

어둠의 손이 물러나자 처마와 창틀에도 달빛의 창백한 애무가
닿았고, 부상당한 보초들이 먼지 구덩이에서 뒹구는 게 보였다. 거
리 위쪽에선 흘러내린 장화 하나가 검은 자취를 남기고 달려가다
목에 달린 고급 레이스로 어설프게 상처를 둘러 감았다.

어찌 되었건 보초들이 상관할 바는 아니었다. 오늘 밤은 악마가
활개를 치고 다녔다. 악마는 바로 앞에 어렴풋이 보이는 듯하더니
문 너머로, 그리고 담장을 타고 넘어 달아나 버렸다. 게다가 상대
는 집 근처를 배회하거나 적어도 자신의 괴팍한 기분에 어울리는
런던의 구역에 있는 것이 틀림없었다. 그도 그럴 것이 거리는 마치
그림 속 어느 길처럼 좁아졌고, 집들은 점점 낮아져 자연스럽게 매
복 장소가 마련된 셈이었으므로 살인이나 그와 동급인 급작스러
운 죽음이 벌어지기에 안성맞춤이었다.

기다랗고 구불구불 돌아가는 골목을 따라 쫓고 쫓기는 이가 내
달렸다. 그들은 반짝이는 체스판 위에서 끊임없이 움직이는 퀸과

같이 줄곧 달빛에 드러났다 사라지기를 반복했다. 앞쪽으로 보이는 사냥감은 가죽조끼도 벗어 던진 채 시야를 가리는 땀방울을 훔쳐 내며 필사적으로 양옆을 살피는 모습이었다. 급작스레 속도를 줄인 그는 지나온 길을 몇 발짝 되돌아간 다음 황급히 골목 쪽으로 내달렸다. 골목은 너무 어두컴컴해서 마치 마지막 빙하가 포효하며 미끄러진 이래 이곳의 해와 달은 줄곧 일식을 겪고 있는 듯했다. 그는 200야드가량 골목길을 내려가다가 멈춘 다음 벽 쪽에 난 틈새에 몸을 잔뜩 밀어 넣고서 웅크린 채 조용히 숨을 몰아쉬었다. 크기도 형태도 없이 어둠 속에 숨은 어느 기괴한 신이라도 된 것처럼 말이다.

흘러내린 장화 두 켤레가 가까이 다가와 골목을 오르내리다가 지나치는가 싶더니 그와 20야드 정도 떨어진 지점에 멈춰 서서는 굵은 음성으로 들릴 듯 말 듯 하게 속삭였다.

"움직이는 소리가 들린 것 같아. 지금은 멈췄지만."

"스무 걸음 안에 있어."

"숨은 게로군."

"이제부턴 같이 있다가 덮치자고."

두 사람의 목소리가 낮게 울리는 장화 소리에 뒤섞여 희미해지자 부드러운 신발은 더 이상 지체하지 않았다. 그는 세 번쯤 뛰어올라 골목을 가로질러 껑충껑충 내달리다가 거대한 새처럼 담장 꼭대기에 잠시 머문 뒤 이내 모습을 감춰 버렸다. 굶주린 밤이 그를 한입에 꿀꺽 삼켜 버린 것이다.

2

> 그는 읽었다. 와인을 마시며, 책을 읽으며.
> 그는 읽었다. 크게 소리 내어, 숨이 남아 있는 한.
> 그의 생각은 죽은 이들과 함께했으니,
> 그리하여 그는 죽음에 이를 때까지 읽었노라.

피츠힐 인근의 제임스 1세 묘지 방문객이라면 웨셀 캐스터의 무덤에서 살짝 엉터리 같은 이 시구를 읽어 보았을 법하다. 그건 엘리자베스 시대에 기록된 시구 중 단연 최악이라 할 만했다.

고고학자에 따르면 그가 세상을 떠난 건 그의 나이 서른일곱의 일이었지만, 이 이야기가 추격전이 벌어진 어느 날 밤에 관한 것이므로 우리는 그가 여전히 살아서 무언가를 계속 읽고 있다고 여긴다. 그는 눈이 약간 침침했고 배가 좀 나왔으며 볼품없는 체격에 게으른 성격이었다. 아, 이런! 하지만 시대가 시대이니만큼 잉글랜드의 여왕 엘리자베스가 통치하던 시절, 루터의 은총으로 누구든 열정의 정신을 포용할 수 있었다. 칩사이드*에서는 다락마다 새로운 형태의 무운시無韻詩를 실은 《매그넘 폴리엄Magnum Folium》(잡지)을 발행했다. 또 칩사이드의 배우들은 '복고적 기적극**과 거리가 먼 내용'이라면 그게 뭐든 손에 잡히는 대로 작품화하려 들었다. 게다가 영어 성경은 일곱 가지 '아주 큰' 인쇄체로 일곱 달 동안 발

---

* 런던의 도시를 가로지르는 거리. 중세에는 시장이었음.
** 성도나 순교자의 기적을 다룬 중세 연극.

행되었다.

그리하여 웨셀 캑스터(젊을 땐 선원으로 근무했다고 함)는 이제 뭐든 손에 잡히는 대로 전부 읽고 마는 독서광이 되어 경건한 우정 안에서 원고를 읽어 나갔다. 그는 부패한 시인들과 식사를 했고, 잡지 인쇄소를 기웃댔다. 또 젊은 극작가들끼리의 언쟁과 다툼은 물론이고, 서로 안 보이는 데에서 신랄하고 악의적으로 그게 표절이든 뭐든 생각나는 대로 걸고넘어지며 비난을 일삼는 것도 참을성 있게 듣고 넘어갔다.

오늘 밤 그가 택한 책은 지나친 감이 있긴 하지만 뛰어난 정치적 풍자를 담은 작품이었다. 그는 떨리는 촛불 아래 에드먼드 스펜서의 《요정 여왕》을 두고 있다. 그는 한 구절을 열중해 읽은 뒤 다음 구절로 넘어갔다.

브리토마르티스 또는 순결의 전설

내 여기 순결에 대해 쓰나니
그 무엇보다 중요한 가장 요정다운 덕목이여…….

불현듯 황급히 계단을 올라오는 소리가 들리고 얄팍한 녹슨 문이 열어젖혀지며 한 사내가 방으로 뛰어든다. 조끼도 걸치지 않은 채 헐떡이며 흐느끼는 사내는 쓰러지기 직전이다.

"웨셀," 그는 숨이 막히는 듯했다. "부디 날 좀 숨겨 주게!"

캑스터가 신중하게 책을 덮고 일어나 염려스러운 듯 문에 빗장을 질렀다.

"난 지금 쫓기는 중일세." 부드러운 신발이 외쳤다. "맹세컨대 칼을 든 어떤 미친놈 둘이 고기처럼 날 썰어 버리려 한다네. 그놈들이 내가 뒷담을 타 넘는 걸 봤어!"

"아마도," 호기심에 찬 표정으로 그를 바라보던 웨셀이 입을 열었다. "나팔총으로 무장한 대대와 함대 두세 척은 있어야 자넬 세상의 복수극으로부터 제대로 지켜 줄 텐데 말이야."

부드러운 신발이 흐뭇한 미소를 지어 보였다. 흐느끼며 가쁜 숨을 몰아쉬던 그는 이제 빠르고 규칙적인 호흡을 내뱉었다. 어느새 쫓기던 자의 분위기는 사라지고 옅은 불안의 아이러니가 그 자리를 대신했다.

"좀 놀랍군." 웨셀이 말을 이었다.

"음침한 유인원같이 생긴 두 놈이었어."

"다하면 셋이군."

"날 숨겨 주면 둘 뿐이지. 아, 이런. 시끌시끌해지는군. 저들이 금방 계단을 올라올 거야."

웨셀이 한쪽 구석에 있던 창을 꺼내 와 천장으로 들어 올리자 위쪽 다락방으로 통하는 작은 문이 열렸다.

"사다리는 없다네."

그가 문 아래쪽으로 의자를 가져오자 그 위로 올라간 부드러운 신발이 쭈그리고 앉더니 잠시 망설이다가 다시 쭈그리고 앉은 뒤 놀랍게도 위로 펄쩍 뛰어올랐다. 그는 입구 가장자리를 붙들고 잠깐 앞뒤로 몸을 흔들어 대더니 손의 위치를 바꿨다. 그러고는 마침내 몸을 웅크리는가 싶더니 컴컴한 다락 안으로 사라져 버렸다. 순간 쥐들이 내달리는 소리가 들리더니 작은 문이 닫히고…… 방은 다시 잠잠해졌다.

웨셀은 책상으로 돌아와 〈브리토마르티스 또는 순결의 전설〉을 펼쳐 든 채 잠시 기다렸다. 1분쯤 지나자 재빨리 계단을 오르는 소리가 들려오고, 곧 누군가 성급하게 문을 두드려 댔다. 웨셀은 한숨을 쉬며 촛불을 들고 자리에서 일어났다.

"거기 누구요?"

"문 좀 열어 보시오!"

"누군데 그러는 거요?"

나무로 된 낡은 문에 거센 일격이 가해지자 문의 가장자리가 갈라졌다. 웨셀은 문을 살짝 열고 촛불을 높이 치켜들었다. 그 모습은 마치 소심하지만 인품이 훌륭한 시민이 부당하게 사생활을 침해받는 연기라도 하는 것 같았다.

"밤에 겨우 한 시간 쉬기도 쉽지 않군. 싸움을 벌이는 분들껜 그게 그렇게 대단한 요구라도 되는 건지……."

"헛소리 말고 조용히 하시오! 땀 흘리는 놈을 본 적 있소?"

두 사내의 그림자가 좁은 계단 위로 너울거리는 거대한 윤곽을 드리웠다. 웨셀은 옆에서 촛불을 비추며 그들을 자세히 살폈다. 신사들이었다. 대충 서둘러 걸치긴 했지만 비싸 보이는 옷이었다. 한 사람은 손을 심하게 다쳤고, 둘 다 극도의 혐오감에 싸인 듯했다. 웨셀이 품은 오해를 한쪽으로 물리치며 그들은 방으로 밀고 들어와 의심이 가는 어두운 구석이란 구석은 죄다 찔러 보고 다녔고, 급기야 웨셀의 침실까지 뒤졌다.

"그가 여기 숨었소?" 부상을 입은 사내가 사납게 물었다.

"누구 말이오?"

"당신 말고 아무나가 되겠지."

"그럼 내가 아는 한 두 분뿐이겠군요."

웨셸은 자신이 지나치게 익살을 떨어 댄 건 아닌지 잠시 고민했다. 두 사내가 그를 찌르기라도 할 기세였기 때문이다.

"계단에서 사람 소리가 들리긴 했소만." 그가 황급히 말했다. "오분 정도 되었을 거요. 물론 여기까지 올라오진 못했지만 말이오."

그는 자신이 《요정 여왕》에 몰두하고 있었음을 설명하려 들었지만, 방문객들은 적어도 그 순간만큼은 위대한 성자들이라도 된양 문화에 무관심한 듯했다.

"그래, 무슨 일이 있었던 게요?" 웨셸이 물었다.

"폭행 사건이요!" 손을 다친 사내가 말했다. 웨셸은 그의 두 눈이 잔뜩 흥분해 있음을 알아차렸다. "내 누이란 말이오. 아, 하느님. 이놈을 반드시 붙잡게 하소서!"

웨셸은 움찔했다.

"대체 그자가 누구요?"

"누군들 알겠소! 우리도 아직 그가 누군지도 모른다오. 그런데저기 저 문은 뭐요?" 그가 갑자기 이렇게 물었다.

"지금은 못을 박아 뒀소. 사용하지 않은 지 몇 년 됐지요." 그는 구석에 세워 둔 장대가 떠올라 위가 쪼그라드는 것 같았지만, 완전히 절망에 빠진 두 사내는 그다지 약삭빠르지 못했다.

"공중제비라도 하는 자가 아니고서야 사다리가 있어야겠군." 다친 사내가 무기력하게 말했다.

그와 함께 온 사내가 발작적인 웃음을 터뜨렸다.

"공중제비라니! 아, 공중제비 하는 자라. 아……."

웨셀은 어리둥절한 표정으로 그들을 쳐다봤다.

"그것참 내 이 우울한 기분에도 잘 맞는 말이군." 그 사내가 외쳤다. "아무도, 그러니까 아무도…… 저기 오를 자가 없군. 공중제비 하는 자가 아니라면 말이지."

손을 다친 신사는 안절부절못하며 딱딱 소리가 나도록 손가락을 꺾어 댔다.

"다음 집으로 넘어가 보자고…… 그러고 나서……."

그들은 하는 수 없이 방을 나섰고 폭풍이 지나간 어두운 하늘 아래로 걸음을 재촉했다. 웨셀은 문을 닫고 빗장을 지른 후 안됐다는 듯 얼굴을 찌푸리며 잠시 그대로 서 있었다.

"하!" 하고 낮게 숨을 내쉬는 소리에 그는 위를 쳐다봤다. 부드러운 신발이 이미 작은 문을 올리고 아래쪽 방을 살피는 중이었다. 꼬마 요정처럼 짓궂은 그의 얼굴은 혐오와 냉소적 유희로 찌푸려진 상태였다.

"저자들은 헬멧을 벗으면서 머리까지 내려놓는 모양이군." 그가 속삭이듯 말했다. "그래도 자네랑 나는 말이지, 웨셀, 이만하면 기민한 편이지."

"이젠 자네가 욕먹을 차례 같군." 웨셀이 크게 외쳤다. "자네가 개차반인 줄은 알고 있었지만, 지금 이런 이야기를 절반만 들어도 자네가 지저분한 똥개란 걸 알겠군. 머리라도 한 대 갈겨 주고 싶다고."

부드러운 신발은 눈을 껌벅이며 그를 바라봤다.

"아무튼," 그가 마침내 답을 했다. "이 상황에서 품위를 찾기란 어렵겠군."

이렇게 말한 그는 작은 문으로 몸을 통과시키더니 잠시 매달려 있다가 2미터 아래 바닥으로 떨어져 내렸다.

"쥐새끼 한 마리가 미식가라도 된 양 내 귀를 바라보더군." 그는 바지에다 손을 털며 말을 이었다. "그래서 내가 쥐 특유의 언어로 말해 줬지. 난 아주 센 독이라고 말이야. 그러니까 그냥 가 버렸어."

"그나저나 얼마나 음탕한 밤을 보냈는지 얘기나 좀 들어 보자고!" 웨셀이 화를 내며 채근했다.

부드러운 신발은 엄지를 코에다 갖다 댄 채 웨셀을 우롱하듯 나머지 손가락들을 흔들어 보였다.

"부랑아 자식 같으니!" 웨셀이 중얼댔다.

"종이 가진 거 있나?" 부드러운 신발이 불현듯 질문을 던지더니 밑도 끝도 없이 이렇게 덧붙였다. "아니면 글씨는 쓸 줄 아나?"

"내가 왜 종이를 줘야 하지?"

"오늘 밤이 얼마나 재미있었는지 듣고 싶어 하지 않았나. 그렇담 펜이랑 잉크, 종이 한 다발, 그리고 방을 하나 내주면 되네."

웨셀은 잠시 머뭇거렸다.

"썩 나가!" 마침내 그가 말했다.

"자네 뜻대로 하지. 하지만 자넨 아주 재밌는 얘길 놓친 걸세."

웨셀은 손을 흔들어 보였다. 하지만 태피*처럼 심성이 보드라운 그는 결국 져 주고 말았다. 부드러운 신발은 웨셀이 못마땅해하며 내어 준 필기도구를 들고 옆방으로 가 문을 꼭 닫았다. 웨셀은 투덜대며 다시 《요정 여왕》을 읽기 시작했다. 그렇게 그의 집엔 다시 침묵이 내려앉았다.

* 설탕을 녹여 만든 사탕.

3

어느덧 3시를 지나 4시가 되었다. 방 안은 흐릿했고, 어두운 바깥은 한껏 눅눅하고 쌀쌀했다. 웨셀은 양손으로 머리를 움켜쥔 채 책상 위로 몸을 구부리고는 기사들과 요정들, 그리고 비참한 고통에 시달리는 여러 소녀의 이야기를 읽어 내려가고 있었다. 바깥의 좁은 길을 따라 용들이 낄낄대며 지나갔다. 졸음을 떨치지 못한 무기 제조자의 조수가 5시에 일을 시작할 때면 무거운 철판과 여기저기 연결된 쇠사슬에서 나는 쨍그랑 철커덕 소리가 점점 커져 마침내는 기마행렬의 울림처럼 들렸다.

새벽을 여는 첫 빛줄기가 내리자 안개는 사라지고 6시 무렵엔 방이 잿빛 노란색으로 가득했다. 웨셀은 벽장이 있는 자신의 침실로 다가가 문을 열었다. 그를 향해 돌아선 투숙객의 얼굴은 양피지처럼 창백했고 제정신이 아닌 듯한 두 눈은 커다란 붉은 글씨처럼 타올랐다. 그는 의자를 웨셀의 **기도대** 옆에 가져다두고 그걸 책상처럼 사용하는 중이었는데, 그 위에는 뭔가를 빼곡하게 쓴 종이들이 엄청나게 쌓여 있었다. 긴 한숨을 내뱉은 웨셀은 방을 나와 책 속의 요정에게로 돌아가면서 새벽녘이 다 되도록 침대를 돌려달라고 하지 못한 자신을 바보라고 불렀다.

바깥에서 들려오는 거친 장화 발걸음 소리와 다락마다 새어 나오는 노파들의 투덜거림, 아침의 둔탁한 속삭임이 그를 무기력하게 했고, 그렇게 졸다 깜빡 잠이 든 그는 의자에 앉은 채 고꾸라졌다. 소리와 색감이 지나치게 입력된 그의 머리는 참을 수 없다는 듯 쌓인 이미지를 처리하는 중이었다. 자신의 이 쉼 없는 꿈속에서 그는 태양 가까이에서 으스러지며 신음하는 수많은 육신 중 하나였고, 태양은 강렬한 눈의 아폴로를 향한 무력한 가교였다. 꿈은 그를 찢어 놨고 투박한 칼날처럼 그의 정신을 긁어 댔다. 그러다 더운 손 하나가 그의 어깨를 건드리자 그는 거의 비명을 지를 듯 놀라 잠에서 깨어났다. 방에는 짙은 안개가 내려앉았고, 그의 투숙객이 부연 잿빛 유령이라도 된 듯 손에 종이 뭉치를 든 채 옆에 서 있었다.

"정말 흥미로운 이야기라고. 좀 더 검토해 봐야 하지만 말이야. 이걸 어디다 좀 보관해 주겠나? 정말이지 좀 자야 할 것 같네."

미처 대답할 사이도 없이 그는 웨셀에게 종이 뭉치를 떠안기고는 뒤집힌 병에서 뿜어져 나오는 그 어떤 물질처럼 소파에 몸을 내던졌다. 곧장 잠이 든 그는 고른 숨을 내쉬었지만, 이마만큼은 묘하게 찡그린 모습이었다.

졸린 듯 하품을 내뱉은 웨셀은 선뜻 알아보기 힘들 정도로 휘갈겨 쓴 첫 장을 획 훑어보고는 아주 가만히 소리 내어 읽기 시작했다.

루크리스의 능욕

포위당한 아르데아, 전부 제자리를 지켰네.
그릇된 욕망이라는 못 믿을 날개가 낳은
욕정의 입김을 내뿜는 타르퀴니우스가 로마군을 떠나고…….

"아 빨간 머리 마녀!"

멀린 그레인저는 문라이트퀼 서점에서 근무했다. 47번가의 리츠칼튼 호텔 모퉁이만 돌면 보이는 바로 그 서점 말이다. 문라이트퀼 서점은 꽤 낭만적인 서점으로 사람들이 멋들어지면서도 비밀스러운 장소라고 여기는 곳이었다. 그 내부는 숨 막히게 이국적인 정열이 묻어나는 빨간색과 오렌지색 포스터로 장식되었고, 빛이 반사될 만큼 반짝이는 특별판의 표지와 진홍빛의 키 작은 새틴 램프만이 조명의 역할을 할 따름이었다. 램프는 종일 켜져 있었고, 그 빛이 머리 위에서 흔들리곤 했다. 그야말로 편안한 분위기를 자아내는 서점이 아닐 수 없었다. 구불구불하게 수를 놓아 쓴 것 같은 "문라이트퀼"이라는 글자는 출입문 위에 붙어 있었고, 진열창은 늘 철저한 문학적 검열을 통과한 책으로 가득했다. 책은 짙은 오렌지색 커버에 흰색의 작은 사각형 종이 위로 제목이 표시된 경우가 많았다. 게다가 서점 전반에 밴 사향 향은 꽤나 기발한 착상으로, 도무지 마음을 헤아릴 수 없는 문라이트 퀼 씨가 뿌려 두라고

시킨 것이었다. 그 향에서는 디킨슨 런던의 골동품 상점 냄새와 보스포루스해협의 어느 따스한 해변에 자리한 커피점의 냄새가 풍겼다.

오전 9시부터 오후 5시 30분까지 멀린 그레인저는 잔뜩 지루해하는 검은 옷차림의 노부인들과 눈 밑 다크서클이 두드러진 젊은 이들을 상대로 "이 작가에게 관심이 있는지" 혹은 초판본을 사 볼 의향이 있는지 물었다. 그들이 표지에 아라비아 사람들이 그려진 소설책이나 사우스다코타의 서튼 양을 향한 셰익스피어의 최신판 소네트가 포함된 책들을 구입했던가? 그는 콧방귀를 뀌었다. 사실상 그의 개인적 취향은 후자 쪽으로 기울었지만, 문라이트퀼의 직원인 그는 근무 중엔 환상 따윈 벗어던지고 전문가적 태도를 보이자는 주의였다.

매일 오후 5시 30분이 되면 그는 진열창으로 다가가 앞에 달린 가리개를 당겨 내린 후 좀처럼 이해하기 힘든 문라이트 퀼 부인과 점원인 매크레켄 양, 그리고 속기사인 매스터스 양에게 인사를 건네고는 집으로 향했다. 캐롤라인이라는 여인을 향해서 말이다. 그렇다고 해서 그가 캐롤라인과 저녁을 먹는다든가 하는 일은 없었다. 그의 칼라 단추가 코티지치즈에 닿을 지경인 데다 넥타이 끝이 우유 잔과 만나려 하는 멀린의 책상에서 캐롤라인이 식사를 한다는 건 상상할 수 없는 일이었다. 게다가 그 역시 식사를 함께하자고 그녀에게 청한 적이 없었다. 결국 그는 혼자 식사했다. 그는 6번가에 있는 브래그도르트 식품점에 들러 크래커 한 상자와 튜브형 안초비 페이스트, 오렌지 몇 개, 작은 병에 담긴 소시지, 감자 샐러드, 병에 든 청량음료 등을 사서 갈색 봉투에 넣고는 웨스트

58번가 오십 몇 번지에 자리한 자신의 방으로 갔다. 그러고 나서 그는 저녁을 먹으며 캐롤라인을 지켜보았다.

캐롤라인은 꽤 젊고 명랑한 인물로 자기보다 나이 많은 어떤 여자와 살았고 열아홉 살쯤 되어 보였다. 그녀는 저녁 전까진 존재하지 않았으므로 마치 유령과 같았다. 그러니까 그녀는 자신의 아파트에 불이 켜지면 살아나 움직이다가 늦어도 자정 무렵엔 사라지곤 했다. 센트럴파크 남측 건너편에 자리한 그녀의 아파트는 전면이 하얀색 석조로 된 멋진 건물에 자리한 괜찮은 집이었다. 그리고 그 아파트 뒤쪽은 그레인저 씨가 혼자 살고 있는 방의 하나뿐인 창문과 마주했다.

그가 그녀를 캐롤라인이라고 부른 건 문라이트퀼 서점에 있는 어느 책 표지에 그녀처럼 보이는 그림이 있었고, 그 그림에 캐롤라인이라는 이름이 쓰여 있었기 때문이다.

멀린 그레인저로 말할 것 같으면 그는 스물다섯 살의 마른 청년으로 짙은 색 머리칼을 지녔으며 콧수염이나 턱수염 따윈 기르지 않았다. 하지만 캐롤라인은 눈부시게 아름답고 밝았으며 머리칼은 적갈색 물결이 일렁이는 빛나는 수렁과 같았다. 또 그녀는 키스를 연상케 하는 그런 용모를 지녔다. 그러니까 첫사랑과 닮은 것 같지만 실제로 옛날 사진을 확인해 보면 그렇지 않은 그런 용모의 소유자였다. 그녀는 보통 분홍색이나 파란색 옷을 입었지만, 최근에는 이따금 날씬해 보이는 검은색 드레스를 걸치기도 했다. 그리고 그 옷은 그녀가 특별히 자랑스러워하는 의상임이 틀림없었다. 왜냐하면 그걸 입을 때마다 그녀가 벽 쪽의 어느 지점을 바라보았고, 멀린은 그 지점에 거울이 있을 거라고 생각했기 때문이다. 평소에 그녀는 창가에 놓인 의자에 앉는 편이었지만, 가끔은 램프 옆 긴 의자에 앉을 때도 있었다. 그럴 때마다 그녀는 종종 한껏 뒤로 몸을 기댄 채 담배를 피우곤 했는데, 멀린은 그런 그녀의 팔과 손의 자세가 더없이 우아하다고 여겼다.

또 어떨 때는 그녀가 창가로 다가와 아름다운 자태로 서서 바깥을 내다보기도 했는데, 그럴 때면 갈 곳을 잃은 달이 아주 묘하게 변형된 빛을 건물 사이 통로에 떨어뜨려 쓰레기통과 빨랫줄의 무늬를 은빛 통과 거대하고 얇은 거미줄 따위의 생생한 인상주의적 모양으로 바꿔 놓곤 했다. 멀린은 앞이 잘 보이는 곳에 앉아 코티지치즈에 설탕과 우유를 얹어 먹는 중이었다. 그러다 너무 급하게 블라인드 줄을 당기려다 그만 다른 쪽 손으로 코티지치즈를 밀어 무릎에다 쏟고 말았다. 차가운 우유가 바지를 적셨고 설탕은 얼룩을 남겼다. 그는 그녀가 결국엔 자신을 봤을 거라고 확신했다.

간혹 방문객들도 보였는데, 그들은 야회복 차림의 사내들로 손에는 모자를, 팔에는 코트를 걸친 채 서서 인사한 후 캐롤라인에게 말을 건넸다. 그러고 나서는 다시 인사를 나눈 다음 그녀를 따라 불빛 바깥으로 나갔는데, 연극을 보러 가거나 댄스파티에 가는 게 분명했다. 다른 젊은이들은 그녀의 집에 앉아서 담배를 피우며 캐롤라인에게 뭔가를 이야기하려는 듯 보였다. 그럴 때마다 그녀는 의자에 앉아 그들을 바라보며 열심히 귀 기울이거나 램프 옆 긴 의자에 앉아 있곤 했는데, 그 모습이 참으로 사랑스럽고 싱그러워 보여 신비로울 정도였다.

멀린은 이들의 방문을 즐겼으며, 그들 중 몇몇에 대해서는 인정하는 편이었다. 하지만 다른 몇몇은 마지못해 봐 넘겼고, 그중 한 둘은 혐오하는 수준이었다. 특히 방문이 제일 잦은 한 사내는 머리칼이 검고 턱수염을 길렀으며 칠흑같이 어두운 영혼을 지닌 자였다. 멀린으로선 그가 어렴풋하게나마 익숙했지만, 그가 누구인지 제대로 알아차린 적은 없었다.

하지만 그렇다고 해서 멀린의 삶이 전적으로 "자신이 구축한 이 낭만에 의존"하진 않았다. 그러니까 그녀를 지켜보는 시간이 "하루 중 제일 행복한 시간"도 아니었거니와 시간 맞춰 당도해서 캐롤라인을 악한의 "손아귀"에서 구출해 낸 적도 없었으며 그녀와 결혼을 한 것도 아니었다. 어찌 되었건 이보다 훨씬 더 기이한 일도 벌어졌으며, 곧 여기에다 적어 내려갈 일도 그처럼 기이하긴 마찬가지이다. 10월의 어느 오후, 은은한 분위기를 자아내는 문라이트 퀼 서점 내부로 그녀가 힘차게 걸어 들어오면서부터 그 일은 시작되었다.

그날 오후는 어두컴컴했고 금방이라도 비가 쏟아질 것 같아 세상의 종말이 가까워져 온 듯했다. 뉴욕이어야지만 가능한 유난히 음울한 잿빛 오후에 그 일이 벌어진 것이다. 한차례의 바람이 거리를 휩쓸자 찢어진 신문지와 온갖 조각들이 휘날리고 창문마다 작은 불빛들이 깜빡였다. 그 풍경이 너무도 황량한 나머지 짙은 녹색과 잿빛이 뒤섞인 하늘 속으로 사라진 마천루 꼭대기가 안타까울 정도였고, 자연히 이런 우스꽝스러운 현상은 멈춰야만 할 듯했다. 그리고 머지않아 모든 건물이 카드로 만든 집처럼 무너져 내려 그곳을 드나들었을 수백만 명의 머리 위로 조소를 더한 먼지 더미로 쌓일 것만 같았다.

적어도 이러한 상념들이 멀린 그레인저의 영혼에 무겁게 내려앉은 생각들이었다. 어민 장식을 단 한 여성이 서점을 맹렬히 휩쓸고 나간 후 그는 창가에 서서 십여 권의 책을 열을 맞춰 제자리에 돌려놓는 중이었다. 그는 지극히 우울한 생각에 사로잡힌 채 창밖을 내다보았다. 그 생각들이란 H. G. 웰스의 초기 소설과 창세기, 그리고 30년 안에 이 섬에선 주택이 자취를 감추고 시끌시끌한 상점들만 여러 개 남을 거라는 토머스 에디슨의 말에 관한 것들이었다. 그가 마지막 책을 바른 방향으로 진열해 두고 몸을 돌렸을 때, 바로 그 순간 캐롤라인이 무심하게 서점 안으로 걸어 들어왔다.

그녀는 경쾌하지만 평범하고 가벼운 옷을 걸쳤는데, 그는 나중에 가서 이 일을 떠올렸을 때에야 비로소 이 사실을 기억해 냈다. 그녀의 격자무늬 스커트는 아코디언처럼 주름이 져 있었고, 재킷은 부드럽고 선명한 황갈색을 띠고 있었다. 또 그녀가 신은 신발과 각반脚絆은 갈색이었고, 작고 가장자리에 장식이 있는 모자는 아주 값비싼 데다 화려한 내용물로 채워진 캔디 상자의 뚜껑처럼 그녀의 차림새를 완성시켰다.

숨이 멎을 듯 놀란 멀린은 그녀 앞으로 다가섰다.

"안녕하세요……" 이렇게 말한 그는 잠시 말을 멈췄다. 자신의 삶에 뭔가 엄청난 일이 벌어질 참이라는 것, 그 어떤 것도 가다듬을 필요 없이 그저 침묵하기만 하면 될 거라는 것, 그리고 적당한 기대와 관심을 기울이면 된다는 것 말고는 아무 생각도 떠오르지 않았다. 그 일이 일어나기 바로 직전, 그는 숨이 멎을 듯한 찰나가 시간 속에 머물러 있음을 직감했다. 유리로 된 칸막이 너머로는 작은 사무실에서 서신 위로 몸을 숙인 고용주 문라이트 퀼 씨의 고약한 원뿔형 머리가 보였다. 매크레켄 양과 매스터스 양은 쌓아 둔 신문 더미 위로 머리칼을 늘어뜨리고 있었다. 문득 머리 위의 진홍빛 램프가 눈에 띄었다. 서점에 기분 좋은 낭만적 기운을 선사하는 램프를 그는 기쁜 마음으로 바라보았다.

그러고는 그 일이 벌어졌다. 혹은 그 일이 벌어지기 시작했다고 해야 하겠다. 캐롤라인은 책더미 위에 아무렇게나 놓여 있던 시집 한 권을 집어 들더니 가녀린 하얀 손으로 무심히 책장을 넘겼다. 그러고는 불현듯 조금도 힘들이지 않고 천장을 향해 시집을 높이 던졌고, 시집은 진홍빛 램프 안으로 사라지는가 싶더니 그대로 거기 머물렀다. 짙은 색의 불룩한 직사각형 형체가 환히 밝혀진 실크 전등갓에 비쳤다. 그녀가 즐거워하며 젊은이답게 전염성 강한 웃음을 터뜨리자 멀린도 곧 덩달아 웃었다.

"저기 그대로 있네요!" 그녀는 명랑하게 외쳤다. "그대로 있어요, 그렇죠?" 두 사람에겐 이 현상이 그야말로 멋진 부조리의 극치인 것처럼 보였다. 한데 섞인 둘의 웃음소리가 서점을 가득 메웠고, 멀린은 그녀의 음성이 풍부하면서도 마법적 기운으로 가득한 것 같아 마음에 들었다.

"또 해 봐요." 그는 자신이 넌지시 재촉하고 있음을 알아차렸다. "저기 빨간색 책으로 한번 해 봐요."

그러자 그녀는 더 크게 웃었고, 급기야 책더미에 손을 짚고 몸을 가눠야 했다.

"또 해 보세요." 발작적으로 웃던 그녀는 겨우 제대로 말을 내뱉었다. "아, 이런. 또 해 보죠!"

"이번엔 두 권으로 해 봐요."

"네, 두 권을 던져 보죠. 아, 웃는 걸 멈추지 않으면 질식해 버릴 것 같아요. 자, 해 볼게요."

자신이 말한 대로 그녀는 빨간색 책을 집어 들더니 천장을 향해 곡선을 그리도록 던졌고, 책은 램프 속 처음 던진 책 옆에 안착했다. 그들은 신이 나서 몸을 앞뒤로 흔들어 대다가 몇 분이 지나서야 둘 중 하나가 평정을 찾을 수 있었다. 하지만 그것도 잠시. 둘은 똑같은 행위를 다시 한번 반복하기로 했고, 이번엔 둘 다 해 보기로 입을 맞췄다. 멀린은 특별 장정판인 커다란 프랑스 고전 한 권을 손에 쥐고는 위로 빙그르르 던졌다. 정확히 겨냥한 자신의 기술에 탄복하며 손뼉을 쳐 대던 그는 이번엔 한 손엔 베스트셀러 한 권을, 다른 손엔 따개비에 관한 책을 들고서 그녀가 책을 다 던질 때까지 숨죽여 기다렸다. 그렇게 둘의 행동은 점점 빨라지고 격렬해졌다. 그들은 이따금 번갈아 던지며 서로를 지켜보았고, 그는 이내 매 순간 그녀가 얼마나 유연하게 움직이는지 알아차리게 되었다. 가끔은 그들 중 하나가 연달아 던지기도 했는데, 그럴 땐 그저 제일 가까이 있는 책을 집어서 던진 후 그 책을 눈으로 좇으며 다른 책을 집어 드는 것이었다. 그렇게 그들은 3분이 채 되기도 전에 테이블 위로 작게 빈 공간을 만들어 냈고, 진홍빛 실크 전등갓은 안쪽에 자리한 책들 때문에 너무 튀어나온 나머지 거의 찢어질 지경이었다.

"바보 같은 게임이네요. 농구처럼 말이에요." 남은 책 한 권을 손에 든 그녀가 비웃는 투로 외쳤다. "여고생들은 흉측한 바지 차림으로 그런 게임을 하죠."

"멍청하군요." 그가 맞장구쳤다.

그녀는 책을 던지려다 말고 불현듯 테이블의 원래 자리로 돌려

놓았다.

"이젠 앉을 자리가 생겼네요." 그녀가 진지한 말투로 말했다.

그렇게 그들은 두 사람이 앉기에 충분한 공간을 만들었다.

멀린은 살짝 초조한 듯 문라이트 퀼 씨 쪽 유리 칸막이를 쳐다봤지만, 그 셋은 여전히 몸을 숙인 채 일에 열중하는 모습이었다. 그러니까, 지금까지 서점에서 벌어진 일을 목격하지 못한 게 확실했다. 그리하여 캐롤라인이 테이블에 양손을 짚고 올라가 앉자 멀린도 잠자코 그녀를 따라 했고, 둘은 그렇게 나란히 앉아 서로를 진지하게 바라보았다.

"꼭 만나야 할 것 같았어요." 그녀는 갈색 눈동자에 애처로운 감정을 담은 채 이야기하기 시작했다.

"네, 알아요."

"지난번엔 말이죠," 그녀가 말을 이었다. 목소리를 진정시키려 했지만, 그녀의 음성이 조금 떨려 왔다. "정말이지 깜짝 놀랐답니다. 전 당신이 서랍장 위에서 식사하지 않았으면 해요. 그러다…… 칼라 단추라도 삼킬까 봐 말이에요."

"네, 한 번 그랬죠. 내 말은 거의 그럴 뻔했다고요." 그는 주저하며 털어놓았다. "하지만 아시다시피 그런 일이 그렇게 쉽게 벌어지진 않아요. 그러니까 납작한 부분이나 그 외 다른 부분은 삼킬 수 있다 칩시다. 네, 각각 따로따로요. 그런데 칼라 단추를 하나 다 삼키려면 목구멍이 좀 특별해야 해요." 그는 자신이 상황에 맞춰 붙임성 있게 설명해 냈다는 사실에 새삼 놀랐다. 난생처음으로 언어가 제발 사용해 달라고 외치며 그를 향해 달려왔고, 그 언어는 분대와 소대로 나뉘고 정리되어 단락이라는 빈틈없는 부관의 형태로 그 앞에 나타난 것이다.

"네, 그래서 겁이 났답니다." 그녀가 말했다. "말씀하신 것처럼 그러려면 목구멍이 특별해야 한다는 걸 알고 있었어요. 그리고, 이 것만은 확실히 알고 있었죠. 당신 목구멍이 특별하진 않다는 사실을요."

그가 솔직히 시인하듯 고개를 끄덕여 보였다.

"네, 전 그런 목구멍이 없죠. 그런 목구멍을 가지려면 비용이 좀 듭니다. 안타깝게도 제 예산보다 더 많은 액수가 필요하더군요."

그는 이렇게 말하면서도 부끄럽지 않았고, 오히려 그렇게 시인 했다는 사실이 기쁘기까지 했다. 그리고 그녀가 이해할 수 없는 말이나 행동은 할 수 없음을 깨달았다. 무엇보다 자신이 가난하다는 점과 그 가난에서 해방되기란 사실상 불가능하다는 말은 더더욱 내뱉지 못했다.

캐롤라인은 손목시계를 들여다보더니 나지막한 외마디 외침과 함께 테이블에서 미끄러지듯 내려와 섰다.

"벌써 다섯 시가 넘었어요." 그녀가 외쳤다. "까맣게 몰랐지 뭐예요. 다섯 시 반까진 리츠칼튼 호텔에 가야 하는데 말이죠. 어쨌든 얼른 이거부터 끝내고 봐요. 이건 꼭 들어갈 것 같은데요."

둘은 합심해서 책을 던져 대기 시작했다. 그러다 캐롤라인이 곤충에 관한 책을 집어 들고 던지자 쌩하고 날아간 책은 그만 문라이트 퀼 씨 쪽 유리 칸막이를 뚫고 나가 버렸다. 서점 주인은 사나운 표정으로 힐긋 한 번 올려다보더니 책상 위에 떨어진 유리 조각들을 쓸어 내고는 서신을 계속 읽어 내려갔다. 매크레켄 양은 아무런 소리도 못 들은 듯했고, 매스터스 양만이 놀란 듯 외마디 비명을 내뱉고는 하던 일을 계속하려는 듯 고개를 숙였다.

하지만 멀린과 캐롤라인에겐 아무것도 문제 될 것이 없었다. 둘은 있는 힘을 다해 사방으로 미친 듯 책을 던지고 또 던져 댔고, 어떨 때는 한꺼번에 서너 권씩 던지기도 했다. 공중으로 날아간 책들은 책꽂이에 부딪히고 벽에 걸린 유리 액자에 금이 가게 했다. 그리고 그렇게 흠집이 생기고 찢어진 책들은 결국 바닥으로 떨어져 쌓여 갔다. 당시 손님이 들어오지 않은 건 참으로 다행이었다. 그 광경을 본 손님이라면 두 번 다시 서점을 찾지 않았을 테니 말이다. 서점 안에 울려 퍼진 소음은 참으로 굉장했다. 부수고 찢는 소리는 물론 이따금 들려오는 쨍그랑하고 유리 부딪히는 소리, 책을 던져 대는 두 사람의 가쁜 숨소리, 간혹 터져 나오는 웃음소리가 전부 한데 섞여 들려온 것이다. 둘은 너무 심하게 웃은 나머지 때때로 동작을 멈춰야 했다.

5시 30분이 되자 캐롤라인은 램프를 향해 마지막 책을 던졌고, 그건 램프에 가해질 수 있는 마지막 충격인 셈이었다. 잔뜩 늘어나 약해진 실크 전등갓이 찢어지면서 그 안에 쌓인 하얗고 알록달록한 내용물이 이미 어질러진 바닥으로 후드득 떨어져 내렸다. 그러자 그녀는 안도한 듯 한숨을 내쉬며 멀린 쪽으로 돌아서서 손을 내밀었다.

"그럼, 안녕히 계세요." 그녀가 짧은 인사를 건넸다.

"이제 가시려고요?" 그는 그녀가 간다는 걸 알았다. 그저 조금이라도 더 시간을 끌어 그녀를 붙잡아 두고 눈부시게 빛나는 순간을 공유하며 계속 그녀로부터 크나큰 만족감을 얻어 내고 싶은 것이었다. 그녀의 모습은 키스를 연상케 한다고 그는 생각했다.

1910년에 알고 지냈던 한 여자의 모습이 그랬던 것처럼 말이다. 그는 부드러운 그녀의 손을 잠시 꼭 눌러 보았다. 그러자 그녀는 미소를 지으며 손을 빼내고는 그가 뛰어나가 문을 열기도 전에 스스로 문을 열어젖히고 밖으로 나섰다. 47번가를 얇게 뒤덮은 흐리고 불길한 황혼 속으로 사라져 간 것이다.

이렇게 말한다면 어떨까. 그러니까 미美와 연륜의 관계를 확인한 멀린이 문라이트 퀼 씨의 칸막이 안쪽으로 걸어 들어가 사표를 던지고 나오는 거다. 그러고는 훨씬 더 세련되고 기품 있고 역설적인 사내의 모습을 하고서 거리로 걸어 나왔다고 말이다. 하지만 현실은 훨씬 더 진부하기만 했다. 멀린 그레인저는 똑바로 서서 엉망이 된 서점 내부와 망가진 책들, 한때 아름다운 진홍빛 램프였을 찢어진 실크 조각들, 서점 전체에 내려앉은 무지갯빛 먼지에 파묻혀서도 투명하게 반짝이는 깨진 유리 조각들을 살폈다. 그러고는 빗자루가 놓인 한쪽 구석으로 가더니 청소와 정돈을 시작했다. 가능한 선에서 최대한 서점을 이전 상태로 돌려놓겠다는 듯이 말이다. 그는 손상되지 않은 멀쩡한 책들이 좀 있긴 하지만 대부분은 그 정도를 달리하며 흠집이 났음을 알아차렸다. 뒤표지가 뜯겨 나가거나 책장이 찢긴 책들이 있는가 하면 그냥 앞표지가 살짝 구겨진 책들도 있었는데, 책을 바꾸러 오는 부주의한 이들이라면 다 알듯이 그런 책들은 이미 상품 가치를 잃고 헌책이 되기 마련이었다.

어찌 되었건 6시 무렵엔 손상된 부분들이 상당히 복구되었다. 그는 책을 제자리에 꽂았으며 바닥을 쓸고 머리 위쪽 소켓에 새 전구를 끼웠다. 붉은빛을 자아내던 전등갓은 손을 써 보지도 못할 정도로 망가져 버렸기에 멀린은 자신의 봉급에서 전등갓 교체 비용을 삭감할지도 모른다는 걱정이 앞섰다. 6시가 되자 할 수 있는 조치를 모두 마친 그가 전면의 진열창으로 다가가 블라인드를 내렸다. 조심스럽게 제자리로 돌아오던 그는 문라이트 퀼 씨가 책상에서 일어나 외투와 모자를 걸치고 서점으로 나오는 모습을 지켜보았다. 그는 알 수 없는 표정으로 멀린을 향해 고개를 끄덕여 보이고는 문 쪽으로 걸어갔다. 손잡이를 돌리는가 싶더니 그는 잠시 멈춰 뒤로 돌아서서는 격렬함과 불확실함이 묘하게 한데 섞인 듯한 목소리로 이렇게 말했다.

"그 여자가 여길 다시 오거든 행동거지에 신경 좀 쓰라고 해."

이 말을 남긴 그가 문을 열고 나감과 동시에 멀린이 공손하게 "네, 사장님."이라고 한 말은 문이 끽하고 열리는 소리에 묻혀 들리지 않게 되었다.

멀린은 잠시 그렇게 서 있다가 현명하게도 앞으로 닥칠 일에 대해선 당분간 염려하지 않기로 마음먹었다. 그러고 나서 그는 서점 뒤쪽으로 가 풀팻이라는 프랑스 식당에서 저녁을 먹자고 매스터스 양을 초대했다. 그 식당에서라면 위대한 연방 정부의 방침에 굴하지 않고 저녁때 레드 와인을 마실 수 있었다.

"와인을 마시면 기분이 짜릿해진답니다." 그녀가 말했다.

멀린은 캐롤라인과 그녀를 비교하며 마음속으로 웃음을 터뜨렸다. 아니, 어쩌면 그는 아예 비교 자체를 하지 않은 건지도 몰랐다. 캐롤라인을 두고 비교란 있을 수 없었다.

2

문라이트 퀼 씨는 기질적으로 말이 없고 이국적이며 동양적이었지만, 결단력이 있는 사람이었다. 그래서인지 그는 엉망이 된 서점에 관한 문제에 대해서도 결단력 있게 접근하는 모습을 보였다. 그가 전체 재고의 원가에 상당하는 경비를 지출하지 않는다면 이전처럼 문라이트 퀼 서점을 계속 운영하기란 불가능할 터였다. 물론 그러한 경비 지출은 개인 사정상 그가 취하고 싶지 않은 조치에 해당했다. 결국 방법은 하나였다. 그는 지체 없이 그곳을 최신 서적을 판매하는 서점에서 헌책방으로 탈바꿈시켰다. 훼손된 책은 25퍼센트에서 50퍼센트가량 가격이 낮게 책정되었고, 구불구불하게 자수를 놓아 만든 출입문 위의 서점 이름도 한때는 당돌하게 빛났지만, 이젠 점차 희미해져 더없이 흐릿한 오래된 페인트 색이 되어 버렸다. 의식적인 절차를 선호한 사장은 펠트로 만든 조잡한 모양새의 테두리 없는 붉은색 베레모를 두 개 구입해 하나는 자신이 쓰고 다른 하나는 점원인 멀린 그레인저가 쓰도록 했다. 게다가 그는 줄곧 턱수염을 길러 수염이 늙은 참새의 꼬리 깃털처럼 보였고, 이전에 입던 말쑥한 양복 대신 경건한 분위기를 자아내는 윤기 나는 알파카 소재의 옷을 입었다.

실제로 대참사와 같은 캐롤라인의 서점 방문 사건이 있고 나서 채 1년이 지나지 않았건만, 유행에 뒤처지지 않는 겉모습을 유지한 건 매스터스 양뿐이었다. 매크레켄 양은 문라이트 퀼 씨의 뒤를 이어 봐 주기 힘들 정도로 볼품이 없어졌다.

멀린의 경우만 해도 충성심과 무기력함이 뒤섞인 기분으로 버려진 정원이라도 된 양 자신의 외모를 방치했으며, 펠트로 된 테두리 없는 붉은색 베레모 역시 퇴락한 외모에 걸맞은 상징으로 받아들였다. 그는 한때 늘 "추진력 있는" 젊은이로 알려졌었다. 뉴욕 고등학교의 공작과를 졸업한 그는 옷과 머리, 치아, 그리고 눈썹까지 솔질하는 오래된 습관을 유지해 왔으며, 깨끗이 세탁한 양말들을 발끝과 뒤꿈치끼리 맞춰 양말 서랍으로 정해 둔 서랍에 넣어 두는 걸 중요시했다.

그는 자신의 그러한 면모 덕분에 문라이트퀼 서점이 가장 찬란했던 시기에 그곳의 직원 자리를 꿰찰 수 있었던 거라고 생각했다. 또 그저 "물건을 보관하는 용도로 궤를 활용"하는 데 그치지 않고, 고등학교 시절 실용성에 대해 숨 가쁘게 배운 것처럼 그 궤가 필요한 장의사 같은 사람들에게 판매한 것도 그런 면모 때문이었다. 그렇다고는 하지만, 진보적인 문라이트퀼 서점이 시대에 역행하는 문라이트퀼 서점으로 탈바꿈하자, 그는 서점과 함께 퇴보하는 쪽을 택했다. 그리하여 그는 양복엔 손도 대지 않고 그 위로 먼지가 살짝 쌓이도록 내버려두었으며, 양말도 셔츠나 속옷을 넣어 두는 서랍에 마구잡이로 던져 넣거나 아예 서랍에 넣지 않기도 했다. 새로이 체득한 이 부주의함 때문에 입지도 않은 깨끗한 옷을 세탁하는 일도 잦았고, 이는 궁핍해진 미혼남들에게서 흔히 관찰되는 기벽이기도 했다. 사실 이러한 기벽에 관한 내용은 그가 즐겨 읽는 잡지에서도 소개된 바 있다. 그 잡지에 실린 유명 작가들의 글은 구제할 길 없는 빈곤층의 끔찍한 몰염치에 관한 묘사로 당시 꽤나 큰 충격을 야기했다. 가령 가난한 이들이 선뜻 질 좋은 셔츠와 고기를 산다거나 실제로 4퍼센트 이율의 저축 상품과 같은 합당한 곳에 투자하는 대신 보석을 사들이길 즐긴다는 것이었다.

이러한 현상은 훌륭하고 경건한 삶을 살아가는 이들에겐 참으로 기이하고 유감스러운 일이었다. 게다가 공화국 역사상 최초로 조지아 북부의 거의 모든 검둥이가 1달러짜리 지폐를 바꿀 수 있게 되었다. 하지만 당시 센트의 구매력이란 중국 물건 정도를 사들일 정도였으며, 센트의 의미 역시 때때로 청량음료값을 치르고 받게 되는 잔돈이거나 정확한 체중을 측정할 때 말고는 쓸모없는 한낱 푼돈에 불과했다. 그러고 보면 그런 현상도 보이는 것만큼 그다지 기이하지만은 않았다. 하지만 멀린 그레인저가 취한 행동은 사실상 너무도 기이했다. 그러니까 그는 매스터스 양에게 청혼하는 모험적이고도 거의 본의 아닌 행동을 한 것이다. 그보단 그녀가 그의 청혼을 받아들였다는 게 더 기이하긴 하지만 말이다.

그의 청혼은 토요일 밤 풀팻 식당에서 1달러 75센트짜리 **물에 희석된 포도주**를 앞에 두고 이루어졌다.

"와인을 마시면 기분이 짜릿해요, 당신도 그래요?" 매스터스 양이 명랑하게 수다를 떨어 댔다.

"네, 그렇죠." 멀린은 멍하니 답했다. 그러고는 길고 의미심장한 시간적 간격을 두고 그가 입을 열었다. "매스터스 양. 올리브. 할 말이 있으니 들어 주시겠어요?"

매스터스 양(그녀는 무슨 일이 벌어질지 알고 있었다.)이 앞서 느낀 짜릿함은 자신의 초조한 반응에 감전이라도 될 듯한 상태에 이를 때까지 커져만 갔다. 하지만 그녀는 잔뜩 동요된 마음을 조금도 드러내지 않고 "그래요, 멀린."이라고 말했다. 멀린은 문득 입 안에 고인 공기를 삼켰다.

"난 가진 게 없다오." 그는 발표라도 하는 것 같은 자세로 말했다. "정말이지 가진 게 하나도 없소."

둘의 시선이 만나 서로에게 고정되었다. 서로를 동경하는 듯한 그 시선은 꿈꾸듯 아름다웠다.

"올리브," 그가 그녀에게 말을 건넸다. "당신을 사랑하오."

"저도 사랑해요, 멀린." 그녀가 짧게 대답했다. "그럼 우리 와인 한 병 더 마실까요?"

"네, 그래요." 그가 외쳤다. 그의 심장이 빠르게 뛰었다. "그러니까 지금 그 말은……."

"우리의 약혼을 위하여." 그녀가 대담하게 말을 가로막았다. "부디 짧은 약혼이 되길!"

"아, 될 말이오!" 그가 거의 소리 지르듯 말했다. 그가 맹렬한 기세로 테이블을 내리쳤다. "약혼이 영원하길!"

"네? 뭐라고요?"

"아, 그러니까…… 이런, 네, 무슨 말인지 알아요. 당신이 맞습니다. 그래요, 약혼 기간은 짧아야죠." 그는 웃음을 터뜨리고는 이렇게 덧붙였다. "제가 말실수를 했네요."

와인이 나오고 나서 그들은 이 문제를 자세히 상의했다.

"우선 작은 아파트라도 얻어야겠죠?" 그가 말했다. "오, 이런. 네, 제가 사는 건물에 작은 아파트가 하나 있더라고요. 큰 방 하나에 드레스룸이랑 주방이 있고 같은 층에 있는 욕실도 쓸 수 있죠."

그녀는 행복하다는 듯 손뼉을 쳤고, 그는 그런 그녀가 얼마나 예쁜지 생각해 보았다. 하지만 그건 어디까지나 그녀의 얼굴 위쪽에 해당하는 이야기였을 뿐, 콧날 아래로는 그다지 균형이 잡혔다고 할 수 없었다. 그녀가 열성적으로 말을 이었다.

"그리고 형편이 좀 나아지면 진짜 좋은 아파트를 얻으면 되죠. 엘리베이터랑 전화 교환원도 있는 데로요."

"그다음엔 전원주택을 구하고요. 자동차도 사고 말이죠."

"정말 신날 거예요, 그렇죠?"

멀린은 잠시 말을 멈췄다. 그는 4층 뒤쪽에 있는 자기 방을 떠나야 할 거라는 생각에 잠겨 있었다. 하지만 사실 이젠 그것도 크게 문제 될 건 없었다. 지난 1년 반 동안, 그러니까 캐롤라인이 문라이트퀼 서점에 들른 그날 이후로 그는 단 한 번도 그녀를 보지 못했다. 그때부터 일주일가량은 그녀의 아파트에 불도 들어오지 않았고, 어둠이 건물 사이 통로를 휘감으며 그의 마음처럼 커튼 없는 창가를 맹목적으로 더듬는 듯했다. 그러다 마침내 그 아파트에 불이 켜졌지만, 캐롤라인과 방문객들이 아닌 따분해 보이는 가족이 보일 따름이었다. 그들은 콧수염이 꺼칠꺼칠하게 난 작은 사내와 가슴이 풍만한 여자로 저녁이면 그녀가 자기 엉덩이를 두드려 가며 장식품들을 정돈하곤 했다. 그들이 이사 오고 나서 이틀 뒤 멀린은 덤덤하게 블라인드를 내려 버렸다.

아니다. 멀린은 올리브와 함께 살림살이를 늘려 가는 것보다 더 신나는 일이란 떠올릴 수 없었다. 교외에 작은 집을 얻어 파란색으로 칠할 계획이었다. 하얀색 치장 벽토를 바르고 초록색 지붕을 얹은 그런 집보다 한 등급 정도 낮은 파란 칠을 한 그런 집 말이다. 집 주변 잔디밭에는 녹슨 모종삽과 부서진 초록색 벤치, 그리고 왼쪽이 내려앉은 고리버들 재질의 유모차가 놓여 있을 터였다. 그리고 그 잔디밭 주변으론 유모차와 집이 보이고, 그의 세계 주변으로는 조금 통통해진 올리브의 팔이, 신新 올리브 시대를 맞은 그녀의 팔이 보일 터였다. 또 지나친 안면 마사지로 인해 그녀의 볼은 걸을 때마다 아주 살짝 아래위로 흔들릴 것이었다. 이제 그녀의 음성이 들려왔다. 숟가락 두 개 정도의 거리를 두고 앉은 그녀의 음성이 말이다.

"어쩐지 당신이 오늘 밤에 그 이야길 꺼낼 것 같았어요, 멀린. 전 알았어요……"

그녀는 알았다고 했다. 아, 그는 불현듯 그녀가 어디까지 알았을지 궁금해졌다. 사내 셋을 데리고 들어와 옆 테이블에 앉은 여자가 캐롤라인이란 걸 그녀는 알았을까? 아, 그녀는 과연 알아차렸을까? 그 사내들이 가져온 술이 풀팻의 벌건 잉크 같은 와인을 세 배로 농축시킨 것보다 더 세다는 사실을 그녀는 알았을까……?

멀린은 청각적 에테르를 뚫고 들려오는 올리브의 낮고 부드러운 독백을 흘려들으며 숨죽인 채 옆자리를 응시했다. 올리브는 끈질긴 한 마리의 꿀벌이라도 되는 양 기억에 남을 만한 이 시간으로부터 달콤함을 빨아들이는 듯했다. 얼음이 부딪혀 쨍그랑거리는 소리와 어떤 농담을 들은 네 사람이 즐겁게 웃는 소리를 듣던 멀린은 너무도 익숙한 캐롤라인의 웃음소리에 동요되고 몸이 붕 떠오르는 듯했다. 그의 성급한 마음은 너무도 순순히 그녀의 테이블로 향했다. 그는 그녀를 꽤나 똑똑히 볼 수 있었고, 1년 반이라는 시간 동안 그녀가 아주 미미하게 변했다고 생각했다. 빛 때문이었을까? 아니면 그녀의 볼이 좀 야위고 눈에 생기를 잃은 까닭일까? 혹여 나이 탓이 아닌 술 때문이었을까? 하지만 그렇다 해도 그녀의 적갈색 머리에 내린 그늘은 여전히 보랏빛이었다. 또 그녀의 입은 키스를 머금고 있었다. 진홍빛 램프가 제 기능을 멈춘 순간 서점에 황혼이 찾아들었을 때 그가 늘어선 책들 사이로 포착한 그녀의 옆얼굴이 그러했듯이.

더욱이 그녀는 술을 마시는 중이었다. 평소보다 세 배는 붉게 물든 그녀의 볼은 젊음과 와인, 그리고 고급 화장품까지 머금었고 그는 이 모든 걸 알아차렸다. 그녀의 왼편에 자리한 젊은이와 오른편에 앉은 약간 뚱뚱한 사람, 그리고 반대편의 나이 든 사내까지 다들 하나같이 그녀로 인해 크게 즐거워하는 듯했다. 나이 든 사내는 간혹 충격이라도 받았다는 듯 다른 세대의 젊은이들을 가볍게 비난하는 것처럼 낄낄댔다. 그녀가 이따금 부르는 노랫말이 멀린에게 들려왔다.

걱정일랑 제쳐 두고,
앞일을 미리 걱정하지 말아요…….

약간 뚱뚱한 사람이 차가운 호박색 술로 그녀의 잔을 채웠다. 웨이터는 테이블을 여러 번 오가며 이런저런 요리에 즙이 많은지 따위의 시시한 질문을 해맑게 해대는 캐롤라인을 향해 도리 없다는 시선을 던지다가 결국 주문 비슷한 것을 받아 내고는 황급히 자리를 떴다…….

올리브가 멀린에게 이야기하고 있었다.

"그럼 언제가 좋을까요?" 질문을 던지는 그녀의 음성에 실망한 기색이 희미하게 묻어났다. 그는 조금 전에 그녀가 던진 어떤 질문에 자신이 부정적으로 대답했다는 걸 알아차렸다.

"아, 좀 있다가 하면 되죠."

"혹시…… 상관없단 말인가요?"

그녀의 질문에 스민 애절한 사무침에 그는 다시금 그녀 쪽으로 시선을 옮겼다.

"되도록 빨리하도록 해요, 그대." 그는 놀랍도록 부드러운 어투로 대답했다. "두 달 후로 하죠. 유월에 말입니다."

"그렇게나 빨리요?" 그녀는 너무도 기쁜 나머지 숨이 막힐 지경이었다.

"아, 그럼요. 유월이라고 해 두는 편이 좋을 것 같군요. 마냥 기다릴 필욘 없으니까요."

올리브는 결혼 준비를 하기엔 두 달이 너무 짧다는 시늉을 하기 시작했다. 참으로 짓궂은 남자가 아닌가! 게다가 참을성도 없고 말이지! 뭐, 이제 그녀는 그렇게 자신을 채근해선 안 된다는 걸 그에게 알려 줄 참이었다. 사실 그의 제안이 너무도 갑작스러웠기에 그녀는 정말 그와 결혼해야 하는지조차 정확히 알지 못했다.

"네, 유월이요." 그는 단호한 어투로 같은 말을 반복했다.

올리브는 한숨을 쉰 후 미소를 지어 보이고는 커피를 마셨다. 세련된 최신 유행에 따라 다른 손가락들에 비해 새끼손가락을 좀 더 높이 들어 올리면서 말이다. 문득 멀린은 반지 다섯 개를 사서 저기에 던져 버리고 싶다는 엉뚱한 생각에 잠겼다.

"아, 이런!" 그는 소리 내어 외쳤다. 얼마 지나지 않아 그는 그녀의 손가락 중 하나에 반지를 끼워 넣게 될 터였다.

그는 다급히 시선을 오른쪽으로 돌렸다. 네 사람이 너무 시끌벅적하게 떠들어 댄 나머지 수석 웨이터가 다가가 뭐라고 이야기를 하는 중이었다. 캐롤라인은 격앙된 목소리로 이 수석 웨이터와 언쟁을 벌였고, 그 음성이 너무도 분명하고 생기 넘쳤기에 식당 전체가 듣고 있는 듯했다. 그러니까 자기만의 새로운 비밀에 몰두한 올리브 매스터스를 제외한 식당에 있던 모든 이들에게 들릴 만한 목소리였다.

"아, 안녕하세요?" 캐롤라인이 말했다. "감금된 수석 웨이터들 중에 제일 미남인 분이군요. 너무 시끄러웠나요? 그것참 유감이네요. 뭔가 조치를 해야겠어요, 제럴드." 그녀가 오른편에 앉은 사내를 향해 말했다. "수석 웨이터께서 너무 시끄럽다고 하시네요. 조용히 해 달라는데 뭐라고 할까요?"

"쉬!" 제럴드는 웃음을 터뜨리며 불평을 했다. "쉬!" 멀린은 그가 조용히 덧붙이는 말을 들었다. "부르주아들이 죄다 들고일어나겠군. 이런 데선 매장 감독들도 불어를 배우지."

캐롤라인은 갑자기 정신이 든다는 듯 곧은 자세로 앉았다.

"매장 감독은 대체 어디 있죠?" 그녀가 외쳤다. "어디 매장 감독이나 한번 봐요." 이 말에 캐롤라인을 비롯해 그 테이블에 있던 사람들 모두가 다시 한번 웃음을 터뜨리며 즐거워했다. 수석 웨이터는 양심적이지만 자포자기한 듯한 경고를 남기고는 프랑스 사람답게 어깨를 으쓱해 보인 후 뒤로 물러났다.

알다시피 풀팻은 정식을 선보이며 한결같은 기품을 유지하는 식당이었다. 흔히들 짐작하는 대로 마냥 쾌활하기만 한 분위기는 아니었다. 일단 식당에 들어서면 레드 와인부터 음미하며 연기 자욱한 낮은 천장 아래에서 평소보다 좀 더 많이, 그리고 좀 더 소리를 높여 대화를 나눈 뒤 귀가하는 것이다. 식당은 정확히 9시

30분이 되면 영업을 마감한다. 경찰에겐 대가를 지불하면서 안주인 용으로 와인 한 병을 더 챙겨 준다. 휴대품 보관소 아가씨가 팁으로 받은 돈을 징수원에게 건네고 나면 어느새 내린 어둠이 아담하고 둥근 테이블을 으스러뜨려 사라지게 만들고 만다. 하지만 오늘 밤 풀펫은 잔뜩 들떠 있었고, 그건 좀처럼 보기 힘든 광경이었다. 그러니까 보랏빛으로 그늘진 적갈색 머리칼을 지닌 어느 여인이 테이블 위로 올라가 춤을 추기 시작한 것이다.

"사크레 놈 드 듀! 얼른 거기서 내려와요!" 수석 웨이터가 소리쳤다. "연주를 멈추시오!"

하지만 악단의 연주 소리는 이미 너무 컸기에 그들로선 웨이터의 주문을 못 들은 척하는 게 가능했다. 역시나 한때 젊었던 그들은 더 크고 명랑하게 연주를 이어 갔고 캐롤라인은 우아하고 활기차게 춤을 추었다. 그녀의 핑크빛 얇은 드레스가 그녀를 감싼 채 빙빙 돌았고, 날렵해 보이는 두 팔은 자욱한 연기를 따라 유연하면서도 섬세한 움직임을 선보였다.

근처 테이블에 있던 프랑스 사람들 한 무리가 환호하며 박수를 보내자, 다른 테이블에서도 박수가 터져 나와 식당은 곧 박수 소리와 함성으로 가득 찼다. 식사를 하던 손님들 중 절반이 자리에서 일어나 몰려들었고, 호출을 받고 급히 달려온 사장은 멀찍이 떨어져서 이 사태를 가능한 한 빨리 마무리하고 싶다는 듯 무언가 말하고 있었지만, 그의 목소리는 잘 들리지 않았다.

"…… 멀린!" 마침내 혼자만의 꿈에서 깨어난 올리브가 소리쳤다. "저 여자 아주 못돼 먹었군요! 여기서 나가요. 지금 당장이요!"

눈앞의 광경에 매료된 멀린은 계산을 못 했다고 소심한 저항을

해 보았다.

 "괜찮아요. 테이블에 오 달러를 두고 가면 돼요. 전 저 여자가 너무 싫어요. 아예 쳐다보기도 **싫다니까요.**" 그녀는 벌써 일어나 멀린의 팔을 잡아당기고 있었다.

 멀린은 별수 없이 무력하게 일어나 멍하니 올리브를 따라나섰다. 그들은 이젠 절정에 이르러 기억에 남을 만한 한바탕 소동으로 자리 잡으려 하는 열광적인 외침을 뚫고 바깥으로 나왔다. 순순히 외투를 집어 든 그가 비틀대며 대여섯 발자국쯤 걸음을 옮기고 보니 어느새 촉촉한 4월의 공기가 그를 맞았다. 테이블 위에서 들려오던 가벼운 발소리와 카페라는 좁은 세계를 온통 뒤덮었던 웃음소리가 여전히 그의 귓전을 울렸다. 그들은 말없이 5번가 쪽으로 걸어가 버스에 올랐다.

 다음 날 그녀는 결혼식에 관해 이야기했다. 어떻게 해서 날짜를 앞당기게 되었는지에 관해서 말이다. 결론은 5월 1일에 결혼하는 편이 훨씬 좋다는 것이었다.

3

 그렇게 그들은 결혼을 했다. 결혼식은 올리브가 어머니와 같이 사는 아파트의 샹들리에 아래에서 약간 고루하게 진행되었다. 결혼하게 되어 아주 기뻤지만, 그러고 나서는 점차 권태가 찾아들었고, 책임감이 멀린을 내리눌렀다. 그가 30달러를 그리고 그녀가 20달러를 벌어들여야지만 그들은 민망하지 않을 정도로 살이 오르고 품위 있는 옷을 걸칠 수 있었다.

결혼 후 몇 주 동안 레스토랑들을 돌며 비참하고도 굴욕적인 기분을 맛본 후 둘은 여느 대중들처럼 식품점을 이용하기로 했다. 그리하여 그는 예전에 생활하던 방식으로 돌아가 매일 저녁 브래그도르트 식품점에 들러 감자 샐러드와 슬라이스 햄 따위를 구입했고, 이따금 사치를 부리고 싶을 땐 속을 채운 토마토를 샀다.

그러고 나서 터덜터덜 걸어 집에 도착하면 컴컴한 통로를 지나 한참 전에 없어진 디자인의 낡은 카펫이 깔린 무너질 것만 같은 계단을 세 층 올라갔다. 복도에서는 아주 오래된 냄새가 났다. 가령 1880년에 자랐던 채소류나 "아담과 이브"를 주장하는 브라이언이 윌리엄 매킨리에 대적해 선거에 출마했을 당시 유행한 가구용 광택제, 먼지가 내려앉아 1온스는 더 무거워진 커튼, 닳고 닳은 신발, 그리고 이미 한참 전에 조각보처럼 낡아 버린 드레스 위에 난 보풀에서 나는 그런 냄새 말이다. 그리고 이런 냄새는 그를 쫓아 계단을 올라와 다시금 활기를 되찾은 다음 각 층에 도달할 때마다 현대식 요리에서 풍기는 기운을 받아 더욱 강렬해졌다가 그가 다음 층계를 오르기 시작하면 과거 세대의 사라진 일상에 밴 냄새 속으로 멀어져 갔다.

마침내 마주하게 된 그의 방문은 꼴사납게 미끄러지듯 열렸고, 그가 "이봐, 여보! 당신 주려고 뭘 좀 사 왔어."라고 말하면 쿵쿵대는 소리를 내는 듯하면서 닫히곤 했다.

"바람을 쐬려고" 늘 버스로 귀가하는 올리브는 침실을 정돈하고 옷가지를 걸었다. 부르는 소리를 들은 그녀가 그에게 다가와 눈을 크게 뜬 채 짧게 키스했고, 그는 그런 그녀를 사다리라도 되는 양 똑바로 세워 두고 안았다. 마치 그녀가 균형을 못 잡는 물건이

어서 자신이 손을 놓기만 하면 뒤로 뻣뻣하게 쓰러질 거라는 듯 양팔로 그녀를 꼭 부여잡은 채로 말이다. 어찌 되었건 이것이 신랑의 키스 이후 결혼 2년째로 접어든 그들이 나누는 키스였다.(그런 문제에 정통한 이들에 따르면 신랑의 키스는 자연스럽지 못하게 마련이며 자칫 격정적인 영화를 모방하기 쉽다고 한다.)

그러다 저녁을 먹고 나면 그들은 산책하러 나갔다. 둘은 두 블록쯤 가서 센트럴파크를 가로지르거나 이따금 영화를 보러 가기도 했다. 영화는 줄곧 그들이 주어진 삶을 살아가는 사람들로서 쾌락을 멀리하고 상급자의 말에 고분고분하게 따른다면 머지않아 아주 웅장하고 훌륭하고 멋진 일이 벌어질 거란 메시지를 던졌다.

그들은 그런 식으로 3년을 살았다. 그러고는 그들의 삶에도 변화가 찾아들었다. 올리브가 아기를 가짐에 따라 멀린에게 새로운 물적 자원이 유입된 것이다. 그러니까 올리브가 출산하고 나서 3주째 될 무렵 그는 1시간 동안 초조하게 연습한 끝에 문라이트 퀼 씨의 사무실을 찾아가 엄청난 봉급 인상을 요구했다.

"여기서 십 년을 일했습니다." 그가 입을 열었다. "제가 열아홉 살 때부터 말이죠. 전 늘 이곳을 위해 최선을 다하는 자세로 임해 왔습니다."

문라이트 퀼 씨는 생각을 좀 해 봐야겠다고 말했다. 그러고는 다음 날 아침 그는 멀린이 아주 기뻐할 만한 발표를 했다. 즉 그가 오래도록 계획해 온 프로젝트를 시행할 참이며 그에 따라 자신은 서점의 실질적 업무에서 손을 떼고 한 번씩 들르기만 할 터였다. 그리고 멀린을 매니저로 삼아 주급 50달러와 영업이익의 10분의 1을 제공하겠다는 것이었다. 늙은 사장이 말을 마치자 멀린의 뺨은 상기되었고 눈에는 눈물이 넘쳐 났다. 그는 고용주의 손을 잡고 격렬히 흔들어 대며 같은 말을 몇 번이고 반복했다.

"정말 훌륭하십니다, 사장님. 이렇게 잘 대해 주시다니요. 너무 너무 감사드립니다."

서점에서 10년을 충실히 일한 끝에 그는 마침내 성공을 이뤄 낸 것이다. 돌이켜 보면 이 기쁨의 고지에 이르기까지 그의 여정은 더 이상 지저분하거나 잿빛을 띤 케케묵은 근심의 세월이 아니며 그렇다고 해서 실현하지 못한 열정과 꿈, 건물 사이 통로에서 흐릿 해지던 달빛이나 올리브의 얼굴에서 사라져 가는 젊음의 기운도 아니었다. 대신 그의 여정은 불굴의 의지로 굳건히 극복해 온 난관 들에 대한 영광스럽고 떳떳한 정복의 여정이었던 것이다. 그가 비 참해지지 않도록 방패막이가 되어 주었던 낙관적 자기기만은 이 제 확고한 결단력이라는 금빛 옷을 두른 듯했다. 과거 더 나은 자 리로 옮기고 싶어 문라이트 퀼 서점을 떠나려 했던 적이 대여섯 번 있었지만, 마냥 소심하기만 했던 그는 그대로 주저앉고 말았다. 그 런데 이젠 묘하게도 그런 순간들이 엄청난 끈기를 바탕으로 자신 의 맡은 바 위치에서 고군분투해 보기로 "결심"한 시간으로 다가 오고 있었다.

어찌 되었건 이 순간만큼은 멀린이 자신을 새삼 훌륭히 여긴다 해도 못마땅해하지 않도록 하자. 그는 고지에 도달했으니 말이다. 서른에 이르러 중요한 직책에 오른 것이다. 그날 저녁 그는 얼굴을 환히 빛내며 서점을 나선 뒤 수중의 돈을 몽땅 털어 브래그도르트 식품점에서 제일 좋은 상품들을 구입했다. 그러고는 구입한 제품 들을 네 개의 거대한 종이봉투에 담아 휘청대며 기쁜 소식과 함께 집으로 향했다. 하지만 올리브는 몸이 너무 좋지 않은 나머지 먹지 못했고, 그는 혼자서 속을 채운 토마토 네 개를 먹어 치우느라 결국엔 약하게나마 탈이 나고 말았다. 게다가 다음 날이 되자 남은 음식 대부분이 얼음도 없는 아이스박스 안에서 재빨리 썩어 갔지만, 승진의 기쁨을 저해하진 못했다. 결혼 주간 이래 처음으로 멀린 그레인저는 하늘에 낀 구름이 걷힌 듯한 평온함을 느꼈다.

그의 어린 아들에겐 아서라는 세례명이 주어졌고, 불현듯 삶이 중요해지고 의미가 생겼으며 끝내 중심을 잡았다. 멀린과 올리브는 그들만의 세상에서 이류의 삶을 받아들이고 살았지만, 개인적으로 잃은 것들은 보다 근원적인 긍지를 통해 되찾았다. 그들은 별장을 마련하진 못했지만, 매년 여름마다 애즈베리 파크에 자리한 숙소에서 한 달을 보낼 수 있어 아쉬움이 크진 않았다. 특히 2주 동안 주어진 멀린의 휴가를 맞아 떠난 이 여행은 더없이 즐거웠다. 말 그대로 바다를 바라보고 있는 넓은 방에 아기를 재워 두고 멀린과 올리브가 사람들로 북적이는 보드워크board-walk를 걸을 때면 더욱 그러했다. 멀린은 그럴 때면 시가를 뻐끔대며 1년에 2만 달러쯤 벌어들이는 사람처럼 보이려 애썼다.

하루하루는 느리게 지나지만 한해 한해는 가속도가 붙은 듯 빨리 흘러감에 놀라는 사이 멀린은 서른하나, 서른둘이 되었고, 그렇게 세탁과 요리도 하며 지내다 보니 그는 어느덧 소중한 젊음을 붙들기 힘든 나이에 이르렀다. 바로 서른다섯 살이 된 것이다. 그리고 어느 날 그는 5번가에서 캐롤라인을 보았다.

그날은 부활절을 맞아 꽃향기로 가득한 눈부신 일요일 아침이었다. 거리는 백합과 예복과 4월의 기분 좋은 색으로 물들인 보닛의 행렬로 가득했다. 12시가 되자 대형 교회에서 사람들이 몰려나왔다. 세인트 시몬, 세인트 힐다, 사도서간 교회의 문이 거대한 입처럼 열리자 쏟아져 나온 사람들은 분명 행복한 웃음소리와 닮아있었다. 그들은 서로 만나 주변을 거닐고 대화를 했으며 대기하고 있던 운전기사들에게 새하얀 꽃다발을 흔들어 보였다.

사도서간 교회 앞에서는 열두 명의 교구 위원들이 유서 깊은 관습을 실행에 옮기는 중이었다. 바로 예배에 참석하는 사람들 중 그해 사교계에 갓 데뷔한 아가씨들에게 곱게 칠한 부활절 달걀을 나눠 주는 것이었다. 또 그들 주변으로는 놀랄 만큼 멋들어지게 단장한 2천여 명의 부유층 아이들이 즐겁게 춤을 췄다. 적당히 귀여운 용모에 곱슬머리를 한 그 아이들은 어머니들이 손가락에 착용한 보석만큼이나 빛이 나고 반짝였다. 감상주의자들이라면 빈곤층 어린이들에 대해 이야기할 법하다고? 아, 하지만 부유층 아이들은 깨끗이 세탁한 옷을 입고 좋은 향기를 풍기며 교외에서 자란 얼굴빛을 한 데다 무엇보다 목소리도 부드럽고 차분하니까 말이다.

다섯 살의 어린 아서는 중산층 아이였다. 이렇다 할 특징이 없어 눈에 잘 띄지 않는 아이의 코는 그리스형 외모와는 아예 거리가 멀었다. 그는 엄마의 따스하고 끈적이는 손을 꽉 붙잡았고, 아이의 다른 한쪽에 있던 멀린은 다가오는 인파를 뚫고 나아갔다. 교회 두 곳이 몰려 있는 53번가는 제일 혼잡하고 제일 부유한 구역이었다. 그렇다 보니 그들이 앞으로 나아가는 속도도 늦어져 어린 아서가 따라오기에도 전혀 어려움이 없을 정도였다. 그러다 다음 순간 아주 진한 진홍빛의 랜도형 자동차가 멀린의 눈에 들어왔다. 니켈로 가장자리를 장식한 멋들어진 그 차는 천천히 인도 쪽으로 미끄러지듯 다가와 멈춰 섰다. 차 안에 캐롤라인이 앉아 있는 게 보였다.

그녀는 가장자리가 라벤더색으로 장식된 몸에 딱 달라붙는 검은 드레스 차림으로 허리에 난초 꽃 장식을 달고 있었다. 깜짝 놀란 멀린은 걱정스럽게 그녀를 바라봤다. 결혼 후 8년 만에 처음으로 그녀를 다시 보게 된 것이었다. 하지만 그녀는 더 이상 그때의 아가씨가 아니었다. 물론 몸매는 더없이 날씬했다. 아니, 어쩌면 그렇지 못할 수도 있었다. 만일 그렇다면 그건 소년처럼 뽐내는 분위기나 건방진 청소년 같은 분위기가 사라졌기 때문인지도 몰랐다. 그녀의 볼에 혈색이 희미해진 것과 마찬가지로 말이다. 어찌 되었건 그렇다 해도 그녀는 아름다웠다. 이젠 품위까지 더해진 데다 행운의 스물아홉에 이르러 매혹적인 주름까지 얻었으니 말이다. 차 안에 앉은 그녀의 모습은 주변 환경과 너무 잘 어울렸으며 침착하기까지 했기에 그는 그저 숨을 죽이고 바라보는 수밖에 없었다.

불현듯 그녀가 미소를 지어 보였다. 부활절과 그 꽃들처럼 오래되고 밝은 미소였는데, 어쩌면 그 어느 때보다 달콤할 듯했다. 그래도 어쩐지 9년 전 서점에서 그녀가 처음 보였던 미소만큼 밝지도, 영원한 약속이 비치지도 않는 것 같았다. 그건 그저 좀 더 단단해 보이는 미소로 환상이 깨져 슬픈 듯한 표정이 깃들어 있었다.

하지만 그녀의 미소는 충분히 부드럽고 환했으므로 모닝코트 차림의 청년 두어 명이 허겁지겁 달려와 모자를 벗어 들고 햇빛을 받아 수시로 빛깔이 변하는 축축한 머리칼을 드러낸 채 허둥지둥 인사하게 만들었다. 그들이 그녀의 랜도형 자동차 가장자리로 다가가자, 그녀는 자신의 라벤더빛 장갑으로 그들의 쥐색 장갑을 부드럽게 건드렸다. 그러고 나서부턴 이 두 청년 말고도 또 다른 사람이 가세했고, 그다음에 또 두 사람 더, 그러다 어느새 랜도형 자동차 주변으로 몰려든 인파가 급속히 늘어나기 시작했다. 멀린은 자기 옆에 서 있던 젊은이가 미인일 것만 같은 동행에게 건네는 말을 들었다.

"잠시만 실례해도 될까요? 꼭 이야기해 봐야 하는 사람이 있어서요. 그냥 죽 걸어가세요. 금방 따라가겠습니다."

3분이 채 되지 않아 랜도형 자동차는 앞쪽과 뒤쪽, 옆면에 이르기까지 사내들로 에워싸였다. 사내들은 어떻게든 대화의 흐름을 뚫고 들어가 캐롤라인의 마음에 가닿을 만한 기발한 문장을 생각해 내느라 고심했다. 다행히 멀린의 경우에는 아서의 옷 어느 한 부분이 터지려 했기에 올리브가 수선 작업을 할 만한 건물로 아이를 데리고 황급히 뛰어 들어가 줬다. 그 바람에 멀린은 아무런 방해도 받지 않고 거리 한가운데에서 펼쳐진 응접실 풍경을 지켜볼 수 있었다.

인파는 늘어만 갔다. 첫 줄 뒤로 또 줄이 하나 생겼고, 그 뒤쪽으로도 두 줄이 더 생겨났다. 검은 꽃다발 속에서 솟아오른 한 송이 난초처럼 캐롤라인은 인파에 파묻혀 사라진 자동차의 좌석이 왕좌라도 되는 듯 앉아 있었다. 고개를 끄덕여 보이며 소리 높여 인사를 건네고 진심으로 행복하다는 듯한 미소를 지으면서 말이다. 그러면 불현듯 또 다른 신사 한 무리가 아내와 배우자 곁을 떠나 그녀 쪽으로 성큼성큼 걸어오는 것이었다.

인파는 말 그대로 빽빽이 밀집한 형태가 되어 그저 무슨 일인지 궁금해하는 이들까지 가세했다. 캐롤라인을 전혀 알 리 없는 모든 연령대의 사내들이 밀치고 들어오더니 지름이 커져만 가는 인파의 원형 속으로 녹아 들어가 사라지고, 그렇게 라벤더빛 장갑의 여인은 즉흥적으로 마련된 거대한 무대의 중심에 선 꼴이 되었다.

그녀의 주위를 에워싼 건 각양각색의 얼굴들이었다. 말끔하게 면도한 얼굴, 구레나룻을 기른 얼굴, 늙은 얼굴, 젊은 얼굴, 나이를 알 수 없는 얼굴, 그리고 군데군데 눈에 띄는 여자들의 얼굴에 이르기까지. 이제 인파는 급속히 반대편 인도까지 번졌고, 때마침 모퉁이 쪽 세인트 안토니우스 교회에서까지 사람들이 쏟아져 나오면서 인도는 인파로 넘쳐나, 건너편 백만장자의 철제 말뚝 울타리 주변으로도 사람들이 몰려들었다. 거리를 따라 달리던 자동차들은 어쩔 수 없이 멈춰 섰고, 인파의 끝에서 세 겹, 다섯 겹, 여섯 겹으로 늘어섰다. 곧이어 승객을 가득 태운 버스들까지 이 마비된 교통 상황으로 뛰어들게 되자 버스 승객들은 버스 지붕 가장자리로 몰려가 잔뜩 흥분해서는 거리의 인파 한가운데를 내려다보았다. 그건 버스 아래쪽 군중의 가장자리에 서 있었다면 볼 수 없을 것 같은 광경이었다.

몰려든 인파가 일으킨 소동은 실로 어마어마했다. 예일과 프린스턴 대학의 풋볼 게임을 보러 온 부유층 관중들도, 월드시리즈 경기장에 몰려든 군중들도 검은색과 라벤더빛 드레스 차림의 여인을 향해 말을 걸고 그녀를 바라보고 웃음을 터뜨리고 경적을 울려 대는 인파에는 비할 바가 아니었다. 그것은 실로 엄청나고 대단한 규모의 인파였다. 해당 블록에서 조금 떨어진 곳에선 반쯤 정신이 나간 경찰관 한 명이 관할 경찰서로 전화를 거는 중이었고, 바로 근처 모퉁이에 있던 시민이 겁에 질린 나머지 화재경보기 유리를 깨부수는 바람에 도시 전역의 소방서에 시끄러운 경고음이 울려 퍼졌다. 그런가 하면 인근 고층 빌딩 중 한 아파트에서는 히스테리 상태의 한 노파가 금주 단속반과 과격주의 담당 특별 검사, 벨뷰 병원 산부인과에 차례로 전화를 돌리기도 했다.

소음은 커져만 갔다. 첫 소방차가 당도하고 일요일의 하늘은 연기로 가득했다. 소방차는 놋쇠 재질의 금속 소리를 땡그랑 땡그랑 울려 그 소리가 높은 벽에까지 닿아 울려 퍼졌다. 도시가 끔찍한 재앙으로 뒤덮였다고 생각한 두 부제는 잔뜩 흥분해 특별 미사를 올리도록 지시했고, 세인트 힐다와 세인트 안토니우스 교회의 커다란 종을 울리게 했다. 그러자 머지않아 세인트 시몬과 사도서간 교회에서도 질 수 없다는 듯 종을 울려 댔다. 이처럼 요란한 소리는 멀리 허드슨강과 이스트 리버강에도 닿아 연락선과 예인선, 원양 정기선들이 사이렌과 호각을 울리며 우수에 차 항해했다. 그렇게 경로를 이탈해 떠다니던 배들은 항로를 재조정한 끝에 도시를 사선으로 가로질러 리버사이드 드라이브에서 좀 더 아래쪽인 이스트사이드의 잿빛 해안으로 이동했다…….

검은색과 라벤더빛 드레스를 입은 여인은 랜도형 자동차 한가운데 자리하고 앉아 한 사람과 이야기를 나누다가 곧이어 모닝코트 차림의 또 다른 운 좋은 사내 몇 명과도 담소를 나누기 시작했다. 그들은 첫걸음에 대화가 가능한 자리를 차지한 것이다. 잠시 후 그녀는 점점 짜증이 난다는 듯 자기 주변과 옆을 흘낏 둘러보았다.

그녀는 이내 하품을 하고는 제일 가까이 있던 사내에게 어디서든 물 한 잔만 가져다줄 수 있겠느냐고 물었다. 사내는 살짝 당황스러워하며 양해를 구했다. 그는 사람들 틈에 끼어 손발을 마음대로 움직일 수조차 없었던 것이다. 설사 귀가 가렵다 해도 긁지 못할 정도였으니 말이다……

강 쪽에서 시작한 사이렌 소리가 날카롭게 공기를 가르며 울려 퍼졌을 때 아서의 바지에 마지막으로 핀을 꽂아 고정시키던 올리브가 고개를 들었다. 멀린은 똑똑히 보았다. 깜짝 놀란 듯한 올리브의 얼굴이 치장 벽토처럼 서서히 굳어져 가는 것을. 그리고 놀라고 낙담한 그녀가 낮은 탄식을 내뱉는 것을 말이다.

"저기 저 여자 말이에요." 문득 그녀가 외쳤다. "아, 이럴 수가!"

그녀는 비난과 고통이 뒤섞인 시선으로 멀린을 흘깃 바라보고는 두말없이 한 손으로 아서를 안아 들더니 다른 쪽 손으로 남편을 그러잡았다. 그러고는 놀라운 기세로 인파를 헤치고 여기저기 부딪히며 쏜살같이 앞으로 나아갔다. 사람들은 어떻게든 그녀에게 길을 터 주었고, 그녀 역시 어쩌다 보니 아들과 남편을 부여잡은 손을 놓지 않을 수 있었다. 인파에 시달려 부스스해진 모습으로 두 블록을 전진한 끝에 탁 트인 공간에 도달했지만, 그녀는 전혀 속도를 늦추지 않고 옆 골목까지 돌진했다. 떠들썩하게 울리던 소리가 마침내 차츰 가라앉아 멀리서 희미하게 들려오는 소음처럼 여겨질 때쯤 그녀는 걷는 속도를 늦추고 아서를 내려놨다.

"일요일마저! 망신이라면 충분히 당했을 텐데?" 그녀가 말한 건 이게 다였다. 더군다나 그녀는 이 말을 아서에게 했다. 그날 내내 그녀는 할 말이 있으면 아서를 향해 하는 듯했다. 더욱이 무슨 이유에서인지 그녀는 그렇게 멀린과의 대화를 피하는 동안 단 한 번도 남편을 바라보지 않았다.

4

서른다섯과 예순다섯 사이의 시간은 소극적인 사고방식을 앞세운 채 불가해하고 혼란스러운 회전목마처럼 빙빙 돌아간다. 그렇다. 그 시간은 걸음이 불편하고 숨 가쁜 말들이 돌리는 회전목마로, 처음엔 파스텔 톤으로 칠해졌지만 이내 칙칙한 잿빛과 갈색으로 바랬을 터였다. 더욱이 당혹스럽고 견딜 수 없이 어지러운 이 회전목마는 어린 시절이나 청소년기에 경험했을 법한 그런 회전목마가 될 수 없었다. 그러니까 진행할 코스가 정해진 젊은 날의 역동적 롤러코스터는 분명 아니었던 것이다. 대다수 사람은 이러한 30년 세월을 사는 동안 서서히 삶에서 물러난다. 젊은 날의 무수한 즐거움과 호기심이 깃든 수많은 쉼터가 산재한 전방에서 우선 물러나는 것이다. 그러고는 그러한 쉼터가 더 적은 지점으로 이동한다. 그즈음에서 우리는 다수의 야망을 떨쳐 내고 단 한 가지만 남기며, 취미 또한 정리해 하나의 취미만 유지하는가 하면 친구들 역시 무더질 대로 무더진 몇 명만 남기게 된다. 그러다 결국엔 고독하고 황량한 지점에 도달하는데, 이곳이라고 해서 그다지 견고할 순 없기에 폭격 소리가 그치지 않고 울려 퍼진다. 하지만 이즈음의 우리는 겁에 질리고 지친 나머지 그러한 폭격 소리마저 제대로 듣지 못한 채 마냥 죽을 날만 기다리며 앉아 있게 마련이다.

마흔에 이른 멀린은 서른다섯이었을 때와 크게 다르지 않았다. 그저 배가 좀 더 나오고 이따금 귓가의 흰머리가 반짝였으며 걸을 때 활력이 좀 떨어지는 정도였다. 마흔다섯까지만 해도 왼쪽 귀가 살짝 들리지 않는 것 빼고는 마흔의 시절과 다를 바가 없었다.

하지만 쉰다섯 살이 되자 그는 엄청나게 빠른 화학적 변화를 겪는 듯했다. 해를 거듭할수록 가족들에게 그는 '노인'으로 비쳤다. 그의 아내는 그를 거의 노망 난 늙은이로 취급할 정도였다. 이 무렵 그는 서점을 완전히 소유하고 있었다. 말수 적은 문라이트 퀼 씨는 이미 5년 전쯤 세상을 떠났고, 그의 아내 역시 죽은 지 오래였다. 생전 문라이트 퀼 씨는 재고 전체와 서점을 그에게 넘겼고, 그렇게 그는 여전히 그곳에서 매일을 보내고 있었다. 이제 그는 인간 카탈로그라도 된 양 3천 년간 기록되어 온 거의 모든 인명에 정통했다. 그뿐만 아니라 각종 장비를 다루고 철을 하는 건 물론 2절판과 초판본에 관해서도 권위자가 되었으며 수천 명에 달하는 작가들의 목록 역시 정확히 꿰고 있었다. 물론 그렇다고 해서 그가 그 작가들을 이해하거나 그들의 작품을 읽는 일은 없었지만 말이다.

예순다섯에 이른 그의 걸음걸이는 눈에 띄게 비틀거렸다. 이젠 빅토리아풍 희극에 등장하는 늙은이들에게서 종종 엿보이는 노인들의 우울한 습관이 그에게도 깃들어 있었다. 안경을 제자리에 두지 않아 방대한 시간을 허비하기 일쑤였으며 아내와 "잔소리"를 주고받았다. 또 1년에 서너 번씩 가족들이 다 모인 자리에서 같은 농담을 되풀이하는가 하면 아들에겐 쉽게 실천하지 못할 기이한 충고를 해 댔다. 이렇듯 그는 정신적으로나 신체적으로 스물다섯 살의 멀린 그레인저와 판이하게 달랐기에 같은 이름을 지니고 있다는 사실이 부적절해 보였다.

그는 여전히 서점에서 일했고 조수로 청년 한 사람을 두었지만, 그는 멀린이 생각하는 것만큼이나 실제로도 아주 게을렀다. 그 외에 개프니 양이라는 젊은 여성이 새로 고용되어 일하고 있었으며,

멀린처럼 늙고 특별할 것 없는 매크레켄 양이 여전히 장부를 담당했다. 젊은 아서는 당시 젊은이들이라면 으레 그러하듯 월스트리트로 진출해 채권을 판매했다. 물론 그건 자연스러운 일이었다. 늙은 멀린이 책 속에서 마법을 찾아내는 동안 젊은 아서 왕은 회계과에 자리 잡은 것이다.

어느 날 오후 4시경 멀린은 밑창이 부드러운 신발을 신고 서점 앞으로 소리 없이 미끄러지듯 나가 보았다. 사실 그건 새로 자리 잡은 그의 습관으로 젊은 점원을 감시하듯 지켜본다는 것이 약간 민망하긴 했다. 그는 아무렇지도 않은 듯 전면의 창문 너머를 내다보며 약해진 시력으로 거리를 살펴보려 애썼다. 그 순간 아주 크고 거창하고 인상적인 리무진 한 대가 인도 쪽에 멈춰 섰다. 차에서 내린 운전기사는 안에 앉은 사람들과 잠시 이야기를 나누는가 싶더니 어리둥절한 표정으로 문라이트퀼 서점 입구를 향해 걸음을 옮겼다. 문을 열고 느릿느릿 걸어 들어온 그는 머뭇거리며 베레모 쓴 노인을 쳐다봤다. 그러고는 막 안개를 뚫고 들려오는 소리처럼 굵고 탁한 목소리로 입을 열었다.

"저 혹시…… 혹시 덧셈 책도 판매하시나요?"

멀린은 고개를 끄덕였다.

"산술책들은 저 뒤쪽에 있네만."

운전기사는 모자를 벗어 들더니 바싹 자른 곱슬머리를 긁적였다.

"아, 그게 아니고요. 제가 찾는 건 탐정 이야기랍니다." 그는 리무진 쪽으로 손가락을 움직여 보였다. "저희 사모님께서 그 책을 신문에서 보셨다는군요. 초판이라고 했습니다."

문득 멀린의 관심이 증폭되었다. 마침 할인 판매를 크게 벌이는 중이기도 했다.

"아, 초판이요. 네, 저희 서점에서 일부 초판들에 대해 광고를 내보내긴 했죠. 그런데 탐정 이야기라…… 그런 건 없는 것 같은데 말입니다. 책 제목이 어떻게 되나요?"

"잊은 것 같습니다. 범죄에 관한 거였는데 말이죠."

"범죄라. 하나 있는 것 같긴 한데……《보르지아의 범죄》라고 말이지요. 백 프로 모로코가죽 장정에 1769년 런던판입니다. 그야말로 아름답게……."

"아뇨, 그게 아니라……." 운전기사가 말을 가로막고 나섰다. "이건 한 사람이 저지른 범죄 이야기라고요. 이 서점에서 그 책을 판다고 사모님께서 신문에서 보셨다는군요." 그는 이 분야에 정통하기라도 한 듯 멀린이 댄 몇 가지 그럴듯한 제목을 전부 아니라고 했다.

"실버 본즈예요." 그는 잠깐 말을 멈췄다가 갑자기 이렇게 내뱉었다.

"뭐라고 했소?" 멀린은 자신의 힘이 달린다는 말을 들은 거 같아 이렇게 되물었다.

"실버 본즈요. 범죄를 저지른 사내 이름이 그렇다고요."

"실버 본즈라고?"

"네, 실버 본즈예요. 아마 인디언일 거예요."

멀린은 희끗희끗하게 수염이 난 뺨을 만졌다. "아, 이런. 저기 말입니다." 잠재적 구매자가 말을 이었다. "제가 야단맞는 걸 보고 싶지 않으시면 제발 잘 좀 생각해 봐 주세요. 일이 잘 안 풀리면 노부인께서 난리를 치니까요."

멀린은 실버 본즈라는 인물에 대해 생각해 보았지만 허사였다. 책꽂이를 다 뒤져도 그런 책은 눈에 띄지 않았다. 결국 5분 뒤 매우 낙담한 운전기사는 주인이 기다리는 차로 돌아갔다. 창밖을 살피던 멀린은 리무진 안에서 엄청난 소동이 벌어지고 있음을 눈으로 확인할 수 있었다. 운전기사는 자신의 무고함을 호소하는 듯한 몸짓을 과장되게 해 보였지만 소용없는 듯했다. 결국 그는 심하게 풀이 죽은 채 뒤돌아서서 운전석으로 가 앉았다.

그러고 나서 리무진 문이 열리더니 유행을 따르지 않는 옷차림을 한 창백하고 호리호리한 청년이 지팡이를 들고 내려섰다. 그는 서점으로 들어와 멀린을 지나치고는 담배를 꺼내 불을 붙였다. 멀린이 그에게 다가섰다.

"어떻게 도와드리면 될까요?"

"이것 봐요." 청년이 태연하게 말했다. "몇 가지가 있죠. 우선은 저기 리무진 안의 노친네, 그러니까 할머니가 안 볼 때 여기서 담배 좀 피웁시다. 성년이 되기 전에 담배 피운 걸 할머니가 아시면 내 앞으로 배당된 오천 달러가 어떻게 될지 모르니 말입니다. 그다음엔 지난 일요일 《타임스》에 광고했던 《실베스터 보나르의 범죄》 초판이나 좀 찾아봐 주시오. 저기 우리 할머니가 그 책을 사 가야겠다고 하니까."

형사 이야기! 누군가 저지른 범죄! 실버 본즈! 그 모든 게 이해되는 순간이었다. 그는 삶에서 어떤 걸 즐겨야 한다면 이 상황 역시 즐겨 보겠다고 말하려는 듯 희미한 웃음을 지어 보였다. 멀린은 귀한 물건들을 보관해 둔 서점 뒤쪽을 향해 비틀대며 걸어갔다. 거기서 그는 최근 대규모 컬렉션에서 저렴한 가격으로 구입해 뒀던 책을 꺼내 집어 들었다.

그가 다시 서점 안으로 돌아왔을 땐 한창 담배를 피워 대던 청년이 아주 만족스러운 듯 엄청나게 연기를 뿜어내는 중이었다.

"나 원 참!" 그가 말했다. "할머니가 별 바보 같은 일을 보고 다니느라 종일 데리고 다니는 바람에 여섯 시간 만에 겨우 피워 보는 거라오. 한번 물어나 봅시다. 대체 이 변변치 못한 시대에 늙어 힘도 없는 할멈이 다 큰 사내에게 행동거지를 이래라저래라 할 수 있는 거요? 난 어쩌다 보니 내키진 않지만, 그런 식으로 간섭이나 받고 있다오. 어디 그 책 한번 봅시다."

멀린이 청년에게 조심스레 책을 건네자 그는 아무렇게나 책을 펼쳐 들어 잠시나마 서적상이 가슴을 쓸어내리게 만들었다. 청년은 엄지로 책장을 마구 넘겨 댔다.

"삽화는 없네요, 그렇죠?" 그가 입을 열었다. "아, 이것 봐요. 가격이 어떻게 되죠? 얼른 말해 봐요! 가격을 잘 쳐 줄 테니까 말이오. 뭐, 개인적으론 왜 그래야 하는지 모르겠지만."

"백 달러요." 멀린이 얼굴을 찌푸리며 말했다.

청년은 놀랍다는 듯 휘파람을 불었다.

"어이쿠! 그러지 말고, 이것 좀 봐요. 지금 당신이 옥수수나 키우던 작자를 상대하는 게 아니란 말이오. 난 도시에서 자랐고 할머니만 해도 그렇죠. 물론 할머니가 저 정도로 가꾸려면 세금도 좀 들지만. 어쨌든 이십오 달러로 쳐 주지. 그만하면 후한 거라고. 우리 집 다락에도 책들은 쌓여 있소. 예전에 쓰던 장난감들이랑 말이지. 그 책들은 이걸 쓴 노인네가 태어나기도 전에 나온 거라오."

"아 빨간 머리 마녀!" **349**

잔뜩 표정을 굳힌 멀린은 융통성 없이 꼼꼼한 태도로 놀라움을 드러냈다.

"할머니께서 이십오 달러를 주시면서 이 책을 사 오라고 하신 건가?"

"아뇨. 오십 달러를 주셨죠. 하지만 아마도 거스름돈을 받아 올 거라고 생각하시겠죠. 저 노친네는 내가 잘 안다고요."

"그럼 가서 전하게." 멀린이 점잖은 투로 말했다. "아주 좋은 가격의 책을 날렸다고 말이야."

"사십 달러 주겠소." 청년이 다급하게 말했다. "아, 그러지 말고요. 합리적으로 생각해 보자고요. 우리한테 덤터기 씌울 생각일랑……."

멀린이 자신의 귀한 책을 사무실에 따로 마련해 둔 서랍에 다시 가져다둘 요량으로 겨드랑이에 끼고 돌아선 순간 예상치 못한 사건이 그의 앞을 가로막았다. 바로 서점 앞문이 전례 없이 화려한 분위기를 자아내며 그냥 활짝이라기보다 벌컥 하고 터지듯 열리더니 검은색 실크와 모피를 휘감은 왕처럼 당당해 보이는 형체가 어둑어둑한 서점 안으로 들어선 것이다. 그 형체는 멀린 쪽으로 빠르게 다가왔다. 도시 출신 청년은 담배를 내던지더니 무심코 "이런 젠장!"이란 말을 내뱉었다. 하지만 그 형체의 출현으로 인해 제일 놀랍고 부자연스러운 반응을 보인 건 바로 멀린이었다. 그 파급 효과가 너무도 강한 나머지 그는 보물처럼 소중한 책을 담배가 나뒹구는 바닥에 떨어뜨리고 말았다. 바로 앞에 캐롤라인이 서 있었다.

이제 그녀는 나이 지긋한 여인이었다. 잘 관리된 외모와 멋진 자태, 보기 드물게 꼿꼿한 자세를 자랑하는 나이 지긋한 여인 말이다. 부드러운 머리칼은 보기 좋게 희끗희끗했고 세련된 옷차림과 장신구가 그녀를 돋보이게 했다. 그녀는 귀부인들이 하는 식으로 엷게 화장했고 눈가로 잔주름이 보였다. 코부터 입가로 연결되는 부위엔 양쪽으로 깊은 주름이 패 있었다. 그녀의 흐릿하고 심술궂어 보이는 두 눈엔 불만이 깃들어 있었다.

그렇다 해도 그건 분명 캐롤라인이었다. 퇴락한 모양새긴 했지만, 의심할 여지 없이 캐롤라인이었던 것이다. 겉에서 보기에 그녀는 움직임이 불안정하고 뻣뻣했으며, 그 태도에는 유쾌한 오만함과 부러움을 살 만한 자신감이 동시에 깃들어 있었다. 무엇보다 이따금 끊기고 흔들리기도 하는 캐롤라인의 음성에는 그 어떤 울림이 있어 여전히 운전기사에게 이동식 빨래 바구니를 끌게 할 수도, 그리고 도시 출신 손자의 손에서 담배가 떨어지게 만들 수도 있었다.

그녀는 그 자리에 선 채 킁킁대며 냄새를 맡더니 바닥에 떨어진 담배꽁초를 포착한 듯했다.

"저게 뭐지?" 그녀가 소리 질렀다. 그건 하나의 질문이 아니라 의심과 비난과 확정과 결심이 모두 녹아든 외침이었다. 그녀는 한순간도 지체하지 않고 손자를 몰아붙였다. "똑바로 서지 못해!" "똑바로 서서 네 폐에 든 니코틴을 다 불어 내 봐라!"

청년은 떨리는 표정으로 그녀를 쳐다봤다.

"어서 불어!" 그녀가 명령했다.

그는 겨우 입술을 오므려 공중으로 입김을 불어 냈다.

"불라니까!" 그녀는 조금 전보다 더 단호한 말투로 같은 말을 반복했다.

그는 하는 수 없이 다시 한번 우스꽝스럽게 입김을 불어 냈다.

"아는지 모르겠다만," 그녀가 기세등등하게 말을 이었다. "넌 오 분 동안 오천 달러를 잃고 말았구나."

멀린은 잠시나마 청년이 무릎이라도 꿇고 잘못을 빌 거라 여겼지만, 그런 건 너무도 고귀한 인간의 성품을 드러내는 행위인 만큼 그는 그저 그대로 서 있기만 할 따름이었다. 그래도 청년은 거듭 입김을 불어 댔는데, 그건 단순히 초조해서이기도 했지만, 어떻게든 환심을 사 보려는 의도가 깃든 행동이었다.

"젊은 놈들이 하는 짓거리 하고는!" 캐롤라인이 외쳤다. "한 번만 더 그랬단 봐라. 한 번만 더 그러면 학교도 그만두고 일이나 해야 할 줄 알아라."

그녀의 이러한 협박은 청년에게 너무도 강력한 효과를 발휘해 본래 창백하던 그의 안색이 더욱 허옇게 질렸다. 하지만 캐롤라인은 여기서 그치지 않았다.

"너나 네 형들, 그래, 너희들 말이야. 그리고 멍청한 네 아비까지 나를 어떻게 생각하는지 내가 모를 것 같더냐? 난 다 알고 있지. 네놈들은 내가 노망이 들었다고 생각하잖아. 정신 나간 노친네라고 여기지. 하지만 다 틀렸다고!" 그녀는 자신이 근육과 힘줄로 이루어진 인간임을 증명하려는 듯 주먹으로 자신을 쳐 보였다. "그리고 어느 햇살 눈부신 날 너희가 이 몸뚱이를 거실에다 눕혀 두고 장례 준비를 할 때도 너희들이나 거기 모인 나머지 인간들보단 내 머리가 더 좋을 거다."

"그래도 할머니……."

"입 다물어, 작대기처럼 말라비틀어져서는. 내가 돈을 대 주지 않았더라면 남 밑에서 이발사나 하고 있을 놈이. 어디 네 손 좀 보

자. 하! 영락없이 이발사의 손이로군. 그러고도 내 앞에서 잘난 척이더냐. 한때는 백작 셋이랑 진짜 공작 하나, 거기다 교황 대여섯까지 죄다 로마에서 뉴욕까지 나를 따라온 적도 있었지.” 그녀는 잠시 말을 멈추고 숨을 골랐다. “똑바로 서지 못하겠니! 불어!”

청년은 순순히 입김을 불어 냈다. 동시에 서점 문이 열리고 잔뜩 흥분한 중년의 신사가 뛰어 들어오더니 캐롤라인을 찾았다. 그는 모피로 가장자리를 장식한 외투와 모자를 걸쳤고, 윗입술과 뺨에도 같은 종류의 털을 얹어 꾸민 것처럼 보였다.

“드디어 찾았네요.” 그가 외쳤다. “사모님을 찾으려고 온 시내를 뒤졌지 뭡니까. 집으로 전화 드렸더니 비서가 알려 주더군요. 아마 문라이트라는 서점에 가셨을 거라고 말입니다……”

그녀는 짜증이 난다는 표정으로 그를 향해 돌아섰다.

“내가 자네 회상하는 거나 듣자고 일자릴 내준 줄 아나?” 그녀가 쏘아붙이듯 말했다. “대체 자넨 내 가정교사인가, 중개인인가?”

“네, 물론 중개인이죠.” 모피로 장식한 사내가 놀란 표정으로 답했다. “실례지만 축음기 재고 건 때문에 찾아뵌 겁니다. 백오 달러 정도 선에서 판매할 수 있습니다.”

“그럼 그렇게 해요.”

“네, 좋습니다. 제 생각엔 그냥……”

“어서 가서 그렇게 판매하라고요. 지금 내 손자랑 이야기하는 중이잖아요.”

“네, 그러죠. 전 단지……”

“그럼 잘 가게.”

“네, 안녕히 계십시오, 사모님.” 모피로 장식한 사내가 살짝 고개를 숙이더니 잔뜩 당황해서는 서점을 빠져나갔다.

"그리고 넌," 캐롤라인이 손자 쪽으로 돌아서며 말했다. "넌 그냥 거기 그대로 서서 조용히 있거라."

그러고 나서 멀린 쪽으로 돌아선 그녀는 친근한 표정으로 그를 한번 훑어봤다. 그녀가 미소 짓자, 그 역시 미소 짓는 자신을 발견했다. 다음 순간 그들은 쉰 소리긴 하지만 저절로 낄낄대며 웃음을 터뜨렸다. 그녀는 그의 팔을 붙잡더니 서둘러 매장 반대편으로 그를 데려갔다. 두 늙은이는 거기 멈춰 서서 마주 보고는 또 한 번 크게 웃음을 터뜨렸다.

"이 방법밖에 없다니까요." 그녀는 득의양양한 악의를 내비치며 숨을 헐떡였다. "나 같은 늙은이를 기분 좋게 하는 건 다른 사람들을 움직일 수 있다는 기분을 느끼는 것뿐이랍니다. 늙어서 부자인데, 가난한 자손이 있다는 건 젊고 아름다운데 흉측한 자매들이 있는 것만큼이나 흥미로운 일이죠."

"네, 그렇죠." 멀린이 빙그레 웃어 보였다. "알고 있습니다. 그저 부러울 따름이군요."

그녀는 눈을 깜빡이며 고개를 끄덕였다.

"여기 마지막으로 들른 게 사십 년 전이었죠." 그녀가 말했다. "그때 당신은 인생을 즐기고 싶어 어쩔 줄 모르는 청년이었고요."

"네, 그랬죠." 그 역시 순순히 인정했다.

"제가 그렇게 들렀던 게 당신으로선 아주 인상 깊었겠군요."

"꼭 그런 셈이죠." 그가 말했다. "당시 전 처음엔 당신이 진짜 사람이라고, 그러니까 인간이라고 생각했었죠."

그녀는 웃음을 터뜨렸다.

"제가 비인간적이라고 여기는 남자들은 많아요."

"그런데, 이젠 말입니다." 멀린이 들뜬 상태로 말을 이었다. "이젠 알겠어요. 우리 늙은이들은 이해란 걸 할 수 있죠. 그리고 그것 말곤 크게 중요한 것도 없고요. 어느 날 밤엔가 당신이 테이블 위로 올라가 춤췄을 때 말입니다. 그때 당신은 아름답고도 유별난 여성에 대한 제 낭만적 갈망을 대변했습니다. 이젠 알겠다고요."

그녀의 늙은 두 눈은 먼 곳을 보는 듯했고, 그녀의 음성은 더 이상 잊어버린 꿈의 메아리처럼 들리지 않았다.

"그날 밤엔 정말 신나게 췄었죠! 저도 기억나요."

"당신은 저를 꾀려 했어요. 올리브가 두 팔로 절 감싸고 있었는데, 당신은 줄곧 제게 경고했죠. 자유로워지라고, 그리고 젊음과 무책임함에 대한 제 기준을 잃지 말라고 말이에요. 하지만 그 경고의 효과는 마지막 순간에야 찾아들었죠. 네, 너무 늦은 겁니다."

"이제 당신도 많이 늙었네요." 그녀가 뜻 모를 말을 던졌다. "미처 몰랐어요."

"그리고 서른다섯 무렵에 당신이 제게 어떤 영향을 미쳤는지도 잊지 않았죠. 그때 당신은 교통을 마비시켜 가며 절 흔들어 놨답니다. 정말이지 대단한 능력이었소. 당신이 발산한 그 아름다움과 힘이란! 결국 아내까지 당신이란 사람을 인식하는 바람에 그녀는 당신을 두려워하기까지 했어요. 이후 몇 주 동안 전 저녁마다 집에서 나와 버리고 싶었답니다. 그러고는 음악과 칵테일과 여자들로 답답한 내 삶을 잊고 다시 젊어졌으면 했죠. 하지만 그땐, 그땐 더이상 어떻게 해야 하는 건지 몰랐답니다."

"그리고 당신은 이제 너무나 늙어 버렸군요."

왠지 모를 두려움을 느낀 그녀가 뒤로 물러서더니 그에게서 멀찍이 떨어졌다.

"그래, 떠나 버려요!" 그가 외쳤다. "당신도 늙었긴 마찬가지요. 영혼도 피부처럼 시들시들해지게 마련이지. 고작 모든 걸 잊으란 소릴 하려고 여기 들른 거요? 늙고 가난하면 늙고 부자인 자보다 더 불쌍해 보인단 말을 하려고 말이요? 내 아들이 늙은 내 인생은 실패작이라고 내 면전에다 대고 마구 퍼부어 대리라 일러 주려고 온 게요?"

"내 책이나 줘요." 그녀가 거친 목소리로 명령했다. "얼른, 이 늙은 작자야!"

멀린은 그녀를 한 번 더 쳐다본 뒤 참을성 있게 그 말에 따랐다. 책을 집어 들어 그녀에게 건넨 그는 그녀가 돈을 내밀자 머리를 흔들어 댔다.

"왜 굳이 우습게 돈을 지불하려는 거요? 예전엔 내가 이 서점을 망가뜨리도록 했잖소."

"그랬었죠." 그녀가 화난 목소리로 말했다. "난 그래서 기뻐요. 나를 충분히 망가뜨려 봤으니 말이죠."

그녀는 경멸과 감추지 못한 불쾌함이 담긴 시선으로 그를 쳐다보고는 도시 출신 손자에게 뭐라고 재빨리 내뱉은 후 출입문 쪽으로 걸음을 옮겼다.

그렇게 그녀는 사라졌다. 그의 서점에서, 그리고 그의 삶에서도 말이다. 딸깍하고 문이 닫히는 소리가 들려왔다. 그는 한숨을 한 번 내쉬고는 유리 칸막이 쪽으로 천천히 걸어갔다. 거기엔 오랜 세월을 거치며 누렇게 변한 장부들과 늙고 주름진 매크레켄 양이 자리를 지키고 있었다.

멀린은 건조하다 못해 잔주름 가득한 그녀의 얼굴을 묘한 연민의 시선으로 바라보았다. 어찌 되었건 그녀가 삶에서 얻은 건 그 자신보다 적었던 것이다. 또 그 어떤 반항적이고 낭만적인 생각에서 비롯된 예기치 않은 행동이 소중한 순간으로 기억에 남아 그녀의 삶에 열정과 기쁨으로 작용한 적이라곤 없었다.

문득 매크레켄 양이 고개를 들더니 그에게 말했다.

"늙어서도 당돌한 여편네군요, 그렇죠?"

멀린은 깜짝 놀랐다.

"누구 말이오?"

"알리샤 데어 말이에요. 물론 이젠 토머스 앨러다이스 부인이지만요. 네, 삼십 년 동안 그래 왔죠."

"무슨 말을 하는 거요? 무슨 말인지 통 못 알아듣겠군." 멀린이 갑자기 자신의 회전의자에 털썩 앉았다. 그의 눈이 한껏 커졌다.

"어머, 어쩜. 그레인저 씨, 설마 그 여자를 잊으신 건 아니겠죠? 근 십 년간 그 여잔 뉴욕에서 제일 유명한 인물이잖아요. 언젠가 그녀가 스록모턴 이혼 사건에 관련되었을 땐 오 번가에 사람들이 너무 몰린 나머지 교통이 마비될 지경이었죠. 신문에서 그런 기사를 읽으셨을 텐데요."

"신문을 잘 읽지 않아서 말이야." 그의 늙은 머리가 빙빙 도는 것 같았다.

"그렇다 쳐도 그 여자가 여기 들러서 장사를 다 망쳐 놨던 건 기억하시겠죠? 이제야 말이지만 전 그때 문라이트 퀼 씨께 남은 급여를 다 달라고 해서 그만둬 버릴까 했었다니까요."

"그러니까 그 말은…… 그때 그 여자를 **보고 있었다**는 거요?"

"보고 있었냐고요? 그렇게나 소란스러운데 안 볼 수가 있나요? 당연히 문라이트 퀼 씨도 그녀의 행동이 마음에 들지 않았지만, 물론 **그는** 아무 말도 하지 않았죠. 퀼 씨는 그녀에게 미쳐 있었고 그래서 그 여잔 손만 까딱해도 그를 마음대로 조종할 수 있었으니까요. 아마 그 여자의 변덕스러운 행동을 지적하는 순간 그 여잔 아내에게 다 불어 버리겠다고 협박했을 거라고요. 그렇게 당할 만도 해요. 그렇게 예쁘장한 투기꾼에게 빠져 버리다니! 물론 **그 여자** 입장에선 퀼 씨도 그리 부자는 아니었을 거예요. 그때 서점이 잘되긴 했었지만요."

"그런데, 내가 그 여잘 봤을 땐 말이요," 멀린은 말을 더듬었다. "그러니까 그렇게 봤다고 그냥 **생각했을** 수도 있지만. 어쨌든 그 여잔 어머니와 사는 것 같았소."

"어머니라고요? 나 원 참!" 매크레켄 양이 성이 나서 말했다. "그 여자가 '이모'라고 부르는 사람이 있긴 했지만, 그 사람은 저만큼이나 그 여자완 아무 관계도 아니었다고요. 아, 정말이지 나쁜 여자였지만 영리하긴 했죠. 스록모턴 이혼 사건이 있고 나서 그 여잔 토머스 앨러다이스랑 결혼해서 살길을 마련했으니까요."

"그 여잔 대체 누구란 말이오?" 멀린이 외쳤다. "도대체 뭐란 말이오, 그 여자란 사람은? 마녀라도 된다는 건가?"

"아, 그 여잔 알리샤 데어라고요. 댄서죠. 그 당시엔 신문마다 그 여자 사진으로 도배가 됐었죠."

멀린은 잠자코 앉아 있었다. 불현듯 머리가 피로해지더니 정지되는 듯했다. 그는 이제 정말이지 노인이었다. 너무 늙어 버린 나머지 한때 젊었다는 사실을 꿈꿀 수조차 없었고, 그 모든 화려한 아름다움마저 세상에서 사라져 버렸다. 이젠 아이들의 얼굴도, 따스함과 삶에서 느낄 법한 지속적인 위로도 아름다움으로 다가오지 않았으며 보이지도 느껴지지도 않을 따름이었다. 이젠 어느 봄날 저녁 창밖에서 아이들의 외침이 들려온다 해도, 또 그 외침이 어두워지기 전에 나와서 같이 놀자고 재촉하던 어린 시절 동무들의 소리가 되어 들려오더라도 그는 결코 다시 미소 짓거나 기나긴 몽상에 잠겨 앉아 있지 못할 터였다. 이제 그는 추억에 잠기지도 못할 만큼 너무 늙어 버린 것이다.

그날 저녁 그는 여태 자신을 맹목적으로 이용해 왔던 아내와 아들과 함께 식탁에 앉아 저녁을 먹었다. 올리브가 말했다.

"해골처럼 마냥 그렇게 앉아만 있지 말고 뭐라고 말 좀 해 봐요."

"조용히 있게 내버려 둬요." 아서가 으르렁대듯 말했다. "자꾸 말을 붙이면 여태 백 번도 넘게 들었던 이야길 또 끄집어낼 테니까요."

9시가 되자 멀린은 아주 조용히 위층으로 올라갔다. 방에 도착한 그는 문을 꼭 닫고 잠시 그렇게 서 있었다. 팔다리가 떨려 왔다. 이제 그는 자신이 줄곧 바보 같았음을 깨달았다.

"이런 빨간 머리 마녀 같으니!"

하지만 이젠 너무 늦어 버려 어찌해 볼 도리가 없었다. 그는 온갖 유혹에 저항하게 만든 신의 섭리에 화가 났다. 이제 남은 건 천국으로 향하는 일밖에 없었다. 그곳엔 자신과 같이 생전 삶을 낭비했던 이들이 기다리고 있을 터였다.

미분류
걸작들

행복의 자취

1

금세기의 첫 몇 년간 발행되었던 예전 잡지들을 살펴보다 보면 리처드 하딩 데이비스와 프랭크 노리스를 비롯한 오래전에 사망한 작가들의 작품들 틈에서 제프리 커튼의 글도 발견하게 될 것이다. 그는 아마 소설 한두 편과 단편 삼사십 편 정도를 남겼을 터였다. 혹시나 궁금한 마음에 그의 작품들을 좇다 보면 1908년부터 그의 글이 갑자기 사라졌음을 확인하게 된다.

어찌 되었건 그의 작품들을 다 읽고 나면 그중에 걸작이란 없다는 생각이 들 법하다. 조금 시대에 뒤졌다 해도 그럭저럭 재미있는 이야기들이긴 하지만, 30여 분가량의 따분한 치과 진료 대기 시간을 때울 정도의 수준밖에 안 되는 작품들이다. 물론 그걸 쓴 사람은 지적이며 재능도 있고 입심 좋은 젊은이였을 법하다. 하지만 그의 작품을 조금 들여다보면 어렴풋하게나마 삶의 기발함에 대해 관심이 일 뿐, 그 이상으로 마음에 와닿는 부분은 찾기 힘들 것이다. 그러니까 내면 깊숙한 곳에서 발현된 웃음이나 허무함, 비극의 암시와 같은 요소는 그의 작품에서 포착되지 않는다.

그의 작품들을 읽고 난 당신은 하품을 하며 그 잡지를 다른 잡지들 사이에 다시 끼워 넣을 것이다. 그걸 읽은 곳이 도서관 열람실이었다면 당신은 해당 기간의 신문을 찾아보거나 일본이 포트 아서를 집어삼켰는지 아닌지를 알아보려 했을 법도 하다. 하지만 어쩌다 제대로 된 신문을 골라잡아 연극 소식란을 펼쳐 들었다면 바로 거기에 시선이 고정된 나머지 포트 아서는 샤토티에리*만큼이나 재빨리 잊힐 것이다. 왜냐하면 운 좋게도 당신은 놀랍도록 아름다운 어느 여인의 사진을 마주했을 터이기 때문이다.

그 시절은 6인조 〈플로로도라Florodora〉**의 시대로, 잘록하게 잡힌 허리와 잔뜩 부풀린 소매, 허리받이 같은 걸 대어 놔서 발레 스커트처럼 보이는 의상 따위가 부각되었다. 그런데 여기 이 여인은 익숙하지 않은 뻣뻣한 태도와 구식 의상으로 제 모습을 가리긴 했지만 틀림없이 나비 중의 나비라 할 수 있었다. 그렇다. 여기 한 시대의 흥을 대변한 여인이 있다. 소프트 와인과 같은 눈동자, 뭇사람들의 마음에 동요를 일으킨 노래들, 건배와 꽃다발과 춤과 만찬들. 여기 이 여인은 핸섬 마차의 마부석에 올라탄 비너스이자 눈부신 전성기를 누린 깁슨걸이었던 것이다. 이 여인은…….

…… 이 여인은 바로 사진 아래쪽에 표시된 이름처럼 록산느 밀

* 프랑스 북부에 자리한 도시로 1차 세계대전의 격전지.
** 1900년대 브로드웨이의 유명 뮤지컬.

뱅크라고 했다. 그녀는 〈데이지 체인〉의 코러스걸이자 대역으로 활동했지만, 언젠가 주연 배우가 몸져누웠을 때 훌륭한 연기를 선보인 관계로 주역을 꿰찼다.

이즈음에서 당신은 그녀의 사진을 한 번 더 들여다보고는 궁금해할 것이다. 어째서 그녀의 이름을 한 번도 못 들어본 건지, 어떤 연유에서 유명한 노래 가사나 소가극의 농담이나 시가 밴드에조차 그녀의 이름이 남아 있지 않은 건지, 릴리언 러셀과 스텔라 메이휴, 안나 헬드를 기억하는 당신의 유쾌한 삼촌은 어찌하여 그녀를 기억하지 못하는 건지에 관해서 말이다. 록산느 밀뱅크…… 그녀는 대체 어디로 사라진 걸까? 어디선가 나타난 어둠의 문이 열리면서 갑자기 그녀를 삼키기라도 한 걸까? 지난주 일요 신문 증보판에 게재된 영국 귀족과 결혼한 여배우 명단에서도 그녀의 이름은 분명 찾아볼 수 없었다. 가난하고 아름다웠던 이 젊은 숙녀는 틀림없이 죽어서 잊힌 것이리라.

어쩌면 내 바람이 너무 큰 건지도 모르겠다. 난 우연을 가장해 제프리 커튼의 이야기와 록산느 밀뱅크의 사진을 소개했다. 따라서 6개월쯤 지나 신문에 실린 가로세로 2×4인치짜리 기사를 통해 〈데이지 체인〉에 출연 중인 록산느 밀뱅크와 인기 작가 제프리 커튼이 결혼한다는 소식을 조용히 접하게 된다면 선뜻 믿기지 않을 수도 있겠다. 기사 말미에는 "커튼 부인"이 "무대에서 은퇴할 것"이라는 말이 무미건조하게 덧붙여져 있었다.

사랑해서 한 결혼이었다. 그는 꽤나 제멋대로였지만 매력이 넘쳤고, 그녀의 천진난만함은 거부할 수 없을 만큼 매혹적이었다. 물에 떠다니는 두 개의 통나무처럼 둘은 정면충돌이라도 한 듯 서로에게 이끌려 그대로 결혼을 향해 내달렸다. 한편 제프리는 40년 동안 글을 써 왔지만, 자기 삶에 찾아든 우연보다 더 기이한 사건에 대해선 써 본 적이 없었다. 록산느 밀뱅크 역시 서른 개의 역할을 연기했고, 5천여 곳의 공연장을 다녀 봤지만, 록산느 커튼으로서 맞이할 운명보다 더 행복하고 절망적인 역할은 맡아 보질 못했다.

결혼 후 1년 동안 그들은 호텔에서 생활하며 캘리포니아와 알래스카, 플로리다, 멕시코 등지로 여행을 다녔다. 둘은 사랑을 했고 비교적 가볍게 다퉜고, 그의 재치 있는 특별한 농담으로 그녀의 아름다움을 논할 수 있음에 기뻐했다. 그들은 젊고 아주 열정적이었다. 둘은 모든 걸 요구했고, 그러다 이타심과 긍지의 황홀함에 도취되어 모든 걸 양보했다. 그녀는 그의 음성에 밴 빠른 어조와 광기 어린 질투를 사랑했다. 그리고 그는 그녀가 발산하는 어두운 광채를, 그녀의 하얀 홍채를, 그녀의 미소에 밴 따스하게 빛나는 열정을 사랑했다.

"정말이지 마음에 들지 않아?" 그는 한껏 신이 난 한편 수줍어하며 묻곤 했다. "저 여자 정말 멋지지? 자넨 저런 여잘 본 적이 있나······?"

"그래, 정말 그렇군." 그러면 사람들은 활짝 웃어 보이며 이렇게 대답했다. "대단한 여자야. 자넨 운이 좋아."

그해가 그렇게 지났다. 이제 둘은 호텔 생활에 질려 버렸다. 그래서 그들은 시카고에서 30분쯤 떨어진 말로Marlowe라는 도시 근처에 자리한 오래된 주택 하나와 20에이커가량의 땅을 사들였다. 그러고는 아담한 차도 한 대 구입해서 대단한 개척자라도 된 양

시끌벅적하게 이사를 하는 통에 발보아*마저 어리둥절해할 정도
였다.

"여기를 당신 방으로 하지!" 둘은 서로 번갈아 가며 이렇게 외쳐
대는 것이었다.

그러고는 또 이런 식으로 말하곤 했다.

"내 방은 여기로 하겠어요!"

"아이들이 생기면 여길 놀이방으로 꾸며요."

"잠깐씩 잘 수 있는 베란다도 꾸밉시다. 아, 내년쯤이 좋겠군."

그들이 이사한 건 4월이었다. 7월엔 제프리와 제일 친한 친구인
해리 크롬웰이 집에 들러 일주일을 묵었다. 그들은 길게 난 잔디밭
끝까지 나가 그를 맞이하고선 자랑스레 집 안으로 데리고 왔다.

해리 역시 결혼한 몸으로 그의 아내는 6개월 전쯤 출산한 후
뉴욕의 장모 집에서 몸을 회복하는 중이었다. 록산느가 제프리에
게서 듣기로는 해리의 아내는 해리만큼 매력적이지 못한 사람이
었다. 제프리는 언젠가 한번 그녀를 만나고선 그녀가 조금 "가벼
워" 보인다고 생각했다. 하지만 해리는 어느덧 거의 2년 가까이 결
혼생활을 유지하고 있었고, 분명히 행복해 보였으므로 제프리는
그의 아내도 괜찮은 사람일 거라 짐작한 터였다.

"비스킷을 만드는 중이랍니다." 록산느가 자못 진지한 어투로
재잘거렸다. "아내분도 비스킷을 만드시나요? 요리사가 방법을 가
르쳐 주죠. 여자들은 비스킷 만드는 법을 알아 둬야 하는 것 같아
요. 비스킷엔 마음을 편하게 하는 뭔가가 있는 거 같거든요. 그리

---

* 에스파냐의 탐험가이자 정복자.

고 비스킷을 만들 줄 아는 여자라면 분명······."

"자네도 여기 와서 사는 게 좋겠어." 제프리가 말했다. "자네랑 키티도 우리처럼 교외에 집을 장만하지 그래."

"자넨 키티를 몰라. 그 여잔 시골을 싫어한다고. 극장이랑 보드 빌이 꼭 필요하지."

"이리 한번 데려와." 제프리가 거듭 말했다. "우리도 마을을 한 번 만들어 보자고. 벌써 여긴 엄청 좋은 사람들이 많거든. 꼭 한 번 데려오게!"

이제 그들은 현관 앞 계단에 나와 있었다. 록산느가 오른쪽으로 보이는 낡은 건물 하나를 힘차게 가리켰다.

"저기가 차고예요." 그녀가 말했다. "한 달 안에 저기다 제프리의 집필실도 마련할 거랍니다. 아, 저녁은 일곱 시에 먹을 거예요. 그동안 칵테일을 만들어 볼게요."

두 사내는 2층으로 올라갔다. 반쯤 올라갔을 때 제프리가 그만 손님인 해리의 여행 가방을 떨어뜨렸고, 순간 질문과 외침이 동시에 터져 나왔다.

"아, 이런. 그나저나 해리, 내 아내가 어떤 것 같나?"

"일단 위로 올라가자고." 해리가 대답했다. "문도 닫아걸고 말이야."

30분쯤 후 두 사람이 서재에 앉아 있으려니 주방으로 사라졌던 록산느가 비스킷이 든 팬을 손에 든 채 다시 모습을 드러냈다. 제프리와 해리는 벌떡 일어섰다.

"먹음직스러워 보이는군." 그녀의 남편이 최대한 성의껏 말했다.

"정말 훌륭합니다." 해리가 중얼거렸다.

록산느가 환하게 웃어 보였다.

"하나 맛보세요. 두 분께 보여 드리기 전엔 못 만지겠더라고요. 맛이 어떤지 확인하고 나서 다시 가져다둘게요."

"만나처럼 생겼군, 여보."

두 사내는 동시에 비스킷을 집어 들고 입으로 가져가 머뭇거리며 조금씩 맛을 보았다. 그러고는 두 사람 다 화제를 바꾸려 애쓰는 모습을 보였다. 하지만 록산느는 그런 그들의 반응을 그냥 지나치지 않고 팬을 내려놓더니 비스킷 하나를 집었다. 잠시 후 그녀는 침울하게 최종 평가를 내렸다.

"이거 완전히 엉망이군요!"

"아니 그건 정말이지……"

"그런가요. 전 전혀 모르겠던걸요……."

록산느는 폭소를 터뜨렸다.

"아, 난 정말 쓸모가 없네요." 그녀가 웃으면서 외치듯 말했다. "나를 내다 버려요, 제프리. 난 정말이지 기생충 같잖아요. 잘하는 게 없으니……."

제프리가 어깨동무하듯 그녀를 감싸 안았다.

"난 당신이 만든 비스킷을 먹을 거야."

"어찌 되었건 예쁘긴 하군요." 록산느가 말했다.

"비스킷들이…… 비스킷들이 꼭 장식품 같지 않나요?" 해리가 제안하듯 말했다.

제프리가 그 말을 열심히 받아넘겼다.

"그렇지, 바로 그거야. 장식이 될 수 있다고. 걸작인걸. 한번 활용해 보자고."

그는 주방으로 달려가더니 망치와 못 한 움큼을 가지고 돌아왔다.

"오, 이런. 우리 비스킷들을 써 봐요, 록산느! 비스킷으로 프리즈*를 만들어 보는 거야."

"그러지 말아요!" 록산느가 한껏 소리쳤다. "아름다운 우리 집이잖아요."

"신경 쓸 것 없어. 시월이면 서재를 도배하기로 했잖소. 기억하오?"

"그게……."

"땅!" 첫 번째 비스킷이 못질을 당해 벽에 꽂혔고, 비스킷은 살아 있는 생명체라도 된 양 잠시 떨렸다.

"땅……!"

록산느가 칵테일 잔들을 다시 채워 돌아와 보니 비스킷 열두 개가 수직으로 줄을 맞춰 꽂혀 있었다. 마치 원시인들의 창끝을 한데 모아 둔 것처럼 말이다.

"록산느." 제프리가 외쳤다. "당신은 예술가로군! 아니, 요리사라고 해야 하나? 말도 안 돼! 당신이야말로 내 책에 들어갈 삽화를 그려야겠군!"

저녁을 먹는 동안 황혼이 깃들더니 점점 저물어 갔고, 바깥은 어느새 어두워져 별이 빛나고 있었다. 록산느의 하얀색 드레스가 자아낸 여리여리한 아름다움과 떨리는 듯 나지막이 터져 나온 그녀의 웃음소리가 어둠을 채우며 퍼져 나갔다.

---

* 방과 같은 공간 윗부분에 띠 모양으로 꾸민 장식.

"정말이지 소녀 같군." 해리는 생각했다. 그녀는 키티처럼 나이 들어 보이지도 않았다.

그는 문득 둘을 비교해 보았다. 키티는 늘 신경과민에다 섬세하지 못했고, 신경질적이면서 특별한 개성도 없었으며, 가만히 있지도 못했지만 발랄하지도 않았다. 그런데 록산느로 말하자면 그녀는 봄날의 밤처럼 젊었으며, 사춘기를 맞은 소녀와 같은 웃음소리가 그녀의 성격을 고스란히 드러냈다.

제프리와 잘 어울리는 여자라고 그는 다시 한번 생각했다. 둘은 아주 젊어 보였다. 그렇게 젊게 살다가 어느 날 문득 자신들도 늙었음을 깨달을 터였다.

해리는 이런 생각에 잠긴 틈틈이 키티를 떠올렸다. 키티를 생각하면 우울했다. 그가 보기에 키티는 이제 그만 어린 아들을 데리고 시카고로 돌아와도 좋을 만큼 회복한 듯했다. 그는 층계 아래쪽에서 친구와 그의 아내에게 잘 자라고 인사를 건네면서도 어렴풋이 키티를 생각했다.

"실제로 저희 집에 오신 첫 손님이세요." 록산느가 그의 등 뒤에다 대고 외쳤다. "감격스럽고 자랑스러워해야 하지 않을까요?"

해리가 계단 모퉁이를 돌아 사라지자 그녀는 제프리를 돌아다봤다. 그는 손으로 난간 끝을 짚고 서 있었다.

"피곤한 거예요, 여보?"

제프리는 손가락으로 자신의 이마 한가운데를 문질러 댔다.

"조금 그렇군. 어떻게 알아챈 거지?"

"아, 어떻게 당신을 모를 수 있겠어요?"

"그냥 두통 같아." 그가 약간 침울하게 말했다. "머리가 쪼개지는 것 같군. 아스피린이나 좀 먹어 둬야겠어."

그녀가 팔을 뻗어 불을 껐다. 그는 그녀의 허리를 꼭 감싸 안았
고, 그렇게 둘은 계단을 올랐다.

2

해리와 함께한 일주일이 지났다. 그동안 그들은 꿈결 같은 길을
차로 달리거나 호숫가나 풀밭에서 멍한 상태로 기분 좋은 게으름
을 즐기기도 했다. 저녁에는 집 안에 둘러앉아 록산느가 공연을 선
보였고, 그럴 때면 남자들이 피우는 시가의 끝부분이 발갛게 달아
오르다 하얀 재가 되어 떨어졌다. 그러다 키티가 보낸 전보가 날아
들었다. 그녀는 해리가 동부로 와서 자신을 데려가길 바랐다. 그렇
게 록산느와 제프리는 둘만 남게 되었고, 둘은 그렇게 지내는 게
전혀 물리지 않는 것처럼 보였다.

"둘만 남았다."는 사실에 그들은 무척 신이 났다. 두 사람은 서로
에게 더욱 친밀함을 느끼며 집안을 이리저리 돌아다녔고, 신혼부
부처럼 테이블에 나란히 앉기도 했다. 그들은 서로에게 열중했고
한껏 행복했다.

말로라는 곳은 비교적 오래전에 자리 잡은 소도시였지만, "사
교계"가 들어선 건 최근이었다. 5~6년 전 연기 자욱한 시카고가
몸집을 불려 가는 게 불편했던 젊은 부부 두세 쌍, 그러니까 소위
"방갈로 사람들"이 이곳으로 이사했고, 곧이어 그들의 친구들까지
따라오게 된 것이다. 제프리 커튼이 보기엔 이곳 사람들 사이에 이
미 한 "집단"이 형성되어 있었고, 그들은 그곳에 발을 들였다. 컨트

리클럽과 무도회장, 골프장이 갖춰져 있었고, 브리지 파티와 포커 파티, 맥주를 곁들인 파티와 아예 술이 등장하지 않는 파티 들이 벌어지곤 했다.

두 사람은 해리가 떠나고 나서 일주일 뒤 포커 파티에 참석했다. 테이블은 두 개였고, 상당수의 젊은 부인들이 담배를 피우며 큰 소리로 내기 돈을 걸고 있었다. 당시로선 꽤나 대담하고 남성적인 행동이 아닐 수 없었다.

록산느는 일찌감치 게임을 끝내고 한가로이 주변을 돌아다녔다. 그러다 우연히 식료품 저장실을 발견하고는 포도 주스를 꺼내 들었다. 맥주를 마시면 두통이 일었기 때문이다. 그렇게 테이블 사이를 배회한 그녀는 사람들의 어깨너머로 카드 패들을 넘겨다보기도 하고 제프리를 지켜보기도 하면서, 특별히 신이 나진 않았지만 그럭저럭 유쾌하고 만족스러운 시간을 보내고 있었다. 제프리는 대단한 집중력을 발휘해 온갖 색깔의 칩을 쌓아 올렸다. 미간에 깊은 주름이 진 걸로 봐선 그가 틀림없이 게임에 흥미를 느끼는 중이라고 록산느는 생각했다. 그녀는 사소한 것에 이끌리는 그를 지켜보는 게 좋았다.

그녀는 파티장을 조용히 가로질러 그가 앉은 의자 팔걸이에 걸터앉았다.

그렇게 5분가량 앉아 있는 동안 그녀는 간간이 들려오는 남자들의 말소리와 여자들의 수다에 귀 기울이곤 했다. 그 소리들은 부드러운 연기처럼 테이블에서 솟아올랐지만 제대로 들리진 않았다. 그러다 그녀가 무심결에 손을 뻗어 제프리의 어깨를 건드렸을 때였다. 그녀의 손이 닿자마자 그는 깜짝 놀라더니 뭐라고 짧게 투덜대며 팔을 뒤로 세게 휘둘렀고, 그것이 그만 그녀의 팔꿈치를 치고 말았다.

여기저기서 헉하고 놀라는 소리가 들려왔다. 겨우 중심을 잡은 록산느는 짧은 비명과 함께 재빨리 몸을 일으켰다. 이 사건은 그녀에게 인생 최대의 충격으로 다가왔다. 그토록 친절하고 사려 깊은 제프리가 이토록 충동적이고 난폭하게 굴다니.

곳곳에서 들려오던 사람들의 탄식이 멎자 곧 정적이 찾아들었다. 여러 개의 시선이 제프리에게 꽂혔고, 그는 마치 록산느를 처음 만난 것처럼 그녀를 올려다봤다. 순간 그의 표정에 당혹스러움이 내려앉았다.

"아니…… 록산느……." 그가 더듬거리며 입을 열었다.

순간 스캔들을 일으킬 만한 의혹이 재빨리 사람들의 마음에 자리하기 시작했다. 분명 서로 사랑하는 것처럼 보이는 이 부부 사이에 알 수 없는 반감이 도사리고 있지나 않을까? 그런 게 아니라면 어째서 마른하늘에 날벼락과 같은 이런 일이 벌어졌단 말인가?

"제프리!" 록산느는 애원하고 있었다. 놀라고 겁에 질리긴 했지만 그래도 그녀는 그의 행동이 실수란 걸 알고 있었다. 그를 비난하거나 원망할 마음은 추호도 없었다. 그녀가 떨리는 목소리로 애원했다. "말해 봐요, 제프리. 록산느에게 털어놔 보라고요. 네, 당신의 록산느에게 말이에요."

"아, 록산느……." 제프리가 다시 말을 시작했다. 그의 표정에 일었던 당혹스러움은 이제 고통으로 변모했다. 그는 분명 그녀만큼이나 경악했다. "그러려고 했던 게 아니야." 그가 말을 이었다. "당신 때문에 놀랐어. 그러니까 당신이…… 그냥 누가 나를 공격하려

든다고 느꼈던 거야. 내가…… 어떻게 그런…… 어째서 말이야. 정말 바보 천치 같군!"

"제프리!"말은 기도가 되었다. 이 낯설고 헤아릴 길 없는 어둠을 뚫고 높은 곳에 자리한 신께 바치는 향이라도 된 것처럼 말이다.

그러고 나서 둘은 자리에서 일어나 모두에게 작별 인사를 했고, 머뭇대며 사과하고 설명하려 들었다. 어색했던 그 상황을 그저 대충 쉽게 넘겨 버릴 생각은 없었다. 만일 그랬다면 모두에 대한 모독이 될 터였다. 사람들의 말에 따르면 제프리는 컨디션이 좋지 않았고, 왠지 모르게 초조해 보였다고 했다. 두 사람의 마음 뒤편에 설명할 수 없는 두려움이 자리 잡았다. 그것은 제프리의 본의 아닌 일격에 대해, 그리고 잠시나마 그들 사이에 뭔가가, 가령 그의 분노와 그녀의 두려움 따위가 작용했다는 놀라움에 대한 공포였다. 이제 잠깐이나마 슬픔으로 변모한 그 감정은 단박에 두 사람을 이을 터였다. 과연 그러한 감정은 발아래를 휘감는 급류였을까? 아니면 미처 알아차리지 못한 둘 사이의 깊은 균열이 사나운 번득임으로 드러난 것일까?

보름달 뜬 밤, 차 안에서 그는 툭툭 끊어지듯 이야기를 내뱉었다. 그로서도 도무지 이해할 수 없는 것이었다. 그는 포커 게임에 한창 열중했고, 어깨에 누군가의 손이 닿자 공격당하는 것 같았다고 했다. 공격이라니! 그는 그 말을 붙잡고 늘어지며 그 표현이 방패라도 되는 듯 내세웠다. 무언가 자신에게 손을 댄다는 것 자체가 싫었던 것이리라. 그렇게 팔을 휘두르고 나니 원인 모를 초조함은 사라지고 없었다. 여기까지가 그가 아는 전부였다.

두 사람의 눈에 눈물이 차오르고, 그들은 드넓은 밤하늘 아래에서 서로를 사랑한다고 속삭였다. 차창 밖으로 말로시의 고요한 거리가 휙휙 스치듯 지나갔다. 그날 밤늦게 잠자리에 들었을 때 그들은 꽤 평온했다. 제프리는 일주일 동안 모든 일을 접어 두고 쉬기로 했다. 나른하게 늘어져 빈둥대고 실컷 자고 충분히 산책도 하면서 초조함이 사라지길 기다릴 작정이었다. 막상 이런 결정을 내리고 나자 록산느는 안도했다. 문득 자신이 베고 있는 베개조차 더없이 안락하고 친숙하게 여겨졌다. 또 그들이 누운 침대 역시 창틈으로 밀려드는 밤의 빛줄기 아래에서 아주 드넓고 깨끗하고 견고해 보였다.

닷새 후 늦은 오후의 첫 냉기가 찾아들 무렵 제프리는 참나무 의자를 들어서 내던졌고 의자는 앞창을 뚫고 날아갔다. 그러고는 곧장 어린아이마냥 소파에 드러누워 가련하게 흐느끼며 제발 죽게 해 달라고 애원했다. 그의 머릿속에서 구슬 크기만 한 혈전이 터지고 만 것이다.

3

하루 이틀 잠을 못 자다 보면 때론 깨어 있지만 악몽을 꾸는 것 같은 순간이 찾아든다. 날이 밝으면 극심한 피로와 함께 살아나는 그러한 느낌은 삶의 질마저 바꿔 놔 버린다. 이따금 지금의 생활은 새로 돋아난 삶의 가지로 단지 영화나 거울처럼 삶과 연관되어 있다는 확신이 분명히 드는 것이었다. 또 그런 관점에선 주변 사람들과 거리, 집들도 아주 흐릿하고 혼란스러운 과거의 투영일 따름이었다. 제프리가 병이 나고 나서 처음 몇 달 동안 록산느는 바로 이런 상태에 빠져 있었다. 그녀는 진이 다 빠질 정도로 완전히 지쳤을 때에만 잠이 들었고, 잔뜩 가라앉은 기분으로 깨어나곤 했다. 취하지 않은 상태에서 오래도록 진행된 상담과 복도에 남아 있는 희미한 약 냄새, 경쾌한 발소리만 울렸던 집 안을 갑자기 까치발로 조용히 다니는 행위, 그리고 무엇보다 둘이 썼던 침대 위 베개들 사이에 파묻힌 제프리의 창백한 얼굴 따위가 록산느를 압박함과 동시에 그녀를 마냥 늙게 했다. 의사들은 희망을 내비쳤지만, 그게 다였다. 하나같이 충분히 쉬고 안정하면 될 거라고 했다. 결국 책임을 떠안은 건 록산느였다. 그녀는 각종 요금을 납부하고 그의 은행 통장을 검토했으며 출판사들과도 연락을 주고받았다. 그녀는 또 간호사들에게 환자식 준비법을 배워 첫 달이 지나고부터는 병상의 모든 일을 도맡았다. 그러다 결국엔 경제적인 이유로 간호사마저 내보내는가 하면 동시에 흑인 하녀 둘 중 하나도 그만두게 했다. 록산느는 그야말로 하루하루를 겨우 살아 내는 중이었다.

그 와중에 그들 집에 제일 자주 들른 사람은 해리 크롬웰이었다. 그는 제프리의 소식을 듣고 충격에 빠진 나머지 몹시 우울해했다. 이제 그는 아내와 함께 시카고에서 생활하고 있었지만, 굳이 시간을 내어 한 달에도 몇 번씩 그들을 찾아오곤 했다. 록산느는 그의 연민 어린 마음이 싫지 않았다. 그도 그럴 것이 그에게선 어떤 고통의 흔적이 엿보였을 뿐 아니라 곁에 있을 때마다 왠지 모르게 마음을 편안하게 만드는 측은함이 내재되어 있었다. 록산느의 심리 상태는 급격하게 악화되었다. 이따금 제프리와 함께함으로 인해 자신이 아이까지 잃고 있다는 느낌마저 들곤 했다. 아이라는 존재야말로 지금의 그녀에게 가장 필요한 요소였으니 말이다.

제프리가 쓰러지고 나서 6개월이 지나고 악몽도 서서히 사라져 갈 즈음, 그러니까 기존의 세계가 아닌, 잿빛을 띤 더 차갑고 새로운 세계가 남게 되었을 무렵 록산느는 해리의 아내를 찾아갔다. 마침 시카고에 들렀다가 기차 시간까지 1시간 정도 여유가 생긴 참에 예의상 연락을 취해 보기로 한 것이다.

집 안으로 발을 들인 그녀는 그 아파트가 예전에 보았던 어떤 장소와 흡사하다는 인상을 즉각적으로 받았다. 그리고 그와 동시에 어린 시절 길모퉁이에 있던 제과점이 떠올랐다. 당의를 입힌 케이크가 줄지어 진열된 제과점 말이다. 그곳은 답답할 정도로 온통 핑크빛을 띠었다. 그곳에선 음식마저 죄다 핑크빛으로 만들어진 나머지 그 의기양양함이 상스럽고 역겹기까지 했었다.

그런데 바로 이 아파트가 그런 식이었다. 아파트는 온통 핑크빛이어서 냄새마저 핑크빛을 띠는 듯했다!

핑크와 검정이 섞인 가운을 두른 크롬웰 부인이 문을 열어젖혔다. 그녀의 머리칼은 노란색으로, 아무래도 탈색을 한 듯했다. 록산느가 짐작하기엔 그녀가 매주 과산화수소를 물에 타 머리를 헹궈 내는 것 같았다. 연하면서도 창백한 푸른빛의 눈동자를 지닌 그녀는 예쁘장했고, 그 태도가 너무 의식적으로 우아했다. 록산느를 맞이한 그녀의 다정함에는 공격성과 친밀감이 공존했는데, 환대에 밀려 녹아 없어진 적의는 그녀의 표정과 음성에만 겨우 남아 있을 따름이었다. 그녀 안에 깊이 자리한 자만심은 건드리지도 건드려지지도 않은 채로 말이다.

하지만 록산느에게 이러한 것들은 부차적이었다. 정작 그녀의 눈길이 머문 곳은 그녀의 가운이 발산하는 묘한 매력이었다. 다시 말해 그 가운은 몹시도 더러웠다. 그러니까 가운의 가장 밑단에서 위로 4인치 정도까지는 바닥에서 묻은 시커먼 먼지로 아주 더러웠고, 그 위로 3인치는 잿빛이었으며, 그 위로 갈수록 점점 본래의 색인 핑크빛을 찾아갔다. 하지만 소매 역시 어김없이 지저분했고 칼라 쪽도 마찬가지였다. 그녀가 돌아서서 록산느를 거실 쪽으로 안내할 때 목 부분도 예외 없이 더럽다는 걸 확인할 수 있었다.

어느새 일방적이고 요란한 대화가 시작되었다. 크롬웰 부인은 그녀의 머리에서부터 위장, 치아, 그리고 아파트에 이르기까지 실로 다양한 대상에 대한 호불호를 노골적으로 표현했다. 그리고 일종의 무례한 좀스러움을 더해 록산느의 삶에 관한 언급은 피하려 들었다. 마치 그토록 큰일을 겪은 록산느가 삶이 조심스레 자신을 비껴가길 바랄 거라 짐작하듯이 말이다.

록산느는 미소를 지어 보였다. 저런 가운이라니! 목은 또 어떻고!

시간이 5분쯤 흘렀을까. 작은 남자아이가 아장아장 거실로 걸어 들어왔다. 지저분한 핑크빛 아기 옷을 입은 지저분해 보이는 아이였다. 얼굴마저 뭐가 잔뜩 묻어 지저분했다. 록산느는 아이를 무릎에 앉히고 코라도 닦아 주고 싶었다. 머리 주변도 손을 좀 봐야 할 것 같았고, 자그마한 신발에도 구멍이 나 발가락이 비죽이 나와 있었다. 정말이지 말로 다 할 수 없을 지경이 아닌가!

"정말 귀여운 아이로구나!" 록산느가 환하게 웃으며 말했다. "이리 와 보렴."

크롬웰 부인은 아들에게 차가운 시선을 던졌다.

"금방 저렇게 **더러워진다니까요**. 저 얼굴을 좀 봐요!" 그녀는 머리를 한쪽으로 기울이며 비난하듯 아이를 바라봤다.

"너무 **귀엽지** 않나요?" 록산느가 거듭 말했다.

"저 아기 옷 좀 봐요." 크롬웰 부인이 얼굴을 찌푸렸다.

"옷 갈아입어야겠네. 그렇지, 조지?"

조지는 무슨 말인지 모르겠다는 듯 그녀를 빤히 쳐다보았다. 조지 입장에서 아기 옷이라는 단어는 지금 입은 옷처럼 무언가 잔뜩 묻어 더러워진 의복을 의미하는 듯했다.

"오늘 아침만 해도 깔끔하게 단장시켜 주려고 했죠." 크롬웰 부인이 인내심의 한계에 달하기라도 한 듯 투덜댔다. "그런데 정작 갈아입힐 아기 옷이 더는 없더라고요. 그래도 발가벗고 돌아다니게 할 순 없어서 저걸 다시 입혀 뒀죠, 뭐. 얼굴이 저런 건……."

"아기 옷이 몇 벌이나 되죠?" 록산느의 음성에 유쾌한 호기심이 묻어났다. 사실 "깃털 부채는 몇 개나 있죠?"라고 물어도 큰 무리는 없을 듯했다.

"아, 그러니까……." 크롬웰 부인은 잠깐 생각에 잠기는 듯하더니 예쁘장한 눈썹을 찌푸렸다. "다섯 벌은 있는 것 같아요. 그만하면 많은 편이죠, 뭐."

"오십 센트면 한 벌을 살 수 있더군요."

크롬웰 부인의 눈에 놀라움과 더불어 어렴풋한 우월감이 깃들었다. 아기 옷 가격을 논하다니!

"아, 정말인가요? 몰랐어요. 네, 조지도 옷이 여러 벌 있어야겠지만 일주일 내내 세탁물을 보내지 못할 정도로 짬이 없었답니다." 그러고 나서 그녀는 이젠 상관없는 일이 되었다는 듯 그 이야기를 마무리 짓고 화제를 돌렸다. "보여 드릴 게 있어요."

두 사람은 일어섰고 그녀를 따라가던 록산느는 문이 열린 욕실을 지나쳤다. 욕실 바닥에 옷들이 어지럽게 널려 있는 걸 보니 한동안 세탁물을 보내지 않았다는 말이 맞는 듯했다. 마침내 그녀와 함께 다다른 또 다른 방은 그야말로 핑크빛의 진수라 할 만했다. 그곳은 다름 아닌 크롬웰 부인의 방이었다.

이 집의 안주인이 벽장문을 열자 놀랍게도 록산느의 눈앞에 란제리가 죽 늘어서 있었다.

아주 얇아 하늘거리는 데다 손도 대지 않은 듯 구김 하나 없이 깨끗하게 보관된 레이스와 실크 속옷이 수십 벌에 달했다. 그리고 바로 옆 옷걸이에는 새로 산 이브닝드레스 세 벌이 걸려 있었다.

"예쁜 옷들도 좀 있는 편이죠." 크롬웰 부인이 말했다. "하지만 그걸 입을 일이 별로 없네요. 해리는 외출엔 관심이 없는 편이라서요." 그녀의 목소리에 불만이 묻어났다. "그는 내가 종일 아이를 돌보고 집안일을 하다가 저녁이면 다정한 아내처럼 구는 데 완전히 만족하고 있답니다."

록산느는 다시금 미소를 지어 보였다.

"옷들이 정말 예쁘네요."

"네, 그렇죠. 이것도 보여 드릴까요……?"

"예뻐요." 거듭 되뇐 록산느가 말을 가로막았다. "그런데 기차를 타려면 서둘러야겠어요."

그녀는 손이 떨려 오는 걸 느꼈다. 그리고 그 손으로 이 여잘 붙잡고 마구 흔들어 주고 싶었다. 그렇다. 흔들어 주고 싶었다. 정말이지 그녀를 어딘가에 가둬 두고 바닥이라도 닦게 했으면 싶었다.

"예쁘군요." 록산느가 되뇌었다. "그냥 잠깐 들른 거라서요."

"아, 마침 해리가 없어서 유감이군요."

둘은 문 쪽으로 걸음을 옮겼다.

"그리고, 저……." 록산느가 애써 말했다. 그녀의 음성은 여전히 부드러웠고 입에는 미소가 깃들어 있었다. "아기 옷 가게 이름이 아마 아르질일 거예요. 그럼, 안녕히 계세요."

역에 도착해 말로행 표를 사고 나서야 록산느는 깨달았다. 6개 월 만에 처음으로 제프리를 생각하지 않고 5분을 보냈단 사실을 말이다.

4

일주일 후 해리가 말로시에 모습을 드러냈다. 그는 느닷없이 5시에 도착했고, 걸어와 현관에 놓인 의자에 풀썩 주저앉았다. 그 는 몹시 지쳐 보였다. 록산느 자신도 종일 바쁘게 지내느라 꽤 피 곤하긴 했다. 5시 30분이면 의사들이 오기로 되어 있었다. 뉴욕에 서 유명한 신경 전문의가 방문할 터였다. 그녀는 흥분되면서도 한 편으론 기분이 완전히 가라앉아 있었기에, 해리의 눈을 보고는 곧 장 그 옆에 자리하고 앉았다.

"왜 그래요?"

"아무것도 아니랍니다, 록산느." 그가 부인했다. "제프리가 좀 어 떤지 보러 왔죠, 뭐. 전 신경 쓰지 마세요."

"해리," 록산느는 쉽게 물러서지 않았다. "문제가 있군요."

"아니라니까요." 그가 거듭 말했다. "제프리는 좀 어때요?"

그녀의 얼굴에 불안이 어둡게 드리워졌다.

"좀 더 안 좋아요, 해리. 뉴욕에서 주이트 박사가 왔답니다. 그분이라면 뭔가 확실하게 알려 줄 거라고들 해요. 박사가 한번 보고, 이렇게 마비가 온 게 원래 있던 혈전이랑 관련이 있는 건지 알아볼 거랍니다."

해리가 자리에서 일어섰다.

"아, 이거 미안합니다." 그가 황급히 사과했다. "의사 상담이 예정된 줄 몰랐군요. 이렇게 오는 게 아니었어요. 전 그냥 여기 현관에 한 시간 정도 앉아 있다 가려 했답니다······."

"앉으세요." 그녀가 거의 명령조로 말했다.

해리는 망설였다.

"어서 앉으래도요, 해리." 그녀에게서 배어 나온 친절이 그를 감쌌다. "뭔가 문제가 있다는 건 알겠어요. 종잇장처럼 하얗게 질렸군요. 시원한 맥주라도 좀 가져다드릴게요."

그는 난데없이 쓰러지듯 의자에 주저앉더니 양손으로 얼굴을 감쌌다.

"도무지 그녀를 행복하게 해 줄 수가 없어요." 그가 느릿느릿 말했다. "전 할 만큼 했답니다. 오늘 아침엔 아침 식사 문제로 언쟁을 벌였죠. 그간 시내에서 아침을 먹었답니다. 그러고는······ 글쎄 제가 사무실로 출근하고 나서 그녀는 곧바로 집을 나가 버렸어요. 조지를 데리고, 여행 가방엔 레이스 속옷을 잔뜩 채워서 장모님이 계신 동부로 가 버린 거예요."

"해리!"

"전 도통 모르겠어요······."

순간 자갈 밟히는 소리가 들리며 차 한 대가 진입로로 들어섰다. 록산느가 조그맣게 외치듯 말했다.

"주이트 박사님이로군요."

"아, 그럼 전 이만……."

"기다려 주실 거죠, 그렇죠?" 그녀가 무신경하게 해리의 말을 가로막았다. 그녀의 심란한 마음에서 자신의 문제 따윈 이미 사그라져 버렸음을 그는 알아차렸다.

서로를 간략히 소개하는 당황스러운 순간이 지나고 그는 무리를 따라 집안으로 들어섰다. 그러고는 위층으로 올라가는 그들이 보이지 않을 때까지 지켜본 뒤 곧장 서재로 가 커다란 소파에 몸을 파묻었다.

1시간가량 그는 꽃무늬 커튼에 잡힌 주름을 타고 서서히 떠오르는 태양을 바라봤다. 깊은 정적이 내려앉은 가운데 창문 판유리 안에 갇혀 윙윙대는 말벌 소리가 유난히 떠들썩했다. 이따금 위층에서도 또 다른 형태의 윙윙거림이 들려오곤 했다. 그건 마치 좀 더 큰 말벌 몇 마리가 더 큰 창문 판유리에 갇혀 윙윙대는 소리 같았다. 또 그와 더불어 나지막한 발소리와 쨍그랑하고 병들이 부딪치는 소리, 물 따르는 소리도 함께 들려왔다.

대체 그와 록산느가 뭘 어쨌기에 그들의 삶에 이토록 난데없는 충격이 들이닥친 걸까? 위층에서는 친구의 영혼에 대한 생생한 검토가 이루어지는 중이었다. 그리고 해리 자신은 이렇게 고요한 방에 앉아 말벌의 외침 따위나 듣고 있었다. 어린 시절 엄격한 이모의 명령으로 1시간 동안이나 의자에 앉아 나쁜 행실을 뉘우쳐야 했을 때처럼 말이다. 그런데 정작 지금은 누가 여기 있으라고 한 걸까? 무시무시한 이모가 하늘에서 내려다보며 반성하라고 그를 다 그치기라도 한 것일까? 대체 왜?

키티와는 당최 가망이 없어 보였다. 그녀는 심하게 사치스러웠고 그건 어떻게 바로잡아 볼 여지도 없는 장애와 같았다. 그는 불현듯 몹시도 그녀가 미웠다. 그녀를 냅다 던져 버리고 발로 차 주고 싶었다. 사기꾼에다 거머리 같고 더러운 여자라고 말해 주고도 싶었다. 무엇보다 그녀는 그에게 아들을 돌려줘야 했다.

그는 일어서서 방 안을 서성이기 시작했다. 그와 동시에 누군가 정확히 같은 순간에 위층 복도를 오가는 소리가 들려왔다. 그는 문득 위층 사람이 복도 끝에 이를 때까지도 그들이 발을 맞춰 서성일지 궁금해졌다.

키티는 엄마한테 가 버렸다. 그 엄마의 입장이란. 그런 식으로 엄마를 찾다니! 그는 모녀가 만나는 장면을 떠올려 보았다. 학대당한 아내가 그 어머니의 가슴팍에 얼굴을 파묻고 쓰러지듯 안기는 것이다. 아니, 그로서는 상상이 안 되는 모습이었다. 키티란 여자가 그토록 심하게 슬퍼한다는 건 있을 수 없는 일이었으니 말이다. 그는 점차 그녀가 쉽게 다가설 수 없고 냉담하기 그지없는 존재라는 생각이 들었다. 물론 그녀는 이혼을 단행할 것이고 결국엔 재혼할 터였다. 그는 이 점에 대해 생각해 보기 시작했다. 그녀는 누구와 결혼할 것인가? 그는 쓸쓸하게 웃다가 그대로 멈췄다. 불현듯 어떤 한 장면이 눈앞을 스치는 듯했다. 그건 바로 키티가 얼굴이 보이지 않는 어떤 사내에게 팔을 두르고 입술을 맞댄 채 열정적으로 키스하는 모습이었다.

"아, 이런!" 그가 큰 소리로 외쳤다. "이런, 젠장! 젠장!"

그 장면은 강렬하고 빠르게 다가왔다. 어느덧 오늘 아침에 보았던 키티의 모습은 희미해져 갔다. 더러운 가운이 등장하더니 이내 사라져 버렸다. 토라진 표정과 분노, 눈물마저 죄다 씻겨 내려가고 나니 그녀는 다시금 키티 카로 돌아와 있었다. 노랗게 물든 머리칼과 아기처럼 커다란 눈을 가진 키티 카 말이다. 아, 그녀는 정말이지 그를 사랑했었다. 그렇다. 그녀는 그를 사랑했었다.

잠시 후 그는 뭔가 잘못되었다는 느낌이 들었다. 키티나 제프리와는 관계없이 완전히 다른 부분에서 뭔가가 잘못되었던 것이다. 그러다 그는 불현듯 깨달았다. 배가 고팠다. 너무 간단한 문제이지 않은가? 그는 곧장 주방으로 건너가 흑인 요리사에게 샌드위치를 주문했다. 그걸 먹고 나면 시카고로 돌아가야 했다.

문득 벽 앞에 멈춰 선 그는 둥그런 무언가를 홱 잡아챘고 멍하니 그걸 만지다가 입 안에 넣었다. 그러고는 빛깔 고운 장난감을 맛보는 아기처럼 그걸 맛보았다. 그는 이를 앙다물었다. 아!

그녀는 그 망할 놈의 가운을 두고 떠났다. 그 지저분한 핑크빛 가운을 말이다. 조금이라도 예의를 차렸다면 그건 가져갔어야 마땅했다. 그 가운은 둘의 끔찍한 결혼생활이 낳은 시체라도 된 양 집에 그대로 걸려 있을 터였다. 그는 그걸 내다 버리려고 해 보겠지만, 그걸 손수 집어 들어 옮기진 못할 것 같았다. 그건 마치 키티처럼 부드럽고 유연하겠지만 그와 동시에 아주 무감각할 터였다. 키티의 마음을 움직인다는 것, 그 마음에 이른다는 건 불가능했다. 그녀의 마음에 이를 수 있는 건 아무것도 없었다. 그는 그 점을 너무도 훤히 꿰뚫고 있었다. 그는 결혼생활 내내 그걸 잘 알고 있었다.

해리는 벽으로 손을 뻗어 어렵사리 비스킷을 하나 더 떼 냈다. 이번에는 못까지 한꺼번에 빠져 버렸다. 그는 가운데 박힌 못을 조심스레 빼내면서 아까 처음으로 비스킷을 먹을 땐 못까지 먹어 치운 게 아닌지 느긋하게 생각에 잠겼다. 말도 안 돼! 만일 그랬더라면 틀림없이 기억에 남을 터였다. 그건 커다란 못이었으니까 말이다. 그는 배에 손을 대 보았다. 몹시도 허기진 게 분명했다. 잠시 생각에 잠겨 있던 그는 문득 기억을 떠올렸다. 어제는 저녁을 걸렀다. 여자들끼리 모임이 있었고, 키티는 방에 누워 초콜릿 맛 사탕을 먹는 중이었다. 그녀는 "숨이 막힐 것 같다."고 했고, 그가 곁에 있는 걸 못 견디는 눈치였다. 조지를 씻기고 재운 그는 잠시 소파에 앉아 쉰 다음 저녁을 먹으려고 했다. 그러다 그는 그만 잠이 들어 버렸고 11시쯤에 눈을 떴을 땐 아이스박스에 감자 샐러드가 조금 남아 있을 뿐이었다. 그는 별수 없이 남은 샐러드를 먹어 치우고 키티의 서랍에서 찾아낸 초콜릿 맛 사탕을 조금 맛봤다. 그러고 나서 아침엔 사무실로 출근하기 전에 시내에 들러 황급히 아침을 해결했다. 정오가 되자 키티가 염려된 그는 집에 들러 그녀를 데리고 나와 점심을 먹을 참이었다. 하지만 정작 집에 들러 보니 그의 베개 위에 쪽지만 덩그러니 놓여 있을 뿐 아무도 없었다. 벽장에 있던 속옷들도 감쪽같이 사라진 상태였다. 쪽지엔 트렁크를 부치는 방법에 대해 키티가 남긴 메모가 적혀 있었다.

그는 이토록 허기진 적은 없었다고 생각했다.

5시가 되어 방문 간호사가 가만히 아래층으로 내려왔을 때 그는 소파에 앉아 카펫을 응시하고 있었다.

"크롬웰 씨 되시나요?"

"네, 그런데요?"

"아, 커튼 부인께서 저녁을 함께하지 못할 것 같다고 하시네요. 몸이 별로 안 좋으세요. 요리사가 뭐든 만들어 드릴 테니 드시고 남는 방에서 묵어가시라고 전하셨답니다."

"부인께서 편찮으시단 말씀이세요?"

"부인은 방에 누워 계신답니다. 상담은 막 끝났고요."

"의료진이…… 어떻게 하기로 했나요?"

"아, 네." 간호사가 조심스럽게 말했다. "주이트 박사님께선 희망이 없다는 입장이세요. 커튼 씨께선 계속 살긴 하겠지만, 보거나 움직이거나 생각하진 못하실 거예요. 그냥 숨만 쉴 수 있는 상태죠."

"숨만 쉴 거라고요?"

"네, 그렇답니다."

간호사는 이국적인 장식일 거라고 대충 짐작했던 묘하게 생긴 둥근 물체들이 책상 옆에 한 줄로 꽂혀 있던 걸 기억했고, 이젠 그 물체가 하나밖에 남지 않았다는 걸 처음으로 알아챘다. 나머지 둥근 물체들이 꽂혀 있던 자리에는 일렬로 난 못 자국만 남아 있을 따름이었다.

해리는 멍하니 간호사의 시선을 좇다가 불현듯 몸을 일으켰다.

"그냥 가 봐야겠습니다. 기차가 있을 것 같군요."

그녀가 고개를 끄덕여 보였다. 해리는 모자를 집어 들었다.

"그럼, 안녕히 가세요." 간호사가 상냥하게 인사를 건넸다.

"안녕히 계세요." 그는 혼잣말이라도 하듯 조용히 대답했다. 그러고는 문 쪽으로 걸음을 옮기다 무언가에 이끌린 듯 멈춰 섰다. 그녀는 그가 마지막으로 남은 물체를 떼 내어 주머니에 집어넣는 걸 보았다.

해리는 방충망을 친 문을 열고 현관 계단을 내려가 점점 멀어져 갔다.

5

어느 정도 시간이 흐르자, 제프리 커튼의 집에 칠해 뒀던 새하얀 페인트도 7월의 태양과 전적으로 타협을 한 듯 자연스레 잿빛으로 변해 갔다. 그러다 칠이 벗겨졌다. 너무 오래되어 바스라질 듯하던 페인트가 거대한 껍질이 되어 뒤로 구부러지며 벗겨진 것이다. 그 모양새는 마치 나이 지긋한 사내가 기괴한 체조 동작을 하는 것만 같았다. 그리고 그렇게 벗겨진 페인트는 바닥에 무성하게 자란 풀밭으로 떨어져 시시한 최후를 맞이했다. 그런가 하면 집 앞 기둥에 칠해 둔 페인트에도 금이 가기 시작했으며, 왼쪽 문설주에서도 하얀 공 모양의 장식이 떨어져 나왔다. 초록색 블라인드는 칙칙해지다 못해 아예 색감이란 걸 잃은 듯했다.

언제부턴가 심약한 사람들이라면 제프리 커튼의 집을 피해 다니기 시작했다. 어떤 교회에선 이 집에서 대각선으로 맞은편에 자리한 땅을 사들여 묘지로 삼으려 했고, 이러한 소식은 "그곳에선 커튼 부인이 산송장과 같이 지낸다."라는 소문과 맞물려 그 구역에 으스스한 분위기를 더했다. 그렇다고 해서 그녀가 홀로 남겨진 채 생활한 건 아니었다. 남녀를 불문하고 이웃들이 그녀를 찾아왔고, 시내에서도 장을 보러 온 그녀와 만났으며 자신들의 차로 그녀를 집까지 데려다주곤 했기 때문이다. 그러다 잠시 마주 앉아 이야기를 나누고 쉬어 가기도 했는데, 그럴 때마다 그녀는 여전히 눈부시게 매력적인 미소를 지어 보였다. 하지만 모르는 사내가 길거리를 지나다가 그녀에게 흠모의 눈길을 던지는 일은 더 이상 일어나지 않았다. 그 어떤 투명한 베일이 그녀의 아름다움을 가리고 생기를 앗아 간 것만 같았다. 그렇다 해도 그녀에게 주름이 더 생기거나 살이 붙는 일은 없었다.

그녀는 마을 사람들의 호감을 샀고, 그녀에 관한 소소한 미담들이 입에서 입으로 전해졌다. 가령 나라 전체가 얼어붙을 만큼 추운 겨울날엔 마차나 자동차가 다닐 수 없었기에 그녀는 독학으로 스케이트를 배워 식료품점이나 약국에 들르는 시간을 단축시킴으로써 제프리를 오래 혼자 두지 않으려 했다는 것이었다. 그뿐만 아니라 제프리에게 마비가 찾아들면서부터 그녀는 매일 밤 그의 침대 곁에 작은 간이침대를 두고 그의 손을 잡은 채 잠이 든다는 말도 있었다.

사람들은 제프리 커튼이 이미 죽은 것처럼 그를 화두에 올렸다. 세월이 흐르면서 그와 알고 지냈던 이들이 죽거나 이사 가는 일도 빈번해졌다. 같이 칵테일 잔을 기울이고 서로 아내들의 이름을 불러 대고 제프리가 말로선 제일 재치 있고 재능 넘치는 인물이라고 여긴 이들도 이젠 겨우 대여섯 명의 노인으로 남아 있을 뿐이었다. 이제 어쩌다 한 번씩 들르는 손님들의 입장에선 제프리란 사람은 그저 커튼 부인이 이따금씩 양해를 구하고 황급히 위층으로 올라가 봐야 할 하나의 이유에 불과했다. 공기가 무겁게 가라앉은 일요일 오후, 고요한 거실에 있다 보면 간혹 제프리의 신음 소리나 날카로운 외침이 들려오곤 했다.

그는 움직이지 못했다. 눈도 완전히 먼 데다 말을 못 하는 건 물론 아예 의식이 없었다. 그는 종일을 침대에 누워 지내다 록산느가 매일 아침 방을 정돈할 동안만 잠시 휠체어로 옮겨 앉아 있곤 했다. 마비는 서서히 그의 가슴 쪽까지 퍼졌다. 그가 몸져누웠던 첫해엔 그래도 이따금 그녀가 손을 잡으면 아주 어렴풋하게나마 같이 힘을 주는 압력이 느껴졌지만, 얼마 안 가 그런 느낌마저 사라져 버렸고, 어느 날 밤 아예 멈춰 버린 신체 반응은 돌아올 줄을 몰랐다. 그러고 나서 꼬박 이틀 동안 록산느는 뜬눈으로 밤을 새우며 멀리 어둠을 응시했다. 동시에 사라진 게 뭔지, 그의 정신이 어느 정도 나가 버린 건지, 산산이 망가져 버린 신경은 아주 조금 남은 이해력이라도 그러모아 그의 뇌로 전달할 것인지에 관해 생각해 보았다.

이후로 희망은 사라지고 없었다. 그녀의 지칠 줄 모르는 보살핌이 없었더라면 마지막까지 남아 버티던 생명의 불꽃은 오래전에 사그라지고 말았을 터였다. 그녀는 매일 아침 그를 면도시키고 씻긴 후 침대에서 의자로, 다시 침대로 손수 그를 옮겼다. 그리고 내내 그의 방에 머물며 약을 나르고 베개를 바로잡고 흡사 인간 강아지를 대하듯 그에게 말을 걸었다. 그녀는 응답이나 공감에 대한 희망도 없이 그렇게 그를 보살폈다. 그것은 희미하게나마 습관을 지속하는 행위로 믿음이 사라졌을 때 올리는 기도와 같았다.

꽤 많은 사람이, 그리고 유명한 신경 전문의가 솔직한 느낌을 표현하곤 했다. 그러니까 그토록 열심히 환자를 보살피는 건 죄다 소용없는 짓이며, 제프리에게 의식이 남아 있었더라면 그는 차라리 죽으려 들었을 테고, 만일 그의 영혼이 더 넓은 세상을 맴돌았다면 그녀의 그러한 희생에 뜻을 같이하지 않았을 거라고, 그리고 육체라는 감옥에서 철저히 벗어나고 싶어 안달이었을 거라고 말이다.

"하지만 말이에요," 그녀는 머리를 살짝 흔들며 대답했다. "제프리와 결혼했을 땐 말이죠…… 그에 대한 사랑이 다하는 날까지 함께하기로 한 거잖아요."

"아무리 그렇다고는 해도," 그는 사실상 이의를 제기했다. "저 상태의 누군가를 사랑할 순 없는 노릇이죠."

"그럼 전 그이의 과거 모습을 떠올리며 사랑을 이어 가겠어요. 그것 말고 제가 할 일이 있던가요?"

어깨를 으쓱하고 멀어져 간 의사는 이후 커튼 부인이 참으로 훌륭한 여인이며 천사처럼 착하다고 이야기하고 다녔다. 하지만 너무 안됐다는 말도 빠뜨리지 않고 덧붙였다.

"그녀를 데려가고 싶어서 안달이 난 사내들이 여러 명, 아니 수십은 될 텐데 말이야……"

실제로 간혹가다 그런 경우들이 있었다. 그러니까 어디선가 나타난 누군가가 희망을 품고 그녀에게 접근하기 시작하는 것이다. 그러다 곧 그런 시도를 접어 버리고 존경의 시선으로 그녀를 우러러보게 되고 만다. 사실 이 여성에게 사랑이라곤 남아 있지 않았다. 다만 묘한 일이긴 하지만, 삶을 향한, 그리고 주변 사람들에 관한 사랑만큼은 존재하는 듯했다. 그럴 여유가 없는데도 그 대상에는 그녀가 음식을 나눠 준 부랑자에서부터 그녀에게 저렴한 가격의 스테이크 덩어리를 판매하는 정육점 주인에 이르기까지 모두가 포함되었다. 이것 외에 다른 차원의 사랑은 미라처럼 무표정하게 누워 지내는 이의 어딘가에 봉해져 있었다. 그는 줄곧 침대에 누워 컴퍼스 바늘이라도 된 양 들이치는 햇살을 향해 기계적으로 얼굴을 돌릴 따름이었다. 그렇게 멍하니 삶의 마지막 물결이 자신의 심장으로 밀려들길 기다리기라도 하는 것처럼.

11년 후 5월의 어느 날 밤 그는 숨을 거두었다. 라일락 향이 창턱을 맴돌고 개구리와 매미의 날카로운 울음소리가 바람을 타고 퍼지던 밤이었다. 새벽 2시에 잠에서 깬 록산느는 마침내 이 집에 홀로 남겨졌음을 깜짝 놀랄 정도로 생생히 체감했다.

6

그때부터 그녀는 낡고 오래된 현관에 앉아 많은 오후를 보냈다. 흰색과 초록색이 어우러진 듯한 시내로 연결되는 완만한 내리막길을 향해 굽이치는 들판 너머를 가만히 응시하면서 말이다. 그녀는 이제 어떤 식으로 살아갈지에 대해 생각해 보았다. 서른여섯이 된 그녀는 아름답고 강하며 자유로웠다. 제프리의 보험금도 소진된 지 오래였다. 내키지 않았지만, 그녀는 주변의 땅을 좀 처분하고 작게나마 집도 저당 잡혔다.

남편이 죽고 나자 육체적 초조함이 찾아들었다. 무엇보다 아침마다 그를 돌보던 일이, 숨 가쁘게 마을을 오가던 일이, 정육점이나 식료품점에서 마주친 이웃들과 짧지만 충만한 시간을 가졌던 것이 그리웠다. 그리고 두 사람을 위해 요리했던 것과 제프리가 먹을 부드러운 유동식을 준비한 시간 역시 그립긴 마찬가지였다. 어느 날은 기운이 넘친 나머지 바깥으로 나가 정원을 죄다 삽으로 갈아엎기도 했다. 그건 지난 수년간 하지 않았던 일이었다.

밤이 되면 그녀는 결혼생활의 찬란함과 고통을 함께한 방 안에 홀로 남겨졌다. 하지만 그녀는 앞으로 맞닥뜨릴 골치 아픈 문제를 떠올리기보단 서로에게 열정적으로 몰두하며 동반자로서 지낸 그 아름다웠던 시절을 떠올리며 다시금 제프리를 만나고자 했다. 그러다 한밤중에 잠에서 깰 때면 그녀는 그대로 누운 채 줄곧 옆에 있던 존재를 그리워했다. 죽은 듯했지만 숨 쉬고 있던, 그라는 사실만큼은 변함이 없었던 제프를 말이다.

그가 숨을 거두고 나서 6개월이 지난 어느 날 오후, 그녀는 현관에 앉아 있었다. 몸매의 굴곡이라곤 조금도 내비치지 않는 검은색 드레스 차림으로 말이다. 주변이 온통 황금빛 갈색으로 물든 인디언 서머Indian summer였다. 한숨이라도 쉬는 듯 흔들리는 나뭇잎 소리가 침묵을 깨고, 멀리 서쪽으론 4시의 태양이 타는 듯 붉은 하늘에 빨갛고 노란 자국을 기다랗게 떨어뜨렸다. 새들도 거의 다 돌아가고 기둥 처마에 둥지를 튼 참새 한 마리만 남아 이따금 쩍쩍거리며 머리 위로 힘차게 날아오르길 반복했다. 록산느는 참새가 보이는 쪽으로 의자를 옮겨 앉아 졸음에 겨운 듯 나른하게 오후의 절정을 음미했다.

해리 크롬웰이 시카고에서 건너와 저녁을 먹기로 되어 있었다. 8년 전 이혼한 그는 이곳을 자주 찾았다. 그들은 그들만의 전통이라 할 수 있는 의식들을 줄곧 유지해 왔다. 우선 그가 도착하면 그들은 위층으로 올라가 제프리를 살폈다. 그때마다 해리는 침대 가장자리에 궁둥이를 붙이고 앉아 다정한 목소리로 묻곤 했다.

"이봐, 제프. 오늘은 기분이 좀 어떠신가?"

그러면 록산느는 그 옆에 서서 하염없이 제프리를 바라보았다. 그가 희미하게나마 이 옛 친구를 알아보고 또 그로 인해 망가진 정신이 돌아올 수 있길 꿈꾼 것이었다. 하지만 창백한 데다 어느 한 군데를 잘라 낸 듯 여윈 그의 머리는 빛을 따라 천천히 움직이는 게 고작이었다. 더 이상 보이지 않는 눈 뒤의 뭔가가 오래전에 사그라져 버린 또 다른 빛을 더듬어 찾기라도 하듯이 말이다.

해리의 이러한 방문은 8년간 지속되었다. 부활절과 크리스마스, 추수감사절, 그리고 일요일에도 여러 번 해리는 제프리를 찾아왔고 록산느와도 현관에 앉아 한참 동안 이야기를 나눴다. 그는 그녀에게도 꽤나 헌신적이었으며, 이 관계를 감추려고도 더 발전시키려고도 하지 않았다. 침대 위에 머물러 있는 저 육신만큼이나 그녀 역시 그에겐 제일 좋은 친구였던 것이다. 그녀는 평화와 휴식, 그리고 과거를 의미했다. 그리고 그녀만이 그의 슬픔과 비극을 알고 있었다.

그는 장례식엔 참석했지만, 그 후론 동부로 발령이 나서 출장이 있을 때에만 시카고 인근에 들르곤 했다. 이번에도 록산느가 짬이 나면 한번 들르라고 그에게 편지를 썼고, 그래서 그는 시내에서 하룻밤을 머문 뒤 기차를 타고 오기로 한 것이었다.

둘은 악수를 했고, 그는 그녀를 도와 흔들의자 두 개를 날랐다.

"조지는 어떻게 지내나요?"

"잘 지냅니다, 록산느. 학교가 마음에 드는 눈치예요."

"암요, 그래야 하고말고요. 당연히 보내는 게 맞아요."

"네, 그렇습니다……."

"아이가 너무 보고 싶은 거죠, 해리?"

"네, 보고 싶죠. 재밌는 아이랍니다."

그는 조지에 대해 많이 이야기했다. 록산느 역시 이야기에 관심을 가지고 귀 기울였고, 돌아오는 방학엔 조지도 꼭 같이 데려오라고 당부했다. 그녀는 조지를 여태 딱 한 번 보았을 따름이다. 지저분한 아기 옷을 걸친 어린 시절의 조지를 말이다.

해리에게 신문을 건넨 록산느는 저녁 식사를 준비했다. 그녀는 오늘 저녁 고기 네 토막과 최근 정원 텃밭에서 수확한 채소들을 내놓을 참이다. 저녁상을 다 차리고 나서 그녀는 그를 불러 식탁에 함께 앉았다. 둘은 조지에 관한 이야기를 이어 갔다.

"제게 아이가 있었더라면……." 그녀는 이렇게 운을 떼우곤 했다.

저녁 식사 후 해리가 투자에 관한 조언을 얼마간 하고 나서 둘은 정원을 거닐었다. 그들은 정원 이곳저곳에 멈춰 서서 한때 시멘트 벤치나 테니스 코트가 있었던 사실을 떠올리곤 했다.

"혹시 그거 기억하시나요……."

그렇게 그들은 추억의 물살에 휩쓸려 이리저리 떠다니는 것이었다. 다 함께 스냅 사진을 찍고 난 뒤 두 다리를 벌리고 송아지에 올라탄 제프리의 사진을 찍던 날을, 그리고 제프리와 록산느를 해리가 스케치한 날을 둘은 떠올렸다. 그날 두 사람은 풀밭에 대자로 누워 머리를 맞대고 있었다. 당시 그들은 차고에 마련한 제프리의 작업실과 집을 잇는 격자 지붕을 제작해 제프리가 비에 젖지 않고 다니도록 할 참이었다. 그들은 작업에 착수했지만, 남은 거라곤 어디선가 떨어져 나왔을 법한 삼각형의 작은 조각뿐이었다. 여전히 집에 붙어 있는 그 조각은 낡아 빠진 닭장을 연상케 했다.

"그리고 그 민트 줄렙*도요."

"제프리의 노트도 있죠! 우리가 얼마나 웃었는지 기억해요, 해리? 제프리의 주머니에서 노트를 꺼내 작품 소재가 적힌 페이지를 크게 읽어 댔을 때 말이에요. 제프리는 또 얼마나 날뛰었고요?"

"대단했죠! 글 쓰는 거에 관해선 정말이지 어린애 같았으니까요."

그러고 나서 둘은 잠시 말이 없었다. 해리가 불쑥 입을 열었다.

"우리 부부도 여기 집을 얻으려 했었죠. 기억해요? 바로 옆에 이십 에이커를 사들이려 했죠. 같이 파티도 열고 그렇게 지낼 요량으로 말이에요!"

둘은 또 잠깐 말을 멈췄다. 이번엔 록산느가 낮은 목소리로 질문을 던져 침묵을 깼다.

"키티 소식은 듣나요, 해리?"

"아, 네." 그가 조용히 대답했다. "시애틀에 있다더군요. 호턴이라는 남자와 재혼했죠. 잘 나가는 제재업자 같아요. 어쨌건 키티보단 훨씬 더 나이가 많다고 알고 있습니다."

"얌전히 지낸다던가요?"

"네, 뭐. 그렇다고 들었어요. 이젠 다 가졌으니까요. 저녁마다 그자를 기다리며 잘 차려입기만 하면 될 테죠."

"그렇군요."

그는 망설임 없이 화제를 바꿨다.

"집은 그대로 두실 건가요?"

---

* 위스키에 얼음과 설탕, 박하를 넣어 만든 술.

"아마 그럴 것 같아요." 그녀가 고개를 끄덕이며 말했다. "여기서 너무 오래 살았잖아요, 해리. 이사라면 끔찍할 것 같아요. 간호사 훈련을 받는 것도 생각해 봤지만, 그렇게 되면 여길 떠나야 하니까요. 하숙집 안주인이나 해 볼까 생각 중이랍니다."

"하숙집으로 들어갈 거란 말씀인가요?"

"아뇨, 하숙을 치겠다고요. 하숙집 안주인이 뭐 별다르겠어요? 검둥이 하녀를 하나 구해서 여름엔 여덟 명 정도, 겨울에도 방을 찾는 사람들이 있으면 두세 명 정도 받을까 해요. 물론 그러려면 페인트칠도 다시 하고 내부도 좀 손봐야겠죠."

해리는 생각에 잠겼다.

"록산느, 물론 당신이 뭘 잘하는지는 당신이 제일 잘 알겠죠. 그렇다 해도 조금 놀라긴 했어요, 록산느. 여기 올 때 당신은 새신부였는데 말이죠."

"그럴 수도 있죠." 그녀가 말했다. "그래서 하숙을 치며 여기 남는 게 괜찮은 건지도 모르겠어요."

"비스킷을 잔뜩 구웠던 게 생각나네요."

"아, 그 비스킷이요." 그녀가 외쳤다. "그때 당신이 비스킷을 떼내 마구 집어삼켰단 얘길 듣고 맛이 형편없진 않았을 거라고 생각했죠. 그날 전 기분이 너무 가라앉아 있었지만, 간호사가 비스킷 얘길 해 줬을 땐 마구 웃어 댔답니다."

"서재 벽에는 아직도 못 자국이 열두 개가 그대로 있더군요. 제프가 박아 뒀던 그 자리에 말이에요."

"네, 그렇죠."

바깥은 어느새 꽤 어두워져 서늘한 저녁 공기가 내려앉았다. 바람이 한바탕 몰아쳐 나뭇잎들이 바닥으로 흩날렸다. 록산느가 가볍게 몸을 떨었다.

"들어가 보는 게 좋겠군요."

그는 시계를 봤다.

"늦었네요. 이만 가 봐야겠습니다. 내일 동부로 가야 하니까요."

"아, 가셔야 하나요?"

그들은 계단을 내려가 잠시 멈춰 서서 눈처럼 새하얀 달이 멀리 호수 쪽에서 떠오르는 걸 지켜봤다. 이제 여름은 가고 인디언 서머가 찾아들었다. 잔디는 차가웠고 안개나 이슬의 흔적은 없었다. 그가 가고 나면 그녀는 집 안으로 들어가 가스등을 켜고 덧문을 닫아걸 터였다. 또 그는 곧장 길을 따라 내려가 마을로 향할 참이었다. 이들 입장에서는 두 삶이 찾아들었다가 재빨리 가 버린 셈이었다. 그건 씁쓸하다기보단 안타까웠고, 허무하다기보단 가슴 아픈 일이었다. 달은 이미 차올랐고 둘은 악수를 나눴다. 서로의 눈길에 다정함이 머물렀다.

이키 씨
- 괴짜의 정수 1막

장면은 꽤나 목가적인 8월의 오후 웨스트 아이자크셔에 자리한 어느 오두막 바깥에서 시작한다. 엘리자베스풍의 소작농 복장을 예스럽게 차려입은 이키 씨가 항아리들과 가금류 사이를 비틀대며 천천히 거닌다. 노인인 그는 인생의 전성기를 지나 젊음과는 거리가 멀어졌다. 발음이 흐릿한 데다 아무 생각 없이 외투를 뒤집어 입는 걸로 봐선 추측건대 보통의 피상적인 삶보다 한 단계 위나 아래의 수준에 머무른 듯하다.

그와 가까운 곳 풀밭에는 피터라는 어린 소년이 드러누워 있다. 피터는 워터 롤리 경의 그림에서처럼 손바닥으로 턱을 괸 모습이다. 나무랄 데 없는 외모를 지닌 그는 진지하고 우울한 데다 장례식에서나 볼 법한 구슬픈 회색 눈동자의 소유자로 음식 따윈 먹어 본 적 없다는 듯 매혹적인 분위기를 발산한다. 그리고 이런 분위기는 저녁으로 소고기를 먹고 나서 그 여운이 남아 있을 때 가장 빛을 발하는 법이다. 그는 무언가에 매료된 듯 이키 씨를 쳐다본다.

침묵…… 새들의 지저귐.

피터 전 밤에 종종 창가에 앉아서 별들을 본답니다. 가끔은 전부 제 별 같기도 해요…… (진지하게) 언젠간 저도 별이 되겠죠…….

이키 씨 (아무렇게나 되는대로) 그래, 그렇구나…… 그렇지…….

피터 전 다 알고 있다고요. 금성, 화성, 해왕성, 글로리아 스완슨*까지 전부요.

이키 씨 천문학이라면 관심이 없다고…… 난 런던을 생각하던 참이었다, 얘야. 딸아이가 생각나는구나. 걔는 타이피스트가 되려고 떠났지……. (그가 한숨을 쉰다.)

피터 전 얼사를 좋아했답니다, 이키 씨. 그녀는 아주 통통하고 풍만해 보였어요.

이키 씨 종이를 채워 넣어 부풀린 건 아무짝에도 쓸모가 없단다, 얘야. (잔뜩 쌓인 잡동사니에 발이 걸려 비틀댄다.)

피터 천식은 좀 어때요, 이키 씨?

이키 씨 더 안 좋아, 이럴 수가! …… (우울하게) 백 살이나 먹었으니…… 성한 데가 없지.

피터 그래도 이젠 불 지르는 버릇은 버리셨으니 별 탈 없이 그럭저럭 잘 지내시는 것 같은데요.

이키 씨 그래…… 그렇지……. 있잖니, 얘야. 피터, 쉰쯤에 감옥에서 한 번 교화가 됐었단다.

* 미국 영화배우.

피터 그런데 또 엇길로 나가신 거예요?

이키 씨 그거보다 더했어. 형기를 마치기 바로 전주에 처형할 젊은 죄수들의 뇌하수체를 나한테 이식하겠다고 하더구나.

피터 그래서 개조되신 건가요?

이키 씨 개조가 되었냐고? 그냥 예전의 닉으로 돌아왔지 뭐냐! 이 젊은 범죄자 놈은 교외 지역을 털고 다녔는데 병적으로 도벽이 있더구나. 소소한 방화 따위와는 비교할 바가 못 되지!

피터 (무섭다는 듯) 정말 무시무시하군요! 과학이란 것도 다 허사라니까요.

이키 씨 (한숨을 쉬며) 지금은 잘 다독이고 있단다. 살면서 모두가 뇌하수체 두 개를 써 대진 않겠지. 이젠 고아원에 있는 짐승들의 영혼을 다 준다 해도 뇌하수체 따윈 안 받을란다.

피터 (생각에 잠긴 듯) 그래도 친절하고 조용한 늙은 목사 거라면 받으실 것 같아요.

이키 씨 목사에겐 뇌하수체가 없어. 영혼만 있지.

(무대 바깥에서 경적이 낮게 울려 가까운 곳에 커다란 자동차가 멈춰 섰음을 알린다. 곧 양복을 입고 에나멜가죽과 실크로 만든 모자를 쓴 잘생긴 청년이 무대에 등장한다. 그는 아주 세속적인 인물이다. 영적인 두 인물과 판이하게 다르다는 건 멀리 발코니 앞 열에서도 알아차릴 수 있을 정도이다. 이 청년은 로드니 디바인이다.)

디바인 얼사 이키를 찾고 있습니다만.

(이키 씨가 가금류들 사이에서 몸을 일으키며 살짝 떤다.)

이키 씨 내 딸은 런던에 있소만.

디바인 그녀는 런던을 떠났어요. 이리로 오고 있다고요. 제가 따라 왔죠.

(그가 옆에 메고 있던 작은 가방으로 손을 가져가더니 담배를 찾는다. 담배를 찾아 든 그는 성냥을 그어 담배로 가져간다. 곧바로 불이 붙는다.)

디바인 그럼, 기다리겠습니다.

(그가 기다린다. 몇 시간이 흐른다. 아무 소리도 들려오지 않고, 가금류들이 서로 싸우기라도 하듯 이따금 꼬꼬댁거리거나 쉭쉭대는 소리만 날 뿐이다. 이 순간 디바인은 노래를 몇 곡 불러 보거나 카드 기술을 보여 줄 수도 있을 것이다. 혹시 생각이 있으면 텀블링을 해 봐도 좋겠다.)

디바인 여긴 아주 조용하네요.

이키 씨 그렇지, 아주 조용해…….

(갑자기 요란하게 차려입은 여자가 등장한다. 그녀는 아주 세속적이다. 바로 얼사 이키라는 여자이다. 그녀는 초기 이탈리아 회화 특유의 볼품없는 얼굴을 하고 있다.)

얼사 (거칠고 세속적인 목소리) 아버지, 저 왔어요! 얼사가 뭐 어쩼다고요?

이키 씨 (떨리는 목소리) 얼사, 우리 아가. (둘은 서로 얼싸안는다.)

이키 씨 (기대에 차서) 쟁기질하는 걸 도와주러 왔구나.

얼사 (시무룩하게) 아뇨, 아버지. 쟁기질은 너무 고되답니다. 안 하는 편이 낫죠.

(사투리가 심하긴 하지만, 그녀가 말하는 내용만큼은 상냥하고 단정하다.)

디바인 (달래는 어투로) 이거 봐요, 얼사. 우리 한번 생각해 보자고요.

(그녀에게 다가가는 그의 걸음걸이가 너무도 우아하고 반듯해서 케임브

리지 대학의 걷기팀 주장을 해도 무리가 없을 정도이다.)

얼사 당신은 아직도 잭인 것 같나요?

이키 씨 얘가 무슨 말을 하는 건가?

디바인 (친절한 어투로) 아, 그럼요. 당연히 잭이죠. 프랭크는 아니에요.

이키 씨 프랭크 뭐라고?

얼사 프랭크일 것 같아요!

(이쯤에서 짓궂은 농담이 나와도 좋을 법하다.)

이키 씨 (아무렇게나 되는대로) 다퉈서 좋을 건 없다…… 좋을 건 없지…….

디바인 (옥스퍼드에서 학우들을 칠 때만큼이나 강한 힘을 실어 그녀의 팔을 쓰다듬는다.) 나랑 결혼하는 게 좋겠어요.

얼사 (비웃듯이) 글쎄요, 당신 집에 가면 하인들 출입문이라도 쓸 수 있을지 모르겠군요.

디바인 (화가 난 듯) 그런 일은 없을 거요! 하나도 걱정할 것 없다고요. 당신은 안주인 전용 출입문으로 들어오게 될 거요.

얼사 선생님!

디바인 (혼란스러운 듯) 이거 죄송합니다. 무슨 말인지 아시겠죠?

이키 씨 (엉뚱하게 마음이 아려 온다.) 우리 얼사랑 결혼하고 싶다고……?

디바인 네, 그렇습니다.

이키 씨 별다른 흠은 없겠지?

디바인 더할 나위 없이 괜찮습니다. 이만하면 최고라고 자부합니다.

얼사 법적으로 따지면 최악이고요.

디바인 전 이튼에서 사교 토론 클럽 회원이었답니다. 니어비어 럭비팀 소속이기도 하고요. 전 차남이고 장차 경찰이 되어서…….

이키 씨 그건 됐고…… 자네 돈은 좀 있나……?

디바인 돈이라면 뭉텅이로 쌓아 두고 살죠. 얼사 양은 아침마다 자동차를 타고 시내로 갈 겁니다. 롤스로이스가 두 대죠. 물론 작은 차도 있고 탱크를 개조한 차도 있고요. 오페라 극장에 지정석도 있고 말이죠…….

얼사 (시무룩하게) 특석이라야 잘 수 있는데 말이에요. 그리고 클럽에서 면직됐다면서요.

이키 씨 면직 뭐라고……?

디바인 (고개를 늘어뜨리며) 면직당했죠.

얼사 뭣 때문에요?

디바인 (들릴 듯 말 듯 하게) 어느 날 장난삼아 폴로 공을 숨겼더니 말입니다.

이키 씨 자네 정신은 온전한가?

디바인 (우울한 어투로) 네, 괜찮습니다. 결국 뛰어나다는 건 뭘까요? 아무도 보지 않을 때 씨를 뿌려 모두가 다 볼 때 거두어들이는 그런 요령이 아니겠습니까?

이키 씨 주의하게…… 난 내 딸을 돼먹지도 않은 어느 풍자 시인과 혼인시키진 않을 테니…….

디바인 (더욱 우울한 어투로) 전 지극히 평범한 사내랍니다. 그저 이따금 생득적 관념 수준으로 내려가 보는 거죠.

얼사 (따분해하며) 당신이 무슨 말을 하든 그건 하나도 중요하지

않아요. 난 그냥 잭일 거라고 생각하는 남자랑은 결혼할 수 없다고
요. 프랭크는 왜…….

디바인 (말을 가로막으며) 말도 안 되는 소리!

얼사 (단호하게 힘주어) 당신 정말 바보로군요!

이키 씨 쯧쯧! …… 누구든 심판하려 들어선 안 돼…… 관용 말
이다, 애야. 네로가 뭐라고 했더라? "누구에게도 적의를 품지 말고
모두에게 관용을 베풀어야 한다."

피터 그건 네로가 아니잖아요. 존 드링크워터가 한 말이랍니다.

이키 씨 이제 좀 말해 보거라! 대체 프랭크가 누구냐? 잭은 또
누구고?

디바인 (침울하게) 고치.

얼사 뎀프시.

디바인 저흰 그 둘이 지독한 원수지간이라면 한 방에 갇혔을 때
과연 누가 먼저 살아서 나올지 논하던 중이었죠. 전 지금 잭 뎀프
시라고 하는 중이고…….

얼사 (화가 난 듯) 바보 같은 소리! 그는…….

디바인 (황급히) 당신이 이겼소.

얼사 그렇다면 당신을 다시 사랑하겠어요.

이키 씨 그럼 난 결국 내 딸을 잃는 거구나…….

얼사 자식들이라면 집을 채우고도 남잖아요.

(얼사의 오빠 찰스가 오두막에서 걸어 나온다. 그는 바다에 갈 것 같은 차
림이다. 밧줄을 감아 어깨에 메고 닻을 목에다 걸고 있다.)

찰스 (그들을 보지도 않고) 난 바다로 갈 거야! 바다로 간다고!

(그의 목소리가 득의양양하다.)

이키 씨 (슬프다는 듯) 넌 한참 전에 씨를 뿌리러 갔지.

찰스 《콘래드》를 읽고 있었어요.

피터 (꿈꾸듯) 《콘래드》! 아, 《범선 항해기》도 헨리 제임스가 썼죠.

찰스 뭐라고요?

피터 월터 페이터판 《로빈슨 크루소》죠.

찰스 (아버지를 향해) 여기서 이렇게 아버지랑 썩어 갈 순 없다고요. 저도 제 삶을 살고 싶어요. 장어도 잡고 말이에요.

이키 씨 난 여기 있을 거다…… 나중에 네가 돌아오면…….

찰스 (거만하게) 벌레들이 아버지 이름을 듣고는 입맛부터 다시겠군요.

(극중 인물 중 몇몇은 한동안 입을 열지 않았다는 사실을 눈치챘을 것이다. 힘찬 색소폰 곡이라도 연주할 수 있었다면 기술이 좀 늘었을 법하다.)

이키 씨 (구슬프게) 이 골짜기와 언덕, 매코믹 수확기. 이것들은 죄다 내 자식들에겐 의미가 없구나. 그래, 이해한다.

찰스 (좀 더 다정하게) 그럼 아버지도 제게 좀 더 다정하셔야죠. 이해한다는 건 용서하는 거랍니다.

이키 씨 아냐…… 아니지…… 우리가 이해하는 자들을 용서할 순 없는 법이란다…… 오히려 우린 이유 없이 상처 준 자들이나 용서할 따름이지…….

찰스 (초조해하며) 인성을 논하는 아버지의 말씀도 이젠 너무 지겨워요. 어쨌든 여기서 시간을 보내긴 싫다고요.

(이키 씨의 자녀들 수십 명이 집에서 더 몰려나와 풀밭으로 항아리와 가금류들 사이를 휘젓고 다닌다. 그러고는 이렇게들 중얼댄다. "우린 멀리 떠나

지.” “우린 아버지 곁을 떠난답니다.”)

이키 씨 (가슴 아프다는 듯) 모두 나를 버리고 가 버리는구나. 그동안 내가 너무 너그러웠던 게야. 회초리를 아끼면 재미를 망친다는 말이 있었지. 아, 비스마르크의 뇌하수체라도 있어야 하나.

(바깥에서 경적이 울린다. 아마도 디바인의 운전기사가 참을성 없이 주인을 재촉하는 듯하다.)

이키 씨 (비참하다는 듯) 쟤들은 흙을 사랑하지 않아! 위대한 감자의 전통에도 관심이 없고 말이야! (그는 격정적으로 흙을 한 움큼 집더니 자신의 대머리에다 대고 마구 문지른다. 머리칼이 돋아난다.) 아, 워즈워스. 워즈워스여, 그대의 말은 진실이었네!

이제 그녀는 움직임도 힘도 없다네.
듣지도 못하고 느낌도 없지.
그저 지구가 자전하듯 돌고 있네.
누군가의 올즈모빌Oldsmobile 안에서.

(모두가 신음 소리를 내며 “삶”과 “재즈”라고 외친다. 무대 양옆으로 천천히 이동한다.)

찰스 흙으로 돌아가자고요? 네! 전 지난 십 년간 흙을 등지려 애썼죠.

또 다른 자식 농부들이 국가의 근간일 순 있지만, 대체 누가 근간이 되려 할까요?

또 다른 자식 난 샐러드를 먹을 수만 있다면 누가 상추를 캐든 상관없다고!

모두 다 삶! 정신 연구! 재즈!

이키 씨 (홀로 고심하며) 내가 괴짜인지도 모르겠구나. 사실 그게 다야. 중요한 건 삶 자체가 아니라 그걸 얼마나 독특하게 살아 내느냐지……

모두 다 우린 리비에라 해안을 따라 내려갈 거예요. 피커딜리 서커스 표를 구했죠. 삶! 재즈!

이키 씨 기다려 봐. 성경에 나오는 구절을 읽어 주마. 아무 데나 한번 펼쳐 볼 거야. 늘 상황에 맞는 메시지가 나오게 마련이지. (그는 잡다한 물건들 사이에 파묻혀 있던 성경책을 찾아내서 아무 데나 펼쳐 들고 읽기 시작한다.) "아하과 이스테모, 아님, 고손, 올론, 길로, 열한 개 도시와 마을들. 아랍, 루마, 에소……"

찰스 (매몰차게) 반지나 열 개 더 사서 한 번 더 해 보시죠.

이키 씨 (한 번 더 시도한다.) "내 사랑, 당신은 얼마나 아름다운지. 그대, 얼마나 아름다운가! 그대의 숨은 눈동자는 비둘기의 그것과 같소. 그대 머리칼은 길르앗산에 오른 염소 떼와 같네. 음, 좀 저속한 구절이구나……"

(자식들이 무례하게 그를 비웃으며 소리친다. "재즈!" "삶은 도발적이기 마련이지!")

이키 씨 (낙담한 듯) 오늘은 날이 아니구먼. (희망에 차서) 습해서 그럴지도 모르지. (공기를 살핀다.) 그래, 역시나 습해…… 여기저기 물기가 느껴지는군…… 그래서 그랬던 게로군.

모두 다 습하다고! 그래서 그런 거야! 재즈!

자식들 중 한 사람 어서 모여. 여섯 시 반 기차를 타야 하니까.

(이쯤에 어떤 신호가 삽입되어도 좋겠다.)

이키 씨 잘 가렴……

모두 퇴장한다. 이키 씨는 홀로 남았다. 그는 한숨을 쉬고는 오두막의 계단을 올라 자리에 누운 다음 눈을 감는다.

땅거미가 내리고 무대는 땅에서건 바다에서건 이전에는 없었던 빛으로 넘쳐 난다. 사방이 고요한 가운데 멀리서 양치기의 아내가 하모니카로 베토벤 교향곡 10번에 나오는 아리아를 연주하는 소리가 들려온다. 커다란 흰색과 회색 나방들이 노인 위로 내리 덮쳐 그를 완전히 덮어 버린다. 하지만 그는 미동도 없다.

막이 몇 번 오르내리며 몇 분이 흘렀음을 표시한다. 이키 씨가 매달린 채 막이 오르내린다면 대단한 희극적 효과를 낼 수 있을 터였다. 반딧불이나 요정을 철사에 매달아 이때쯤 선보일 수도 있겠다.

피터가 등장하고 거의 백치미와 같은 상냥함이 그의 표정에 배어 있다. 그는 뭔가를 움켜쥔 채 이따금 황홀한 듯 그걸 바라본다. 홀로 사투를 벌인 끝에 그는 손에 쥔 무언가를 노인의 몸에 올려 두고 조용히 퇴장한다.

나방들이 회동을 벌이는 듯하더니 갑자기 날아올라 황급히 멀어져 갔다. 밤은 깊었건만 반짝임은 여전했다. 작고 하얗고 둥근 그 무언가는 웨스트 아이자크셔에 은은한 향기를 불어넣는다. 피터가 건넨 사랑의 선물, 그건 바로 좀약이었다.

(연극은 이쯤에서 끝날 수도 있고, 아니면 언제까지나 계속될 수도 있다.)

제미나, 산골 처녀

이로써 "문학"을 논하진 않으려 한다. 이 글은 혈기 왕성한 자들을 위한 하나의 이야기일 뿐, "심리적" 요소나 "분석"이 잔뜩 가미되진 않았다. 아, 분명히 이 이야기가 마음에 들 것이다! 그러므로 이렇게 읽는 데에서 그치지 말고 영화로도 보고 축음기로 틀어 보고 재봉틀을 돌리면서도 감상해 보기 바란다.

야생의 생활

켄터키 산속에도 밤이 찾아왔다. 험한 산들이 사방을 에워싸고 산속의 날쌘 개울들은 급히 흘러 산을 휘감았다.

제미나 탠트럼은 개울가로 내려와 집안에서 쓰는 증류기로 위스키를 만드는 중이었다.

그녀는 전형적인 산골 처녀였다.

그녀는 맨발로 다녔으며 크고 튼튼한 손을 무릎 아래로 늘어뜨리고 있었다. 얼굴에는 노동의 고단함이 그대로 묻어났다. 고작 열여섯에 불과했지만, 그녀는 이미 10년이 넘도록 산골 위스키를 양조해 가며 노부모를 봉양해 왔다. 이따금 그녀는 하던 일을 멈추고 기운을 북돋아 줄 순순한 술을 한 국자 가득 떠서 마시고는 다시금 힘을 내 일을 계속하곤 했다.

그녀는 호밀을 통에 넣고 발로 밟아 가며 탈곡을 했고, 그러면 20분 만에 완성된 제품을 얻을 수 있었다.

불현듯 어디선가 외침이 들려와 그녀는 국자를 비우다 말고 고개를 들어 살폈다.

"안녕." 낯선 음성이 말했다. 사냥용 부츠를 신은 한 사내가 목으로 손을 가져가며 모습을 드러냈다.

"탠트럼 씨네 오두막으로 가는 길 좀 알려 줄래요?"

"저기 아래쪽 마을에서 오신 분인가요?"

그녀는 루이스빌이 자리한 산 아래쪽을 손으로 가리켰다. 그녀는 그쪽으로 가 본 적이 없었다. 하지만 그녀가 태어나기도 전에 그녀의 증조부 고어 탠트럼이 보안관 둘과 그쪽 마을로 내려갔다가 다시 돌아오지 못하긴 했다. 자연히 탠트럼 집안 사람들은 대대로 문명을 끔찍이도 두려워하게 되었다.

사내는 재미있어졌다. 가볍게 차랑차랑 울리는 듯한 그의 웃음소리는 필라델피아 사람의 그것이었다. 그리고 그 울림 속 뭔가가 그녀에게 짜릿함을 선사했다. 그녀는 위스키를 한 국자 더 마셨다.

"탠트럼 씨는 어디 계신가요, 아가씨?" 그가 다정하게 물었다.

그녀는 발을 들어 엄지발가락으로 숲 쪽을 가리켰다. "저기 소나무 숲 뒤로 오두막이 있죠? 탠트럼 영감이 제 아버지랍니다."

마을에서 온 사내는 감사 인사를 한 후 성큼성큼 걸어갔다. 젊고 매력적인 그는 생기가 넘쳤다. 산속의 신선하고 시원한 공기를 마시며 걷던 그는 휘파람을 불고 노래도 하고 공중제비를 돌며 몸을 들썩이기도 했다.

증류소 주변의 공기는 와인과 같았다.

제미나 탠트럼은 그가 오두막으로 들어서는 걸 지켜봤다. 여태까지 그런 사람이 나타난 적은 없었다.

그녀는 풀밭에 앉아 발가락을 세기 시작했고, 열하나까지 세었다. 산골 학교에서 산수를 배운 터였다.

산골 마을의 불화

10년 전 산 아랫마을 출신인 어느 여인이 산속에 학교를 열었다. 당시 돈이 없었던 제미나는 위스키로 학비를 대신했고, 매일 아침 들통에 술을 담아 학교로 가져가서는 라파즈 선생님의 책상에 올려두곤 했다. 라파즈 선생님은 1년쯤 학생들을 가르치다 알코올중독으로 인한 망상에 시달린 끝에 사망했고, 그렇게 제미나의 교육도 중단되었다.

증류소 앞 개울 건너편으로 증류소가 하나 더 있었다. 그건 돌드럼 집안의 증류소로, 돌드럼 집안과 탠트럼 집안 사이에 왕래는 없었다.

사실 두 집안은 서로를 증오했다.

50년 전 젬 돌드럼과 젬 탠트럼은 탠트럼네 오두막에서 슬랩잭 카드놀이를 하던 중 다투게 되었다. 젬 돌드럼이 젬 탠트럼의 얼굴을 향해 하트 킹을 내던지자 격분한 탠트럼이 돌드럼에게 다이아몬드 9를 날렸다. 곧 돌드럼가와 탠트럼가의 다른 식구들까지 가세하는 바람에 작은 오두막은 순식간에 날아다니는 카드들로 어지러워졌다. 돌드럼가에서도 어린 축에 속하는 하스트럼 돌드럼이 바닥에 드러누워 발버둥을 치다가 그만 하트 에이스를 목구멍으로 밀어 넣어 버렸다. 순간 문간에 서서 카드를 넘겨 보던 젬 탠트럼의 얼굴이 극도의 증오로 타올랐다. 탠트럼 부인은 테이블 위에 올라서서 돌드럼가 사람들에게 뜨거운 위스키를 부어 댔다. 헥 돌드럼은 트럼프가 바닥나자 집안 식구들을 불러 모은 뒤 담배 주머니로 양옆을 쳐 대며 오두막에서 철수했다. 그러고는 곧장 소에 올라타고는 맹렬한 기세로 내달려 집으로 돌아갔다.

그날 밤 복수를 맹세한 돌드럼 영감과 그의 아들들은 탠트럼네 오두막으로 되돌아가 창문에 시계를 두고 초인종에 핀을 꽂은 뒤 줄행랑을 쳤다.

그로부터 일주일 뒤 탠트럼가 사람들은 돌드럼네 증류기에 대구 간유를 쏟아부었고, 그리하여 두 집안의 불화는 해를 거듭하며 지속되었다. 그러니까 한 가족이 박살나면 그다음엔 다른 가족이 끝장나는 식이었다.

사랑의 탄생

제미나는 매일 같이 자신의 오두막이 있는 쪽 개울의 증류기에서 일했고, 보스코 돌드럼은 개울 건너편 증류기에서 일을 했다.

이따금 두 앙숙은 조상으로부터 물려받은 증오심으로 불타올라 서로에게 위스키를 던져 댔고, 그때마다 제미나는 프랑스 정식에서나 맡을 법한 냄새를 풍기며 집으로 돌아왔다.

하지만 지금 제미나는 어떤 생각에 잠긴 나머지 개울 건너편을 살필 겨를이 없었다.

그 낯선 이는 얼마나 멋졌으며 그 차림새는 또 얼마나 묘했던가! 순진한 그녀는 여태 문명화된 마을이 있다는 사실 자체를 믿지 않았고, 무엇이든 곧이곧대로인 산골 사람답게 그러한 소신을 지켜 왔다.

오두막으로 가려고 돌아서는 그녀를 향해 뭔가가 목 쪽으로 날아들었다. 그건 바로 보스코 돌드럼이 던진 스펀지였다. 개울 건너편 돌드럼네 증류기에서 뽑은 위스키를 잔뜩 머금은 스펀지였던 것이다.

"어이, 보스코 돌드럼." 그녀가 깊은 저음이 나는 목소리로 외쳤다.

"이것 봐! 제미나 탠드럼. 어이쿠, 맞춰 버렸네!" 그가 응답했다.

그녀는 오두막을 향해 계속 걸었다.

그 낯선 이가 그녀의 아버지에게 뭐라고 이야기하는 게 보였다. 탠드럼네 땅에서 금이 발견되어 그 낯선 이가, 그러니까 에드거 에디슨이 노래 한 곡을 바쳐 그 땅을 사들이려 하는 중이었다. 그는 어떤 노래를 내밀지 생각하는 듯했다.

그녀는 잠자코 눌러앉아 그를 지켜봤다.

그는 더할 나위 없이 멋졌다. 그가 말을 하자 입술이 움직였다.

그녀는 이번엔 스토브 위에 앉아 그를 바라보았다.

불현듯 어디선가 소름 끼치는 괴성이 들려왔다. 탠트럼 가족들은 창가로 달려갔다.

돌드럼 집안 사람들이었다. 그들은 소 떼를 나무에 묶어 둔 채 덤불과 꽃들 뒤에 몸을 숨겼다. 이윽고 덜커덕대는 굉장한 소음과 함께 돌과 벽돌이 안쪽으로 날아들었다.

"아버지, 아버지!" 제미나가 비명을 질러 댔다.

그녀의 아버지는 벽에 달린 선반에서 새총을 끄집어내더니 애정 어린 손길로 고무줄을 만지작거렸다. 그러고 나서 그는 구멍 쪽으로 다가갔다. 탠트럼 부인 역시 석탄 투입구 쪽으로 걸음을 옮겼다.

산중 전투

마침내 낯선 이의 심기도 틀어졌다. 잔뜩 화가 난 그는 돌드럼 집안 사람들을 잡아 족칠 요량으로 굴뚝을 기어올라 집 밖으로 나가려 했다. 그러다 문득 그는 침대 밑에도 문이 있을 거란 생각이 들었다. 하지만 제미나가 거기 문 따위는 없다고 일러 주었다. 그는 문을 찾아 다른 침대와 소파 아래쪽을 살폈지만, 그때마다 제미나가 그를 끌어내 그곳엔 문이 없노라고 이야기했다. 화가 머리 끝까지 치민 그는 문을 두드려 가며 돌드럼 집안 사람들에게 고함을 질러 댔다. 그들은 별다른 대답 없이 벽돌과 돌을 계속해서 창문에다 던져 댈 따름이었다. 아버지 탠트럼은 그들이 어떤 실마리라도 보이는 순간 적들이 밀려들어 와 싸움이 끝날 것임을 알고 있었다.

마침 헥 돌드럼이 입에 거품을 물고 바닥에다 가래를 뱉어 가며 좌우로 공격을 이끄는 장면이 눈에 들어왔다.

아버지 탠트럼의 끝내주는 새총이 위력을 발휘하려던 참이었다. 숙련된 새총 공격에 돌드럼 집안 사람들이 하나씩 부상을 입었고, 새총은 거의 쉴 새 없이 상대의 복부를 가격하며 미약하게나마 싸움을 이어 갔다.

적들이 점점 더 오두막 가까이 접근해 왔다.

"지금 달아나야 해요." 낯선 이가 제미나에게 외쳐 댔다. "나를 희생해서라도 당신이 도망가도록 하겠소."

"그건 안 돼." 얼굴이 잔뜩 더럽혀진 아버지 탠트럼이 외쳤다. "자넨 여길 잘 지키고 있으라고. 제미나는 내가 피신시킬 테니. 네 엄마도, 나 자신도 전부 내가 지킨다."

화가 난 나머지 창백해진 안색으로 몸까지 떨어 대던 아랫마을 출신 사내가 햄 탠트럼 쪽으로 걸음을 옮겼다. 그는 문간에 서서 진격해 오는 돌드럼 집안 사람들을 향해 구멍으로 새총을 들이밀어 쏴 대던 중이었다.

"철수할 테니 엄호해 주시겠소?"

햄은 자신도 탠트럼 집안 사람들을 피신시켜야 한다고 말하긴 했지만, 마땅한 방도가 떠오르면 여기 남아 낯선 이의 철수를 돕겠노라 일렀다.

이윽고 바닥과 천장으로 연기가 들어오기 시작했다. 쉠 돌드럼이 다가와 구멍에서 물러선 자펫 탠트럼이 숨을 내쉴 때 거기에 성냥을 갖다 댔고, 곧 알코올이 밴 불길이 사방으로 번졌다.

욕조에 담긴 위스키에도 불이 붙었다. 벽이 무너져 내리기 시작했다.

제미나와 아랫마을에서 온 사내는 서로를 바라보았다.

"제미나." 그가 속삭였다.

"낯선 그대여." 그녀가 대답했다.

"우린 함께 죽는 거요." 그가 말했다. "우리가 살아남았더라면 난 당신을 도시로 데려가 결혼했을 텐데 말이오. 당신만큼 술에 강하다면 사회적으로도 분명 성공했을 거요."

그녀는 잠시 하릴없이 그를 어루만지다 가만히 발가락을 세웠다. 연기가 더 짙어졌다. 그녀의 왼쪽 다리에 불이 붙었다.

그녀는 그야말로 인간 알코올램프였다.

그들의 입술이 만나 기나긴 입맞춤이 이어지는가 싶더니 별안간 벽이 무너져 내려 둘을 덮어 버렸다.

"하나 되어"

돌드럼 집안 사람들이 불길을 뚫고 들이닥쳤을 때, 둘은 서로를 부둥켜안은 채 그 자리에 그대로 쓰러져 죽어 있었다.

젬 돌드럼의 마음이 움직인 듯했다.

그가 모자를 벗어 들었다.

그리고 나선 모자에 위스키를 가득 채워 죄다 들이켰다.

"숨을 거뒀구먼." 그가 느릿느릿 말을 이었다. "서로 사랑한 게야. 이제 싸움은 끝났다. 저들을 떨어뜨려 놔선 안 돼."

결국 그들은 두 사람을 한꺼번에 개울에 내던졌다. 두 사람이 하나 되어 두 번의 첨벙거림을 일으켰다.

작가 연보

1896년 9월 24일, 미네소타주 세인트폴의 로럴 애비뉴에서 태어난다.

1898년 아버지 에드워드 피츠제럴드의 사업 실패로 뉴욕주 버펄로로 이주한다. 에드워드는 세일즈맨으로 취직한다.

1901년 여동생 애너벨 피츠제럴드가 태어난다.

1908년 에드워드가 직장을 잃고 다시 세인트폴로 돌아온다. 피츠제럴드는 '세인트폴 아카데미'에 입학한다.

1911년 뉴저지주에 있는 가톨릭 명문 '뉴먼 스쿨'에 입학한다.

1913년 프린스턴 대학교에 입학한다.

1914년 지니브러 킹을 만나 사귀게 된다. 하지만 가난하다는 이유로 그녀에게 거절당하는데, 이 경험은 뒷날 피츠제럴드의 작품에서 중요한 모티프로 사용된다. 7월에 1차 세계대전이 발발한다.

1915년 프린스턴 대학교 3학년 재학 중 질병으로 중퇴한다.

1916년 대학 졸업을 위해 프린스턴 대학교에 복학한다.

1917년 10월에 미 육군 보병에 입대하여 소위로 임관한다. 장편소설《낭만적 에고이스트The Romantic Egotist》를 집필한다.

1918년 프린스턴 대학교에 돌아와《낭만적 에고이스트》의 초고를 완성, 출판사에 보내지만 거절당한다. 원고를 수정하고 개작한다. 평생의 연인 젤더를 만난다. 11월에 1차 세계대전이 휴전에 들어갔다.

1919년 군대를 제대하고, 젤더와 약혼한 뒤 뉴욕의 '배런 콜리어' 광고회
사에서 근무한다. 하지만 젤더는 경제적 이유로 피츠제럴드와의
약혼을 파기한다. 피츠제럴드는 광고회사를 그만두고 세인트폴로
돌아가 부모와 함께 살면서《낭만적 에고이스트》를 개작한다. 9월
에 편집자 맥스웰 퍼킨스가《낭만적 에고이스트》를《낙원의 이쪽
This Side of Paradise》이라는 제목으로 출간하기로 결정한다.

1920년 한동안 두 사람의 약혼 상태는 계속 유지된다. 첫 장편소설《낙원
의 이쪽》이 출간된다. 뉴욕에서 젤더와 결혼식을 올린다. 첫 번째
단편집《말괄량이 아가씨들과 철학자들Flappers and Philosophers》이
출간된다.

1921년 첫 번째 유럽 여행을 떠난다. 10월에 딸 프랜시스 스코티가 태어
난다.

1922년 3월에는《저주받은 아름다운 사람들》이, 9월에는 두 번째 단편집
《재즈 시대의 이야기들Tales of the Jazz Age》이 출간된다.

1924년 젤더가 프랑스 비행사 에드아르 조장과 애정 행각을 벌인다. 피츠
제럴드는 여름부터 가을까지《위대한 개츠비The Great Gatsby》를 집
필한다.

1925년 4월 10일,《위대한 개츠비》가 출간된다.

1926년 《위대한 개츠비》가 브로드웨이에서 연극으로 상연된다. 극본은 오
웬 데이비스가 맡았다. 2월에는 세 번째 단편집《모든 슬픈 젊은이
들All the Sad Young Men》이 출간된다.

1927년 유나이티드 아티스트UA 영화사에서〈립스틱Lipstick〉을 각색한다.
이곳에서 젊은 여배우 로이스 모런Lois Moran을 처음 만나 교제한다.

1930년 젤더가 처음으로 정신 질환을 앓기 시작한다.

1931년 아버지 에드워드 피츠제럴드가 사망한다. 11월에는 젤더의 아버지
세이어 판사가 사망한다.

1932년 젤더가 두 번째로 정신 질환을 앓는다. 10월 7일, 젤더의 장편소설
《나를 위해 왈츠를 남겨 주오》가 출간된다.

1934년 잡지 《스크리브너스 매거진》에 네 번째 장편소설 《밤은 부드러워》
를 연재한다. 2월에는 젤더가 세 번째로 정신 질환을 앓는다. 4월
12일, 《밤은 부드러워》가 출간된다.

1935년 3월 20일, 네 번째 단편집 《기상나팔 소리Taps at Reveille》가 출간
된다.

1936년 젤더가 노스캐롤라이나주 애시빌에 위치한 하일랜드 병원에 입원
한다. 9월에 어머니 몰리 맥퀼런이 사망한다.

1937년 돈 문제를 해결하기 위해 세 번째로 할리우드에 간다. 할리우드에
있으면서 칼럼니스트인 셰일러 그레이엄을 만나 교제한다.

1938년 피츠제럴드는 〈배신Infidelity〉, 〈마리 앙투와네트Marie Antoinette〉, 〈여
인The Women〉, 〈마담 큐리Madame Curie〉 등의 작품을 각색한다.

1939년 1월에 잠시 마거릿 미첼의 장편소설 《바람과 함께 사라지다》의 각
색에 참여한다. 할리우드의 파라마운트, 유니버셜, 20세기 폭스,
컬럼비아 영화사 등에서 프리랜서로 일한다. 하지만 술 문제로 어
려움을 겪는다. 9월, 독일의 폴란드 침공으로 2차 세계대전이 일어
난다.

1940년 12월 21일, 할리우드에 있는 셰일러 그레이엄의 아파트에서 심장
마비로 사망한다. 12월 27일, 메릴랜드주 록빌에 있는 록빌 유니온
공동묘지에 묻힌다.

1941년 유작 《마지막 거물》이 출간된다.

1948년 3월 10일, 젤더가 하일랜드 병원 화재로 사망한다. 3월 17일, 젤더
가 피츠제럴드와 함께 묻힌다.

1975년 피츠제럴드 부부가 메릴랜드주 록빌 세인트 메리 교회 묘지에 다
시 함께 묻힌다.

벤자민 버튼의 시간은 거꾸로 간다

초판 1쇄 인쇄 2024년 4월 23일
초판 1쇄 발행 2024년 4월 30일

지은이 F. 스콧 피츠제럴드
옮긴이 이민정
펴낸이 이효원
편집인 노현주
마케팅 추미경, 석유정
디자인 문인순(표지), 이수정(본문)
펴낸곳 올리버
출판등록 제395-2022-000125호
주소 경기도 고양시 덕양구 삼송로 222, 101동 305호(삼송동, 현대헤리엇)
전화 070-8279-7311 **팩스** 02-6008-0834
전자우편 tcbook@naver.com

ISBN 979-11-93130-55-1 03840

• 값은 뒤표지에 있습니다.
• 잘못된 책은 구입하신 서점에서 바꾸어 드립니다.

* 도서출판 올리버는 탐나는책의 교양서 브랜드입니다.

올리버 세계교양전집 목록